无锡辛亥百年

钱　江　章振华　徐仲武◎主编

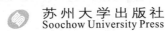

苏州大学出版社
Soochow University Press

图书在版编目(CIP)数据

无锡,辛亥百年/钱江,章振华,徐仲武主编. —
苏州:苏州大学出版社,2011.9
ISBN 978-7-81137-791-0

Ⅰ.①无… Ⅱ.①钱…②章…③徐… Ⅲ.①辛亥革
命—史料—无锡市 Ⅳ.①K257.06

中国版本图书馆 CIP 数据核字(2011)第 177852 号

无锡,辛亥百年

钱　江　章振华　徐仲武　主编

责任编辑　史创新

苏州大学出版社出版发行
(地址:苏州市十梓街1号　邮编:215006)
无锡市长江商务印刷有限公司印装
(地址:无锡新区珠江路79号　邮编:214028)

开本 880 mm×1 230 mm　1/32　印张 11.25　字数 290 千
2011 年 9 月第 1 版　2011 年 9 月第 1 次印刷
ISBN 978-7-81137-791-0　定价:25.00 元

目　录

序 ………………………………………… 贡培兴(1)

前言 ……………………………………… 汤可可(1)

第一编　无锡光复

辛亥无锡光复史略 ………………………… 章振华(3)

辛亥革命在无锡 …………………………… 董正廷(18)

无锡光复若干问题的辨正 ………………… 王赓唐(25)

《无锡光复志》拾遗 ……………………… 钱钟汉(34)

无锡光复前后(史料) ……………………… 章振华(47)

无锡辛亥革命史实撷遗 ………… 章振华　周惟芝(53)

第二编　探索求真

辛亥革命时期社会心理剖析 ……… 汤可可　钱　江(63)

南京临时政府的财政问题 ………… 汤可可　尤学民(77)

南京临时政府的币制金融问题 …… 汤可可　郑　焱(96)

辛亥革命前无锡社会的变迁

　　——纪念辛亥革命九十周年 ……… 王赓唐(113)

辛亥革命前乡村的变革

    ——以滨湖区域新学创办为例

      …………………… 钱　江　徐仲武　许宝荣　朱　强(132)

辛亥革命与近代教科书出版 ……………………… 王　星(148)

辛亥革命前无锡革命党人事略 …………………… 郁有满(158)

参与无锡辛亥光复的各种力量 …………………… 郁有满(162)

锡金军政分府与无锡农民 ………………………… 王赓唐(166)

辛亥革命带来社会新风尚 ………………………… 肖栋全(170)

第三编　风云人物

民国元老吴稚晖 …………………………………… 顾一群(179)

秦毓鎏其人

    ——纪念辛亥革命七十周年 ………… 王赓唐　章振华(197)

辛亥革命时期的理财专家沈缦云 …………… 王赓唐(210)

新文化新教育的先行者裘廷梁 …………………… 顾一群(223)

为时代洗涤污泥浊水

    ——老同盟会会员肖涤时 ………………… 肖栋全(229)

女中豪杰吴芝瑛 …………………………………… 顾一群(235)

辛亥革命时期的吴介璋 …………………………… 贾　扬(248)

铁面执法杨荫杭 …………………………………… 顾一群(255)

访孙中山先生的传令兵金鸿声

      秦寿容　徐洪祥　肖志刚　廖志镛(260)

忆先父吴浩二三事 ………………………………… 吴亚东(266)

第四编　遗迹佚闻

华士龙三次谒见孙中山 …………………………… 佚　名(271)

孙中山与"有穀堂" ……………………… 荣耀祥　荣华源（273）

励志学社在无锡 ………………………………… 李康复（275）

无锡光复野史 …………… 吴观鑫原著　许继琮整理（277）

锡金县衙光复经过又一说 ………………………… 华钰麟（288）

无锡人签发的两张辛亥革命纸币 ………………… 黄海容（290）

秦毓鎏及其故居 ………………………………… 徐志钧（297）

秦毓鎏旧宅佚园 ………………………………… 徐志钧（304）

秦效鲁棺木现身记 ……………………………… 华钰麟（309）

第五编　激浪飞涛

锡金军政分府档案浅析（节选） …………… 章振华　周惟芝（315）

钱基博与《无锡光复志》 ………………………… 冯丽蓉（321）

一张珍藏了七十余年的照片 ……………………… 胡子丹（326）

无锡市博物馆藏赵声《歌保国》 ………………… 肖梦龙（328）

《最近支那革命运动》与田野桔次 ……………… 袁志洪（332）

后记 …………………………………………………………（342）

序

贡培兴

辛亥革命已经过去了一百年。这一百年是中国经济、社会、政治发生翻天覆地历史巨变的一百年。孙中山曾在同盟会的《民报》发刊词中说："十八世纪之末，十九世纪之初，专制仆而立宪政体殖焉。世界开化，人智益蒸，物质发舒，百年锐于千载。"他所说的百年，是19世纪世界范围内历史变迁的百年。就中国而言，20世纪的百年才是真正"开化"和"发舒"的百年，其变迁的跨度之大，远远超过了19世纪的百年乃至在此之前的一千年。

回望百年历史，由孙中山及其追随者所开创的反帝反封建的民主革命，推翻清王朝的封建统治，建立了中华民国。但这是一次不彻底的旧民主主义革命，没有最终完成反对帝国主义、埋葬封建主义的革命任务。中国共产党领导的新民主主义革命和社会主义革命，继承孙中山的遗愿，吸取辛亥革命的经验教训，根据中国国情，建立社会主义制度，实行改革开放，才推动中国走上中国特色的社会主义发展道路。

无锡是最早响应辛亥起义的城市之一，投身起义的革命者得到新兴工商业者的支持，革命中建立起来的军政分府实施一系列除旧布新的革新举措，构成经济社会转型的重要组成部分。革命推动了无锡民族工商业的发展，带来了社会结构和社会组织的深刻变迁，唤起了人们思想认识的觉醒，但这只是无锡城市早期现代化的起步。而今，700万无锡人民在中国共产党领导下，正意气风发迈上基本实现现代化的新征程。

"革命尚未成功，同志仍须努力。"中国特色社会主义的建设任重道远，经济社会深层转型中诸多艰巨复杂的问题有待破解。但是可以坚信，有中国共产党的领导，有亿万人民的民主团结、齐心奋斗，以超越的精神、广博的胸怀、科学发展的理念，力排万难，奋勇前行，辛亥革命所开创的未竟事业一定能够建成，中华民族的伟大复兴一定能够实现。

2011 年 7 月 10 日

前　言

汤可可

辛亥革命以来的百年，是中国社会发生沧海桑田巨大变迁的百年。这是一个完全意义上的历史转型，转型变迁的起始在很多方面可以追溯到辛亥革命，有的可以上溯得更远，如戊戌变法和洋务运动。但是无论如何，辛亥革命对于中国来说是一个重要的历史转折点。回顾革命的发生和演变，思考其中的曲折和分化，总结其成败得失，对于继续推进尚未完成的历史转型，有着多方面的积极意义。

一

辛亥革命最重要的成果，是推翻了清朝的封建专制制度，在中国建立起民主共和的政体框架。这本身即是中国两千年来前所未有的深刻变局。与此相伴随的，是社会方方面面或大或小或迟或速的演进式变革，以及人们思想观念新旧递嬗的深刻演化。也许当时的人们因为身在其中而难以正确判断革命的基本走向，也许事后的很多人因为世事的纷扰而不能清晰地认识革命的真实意义，但站在百年之后回望这一历史转折，以及由此而起的巨大变迁，不难看出其目标的明确和路程的曲折。

20 世纪 20 年代至 40 年代，国内对辛亥革命的认识，主要集中在辛亥革命究竟是成功了还是失败了的问题上。国民革命时期的国民党和国民革命军，高调地肯定辛亥革命的胜利，褒扬反清革命志士，大力宣传孙中山领导的中国国民党缔造了中华民国，成为辛亥叙事中居主导地位的正统观念，用以论证由国民党组织的国民政府的正统和合法。但中国共产党人及其他民主革命人士则认为辛亥革命失败了，主要的论点是辛亥革命没有带来经济、社会的变革，没有从根本上动摇半殖民地半封建社会的基础，中国依然是政治独裁、军阀混战，以此论证共产党领导的人民革命的必然性。但可以肯定的是，无论是国民党还是共产党，都坚称自己是辛亥革命领导者孙中山的后继者。

20 世纪 50 年代至 70 年代，中国内地的辛亥革命研究则以阶级划线，围绕着辛亥革命是什么性质的革命而展开。毛泽东发表了《纪念孙中山先生》一文，在肯定辛亥革命推翻清王朝的重要作用的同时，又指出这是一次不彻底的旧民主主义革命，认定辛亥革命的性质是"反帝反封建的资产阶级民主革命"。这一时期对辛亥革命的认识和评价，基本上保持着这一基调。尽管有人对当时中国资产阶级的力量提出质疑，并有"少数小资产阶级激进分子"主导革命运动之说，以及所谓的"评法批儒"，以儒法斗争抑扬人物，否定革命的历史作用；但是，强调无产阶级的领导，完成辛亥革命所未能完成的革命任务，构成这一时期的认识主流。不过，这一时期的辛亥革命历史叙事相对沉闷，尤其是十年"文革"，极左盛行，辛亥人物、事件不同程度地受到批判和清算。

接下来的 20 世纪 80 年代直至当今，辛亥革命成为中国近代史研究最为活跃的领域。虽然延续着辛亥革命是"资产阶级民主革命"的基本定性，但对革命的丰富内容和深远影响给予了充分的肯定。这一时期对辛亥革命的回顾总结，已不再局限于一个时段的革命运动本身，而是扩展到辛亥前和革命以后一个时期中的诸多领域,从政治、军事到经济、社会、文化、外交等,都有相当扎实的专题研究,"把历史的内容还给历史",从而更真切、更全面也更深入地认识辛亥革命的历史意义;相应的,对辛亥革命的负面作用也有了新的认识。值得一说的是,在新世纪的第一个十年里,关于辛亥革命的话语系统发生了很大变化,甚至有人提出"中国当年如果选择康梁的改良主义道路会好得多"的命题,对辛亥乃至随后的一系列革命持否定态度。"改良"假设与"革命"必然在史学界引发广泛的论争。

在辛亥革命一百周年到来之际,辛亥革命再度超出史学研究的范围,受到整个社会的关注。它作为一份厚重的历史遗产,需要人们以实事求是的科学态度来认真对待。不是简单地重温历史记忆,而是深入探究百年间中国社会变革演进的基本走向,正确把握革命为经济、社会转型开辟道路的历史真谛。

二

无锡并不是辛亥革命的首义之地,也算不上军事重镇或政治的敏感地区,但是无锡地处最大的开埠城市上海与辛亥革命政权——临时政府所在地南京之间,是较早响应起义的城市之一,靠近革命漩涡的中心。更重要的是,无锡保存了辛亥光复时期相对较为完整的档案资料,记录了锡金军政分府在革命时期支援义军、变革旧制、安定地方的各项举措。通过档案和相关的历史记载,可以清晰地看到辛亥革命在一个地方推进的前后过程,以及不同人群对此的感受和反应。其中固然具有无锡的特点,但更多的正是蕴含在个别之中的社会变革的共同趋向。

辛亥革命对于无锡来说,首先是社会制度的革故鼎新。无锡光复后,参照光复各地的情形,筹备设立县议事会和县参事会。县议员选举按市、乡划分选区(当时无锡设十个市、七个乡,统称十七市乡），根据各市乡的税额核定名额，共计43名议员。议员通过选举和推举产生，整个过程全部公开。县议事会定期举行会议，负责议决全县的建设、赋税等重大事项。参事员由政府聘定，一般为地方的头面士绅，在商议政府公共管理事项中反映民情民意。各市、乡也分别设立市、乡议会和董事会，按照地方自治的原则，负责处理当地的公共事务。锡金军政分府还设立司法部和司法官，稍后又分设审判、检察两厅，并在市、镇设立判事，负责仲裁、调解。虽然司法尚未完全独立，法律体系也没来得及建立，但还是明确："民刑诉讼惟司法官有追提、审判之权。"并郑重宣告："旧政府时代任意妄为为法所不容。"民国初立，百废待兴，当事人的告诉、申诉、辩护、上告，都必须"确守法律，以维持风俗之安宁，保护人民之权利"。所有这些变革，虽然限于当时军事起义的特殊形势，加上军政分府存在时间短暂，制度从设计到执行都非常粗疏，包含种种不足，但相对于清政府的县官一人裁夺全县钱粮狱讼的封建专制统治，无疑是巨大的历史进步。

其次是工商经济的激励发展。无锡为工商经济的新兴之地，锡金军政分府成立后始终把稳定市场、维护商业经营作为重要职责。光复起义后第三天，军政分府便下令裁撤厘卡，以畅通货物流转，减轻商民负担，其告示说："照得厘卡为病商苛政，本分府体恤民情，自后……所有厘卡一律裁撤。"晚清时无锡一地所设抽收厘金的关卡共12个，厘卡撤销后，统一设立货物税总公所，出境米粮等大宗商品的税收"较之旧章只收四分之一"（实际"照原数减为八成"），并且取消了沿途的重复征收，下令革除地方性的捐贴浮费，受到商家的欢迎。同时，根据商会的要求，军政分府发布告示，规定商户和居民历来积欠的账款应及时清偿，"俾资周转而维商务"。对粮行商号办稻输米、运送大宗货物，经商会申报分别颁发护照，请各地革命军给予保护。光复初期，军政分府还特别聘请15名顾问员，不定期举行谈话会，听取意见，周舜卿、荣德生等实业家也名列其中。所有这一系列措施,皆促进了地方工商经济的发展。辛亥后无锡民族工商业很快步入蓬勃发展阶段,与革命所带来的激励不无关系。

再次是地方设施的建设推进。民国肇新,各地都把规划建设放在理政兴务的突出位置。锡金军政分府也设立市区工程局(后改称市政厅),"一切仿照上海南市工程局章程办理"。工程局开局的一项重要工作就是组织测量,绘制地图,它给军政分府的报告称:"近自光复以来,地方庶政繁兴,亟应测绘详细地图,以便规划市场、道路、沟渠、桥梁",为此聘定测量员,带同工役开展分段测量。这是无锡首次进行全面的科学测量,并形成包括十七市乡的完整详图。军政分府组织实施的第一项工程就是开辟光复门,在老城北门与东门之间的方凸城墙处另辟新门;同时修筑汉昌路,开通城中至火车站的车行道路。这是军政分府的一项标志性工程,道路经过沿线,"凡插标圈用者,悉照铁路公司上则地价加倍发给";在城河桥梁未建成时,特设义渡船只,免费过渡来往行人。光复门及相关道路的辟建,方便了市民的出行,也便于革命时期军队的调动。又规划在光复门外建设商场,这标志着无锡原有旧城发展格局的突破。在光复初的短短两三个月时间里,新生的革命政权还组织修筑漕湟泾桥,修补黄埠墩至皋桥被撞坏的塘岸,拆除有桥无河的含秀桥,整修南北通道等,图书馆和崇安寺菜市场的建设也在这一时期规划实施。

此外还有社会的除旧布新、移风易俗。辛亥光复后,锡金军政分府明确以革除前清积弊为己任,着力推出一系列除旧布新的变革措施。第一项措施就是禁烟禁赌。所谓"禁烟",并不是立即禁止鸦片吸食,而是"寓禁于征",一方面限制烟膏店、烟馆开设,一律不发新照;一方面严格征收膏捐,加强稽查,"以期痼疾渐除"。所谓"禁赌",是对开场聚赌"出示严禁","无论牌九、麻雀、摇摊、掷骰一概不准尝试",并责令各区区长、段董严行调查,市乡各团体"协拿究惩",对于举报查实的"按律惩办"。这主要是为了革除病国病民的恶习,同时也防范游民棍徒以聚赌为名,"乘机麇集,扰害地方"。除了下令剪辫以示与旧朝决裂外，军政分府还在两个方面倡导移风易俗。一是清理道院神祀、破除迷信，同时对各处的碑刻、建筑古迹给予保护。而对吴氏宗亲提出维护泰伯庙墓，祭祀这位肇启三吴的先圣，则充分肯定，并组织官员和地方人士于 4 月 11 日前往致祭，体现了对历史文化传统的传承。一是禁止迎神赛会香会、民间花鼓、摊簧，但对于戏园组织戏班、邀请名角，开办商业性的演出，特别是开明社团进行宣传演出，并在演出中募捐助饷，则给予支持，并派兵"任保护之责"。

辛亥光复标志着清王朝统治的终结和中华民国的建立，无论历史行进的过程中有多少幽暗曲折，对于关注民族命运的国人而言，这都意味着一个时代的更始肇新。所以当时社会上呈现出一种期待兴新灭旧的富有生机的景象，表现为乐观、热忱、民气上扬。例如师范学生陶映麟等倡办女子劝捐助饷会，积极为革命义军募集军饷；包括薛明剑等在内的热血青年投笔从戎，慷慨投军，参加北伐和攻占南京的战斗；就连普仁医院院长李克乐也主动提出，为军政分府职员和锡军各队士兵义务施诊治病；等等。尽管与以后的"五四"反帝爱国运动、北伐和国民政府奠都、中国共产党领导的人民共和国建立相比，辛亥革命仅仅是一个开端，但都是"唤醒中国"历史链条上无可争辩的重要一环。

三

本书辑录无锡地区辛亥革命的历史资料和研究文章，旨在重现辛亥光复已远去百年的历史场景，展示当年革命者叱咤风云的历史形象，探讨在革命的激发和冲击下的社会历史变迁。全书分为五个部分。第一部分"无锡光复"，辑录对无锡辛亥光复历史过程的记述及相关历史资料，一并反映了江阴、宜兴的光复情形，通过拾遗、辨正，力求能还原当年的历史真实。第二部分"探索求真"，收录无锡地区研究者关于辛亥革命作用、影响的多篇研究文章,从区域乃至全国革命的大背景来认识革命前社会变革的酝酿、革命中各方力量的参与,以及革命所带来的社会风尚的变迁。第三部分"风云人物",记述投身辛亥革命的无锡人士的历史事迹,其中有领导和参与无锡光复的秦毓鎏、吴浩等,也有在各地起事中担当重任的沈缦云、吴介璋,还有曾经为革命而奔走呼号的裘廷梁、杨荫杭、吴芝瑛等。第四部分"遗迹佚闻",介绍无锡辛亥光复的若干旧址遗迹,以及相关的遗闻逸事,特别是那些至今可以寻访的故园旧居,更值得关注。第五部分"激浪飞涛",介绍记录无锡辛亥革命的档案、文献及其他历史资料,许多当年的第一手资料,历经百年沧桑,弥足珍贵。

无锡地区的辛亥革命历史叙事,始于钱基博的《无锡光复志》。这是光复亲历者的记述,包含了丰富的亲见亲闻的第一手资料。作为一个富有正义感和历史思辨性的知识分子,钱基博的记写,既有对怀抱革命激情、勇于出头任事的革命党人的肯定,也有对当时特定情景下难以避免的过激主张、行为的责备,以及对革命所裹挟的不同社会群体的龃龉矛盾的揭露和批评。书中关于辛亥革命前后的不同人士的自述和回忆,则因为各人的身份不同、立场不同,出于公道、客观记述者有之,公然反对、横加指责者有之,讥讽挑剔、挟嫌泄愤者亦有之。但即便如此,作为当时的历史记录,此书仍不失为有价值的历史资料,有待于进一步挖掘和梳理。

在纪念辛亥革命70周年至90周年之间,地方文史工作者王赓唐、章振华等人对无锡辛亥光复的历史作了认真的梳理,以主流史学的观点和方法,描述了这一历史事件的整个过程及其前因后果,既有综合的叙述,也有若干专题和个别人物的研究,并涉及革命中各派力量的对比,分析社会结构的变动。值得一说的是,朱邦华的《无锡民国史话》,在资料摘要和长编的基础上,以较大的篇幅阐释无锡辛亥革命的酝酿和推进。整个记叙具有独特的视角,并观照从同盟会到国民党在无锡活动半个世纪的历史轨迹,以及其活动与近代无锡社会经济、历史人文环境的交互作用,见解尤为透辟。之后也陆续有人根据新发现的材料,或就切合的题目进行研究,撰写成文,但总的来看这方面的研究较为冷落,缺乏总体上和主要领域的突破,给人以零散和单薄的感觉。

为使读者进一步了解、研究、探讨无锡辛亥革命的历史,特将部分有关史料的参考书目开列于下:1. 钱基博:《无锡光复志》;2. 蔡容:《(无锡钱业商团)光复队纪事》;3. 无锡市档案馆、崇安区档案馆:《锡金军政分府文书》(彩色影印本,国家重点抢救项目),中华书局版;4. 无锡市政协文史资料委员会:《锡金军政分府史料汇编(《无锡文史资料》第 17 辑,1987 年 8 月);5. 江苏省政协文史资料委员会:《辛亥江苏光复》(《江苏文史资料》第 40 辑"纪念辛亥革命 80 周年"专栏,1991 年 8 月);6. 朱邦华:《无锡民国史话》(《江苏文史资料》编辑部出版发行,2000 年 7 月)。

无锡辛亥光复以其特殊的条件和情形,具有地方性研究的典型意义,而锡金军政分府档案资料的完整保存,又为这方面的研究提供了宝贵资料。无锡辛亥革命乃至晚清以及民国时期地方政治社会的研究,应当在进一步挖掘和整合资料的基础上,向系统和深入推展,跟上国内研究的步伐,并从褒贬成败走向衡量得失,以收窥一斑而见全豹之功。特别是在地方创制性的制度变迁,公共空间的形成和发展,革命和变革对人们观念和心理的影响,关键历史人物的作为等方面,更值得作更深入的探究,以填补百年历史叙事和研究的空白。同时,在整个中国历史变局的宏观理念下,以长时段的历史眼光,作分层面的解剖,认识历史对于现实的作用和影响,从而为正在加速的社会经济的巨大转型提供历史的借鉴和启迪。

第一编

无锡光复

辛亥无锡光复史略

章振华

　　1911 年(辛亥年)10 月,武昌首义成功,全国革命党人纷纷响应,无锡也在 1911 年 11 月 6 日(农历九月十六日)宣告光复。

　　早在无锡光复十多年前,无锡的一些知识青年已开始觉醒,并积极寻求自强救国的道路。他们看到日本在明治维新后国家渐渐强盛,觉得可以效法日本奋发图强,于是从 1898 年起到 1905 年止,无锡出现了东渡日本留学的高潮,去日本留学的知识青年有五六十人。1900 年,无锡留日学生杨荫杭在日本建立了励志学会,宣传反清思想。1901 年暑假,杨荫杭回无锡度假,在无锡成立了励志学社,社址设在连元街竢实学堂(今连元街小学)内,社员有 50 人左右。他们每周星期天下午集会,推裘廷梁(字葆良)为社长,秦鼎臣、俞复(字仲还)任副社长。励志学社用开座谈会的方式请大家畅谈读书心得和对时局的分析,以及对局势的探讨和对未来政局的希望等,宣传推翻清朝封建专制主义的革命思想。

　　1902 年,杨荫杭在日本早稻田大学学成归国,在上海《时事日报》任编辑。杨荫杭曾回无锡与留日时的同学蔡文森等组织了理化研究会,继续从事革命活动。由于这两个组织的推动,所以无锡的知识分子觉醒得较早。1904 年,资产阶级民主革命家黄兴也来无锡活动。他化名王先生,到无锡后曾经在大河上(今崇宁路)一所夜校里宣传反清革命思想。他向学生讲了清政府的专制黑暗统治以及荼毒人民、压制残害人民的各种事例,要求学生努力干一些对社会有益的事情。他还帮助学生排练和演出一些短剧,像《美禁华工》和《糊涂官》等。这事不久被清朝无锡地方政府侦查知道,当局派出差役捉拿黄兴,幸亏侯鸿鉴(字葆三)知道后马上告诉了黄兴,黄兴当即离开无锡,幸免于难。

另一位资产阶级民主革命家秦毓鎏(字效鲁)1902年到日本留学后,在早稻田大学读书,由于当时日本东京是革命思想传播的中心,所以秦毓鎏也在日本同其他江苏籍、无锡籍的留学生一起积极从事革命斗争。他与旅日江苏人士创办了《江苏》期刊,宣传革命思想,鼓吹推翻清廷。该刊于1903年5月(光绪二十九年四月)出版,由秦毓鎏、张肇桐、汪崇煊任编辑,共出刊12期。秦毓鎏还集合一些青年学生组织青年会,领导过反抗日本警察肆意逮捕留日学生的运动,他自己也曾被逮入警察署。日本举行博览会时,将中国福建省的物产陈列在台湾馆中(当时台湾被日本侵占),简直把福建省看做日本的领土。秦毓鎏等认为这是对中国的莫大侮辱,就集合了很多留日学生向日本政府力争。日本政府最终理屈词穷,只好将物品移出。1903年,沙俄侵略我国东北边疆,这年5月,留日学生发起组织抗俄义勇队,秦毓鎏也是义勇队的组织者和参与者。秦毓鎏回国后,1904年10月,黄兴密谋在长沙起义,秦毓鎏追随参加,任华兴会副会长(黄兴为会长),起义未发动就因秘密泄露而失败。秦毓鎏先后逃亡到安徽、广东、广西等地,最后又潜回无锡伺机行动。

所以,早在武昌起义以前,无锡的革命势力就在暗中发展着,像地火一样在地下运行、流转。

辛亥革命以前,社会哀鸿遍野,统治者剥削十分残酷。当时无锡、金匮两县统治者新增加的苛捐杂税就有附加地亩捐、契纸捐、户口捐、房屋捐、厘金捐、牲畜捐等,真可说是苛捐多于牛毛,杂税常以亿计。

清代田赋分忙、漕两项。忙征银,以两为单位;漕收米,按石征取。办理这两项征收事宜的称为银总、漕总。他们为了搜括民财，把漕粮也折银征收。当时民间通用的货币是铜钱，地主故意抬高银价，压低铜钱价值，以此多搜刮人民钱财。如《辛丑条约》签订(1901年)前，一两白银折钱2 523文，《辛丑条约》订立后就涨到一两银折钱3 158文。农民无形中增加了四分之一的负担。漕总在折算中还七折八扣。无锡地方官因为有分成拆账，所以也用政治势力压制人民的反抗，当时无锡农村因"抗赋"罪名被判刑的农民有很多。

漕总、银总下面又有串册，掌管串票。农民纳税后，即有串册在粮册上注明并发给串票。串册也以此营私舞弊，当农民完过粮赋后，并不在串粮册上注销，而是把串票私截下来交给农民。农民拿到串票以为万事大吉，可到催缴欠赋时，官府仍向农民追逼，农民拿出串票来申述，反被诬为"私造"，甚至因此遭受不白之冤，也常有一项赋税要交好几次的。

当时无锡更有一种变相的勒索，叫"代票"。即当赋税开征时，总甲常叫图里比较富裕的地主把一图的田赋全部垫交，将串票都截下。总甲拿着这些串票分头向农民加倍勒索，农民不愿出加倍的钱，总甲就扬言，串票由谁持着，土地所有权即归谁所有。农民不愿白白失去土地，不得已只好出高价把串票"赎回"。

由于统治阶级的横征暴敛，加上水利多年失修，因此天灾、人祸频发，斗争此伏彼起。辛亥革命前，无锡各乡爆发了多次抢米风潮，甘露镇的抢米风潮最后却与军队发生了冲突。

辛亥革命前，无锡地区的民族资本主义工商业不仅已有相当的发展，而且还开了内地风气之先，规模较大的资本主义工业企业陆续出现。1895年，官僚地主杨宗濂、杨宗瀚兄弟在东门兴隆桥筹备创设业勤纱厂，这是无锡近代第一家民族资本工厂，它在无锡资本主义发展史上具有重要意义。此后，1901年又建立了无锡第一家面粉厂——保兴面粉厂(1902年正式投产，后改名茂新面粉厂)，1904年设立了第一家丝厂——裕昌丝厂。

从 1895 年到辛亥革命前夜，无锡的棉纺、缫丝、食品、电灯等工厂共发展到了十几家，初步奠定了无锡后来以轻纺工业城市闻名全国的基础。此时无锡也从一个封建性的消费城市开始向资本主义工商业城市过渡。

无锡资本主义工商业初步发展后，资产阶级也逐步成长。1905 年，资产阶级成立了自己的组织——无锡县商会，资本家及其代理人周舜卿、薛南溟、华艺三、王克循、钱孙卿等相继担任过会长。无锡商会势力相当强大，他们在辛亥革命前夕建立了资产阶级性质的武装——商团。辛亥无锡光复中，资产阶级革命党人在无锡发动起义时，商团曾起过重大作用。

武昌首义成功后，秦毓鎏鉴于形势对革命有利，就暗中集合钱鼎奎、孙保圻、吴廷枚等数十人，计划响应起义，钱业商团的教练许嘉澍和重要骨干蔡容、窦鲁沂等也积极参与。不料事机不密，被当时的无锡县知县、人称"孙长毛"(喻其凶狠)的孙友荸获悉，他积极部署，准备进行镇压。秦毓鎏见敌人加强了防范，就转而在暗中活动。

早在 1910 年初，无锡钱庄业的职工就想组织一个公开团体，暗中从事秘密活动，后因反动势力强大而作罢。1911 年上半年，川、鄂、湘、粤四省掀起了大规模的保路运动，清政府派端方入川镇压，暗中密令"格杀不论"，于是全国舆论大哗。在这种反清情绪高涨的形势下，无锡钱庄业青年职工又准备组织团体。10 月 10 日，武昌首义成功，各省纷纷响应，无锡社会风声鹤唳、草木皆兵。资产阶级为了保护自身的家产，纷纷准备成立商团自卫，钱庄业青年也乘势鼓吹组织钱业商团，作为革命活动的合法组织。商团成立后，蔡容、王景濂两人又进一步密商在商团内纠合志士响应起义。1911 年 11 月 3 日(农历九月十三日)，上海民军起义，第二天宣布独立，成立军政府。这个消息是对无锡广大人民的又一重大鼓舞。苏州、无锡一带都积极准备响应。蔡容、王景濂见时势紧迫，就考虑马上在钱业商团内秘密组织"光复队"，以准备迎接起义。11月4日，蔡容、王景濂共同拟定宣言。

宣言的基本思想是用民族大义唤醒汉族人民，号召大家起来推翻清朝封建统治，建立共和政治。宣言列举了清统治者260多年来对汉族及其他各族人民的残杀和虐害，特别着重揭露了清政府"阳托立宪，阴施专制"的政治骗局以及一年年"疆土日蹙，利权尽亡"的卖国外交；并兴奋地指出当时革命已开始，其势正像决口之江河，一泻千里，势难阻挡，因此希望无锡和江南各地迅即起义，光复东南半壁。在拟定宣言的同时，还制定了光复队的规约八条。可是由于当时尚处在清廷黑暗统治之下，封建统治者临死前十分疯狂，稍有不慎就有杀头危险，故蔡容、王景濂不敢把宣言、规约公开，只是暗中将宣言在商团内部可靠人中间传阅。规约一直到11月6日（农历九月十六日）光复队正式成立时才当众公布。商团内看到宣言的人大多情绪激昂，纷纷表示同意，从而统一了思想。接着，就开始了秘密组织工作，采取个别串联的方式，暗中结成团体。

无锡的革命党人为了在光复无锡时能减少伤亡，所以第一步先把顾忠琛招募的民团300多人紧紧抓在手里，不让清无锡地方政府借故遣散；第二步又着手派人去收买当时驻在无锡的江湘营防兵，队官（连长）刘秀宽贪图重利，表示在革命党起义时不发兵。秦毓鎏怕刘秀宽言而无信，坚持要他先行缴械，刘起先不肯，几经交涉协商后，刘被迫交出了一部分武装。

收买江湘营防兵后，秦毓鎏等就在暗中做起义的准备，把吴浩、秦元钊召募的敢死队和倪国梁率领的民团编入，作为"守望队"，共400多人，专门巡查各处，对付起义后乘机抢劫的散兵游勇；指定光复队为"进行队"，起义时负责进攻无锡、金匮两县的县署。

1911年11月5日（农历九月十五日），无锡光复前夕，江苏巡抚程德全迫于形势，宣布独立。当夜，金匮县监狱中的囚犯暴动越狱，金匮县知县何绍闻闭城搜索，闹得人心惶惶。无锡革命党人见形势紧迫,连夜在秦毓鎏家中再次召集钱鼎奎、孙保圻、吴廷枚、许嘉澍、蔡容、窦鲁沂等讨论,决定第二天响应起义;会上还决定了集合、联络等事项。

会后,钱业商团蔡容、王景濂、许嘉澍等又连夜秘密召开会议,正式成立光复队,公推许嘉澍为司令,蔡容为领袖,王景濂为书记,章亮祖为军需,王复桢为军械,高昌鼎、邹祖耀两人担任军号。

蔡容、王景濂又将先前制定的光复队规约交给大家讨论,获得一致通过。规约共八条:

——本队由钱业商团团员之有志者组织而成。

——本队以光复本邑为目的。

——本队俟国民军起义时即起而协助。

——本队于战时悉听国民军之命令。

——本邑全境光复之日,即为本队责任告终之日。

——本队责任告终之后,仍归商团尽保护之义务,不预他事。

——本队设领袖、书记、军需、军械各一人,掌理诸务。

——本队编制由司令临时定之。

1911 年 11 月 6 日(农历九月十六日),江苏都督程德全致电无锡宣布独立,无锡知县孙友蓴抗不遵命。6 日上午,钱业商团召集全体团员开会,公开光复队组织,宣布规约,并征集队员。当场又有多人报名参加。光复队队员共有 44 人,即在当地竖起白旗。不久,接到报告说秦毓鎏将在公园誓师,于是光复队就整队向公园进发,走到寺巷口又有商余体操会会员 12 人前来会合。起义群众在公园集合后,即在公园多寿楼前草坪上举行了誓师仪式。秦毓鎏当众宣布三项纪律:一、不准做不义之事;二、不得乘机公报私仇;三、不得无故戮辱官吏及烧毁官舍文书。同时又宣布了赏、罚军令十一条。关于惩罚的是:一、杀戮无辜者斩;二、乘机纵火者斩;三、奸淫不道者斩;四、肆掠民财者斩;五、强赊买民货者斩;六、虐杀外国人,焚其教堂者斩。关于奖赏的是:一、保护外国人教堂及医院者赏;二、保护商业者赏；三、捕获奸细者赏；四、捕获逃官及逋吏者赏；五、捕获盗匪者赏。宣布纪律后，任命华承德为临时司令。

誓师完毕，华承德受命率领光复队队员和商余体操会会员向无锡县署进攻。光复队领袖蔡容挥舞白旗第一个冲入，接着，全队跟踵而进。商余体操会会员向县署大堂放枪三排。县署守军因事前早已被买通，加上看到大势已去，故并不抵抗，纷纷归顺，光复队兵不血刃地占领了无锡县署。华承德当即分派部分队员扼守大门，防止外来袭击，并派人分守监狱，以防因犯乘机暴动。分派已定，华承德就率领光复队队员冲进内堂，逮捕了孙友萼，孙友萼被迫交出县印。华承德即留下部分队员守卫，把其余人员带回公园听命。当时许嘉澍恐北门外商业区的防卫力量不足，经秦毓鎏同意后，由尹思安带领 15 名队员驰回北门外驻地。

接着，秦毓鎏又命华承德、许嘉澍、蔡容等率领光复队继续进攻金匮县县署。这时，金匮县知县何绍闻早已更换衣服后逃走躲藏，衙中那些惯于狐假虎威的差役丁壮也纷纷投降。光复队占领金匮县署后，捕获了何绍闻。光复队队员把何绍闻、孙友萼一起押解到秦毓鎏处。秦毓鎏对他们说："我们并不苛待你们，你们的私人财物可以带走，但田粮和税款丝毫不准取去，必须立刻交出！"孙友萼、何绍闻唯唯允诺，秦毓鎏就把他们放走。

当光复队攻取金匮县署的时候，忽然接到报告说，无锡县监狱中的囚犯准备越狱暴动，华承德立刻派许嘉澍带九名队员前去弹压。其余十多名队员由蔡容率领，留守金匮县署。

许嘉澍等赶到无锡县监狱后，先分出四人伏在墙外，以防囚犯越狱出逃，又派四人守住监门，许嘉澍带领一名队员深入内监。这时监犯已大半打脱镣枷，准备一哄而逃。许嘉澍见情况严重，知道决不是几个队员可以镇压的，故而改用劝说办法，答应在三天后制定办法，予以处理。监犯听后稍稍安静，又以为外面早有准备，不敢越狱，仍旧各归原处。许嘉澍退出监门时，责令狱卒小心看守，自己率领队员回到公园复命。

进攻金匮县署的光复队队员在完成任务返回公园途中，又顺便收复了厘捐总局，封存税款30 963两、银币57 580元，并派两名队员留守。

11月6日下午，无锡县、金匮县光复。秦毓鎏即在原金匮县署成立了锡金军政分府（原县前街崇安区政府所在地），通电苏、常、沪、鄂各地，宣布无锡独立。

锡金军政分府初设军政、民政、财政、司法四部，由华承德任军政部长，裘廷梁任民政部长，孙鸣圻为财政部长，薛翼运（南溟）为司法部长。当时秦毓鎏功成身退，没有担任什么职务。后来由于四部没有总的领导，互不关联，无法协调，决定设立总理处统辖四部，公举秦毓鎏为总理。

1912年，南京临时政府成立，秦毓鎏兼任南京临时大总统秘书，不能常驻无锡，故在1月10日增加协理两人（由孙保圻、吴廷枚担任）。军政部成立三天，因机构庞大，员额众多，又无一兵一卒，日用开支十分浩大，三天即费千金，因此遭到地方人士的强烈反对，军政部马上被撤销，由总理处直接掌管。

以后军民分治，民政部长专营民政，民政部不再受总理处管辖。不久司法部又被撤销，成立法院。至此，总理处只管军政、财政，权限缩小，秦毓鎏于1月23日报请江苏都督，撤销军政分府总理处，改称军政分府司令部，以秦毓鎏为司令长，下设副司令长两人、财政部长一人、总军需长一人。

南京临时政府解散后，秦毓鎏电陈北京大总统南京留守处及江苏都督，同意于1912年5月1日正式撤销军政分府，军政分府自建立至撤销前后共存在178天。

今属无锡市管辖的江阴、宜兴两地，辛亥革命时江阴实行地方自治，宜兴则兵不血刃地推翻了清政府地方政权。

1911年10月10日武昌起义胜利的消息传到江阴后，江阴人心振奋。热血沸腾的年轻人听到各地纷纷独立的信息后,无不欣喜若狂,奔走相告。在全国革命风暴的推动下,江阴各界乃计划组织公团以维持地方治安。当时正好学署(今市政府)内驻扎的军队奉调去镇江,于是就以学署作为公团所在地。公团成立后,公推吴汀鹭、章琴若、郑粹甫为财政长,陈砚香、陈慕周、郑立三为总务,陈鲤庭为审判长,陈唯生为检察长,冯涤斋为警务长,章逸三为庶务会计长,全团工作人员共一百几十人。

公团成立不久,即派代表十余人到旧县署请已卸任的原江阴县知事刘黼臣(字敬焕)出任民政长。刘起先不允,后经反复衡量利弊方答应暂代民政长。他每天上午到公团办公,傍晚回县署,除在公文上签名外,不发表任何意见。与此同时,各军军官又推长江水师协统刘廷柱(字虞苏)为军政长,江防营标统徐继斌为军政副长。

公团建立后,曾筹发各军(江防营、要塞守军、常驻湘军等)的粮饷,为此江阴所驻各军都听命于公团。1911年,江阴遭受特大水灾,秋熟颗粒无收,公团又四出募捐,办理赈济救灾。

各地相继光复后,学校大多停课,旅外就读的学生纷纷回澄,于是成立了青年团。全团分四队,推陈翰青、章朴人、王用宾、陈秋农四人为教练员兼队长,以陈翰青为总队长。团员及队长的食宿都由公团供应。青年团每天出操训练,巡查各处,夜晚驻扎公团,一有情况立即出动,不限区域,即使乡村中有事,也同样迅速赶到。青年团团部又以薛晓昇、章砚春为书记员。当时晚上实行戒严,口令严格,紧急时口令一天更换几次,所有机关、军队、社团、巡警每天都必须到青年团领新口令。

青年团建立以后,居民纷纷踊跃捐助经费,天章绸布店还拿出布料为每人做一套制服,所以青年团服装统一、整齐,队容整饬、威严。

青年团建立后虽每天进行兵式操练,但没有枪械,开始先向学校借用教学用枪,后来又向湘军借用旧式报废的枪支13支。上海革命军占领江南制造局以后，沙聪彝赴沪领到九响双筒后膛枪100支、子弹1万发，用专轮送回江阴。从此以后，江阴的青年团军械齐备，威震大江南北，后来还曾援助过靖江人民光复靖江。

江阴正式光复前，江阴的居民也组织了民团，四城内外共有八处，每处设一所，居民们分班轮值，晚上住宿在所内，民团团员也分班交替巡夜、休息，晴雨不间断，通夜有人在外巡逻。为此各处秩序安宁，宵小匿迹不敢蠢动。

1911年11月9日，公团把源德堂书坊的刻字、印刷工人召集到团部，命他们花一昼夜时间印成大幅布告，布告由军政长、民政长会衔发布，在大街小巷张贴；又派人送到各乡、镇张贴。与此同时，公团还油印了大批传单，在11月9日晚上投到各家各户，传单通告明晨（11月10日）每户在大门外一律悬挂白旗，届时炮台鸣礼炮21响，请居民们听到炮声后不必惊恐。

11月10日（农历九月二十日），江阴全城大街小巷到处白旗飘舞，大的有一丈多，小的一尺左右。当天下午，公团、青年团等游行出发，前为军乐队引导，途经东大街、东横街、栖霞巷，到明末清初抗清死守孤城80多天的三公祠致祭。祭毕，继续游行，从大巷经过南街、西横街，再出北门经过北街到大校场休息，再由西大街回到公团所在地解散。

1912年3月，南京中华民国临时政府与袁世凯和议告成，公团与青年团相继解散，正式建立了江阴最高行政机构——民政署。同年夏天，江苏省派洪钟（字声如）到江阴担任民政长，刘繍臣交卸回乡。从江阴光复前到光复后的七个多月，江阴没有正式政权机构的时间有九个月之久。

辛亥革命前，宜兴分设荆溪、宜兴两县，县署都在东珠巷内，相距不到200米。当时的荆溪知县叫姚昌颐，农历七月上任；宜兴知县叫梁浚年，农历四月上任。武昌首义成功时，两个知县在任时间都不长，短的一个多月，长的也仅四个多月。

上海、苏州、无锡相继光复以后,宜兴因交通不便,风气闭塞,所以男人们还是拖着一条辫子,女人们仍缠着一双小脚。外面翻天覆地在大变,可宜兴依旧浑然无知,空气沉闷,仍像一潭死水。同盟会为了推动宜兴的革命斗争,就派宜兴籍革命党人朱了洲(字重明)回宜兴策动革命。朱了洲原在苏州读师范,因与革命党人柳柏英、汪伯乐等友好,由他们介绍参加了同盟会。朱了洲回乡后,见到宜兴一潭死水的状况,认为当时只有从破除迷信着手,才能打击封建统治阶级的气焰,唤醒群众的觉悟。

1911 年 11 月 9 日(农历九月十九日)上午,朱了洲先到南门法藏寺,将大殿上十八尊罗汉用绳索一一拉倒打碎,接着又到东庙巷对火神菩萨开枪射击,打坏了泥菩萨。这一举动轰动了宜兴全城,观者云集。朱了洲再向两县署走去,年轻人跟着,群众也越聚越多,情绪激愤。朱了洲身穿童子军教练制服,腰挎短枪,缓步走进了宜兴县署,知县梁浚年亲自出来相见,朱对他说明要光复宜兴,命其交出印信。梁浚年既害怕又不甘心随便交出印信,就与朱了洲敷衍拖延时间,企图等待清军前来援救。当时清兵在宜兴共有三营兵力,即南门外的绿营兵步军一营、东门外飞划营水师一营以及北门外的盐务缉私营一营。

早在朱了洲来宜兴以前,宜兴知识界就暗中在厚余堂(今市图书馆处)成立了"保安会",领导人有徐焕其、曹栖享、周祖园、储南强、徐子瞻等。当朱了洲带着群众在宜兴县署与梁浚年相持的时候,保安会立即召开紧急会议,决定派代表分别与荆溪、宜兴两县的知县商谈,向他们说明形势,晓以利害,并保证如果两知县交出大权,可保护其身家性命,安全送他们出境。梁浚年、姚昌颐久等清兵援军不来,知道大势已去,不得已方竖起白旗,表示拥护革命。就这样,宜兴兵不血刃、富有戏剧性地夺得了政权,推翻了几千年的封建专制统治。

1911 年 11 月 9 日深夜,共进会在厚余堂召开会议,决定将宜兴、荆溪两县合并为宜兴县,建立民政署,推储南强为民政长,周祖园为军政长。民政署设在原宜兴县署内,军政署设在宜兴书院内(今市招待所)。同时又选出徐子瞻为审判厅厅长,储时敏为推事。审判厅的厅址在阳羡书院内(今市政府所在)。

宜兴光复后,为保卫新生的政权,曾组织地方武装——保安团。全团共 150 人,分为三个班,团员大部分为知识青年,团部设于厚余堂。当时聘请苏州陆军学堂速成班毕业的吴菊诗为教练,在苏州购得步枪 120 支、子弹 8 000 发。团员每天上午、下午在小营前(今人民医院内)出操两次。

宜兴光复后有过一次小规模的兵变。1912 年 1 月 15 日,飞划营(水师)有两个士兵各拿着一套破军装到东大街(今人民东路)泰来典当,强要典银 5 两。典当秘密派人到保安团报告,要求保护,保安团当即派五人前去弹压,两个士兵被赶走。1 月 20 日,飞划营水师部分士兵哗变,进城袭击保安团。当时正值团员都回家吃晚饭,团部只有四五人。三班长钱守尧听到吵闹喧哗声音就出来察看,不料刚到二门天井中,就遭到飞划营清兵的迎面一枪,当场中弹倒在血泊中。飞划营叛兵蜂拥冲进保安团,教练吴菊诗、团员朱盘英(字吉如)等数人从楼上居高临下地还击,由于保安团武器比飞划营精良,射击速度快,叛兵死伤多人后被迫退走。飞划营水师部分士兵的叛乱被彻底粉碎。

当飞划营水师叛变时,绿营步兵也曾想乘机叛变,当时绿营管带(营长)吴保恕在南京开会,形势十分危险,幸好吴保恕妻子出来极力劝阻,叛乱才没有发生。

1912 年 8 月,宜兴 20 个市、乡相继成立了议事会、董事会,作为地方自治机关。第二年(1913 年),江苏省派廖楚璜任宜兴县县长。同年 3 月,宜兴县级地方自治机关——宜兴议事会、宜兴参事会成立,会址在文昌阁(今市公安局所在)。

无锡的辛亥革命最终没有取得彻底胜利,根本原因是军政分府没有也不可能解决土地问题。新的地主资产阶级联合政权根本没有触动封建土地所有制。地主对农民的压榨依然十分残酷,佃农地租仍十分沉重。最初,在革命的冲击下,农民曾企图不交地租,各地不断掀起抗租斗争。秦毓鎏在给江苏都督的电文中也说:"光复之后,四乡抗租之风益盛。"[1]对农民的抗租,当时的锡金军政分府不仅没有支持,反而进行镇压。如光复后53天,锡、澄、虞边境王庄因须姓地主不顾农业歉收仍十足地追逼地租,孙二领导农民武装抗租。常熟民政长向无锡军政分府告急,秦毓鎏即派秦铎率军镇压,抓捕农民20人。又如1912年1月21日,新安乡张姓大地主催租,关押、囚禁、鞭打佃农,农民数百人起而反抗,张姓地主报告军政分府,秦毓鎏又派秦铎率军队下乡镇压,队官程品元在乡下屠杀农民,纵兵抢掠,奸淫民妇。这些暴行使当时舆论大哗,秦毓鎏不得不将程品元记大过,关押不法士兵,但张姓地主又乘机反扑,放火烧毁佃户房屋。

　　1912年11月6日,无锡光复一周年,在纪念大会上,不少人感叹革命并未取得完全成功。如光复队领袖蔡容说:"……观吾国今日之大势,表面虽已共和,而国民确有共和资格者,十无二三,且多务名攘利,不顾大局,政纪紊乱,国事废弛。"女子师范学校校长黄澹如也说:"顾视光复以后,国事纷纭,承认无期,地方自治并未改良,人心并未改革,一切现象不但无优美状态,且有甚于前清之恶劣者……"孙北萱也愤慨地说:"(今则)各省分崩瓦解,外强压迫日甚,杼柚有其空之慨,闾阎闻愁怨之声。"甚至连秦毓鎏也说:"且今革命成功仅得复汉灭清之表面,其实政体未改,人心未革,言之可痛。"当时的舆论也一针见血地评论说:"当官而行,有声色而无政事,吏事日习于偷苟,民风益流于滔淫,上下巧伪相循,莫知纪极。"[2]

　　无锡辛亥革命没有取得彻底胜利的具体原因有四点:

　　一是没有充分发动和依靠广大群众,特别是广大的农民。从领导无锡辛亥革命的阶级成分来看,大多是一些资产阶级和小资产阶级的知识分子,即使光复队中的成员也大多为小资产阶级的知识青年,因此阶级基础薄弱,广大人民没有参与。起义后招募的一些士兵也"什九市井无赖不得业者"[3]。因此军纪较差,一些人下乡镇压农民抗租时无法无天。

二是与全国辛亥革命一样,对封建势力妥协,没有也不可能实行彻底反封建的措施。具体表现在政权中容纳了一些封建人物,如民政部部员"皆邑中士大夫",法院审判官王宗瀚本人即清政府的官吏,"官习已甚,而不知振作"。

如前所述,光复后军政分府同样向地主妥协,镇压农民的抗租运动。光复时不仅放走祸害人民的清代无锡地方官吏,甚至还让他们把从人民头上搜刮来的财物带走。起义时的军令中也规定"无故戮辱官吏,焚毁官府者斩"。

三是对帝国主义同样妥协忍让。如在公园多寿楼前起义的军律中说的"虐杀外国人,焚其教堂者斩","保护外国人教堂及医院者赏"。

四是军政分府的官员腐败,招权纳贿。如俞锡蕃私下受贿,卖狱枉法。秦毓鎏周围的官员也"酣歌色荒"[4]。裘泰岑任民政署第二课课长时,完全不问政事,只知"朝笙歌而夜麻雀(麻将)"。腐败风气蔓延滋长,当时民政署的不少官员也花天酒地,寻欢作乐,置政事于脑后。

无锡辛亥革命虽然有曲折,但也不能完全抹杀它的历史功绩。无锡辛亥革命同样具有两大历史意义:首先,它推翻了清王朝在无锡的封建统治,建立了革命的军政分府,在税收、社会生活等方面进行了一系列的改革,给人民带来了一定的福祉。其次,广泛宣传了革命思想,如剪辫、破除迷信、创设《民国军锡报》、禁烟、禁赌、禁止贩卖人口等,从而摧毁了人们心中的某些奴化思想,部分地扫荡了人们的封建观念,使共和的理念深入人心。

注释：

[1] 钱基博：《无锡光复志·财政篇第三》。

[2] 钱基博：《无锡光复志·叙》。

[3] 钱基博：《无锡光复志·军政篇第一》。

[4] 钱基博：《无锡光复志·叙》。

锡金军政分府司令长徽章

无锡光复纪念章原件（存无锡市博物馆）

（选自高志义、章振华主编《无锡百年革命斗争史话》，内刊本）

辛亥革命在无锡

董正廷

我今年 70 岁，对于无锡辛亥革命的情况，年轻时曾听一些父老传说，后来读到钱基博先生写的《无锡光复志》，感到有一些史实应该提出来，对《无锡光复志》一书加以补充。

就谁发动和领导无锡光复起义的问题来说，《无锡光复志》上只说明是以秦毓鎏为首的一些人，却丝毫未提辛亥革命时期起着领导与组织作用的孙中山、黄兴等先生领导的同盟会的作用。其实，我小时候就听到过是同盟会领导与发动了无锡光复起义的说法。

这事还得从我的家乡——南方泉一带广泛流传的"横山寺同盟会"的情况说起。

南方泉是无锡南乡伸入太湖一角的一个半岛，过去叫开化乡。这里半为水乡半为山区，土地肥沃，人口稠密，物产丰富，风景秀丽。又隔太湖和浙江省湖州为邻，是江苏、浙江乃至进入安徽南部山区的跳板，是交通要冲。这里距城区 30 多里，清政府统治力量薄弱，素为"湖匪"出没之处，因此也成为革命会党秘密活动的场所。

这地区得湖州栽桑养蚕风气之先，自清代初年就纷纷发展蚕桑业，一些家庭经济逐渐富裕起来的农户就有余力送子弟入学读书，因此此地私塾学堂较多。当地鲍家庄上有个名叫鲍颂牧的，他有两个儿子，即鲍少颂与鲍少牧。大儿子鲍少颂除在乡读书外，还到南京新式学堂去读书。鲍少颂在南京学堂里接受了新思想，觉悟到只有推翻清廷，才能兴复汉族，挽救国家，于是他参与了章太炎、蔡元培组织的教育会（后来即改为光复会）的活动。放假回到家乡时，他就与弟弟鲍少牧及附近一班读书子弟，相互谈论国事，宣传革新，并组织了光复会的地方分会。1905年，光复会合并到孙中山先生领导的同盟会中，无锡的分会也就改称为同盟会，由鲍少颂在南京和无锡之间来往联络，开展活动。

　　当时，这批农村少年读书人经常聚会的地方，就在南方泉横山头、雪浪山的两个古庙中，即山下的横山寺和山上的雪浪庵。这两个庙宇分别修建于宋代和清初，雪浪庵中还有蒋子阁，是宋朝无锡状元蒋重珍的读书处。这地方湖光山色，风景旖旎，正是读书遨游的胜地。但经过太平天国革命，这两个古庙都已衰败，庙中也无和尚。据说，光绪末年，在当时雪浪山同盟会的秘密策划下，以当地十大姓氏的名义重修了雪浪庵。部分经费由各氏族（包括鲍、陆、董、王、庄等）筹集，大部分经费则由鲍少颂、陆伯庚、张孟修（陆、张两人都是当地乡绅的子弟，也参加同盟会的活动）等人垫出。在重修雪浪庵、蒋子阁时，鲍少颂等巧妙地设计了两处秘密场所，作为革命会党秘密开会及过往志士留宿之用。

　　1945年，我因父亲丧葬选择墓地，曾到雪浪庵和蒋子阁去游览过，当时，庵、阁房屋已经颓败，空无一人。我因从小就去玩过多次，那次旧地重游，竟被我发现在雪浪庵大佛殿的佛龛下面有三间开阔、四架进深的密室，它是通过佛龛前一扇伪装为木质对联上联的活络门，沿着门内专设的扶梯走下去的。与大佛殿走廊相连的蒋子阁，是座二层楼的亭阁，在楼梯半腰平台下面，也有一夹层，高度仅二级楼梯，但可供一两人伏卧隐藏。我亲眼看到这两处秘密建筑以后，就相信以前关于横山寺同盟会的秘密活动是确实的（可惜雪浪庵和蒋子阁新中国成立以后无人管理，特别是经过"文革"的破坏，雪浪山顶上的这两座建筑物已荡然无存了）。

　　据老年人回忆，横山寺同盟会在辛亥革命之前，曾经做了一些对光复起义很有意义的工作,如当清政府在征募"新军"士兵时,动员了南方泉的一批青年人去投军,其中有吴塘门的钱国钧,他是贫苦农民,靠砍卖茅柴为生;还有壬子港的李金龙,也是贫农子弟,一向好武术,后来成为南方泉一带传说中的"侠义人物"。当时的青年人抱着"兴汉灭清"的民族意识入伍,为辛亥光复起义储备了力量。光复以后,开化乡的乡公所设在横山寺里,但由于当时革命党人物在雪浪庵来往,所以,乡人仍叫这个乡公所为横山寺同盟会。在孙中山反对袁世凯的二次革命中,横山寺同盟会的活动更为频繁。横山寺同盟会的主要组织者鲍少颂,长期在南京等地从事革命活动,孙中山反袁的二次革命失败后才回家,没过几年便因病去世。

辛亥革命前,无锡以运河为界,分成无锡、金匮两县。运河以西为无锡县,县署在老县前(今人民路健康路口),知县是孙友萼。运河以东为金匮县,县署在新县前,知县是何绍闻。当时无锡的军警武装计有城防兵72名,以36名驻南门外南水仙庙,36名驻北门外府殿;警察共200多名,分驻城中、城南、城西、城北。此外,还有浙江驻锡的盐捕右营兵70余名,拥有炮船4艘、大枪船2艘、小枪船4艘。无锡、金匮两县的衙门里还有门皂、丁壮、卫队等。武昌起义之后,无锡县知县孙友萼又增加卫队一百数十名,并向江阴请来了江湘营营兵100多名。

在武昌起义之初,地方士绅诚恐"莠民"乘机而起,勾引外来盗寇,扰害地方,就挽请邑人顾忠琛筹备成立民兵团,以便巡逻城厢内外,保护地方。顾忠琛出自邑之望族,同盟会会员。过去原在安徽清军中任统领,后因故被逮戍回家,及至出任筹建民兵团一职。他本拟到安徽去招集旧部前来充任,以便伺机光复无锡,但是地方士绅以为民兵团为临时应变的组织,外乡人既无爱惜地方之心,到遣散时又要多花遣散费用,因此改为招募本地人。不意才招募了300个人,顾忠琛又奉上级之命,去苏州参与光复苏州的事宜了。

无锡县知县孙友萼思想顽固,个性急躁,素有"孙长毛"之称。

在地方筹组民兵团之初,他想插手、控制,为己所用,因而积极推荐与他私交颇深的李胜标出来负责,但为邑中士绅拒绝,于是孙友萼对民兵团的筹建工作施加阻力,极力抵制,企图使之夭折。在顾忠琛去苏州以后,地方士绅也以饷械无着,准备将民兵团遣散。

顾忠琛去苏,钱国钧来锡。钱国钧是当年由鲍少颂指派打入清军内部去的,来锡前已在安徽柏文蔚部下任连长。安徽比江苏行动早,柏文蔚是安徽革命军人的领导人、老同盟会会员,特派人来江苏策动光复起义。钱国钧奉调来锡后即与雪浪山的同盟会联系,与张孟修等一起进城,会同在城区的秦毓鎏、孙保圻、吴廷枚等数十人,密谋起义。他们首先对清军进行策反工作,这时以"兴汉灭清"为号召的秘密会党早已布满无锡城厢内外,衙役、警士、营兵多帮会中人,共进会也已深入军警内部,所以一经联系,除客军江湘营略费周折外,其他方面进行得都很顺利。

1911 年 11 月 3 日,陈其美组织国民军光复了上海,无锡革命党人秦毓鎏随即赴申联系。当秦毓鎏去上海以后,在锡同志则乘机四处传言,说国民军即将来锡,于是一时风声鹤唳,闹得满城风雨。策反工作又从下层向上发展。

11 月 4 日,陈其美光复上海以后,又以迅雷不及掩耳之势,率领一些同志携带武器秘密赴苏,直冲苏州巡抚衙门,胁迫巡抚程德全宣布独立。双方经过激烈的谈判,终于达成了协议,并任顾忠琛为参谋厅长。风声传到无锡,钱国钧即于当晚与客军江湘营队官刘秀宽会谈,晓以大义,允以重赏,刘秀宽鉴于大势所趋,人心所向,部下亦已动摇,乐得顺水推舟,表示决心严守中立。至此,钱国钧认为时机已经成熟,可以立即行动了。但是一些同志认为没有武器,如何起义?商议了一夜,还是没有结果。5 日早晨,钱国钧当机立断,决意冒险行事。他先叫革命党人出去传言,说国民军已从上海赶到,先头部队即将前来攻城。同时又在暗中借来一把单刀,并到店里去买了一些红绿绸布和炭团,组织敢死队,由张孟修等十余人参加,秘密布置袭击无锡、金匮两县县署的行动。

孙友蕚听到上海、苏州相继独立的消息,深感不安,现在传闻先头部队即将前来攻城,他派人外出探询虚实,自己则留守县署,盘算如何应变。哪知事起仓猝,突然听到外面传来"不要动,动就炸死你"的吆喝声,他急忙锁上内堂,从后门溜走。当敢死队员冲入内堂门首,见门已上锁,便越窗而入,伪吏们吓得战战兢兢。这时,张孟修大声喝叫:"快把印信交出来!"他们指着一只箱子说:"知县已经走了,印信在这里,钥匙给他带走了。"钱国钧、张孟修就打开箱子,取出印信。钱国钧临走时还叫伪吏把孙友蕚找回来,听候处理,然后就率领一伙敢死队径向金匮县署去了。

金匮县知县何绍闻不像孙友蕚那样顽固。他在武昌起义以后,一直无所作为,及至上海独立,只盼望革命党人早日前去索取印信,得以卸肩。当天听到先头部队即将攻城的消息,他就将门户洞开,抱着印信,默默无言地坐在堂上,皂隶们也只得站班侍候。当钱国钧一手持刀,一手拿着"炸弹",首先抢上大堂责令缴印的时候,何绍闻立即双手捧上。他如释重负,以为脱尽干系了,于是变服下堂,退出金匮县衙门。

革命党人看到钱国钧等把锡、金两县印信夺了回来,无不雀跃欢呼,额手称庆。问以经过,只说是以"炸弹"拼来的。当时炸弹还是稀有之物,大家都没有见过。钱国钧就打开红绿绸布,显示了一下,并随即收了进去。看清楚的人无不放声大笑,没有看清楚的人说"黑如炭团"。初不知敢死队员确实是拿了几只炭团,去袭击无锡、金匮两县县署的。

当天(5日),秦毓鎏从上海回锡,程德全的独立宣言也已送达。钱国钧与秦毓鎏会晤后,随即赴申,向上级汇报,未了事宜交由秦毓鎏办理。秦毓鎏是个工于心计的人,他认为印信既已缴来,就不必有所顾虑了,尽可乘机表演一番,以炫耀自己的"赫赫战功"。于是,他在当晚邀集了一些地方人士,在他家里开了一个会议,决定于明天(1911年11月6日,即农历九月十六日)午后在公园多寿楼前召开誓师大会。他嘱钱业商团教练许嘉澍回去发动商团组织光复队,武装"进攻"无锡、金匮两县县署。

许嘉澍,号湛之,系邑绅许旭初之子。广州警官学校毕业。黄花岗七十二烈士死难之役时,他正在广州任警察小头目,当时他热衷邀功升官,不惜侦骑四出,围捕革命党人。几个月以后,他又回到无锡,当上了钱业商团的教练。时值无锡即将光复,他看到有机可乘,就投机革命,参加了秦毓鎏召开的会议,受命在钱业商团中组织光复队。经钱业商团团员蔡容、窦鲁沂的积极联系,有44人参加了光复队,并公举蔡容为光复队领袖,许嘉澍为光复队司令。无锡光复以后,许嘉澍被委为警务长兼第一警务区(城区)区长。民国2年(1913),黄兴从上海赴南京,许嘉澍随同地方官绅至车站迎送,被黄兴发现,黄兴到达南京后,立即密令无锡将许扣押,解送南京归案法办。后由他的家属挽请吴稚晖奔走营救,才得释放回来。

11月6日下午,秦毓鎏在公园里誓师大会上的种种表演,真可谓有声有色,确也迷惑了一些不明真相的群众。无锡光复以后,他又经过一番"谦让",仍然"当仁不让"地当起锡金军政分府的"首脑"(总理)来了。

钱国钧公毕,乘火车回锡。按照清王朝的规矩,凡是上级派来的官员都称为"大人",以上宾之礼相待。秦毓鎏以"主人"身份,在火车站组织了一次"盛大欢迎会",地方士绅和一些同盟会革命同志都去欢迎。钱国钧下车后,与欢迎的人一一相见,地方士绅原来总以为迎接的"大人"是个什么了不起的人物,但见钱国钧身穿普通服装,不讲究礼仪。背后就有人问秦毓鎏,秦轻蔑地说:"本来是吴塘门卖茅柴的小人而已。"自命高人一等的士绅们听了大失所望,连声说"倒霉,倒霉",接到了一个"茅柴大人"。事后这个新闻广泛流传在无锡人民中间,成为一时街谈巷议的笑料。钱国钧没有在锡金军政分府任职,因为秦毓鎏等人根本不把钱国钧这批"出身低微"、没有文化的"草莽英雄"放在眼里。而钱国钧则奉上级的命令，马上带领一批弟兄，去参加镇江光复的战斗，进而回到柏文蔚部下（时柏文蔚担任南京临时政府的北伐联军总指挥），奔走于安徽、南京、镇江之间，二次革命失败后，钱才回到本乡蛰居，改业"风水"，不问政事。他回家前已是柏文蔚讨袁军的团长。无锡南乡周云阁先生所著《芥轩诗文稿》里有《代钱国钧上浙江卢永祥都督书》一文，也说到他是在民国初年解甲归田的。

民国16年（1927）北伐军攻克无锡之初（约在1927年3月底），钱国钧曾进城来找过辛亥革命时期的老战友谋求出路，顺便来我家做客（钱与我父亲的一些老友素有交谊）。饭后，他为我讲述了一些往事，如上述他奉调来锡策划起义，以及如何组织敢死队袭击锡、金两县县署等，都是他亲口讲述的。我当时虽然还只有十几岁，但已经比较懂事了。由于我对他所讲的很感兴趣，所以到现在还可以记得出来。为了力求翔实，我在整理这篇资料的时候，还访问了一些老人，他们的谈话都有助于我的回忆，特别是南泉公社陆德甫老先生的谈话对我帮助更大。陆德甫老先生早年就在邹复威开设的江尖上邹成茂油厂当学徒，颇受邹复威的信任，以后长期充任该厂的高级职员。邹复威是保定军校出身、同盟会会员，二次革命时期任某部代理团长，他是在脱离军队以后才经营油厂的。当时在锡的一些同盟会老会员常到邹复威的油厂去盘桓、聊天，陆德甫因而也听到不少关于钱国钧在无锡组织起义的事迹。不过毕竟事隔多年，又是仅凭几个人的追溯回忆，谬误必多，务请了解、熟悉这方面情况的同志予以补充、指正！

（选自《无锡文史资料》1981年8月第3辑。本文曾收入《江苏文史资料》1991年8月第40辑，即《辛亥江苏光复》，收入时篇名改为《辛亥革命在无锡二三事》，并有删节）

无锡光复若干问题的辨正

王赓唐

辛亥革命为中国社会的近代化展示了灿烂的前景,对无锡而言也是冲击中世纪、走向近代社会的转换点。令人遗憾的是,这一段历史在无锡地方史的研究中还未臻成熟。对革命的发展过程,对重要历史人物功过是非的评价,对革命后无锡地方社会的变化,等等,都还没有清理出一个脉络来,当然更无从对此类问题作出理论上的解释。究其原因,还在于史料的不足。到目前为止,较为系统地叙述无锡光复经过的,有钱基博所撰的《无锡光复志》一书,以及由其侄子钱钟汉撰写的《〈无锡光复志〉拾遗》。由于作者历史视野的局限,两书留下的问题还不少,有待我们辨正。本文是笔者在重读这两书时思考的问题,想在这里作一些考证,希望能为读者解决一些疑问。

秦毓鎏与同盟会

秦毓鎏是无锡光复的主要领导人,关于他在辛亥革命中的经历,《无锡光复志》的《匡复篇》中有十分简要的介绍,大体上能给人以概括的印象,但书中只字未提及当时的政党和社团。对此,《〈无锡光复志〉拾遗》的作者作出解释,那是因为钱基博是位儒者,"君子群而不党的思想根深",且"对孙中山先生和他领导的同盟会怀有偏见"。钱钟汉在纠正他伯父的偏见并肯定秦毓鎏为同盟会会员时,提到了无锡同盟会会员杨荫杭，说杨荫杭在无锡发起组织的革命团体励志学社遭到清政府压迫而停止活动后，便到日本去留学，这时正值孙中山在日本组织同盟会，杨便和吴稚晖一起参加了组织，成为会员。稍后秦也去日本留学，也参加了同盟会，时间上较杨后一年。因此，钱钟汉肯定秦为同盟会会员。

杨荫杭去日本留学，时在清光绪二十五年（1899），那是由南洋公学派送的。次年他和一批留日同学组织了励志学社，从事反清活动。第三年（1901 年）暑假，他返国探亲，便和裘廷梁、俞复等组织励志学社。1902 年，他在日本早稻田大学卒业，回国后在上海《时事新报》任职期间和同学蔡文森在无锡组织理化研究会。理化研究会宣传新思想，为革命做舆论准备，后来遭到清政府迫害，杨本人也遭通缉，不得不于 1906 年再度出国，赴美留学。同盟会是在这一年之前（1905 年）7 月 30 日成立的，杨参加同盟会当在赴美之前。钱钟汉把杨荫杭参加同盟会定在第一次出国之后，时间上提前了 5 年，这是失考。又把励志学社的成立时间提到杨赴日留学之前，也是不符合事实的。

秦毓鎏于 1899 年肄业于南京水师学堂，1901 年转入南洋公学。这年冬，吴稚晖曾力劝他出国留学。他在吴的劝说下于 1902 年赴日，入东京学院习日语，和张继、苏曼殊等发起组织青年会。第二年经江苏同乡会推举任《江苏》杂志总编。日俄战争爆发后，又与钮永建、黄兴等发起组织拒俄义勇队（后改为军国民教育会）。据秦毓鎏《天徒自述》所记，他不满意励志学会中的一些人如章宗祥等主张君主立宪，因此和他们分道扬镳。秦毓鎏回国是在 1903 年冬天，他先在上海创办丽泽书院，后又去湖南明德学堂教日语。就在这一年，他和黄兴、刘揆一等组织华兴会，并任副会长。自此以后，他再也没有返回日本，一直在湖南、广西、上海、无锡等地进行革命活动。同盟会成立那年，他先在上海文明书局任职，后又转至安徽，最后到达广东。《天徒自述》中只字未提及同盟会的成立，更没有谈到自己参加同盟会。钱钟汉说秦毓鎏"较杨荫杭后一年参加同盟会",这是没有根据的。如果说杨荫杭在同盟会成立那年参加了组织,那么秦毓鎏已不在日本,他回国已经一年多了。因此秦不可能在日本参加同盟会。所以钱钟汉肯定秦为同盟会会员,又说是在日本留学期间参加的,不仅与事情的经过不符,而且在时间上也搞错了。

但是否可以据此断定秦毓鎏不是同盟会会员?那也并不是如此。可以作这样的假设:同盟会是在 1905 年联合各革命团体而成立的,当初在讨论联合的时候,华兴会方面曾有"形式加入而精神上保持独立""不主张加入"两种主张,最后,作了"加入与否个人自由"的决定。正式成立那天,华兴会方面的主要领导人几乎都到会宣了誓。秦毓鎏虽未到会,也不知道他作何主张,但事后未曾见到他反对联合的言论,而且一直在黄兴等人领导下进行革命活动,那就等于他承认了自己的同盟会会员身份。同时,同盟会因是由各革命团体联合而成,故组织上比较松散。事实上,联合之后各革命团体还有一定程度的组织独立性,自成派系。秦毓鎏的革命活动始终和华兴会的成员相配合,因此思想上对自己原来的组织关系比较密切,这也许正是他在《天徒自述》中不提同盟会组织的原因所在。可是同盟会毕竟统一了各个革命团体的行动,后来的斗争都是在同盟会的领导下进行的,因此,尽管有各革命团体自己的行动,也都统统归入同盟会了。同盟会成立时,除几个较大的会以外,在革命小团体中还有来自原留日学生中军国民教育会的人。秦毓鎏是华兴会副会长,又是军国民教育会的负责人,有这样两种身份,只要不公开反对,便可算作同盟会会员,情理上都说得通。因此,关于秦毓鎏与同盟会的关系问题,在没有更多史料发现足以进一步说明问题前,我们可以说秦毓鎏是事实上的同盟会会员。

无锡光复与同盟会

和上述问题相关联的另一个问题是:无锡的光复和同盟会的关

系，或者说无锡的光复是不是在同盟会领导之下取得的。提出这个问题的根据和上述问题也相类似。就是说，无锡光复之前酝酿起义，起义胜利之后建立革命新政权，整个过程之中似乎看不到同盟会的组织活动。粗粗一看，无锡的光复，是在东边的上海，南边的浙江宁波、杭州，西边的安徽合肥、寿州，北边的淮、扬相继光复以后实现的。当时，清政府已极端孤立，陷于全国人民起义的一片火海之中，所以，无锡清政府地方组织的崩溃已指日可待。看来，起义胜利来得很容易，无需政治领导，一哄而起，起义带有自发性质。《无锡光复志》只叙述起义的前后经过，以及新政权成立的军事、行政组织，以作者的立场而论自然不可能触及这类问题。《〈无锡光复志〉拾遗》注意到这方面的不足，有意识地加以补充并作较详细的说明，肯定起义是由同盟会领导的。但作者沿袭了上一个问题上的错误，对事实缺乏具体分析，而且时空概念错乱，因此所得结论也是经不起推敲的。

杨荫杭在1900年和裘廷梁、俞复等在无锡发起组织励志学社，在青年知识分子中播种革命种子，在社会上为迎接革命的来到做思想和舆论方面的准备。这个历史功绩是不应该被忘记的。但励志学社成立和活动都在同盟会成立之前，不能因为它的组织成员后来参加了同盟会，就把励志学社的活动看做是同盟会本身的活动。同样，杨荫杭毕业后回国在无锡组织的理化学会，也在同盟会成立之前。他本人参加同盟会是组织理化学会之后。理化学会所起的作用等同于励志学社，因此也不能把理化学会的活动看做是同盟会本身的活动。虽然这两个革命小团体的成员后来不少人参加了同盟会，但毕竟是前后出现的两个组织，不能混为一谈。根据这个直接说无锡光复是由同盟会领导的也是不妥当的。

又据《天徒自述》，秦毓鎏于1902年赴日留学，一年之后曾返国探亲。再回日本之后，任《江苏》杂志总编，参加革命活动。但当年冬天便回国，于上海筹办丽泽书院。这时发生了《苏报》案件，秦毓鎏曾到英国巡捕房探望章太炎、邹容。他在日本的时间总共不到两年。他回国以后,一直在西南一带从事活动,直到 1909 年患病回家。次年被推为无锡自治公所议员。1911 年 10 月武昌起义后,他才奔赴上海与陈英士联系,密谋响应。可见,秦毓鎏自日返国后,根本没有作为同盟会会员在无锡活动。钱钟汉在《〈无锡光复志〉拾遗》中提到了光复中的一些重要人物,如裘廷梁、胡雨人、俞复、钱鼎奎、吴廷枚以及商团方面的几位带队人。其中裘不是同盟会会员,俞、钱、吴三人据说是同盟会会员,但钱钟汉对于他们入盟的年月、地点以及活动经过却拿不出任何依据,只因为他们之中有的参加理化学会,有的后来又赴日留学,便认定他们都是同盟会会员,这难免给人以想当然的印象。商团方面的几个带队人,可以肯定为非同盟会会员。当时就是在同盟会会员中间,也并非个个都是赞同起义的。如侯鸿鉴就是这样,以至钱基博在《无锡光复志》中不能不用曲笔,以避免开罪侯鸿鉴。

同盟会于 1905 年成立之后,曾在海内外发展并建立分支机构,当时在江苏亦成立分会,隶属东部支部,地点设在上海。江苏分会的活动据点也设在上海,分会的一些负责人,如高旭、朱少屏、夏允麐等人都集中在上海,以创办健行公学为掩护。至于江苏内地,则没有听到成立何种组织机构,会员的活动都是分散的,在精神上和同盟会保持联系,并奉行同盟会的政治主张。但也有人虽在组织上入了盟,却并不热心奉行盟的主张。

如上所述,无论是个人还是集体,从表面上很难看出同盟会作为全国性的统一革命组织在无锡光复过程中发挥的组织领导作用。

但是否可以据此把无锡的光复说成是没有同盟会会员参加的一次群众自发的革命行动呢?我看也并不全然符合事实。大家知道,革命运动的领导问题,表现为一个政治性实体能够认识历史发展的总趋势,制定符合广大群众根本利益的路线和策略,又能动员广大群众为实现革命的总目标而奋斗。但在运动发展过程中,群众走在领导前面，或是领导脱离群众的事情是时有发生的，遇到这种事情发生时，便要领导从路线、方针以及斗争方式上加以调整。同盟会成立以后，颁布了革命斗争的四大纲领："驱逐鞑虏，恢复中华，建立民国，平均地权。"就辛亥革命的当时情况看，能完整地、准确地理解，又能全面地贯彻执行这四大纲领的人，不要说一般群众，就是在同盟会会员中间也是少数。当时大家只是凭自己的认识，执行其愿意执行的部分。就拿秦毓鎏来说，他只是从民族主义和爱国主义这一侧面来接受同盟会的斗争纲领，平均地权在他思想中根本不占地位。他在当了锡金军政分府总理以后，还反其道而行之。由此可见，我们在确定一场动员了千百万人民为之斗争的革命的领导问题时，只能从总体上加以把握，看它是执行了哪一个政治实体的斗争纲领。辛亥革命斗争的主要目标是推翻专制主义，建立民主共和，这也是同盟会斗争纲领的主要部分，它符合人民的根本利益，代表人民的迫切要求，人民愿意为它的实现流血牺牲。因此，我们说辛亥革命是由同盟会领导的资产阶级民主革命。无锡的光复，是全国人民革命中的一小部分，斗争的目标和同盟会的纲领相一致，在人民起义中，有同盟会会员指挥斗争又在斗争中起骨干作用。因此，无锡光复从根本上说是由同盟会这个革命政党领导的一次革命行动。看不到同盟会的领导作用，便不符合历史事实。

锡金军政分府的政治面貌

无锡县知县孙友萼、金匮县知县何绍闻为华承德率领的光复队先后逮捕，交出大印，象征着中国历史上最后一个封建专制王朝在无锡地方统治的覆灭。继起的是秦毓鎏任总理的锡金军政分府，这是革命取得胜利后新生的政权机构。对于这个在当时属新生的政权机构，其性质和作用应作如何评价，这是研究无锡光复的历史地位的关键性问题。在群众的眼中，光复前后的无锡县一级政权，是换汤不换药，和历史上的改朝换代并无二致。但在学术研究人士心目中,这是新生的资产阶级政权,为无锡民族资本主义的发展拓宽了道路,迈开了近代化的步伐。笔者认为,前者看了表面事实,但没有作深层的分析;后者对历史作了逻辑的分析,但对复杂的现实情况缺乏全面的分析。

且先看锡金军政分府的组成。成员中,总理秦毓鎏,副总理吴廷枚,民政部副部长、后任部长的俞复,均系出身地主家庭的知识分子;副总理孙保圻和财政部长孙鸣圻,系西乡大地主;司法部长薛翼运出身官僚地主家庭;临时县议会议员钱鼎奎系地主、知识分子;民政部长裘廷梁也为知识分子。看了这张名单定会产生这样的印象:一、同盟会会员属少数。除了秦毓鎏可算作事实上的同盟会会员之外,其余只有吴廷枚和俞复两人。二、政府主要职位均为地主、知识分子占有。三、如果把锡金军政分府视为一个新生的资产阶级政权,则主要任职人员中既无真正的民族资本家,也无他们的代言人。成为光复队骨干的钱业商团和商余体操会都是旧式商业组织,不能看成近代民族资产阶级的组织。再看锡金军政分府存在期间的政策和措施。《无锡光复志》的作者在"军政""财政""民政""司法"诸篇有详细叙述,可以看出,此时的政策大多沿袭旧政府的一套而略加调整,而且很快就把军政、司法的重心放到地方治安一头去了。所以从资产阶级革命完整的意义上来理解,锡金军政分府显然是很不够格的。事实上它只是由地主阶级分子(最多也只能说因他们兼营商业有向近代资产阶级转化的可能)和知识分子代表组成的一个政权。在他们手里是不可能执行完全有利于民族资本主义发展的政策的,更不要说彻底的资产阶级民主主义纲领了,其保守性是十分明显的。群众说其换汤不换药有其理由。这些人,包括秦毓鎏本人在内,后来确也都有以权谋私而为人民所诟病的行为。应该怎样来解释这一现象?说是光复后政权落入地主阶级手里也可以,说是光复前思想上和政治上准备不足,又在大局推动下仓促走到历史前沿,因而出现这样不成熟的胎儿则更好一些。

可是,根据这些完全否定辛亥革命在无锡的历史意义,那似乎也太片面。锡金军政分府采取的四项重大措施中,撤销金匮县治,恢复原来的无锡县治,这对简化行政、发展区域性市场经济是有利的。财政上裁撤厘卡,设立货物税总公所征收货物税,减轻了商人负担,简化了纳税手续,也有利于商品经济的发展。至于减轻田赋,革除田赋弊政,虽未能真正实施,但能注意到这方面的问题,用心也未尝不善。但所有这些和辛亥革命民主共和思想之深入人心相比较,都属于枝节问题。当时政府官员通过民选产生,和政府相并立,还设立了县议会这样的代议机构,用这一套按资产阶级议会制度模式推行的政治体制替换了专制主义下一切由皇帝任命的制度,这在中国历史上是具有划时代意义的进步。辛亥革命在无锡社会的影响,应该以此为最大。

锡金军政分府的政治面目是很模糊的,但在当时资产阶级革命声势的高涨中,顺应时代潮流做了些有益的事情,是应该肯定的。虽然只是昙花一现。

千人会问题

农民问题是资产阶级民主革命的根本问题。对待农民问题的态度,是用以衡量谁是彻底的资产阶级革命派,谁是不彻底的革命派的重要标志。同盟会四大革命纲领的最后一大纲领就是"平均地权"。可惜当时革命斗争的高层领导都没有执行这一纲领,农民问题在他们心目中没有得到一定的重视。锡金军政分府也是如此。他们也只是从"驱逐鞑虏,恢复中华"这一方面来接受同盟会的纲领。对光复之后出现的农民反对地主阶级剥削和压迫的斗争,他们站在地主阶级立场上予以镇压。锡金军政分府在光复后第六天,民政部就发出第三号示谕:"……第恐无知顽佃狃积习,有意观望,藉词抗欠,合亟出示晓谕。……所有各业户开仓在即,尔等应完租籽,务各赶紧磨砻,挑选干洁好米,迅速清还,倘有刁顽之徒藉口延宕

（拖延）……定即从严惩办……"还有命令第七十三号、八十六号、九十九号等。在半年多时间中下了五道示谕和命令。另外，总理处还有"弹压"王庄和胡埭的两道命令。如果单看示谕和命令的口吻，那简直和清朝县衙门出的告示没有丝毫区别。锡金军政分府维护封建主义利益之心一目了然。

无锡光复后，锡金军政分府曾经出兵锡虞边界的王庄镇镇压农民组织千人会，并捕杀其领头人孙二以下二十余人。钱基博认为孙二的带头斗争，完全是由于当地须姓地主剥削苛重又逢歉收而逼出来的，因此斗争有其正义性。从钱基博所透露的信息中，我们可以肯定地这样理解：辛亥革命推翻清政府，并没有考虑农民的利益，农民被迫走上了斗争的道路，但革命后的新政权却站在他们的对立面，挥起屠刀，把他们埋葬在血泊之中。这恐怕是人民始料不及的。

另外，锡金军政分府成立不久，无锡南乡新安发生"民变"。这次"民变"也是由一家张姓地主迫出来的。秦毓鎏派兵前往镇压，秦铎部下的官兵枪杀了七个农民，还迫淫一名妇女致死。这种行为受到社会各界的谴责，秦毓鎏本人亦有些后悔。但张姓地主还不满足，又阴谋唆使人放火焚烧佃户的房屋。秦毓鎏对此意欲从严法办，但终于在乡董陆绍云（地主）所谓"益恐长顽佃之风"的恫吓下，软了下来，"正其言"了。秦毓鎏的地主阶级立场还是十分鲜明的。锡金军政分府残酷镇压农民群众反剥削反压迫的斗争这一历史事实，确实为研究者造成了困惑。一方面是血写下的记录，和清朝政府没有区别；一方面锡金政分府又是光复之后建立的革命政权。怎样来认识？怎样来理解？笔者认为，这不是可以用资产阶级革命的不彻底性这一泛泛之论来回答的。对这一政权组织成员阶级成分的复杂性以及领导层政治思想的复杂性须作具体、细致的分析。

（选自《无锡文博》1991年第3期"纪念辛亥革命80周年"专栏）

《无锡光复志》拾遗

钱钟汉

　　《无锡光复志》(以下简称《光复志》)的作者钱基博是我的亲伯父,辛亥革命那年的无锡光复起义,他虽然事前没有参加,但亲身见闻了许多事,事后又参加过一些工作,所以也可以说是亲身经历起义的。《光复志》中曾偶然提到过的钱基厚,就是我的父亲钱孙卿。在我的少年时代,我的父亲、伯父都曾对我讲过不少关于无锡光复的逸闻轶事。由于我过去对本地的史料不大注意,听过就算,没有把它记下来,以致现在大多遗忘了。最近我在重读《光复志》的时候,想到把我现在还能回忆起来的一些片断资料写出来,或者对今后阅读《光复志》的同志们还有一些帮助,所以我在这里先把关于《光复志》第一篇《匡复篇》的几节"拾遗"写出来,供有关方面参考。自己因为衰病,未能去查核有关文献资料,仅就记忆所及,拉杂写来,错误一定难免,希望了解这方面情况的同志给予补充、指正。

一、关于《光复志》卷首竞志女学的照片

　　为什么《光复志》卷首的几张照片中会刊登一张似乎和无锡光复全不相干的竞志女学的照片呢?《光复志》的作者虽然在照片后面写上了一段注释,可是这段注释又主要是引录吴江金天翮(号松琴)赞扬竞志女学校主侯鸿鉴的一节文字,并强调金天翮文中的一句话"革命不革心"讥刺当时的革命人士,似乎有些不伦不类,并未

能说明为什么《光复志》中要放上这张照片。我记得我伯父曾对我讲过这么一段经过:在《光复志》中曾提到和秦毓鎏一起发动起义的三个重要人物中的钱鼎奎、吴廷枚两人,都是当时竞志女学的教员。在发动起义前夕,诸如制作旗帜、令箭等起义准备工作,是钱、吴两人在竞志女学内背着校主侯鸿鉴进行的,但对其他比较接近的同事并不隐瞒,还邀请协助。我伯父当时也在竞志女学教书,和他们是同事。据说,秦毓鎏以无锡光复军都督名义贴出的第一张告示上用的都督大印,因为事前忘了准备,还是临时由钱鼎奎在竞志女学内用一块石砚刻成的。因此竞志女学实际上是当时同盟会会员发动无锡光复起义的一个临时秘密机关。根据这一情况,《光复志》中刊登一张竞志女学的照片就不为无因了。凭我主观猜测,《光复志》上之所以放这张照片,可能有两个原因:一个原因确实像照片后注释中所流露出来的,是对那时两个主持起义的老同事及其他同盟会会员的不满意表示,认为他们在起义成功以后,却成为"革命不革心"的"阳揭国民福利之职,阴以扬己自显为主旨者",忘掉了在竞志女学内准备起义的原来宗旨,也丢掉了原来出身的这个学校,只知追逐他们个人的功名利禄去了,所以特地刊登了这张照片,加上那段主要引述金天翮赞扬侯鸿鉴的一段文字,以此对他们这批人进行讥讽;另一个原因,可能是因为明确说明竞志女学是起义前的发动准备机关,就一定要涉及校主侯鸿鉴当时对起义所持的态度,而这则有损于作者本人同侯的友谊,因此不便明言,才想出登上这张照片,使当时的读者明白竞志女学在这次光复起义中所起过的作用。这两种原因,也可能兼而有之。这仅是我现在的主观猜想,是否果真如此,希望了解内情的老前辈提供更多的史实。

二、关于《光复志》作者

《光复志》的作者钱基博,号子泉,无锡人。我在本文中不准备给他作传,主要是说明他本人与辛亥革命和无锡光复起义的关系,以及编撰《光复志》的有关背景等。

我伯父没有得过清代的任何科举功名。因为出生较晚,到他可以应举考试的时候,科举已经废止,但他曾从师学过做八股文和写古文,举人许国凤老先生就是他最后一个投卷改文章的老师。他也没有进过当时的新学校取得正式学历。我祖父钱福炯(号祖耆)是一名秀才,有祖遗田产三四十亩,仅是一个小地主。但是他的岳家石塘湾孙家,却是无锡当时最有势力的大地主之一,他的大哥(我的大伯公)又曾中过举人,在本县和其他几个县担任过县学教谕,无锡不少权势人士或是他的门生,或是他的同年故旧。我祖父虽然仅是一个小地主,在无锡社会上算不上什么知名人物,够不上乡绅资格,但是因为有岳家的背景和大哥的关系,所以人们仍把他当做一位小乡绅看待,他本人也俨然以小乡绅自居。我伯父就出身这样一个家庭,既无多少田产家财,又无家世封建功名可以余荫援授,他必须凭自身努力才能自立于世。但有外祖父家和大伯父的社会关系,可以作为进身之阶,所以他少年时代对学习古文和旧国学十分勤奋努力,以求学业成就,上进有路。他同时也受到了康有为、梁启超资产阶级改良主义的影响,开始接受"新学",自学中国古代历史、地理,并参加当地资产阶级旧民主主义的先驱人物杨荫杭等所办的理化研究会学习自然科学。凭这一门学科,他成名一名小学数学教员。就在他做小学教员时期,他写了一篇题为《西北地理形势论》的文章,向梁启超主办的《新民丛报》投稿,得到了刊登,梁启超还亲自写信给他,表示称赏、器重之意,他因此一举成名,成为本地受人重视的古文家和国学家。接着就由廉泉(号惠卿,是埋葬为旧民主革命而英勇牺牲的女烈士秋瑾的吴芝瑛的丈夫)的推荐,由江西省布政使陶大均聘任为专主文稿的师爷,月薪银百两,当时年龄不过二十三四岁。他这样年轻,既无科举功名,又未进过正规的新式学堂,能得到这样一个优厚的政治职位,确可算得少年得意了。可是不到一年,陶大均得疾暴亡,他就离职回乡,到竞志女学担任国文教员,不久辛亥革命发生,无锡也响应起义,得到光复。由于他的家庭出身和社会关系,以及他本人的社会经历,故对辛亥革命既不欢迎,也不反对,到革命取得一定的成功后,也能跟着潮流参加一定的工作,表示支持。同时,和秦毓鎏一起发动起义的同盟会会员孙保圻,参加军政分府担任财政部长但并非同盟会会员而在地方上拥有实权的孙鸣圻,以及另一个担任军政分府民政部的总务课长并经常代行部长职务的同盟会会员孙靖圻,都是他外祖父家的。此外,和秦毓鎏一起发动起义的另外两个重要人物钱鼎奎、吴廷枚,又都是和他在竞志女学一起工作的同事,吴廷枚还是我母亲的舅表兄,和我伯父又有姻亲关系,加上秦毓鎏本人也拉拢他,军政分府的一些重要文告和碑记,都委托他起稿。所以,在辛亥革命起义军攻下南京后,当时又一同盟会锡籍会员顾忠琛担任江苏起义军的淮北援军总司令,曾邀聘他担任总司令部参谋。后来南北议和,袁世凯担任中华民国的首任大总统,顾忠琛的所部改编为第十六师,顾忠琛担任师长,他又担任师部参谋,随军同行。他还经常提起下面这一情节:当部队驻守镇江时,一个夜间,曾有一个营的士兵哗变,当时师长不在驻地,他曾主动负担责任,连夜进行布置,稳定其余部队,平息了这一事端。所以《光复志》的作者在无锡光复后,确又曾支持和实际参加过辛亥革命。可是他对同盟会和辛亥革命并非真正赞同、拥护,因而对革命过程中所出现的很难完全避免的一些不正常现象进行挑剔、指责,但对革命党人对封建地主势力的妥协则表示欣赏,这就是我伯父撰写《光复志》的基本立场和态度。所以在南北议和、中华民国正式宣告成立后不久,他就立即脱离十六师,回到无锡第三师范担任教员,以表示从此退出政界。直到袁世凯企图自己做皇帝,打击各地国民党势力,国民党二次革命失败,秦毓鎏为袁世凯政府被捕入狱,地方最顽固反动的封建地主旧势力乘机群起攻击秦毓鎏,几欲置之死地而后快的时候,《光复志》的作者出于一个旧知识分子的正义感,又为秦毓鎏抱不平,所以写了这部著作,为无锡光复起义和秦毓鎏主持公道,求得事理之平。因此,尽管《光复志》的作者对辛亥革命的基本立场和态度如上面所述,但是该书在一定程度上还能比较真实地反映当时的历史本来面貌,也为我们后人留下了比较系统的有关文字史料。

三、关于辛亥革命前同盟会在无锡的活动

《光复志》中只字未提孙中山先生领导的同盟会对辛亥革命和无锡光复所起的作用,但事实上,无锡光复起义主要是同盟会会员发动和领导的。

早在1898年,即戊戌政变的那一年的上半年,在康有为、梁启超的"维新变法"运动影响下,无锡人杨模就创办了无锡第一所近代学制的埃实学堂。裘廷梁创办了《锡金白话报》,是无锡第一张近代报纸,也是全国最早的白话报刊。同年暑期,无锡人俞复和杨荫杭等借埃实学堂发起组织了励志学社,宣传"新学"。俞复担任副会长。是年秋天,俞复和吴稚晖(当时名眺)、丁芸轩、曹衡之(名铨)等创办了三等学堂,这是继埃实学堂之后的又一所无锡最早的新式学校。励志学社的主要发起人杨荫杭当时在上海南洋公学(交通大学前身)读书,而无锡辛亥光复起义的主要领导人秦毓鎏,是比杨低一二年级的南洋公学同学。没过多久,励志学社被清政府封闭,吴稚晖和杨荫杭先后去了日本,孙中山先生这时也在日本,正组织同盟会,吴、杨两人相继参加,接着秦毓鎏也去日本留学,较杨荫杭后一年参加同盟会。如果吴稚晖算作无锡人,则吴、杨、秦三个人可能是无锡最早一批参加同盟会的人。以后参加同盟会的无锡籍会员,据我所知或记得起的有:侯成(号疑始)、孙观圻(号补生)、张轶欧、胡雨人等,俞复后来也参加同盟会,但何时参加,是否因吴稚晖的关系参加的,我不大清楚。

1903年前后,杨荫杭从日本回国,曾和留日同学蔡文森(号松如)、华裳吉等在无锡创办理化会,聘日本人藤田友彦为讲师,吸收

学员讲授自然科学知识,这是无锡第一所进行自然科学教育的专门学校(补习学校性质)。我伯父(钱基博)和我父亲(钱基厚,号孙卿)都在1906年前后做过这个理化会的学员。杨荫杭是否曾以理化会为掩护进行同盟会活动和发展会员,我不大清楚。仅知道和秦毓鎏一起策划发动无锡光复起义的两个重要人物——钱鼎奎和吴廷枚,都是和我父亲同期参加理化会的学员,后来两人都是同盟会会员。

无锡同盟会开始发展会员和展开活动,是在秦毓鎏回锡以后的事。秦毓鎏从日本留学回国后,先是去安徽、广西、湖南等地活动,1906年在广西龙州师范担任教员,因为策划和参与龙州反清革命起义失败,逃回无锡,表面称病杜门不出,实际暗中进行同盟会的组织活动。1909年,无锡第一家日报《锡金日报》创办,实际就已类似同盟会的机关报。该报创办人之一、首任主编孙保圻,就是和秦毓鎏一起发动辛亥光复起义的另一个重要人物;该报另一个创办人蒋曾燠(号哲卿),也是同盟会会员。又秦毓鎏原拟在光复起义中委任为军事总负责人的顾忠琛也是同盟会会员(顾在辛亥革命中参加了苏州的光复行动)。由此可见,无锡光复起义主要是由同盟会发动和领导的。

但《光复志》的作者钱基博在书中只字不提同盟会及其所起作用,仅称秦毓鎏及其"党"或"徒"或"辈"。这主要是因为作者对孙中山先生和他领导的同盟会怀有偏见而有意抹杀不提的。

四、关于杨荫杭

《光复志》中没有提及的杨荫杭,我觉得在叙述这一段历史时,值得附带提一提,主要是说一说他在旧民主主义革命中对无锡所起的作用。

杨荫杭出身无锡世族,父亲杨翰修曾中过秀才,后来担任当时北塘的商业首富唐守铭所开堆栈的经理,唐守铭就是杨荫杭的岳父。杨荫杭到上海进南洋公学读书和去日本留学，在很大程度上就是依靠岳父的资助。

杨荫杭创办理化研究会后，曾要他的胞妹杨荫榆也参加该会学习，他可能是全国首先提倡男女同学的一个人。他又因带头反对跪拜祭祖，为同族杨章甫等开祠堂驱逐出族，当时被称为"叛逆之徒"。

在无锡创办理研究化会后，他就去上海参加同盟会的机关报《民报》担任编辑，接着又去英国留学。辛亥革命时，他不在无锡，因此未参加无锡光复起义的活动。

辛亥革命后，杨荫杭回国，此时袁世凯已经接任大总统，杨荫杭被任为北京直隶高等审判厅厅长。袁世凯阴谋称帝，有人成立"筹安会"，为袁制造舆论，北京警察总监罗文干欲以破坏民国罪将"筹安会"的几个主要人员拘捕，被袁世凯下令撤职扣押，交直隶高等审判厅审判。杨荫杭以厅长名义直接干预审判，判决罗文干无罪释放，致总统府败诉。判决后，杨即自行离职，从此脱离政界，以律师为职业，常居苏州，在国民党统治时期，也始终未再做官。抗战中旅居上海，抗战末期病故。

五、《匡复篇》中一些主要人物及有关背景简介

秦毓鎏　字效鲁，出身于地主家庭。父亲秦穆卿，有个绰号叫"秦七阎王"。秦氏是无锡明清两代的世族地主，秦穆卿并非这个家族中最大的地主，他的这个绰号也并非农民给予的，而是因为他比较专横，同辈地主都有些怕他，才给了他这个"阎王"称号。

关于秦毓鎏参加同盟会、在日本的表现以及无锡光复起义中的情况已在《匡复篇》中得到反映。现补充一件事，就是秦在龙州起义失败回无锡后，《匡复篇》中曾提及一句说："薛翼运（字南溟）尝因事龃龉毓鎏。"这究竟是怎么一回事？记得我伯父曾和我谈起：秦毓鎏从龙州回家后，曾企图谋取锡金教育会或锡金劝学所的负责人职位，因薛翼运把持地方，力加抑制而未果。秦后出任无锡城区自治

公所副议长。

钱鼎奎 字湘伯,无锡鸿声里人,出身地主家庭,本人也是地主。曾参加杨荫杭等创办的理化会。辛亥革命时在竞志女学做教员,无锡光复,成立军政分府,他并未担任任何实职,仅参加临时县议会担任议员。二次革命后在本乡办过小学,可能担任过本乡图董。在1922年左右担任过无锡县议会议长。

孙保圻 字审懿,无锡石塘湾人,官僚家庭出身。太平天国革命失败后,石塘湾的孙家和荡口华家是无锡、金匮两县北乡和南乡最大的世族地主,当时人称"北孙南华"。清政府镇压太平天国革命后,无锡、金匮两县为办理军事善后,成立恒善堂,由城乡各推两家官僚地主的大绅士担任该堂董事。两个乡绅的堂董,就是孙氏与华氏,城绅的堂董,就是秦氏与×氏(这一姓氏我已记不清,请老前辈补充)。前任秦氏堂董即主持编纂《无锡金匮县志》的秦湘业。恒善堂后来就成为无锡、金匮两县地主豪绅支配地方政治的常设总机构,直到辛亥革命。

孙保圻就是石塘湾孙氏大地主家族中的一员,但并非这个家族最大的一个地主。恒善堂的首任堂董是他的伯父或叔父,他的胞兄弟孙肇圻(号北萱),曾中过举人。孙保圻的堂妹夫叶恭绰(号誉虎),是北洋军阀时期交通系官僚政客势力的一个主要人物,也是袁世凯手下所谓"一龙二虎"之一的人物。

孙保圻于1909年创办《锡金日报》,担任主笔,和他合作的另一个创办人蒋哲卿担任发行人。他们两人都是同盟会会员,蒋哲卿后来是辛亥革命后由同盟会改为国民党的无锡分部的副部长,正部长是秦毓鎏,但实际职务由蒋哲卿担负。

无锡光复后,成立军政分府总理处,以后总理处改为军政分府司令部,都由秦毓鎏先后担任总理和司令,孙保圻和吴廷枚两人先后担任副总理和副司令。后军政分府撤销,成立民政署,孙保圻即退出无锡地方政府。

吴廷枚 字锦如,地主家庭出身。如前所述,他是杨荫杭等创办的理化会的学员,在日本留学时参加同盟会的张轶欧是他的姊妹夫,他有一个姑夫是高汝琳(号映川),是薛翼运的重要帮手。辛亥革命时,吴廷枚在竞志女学担任教员,无锡光复后担任军政分府的副总理,军政分府撤销,吴廷枚担任秦毓鎏任无锡民政长时期的警务课长。国民党反袁二次革命失败,秦毓鎏被捕入狱,吴廷枚似即离锡,跟张轶欧在外地担任属员官职。北伐军到达无锡前,吴廷枚似已身故。

裘廷梁 字葆良,中过举人。他并非同盟会会员,但较早就接受资产阶级改良主义思想,曾创办《锡金白话报》,提倡写白话文,是五四运动前提倡用白话代替文言的文体改革的先驱者之一。到辛亥革命前夕,他在无锡上层社会和知识界中已享有较高声望,对社会进步力量一直比较支持和爱护。无锡光复后,秦毓鎏等推他出任军政分府的民政部长,他曾就职一段时期,不久就辞职,其实即便在职期间,他也并不问事,交由副部长俞复实际负责。

脱离军政分府后,裘就迁寓上海,自号"可桴",并声明从此"不复予时事"。不过他后来的进步思想远远超出他的同辈。例如,他始终主张应支持群众和学生的爱国进步活动,反对加以压制;始终提倡以白话代文言,并亲自写白话文作出榜样;生活上也一贯勤俭朴实,注意体育锻炼,"按日步行,或数里或里许,习以为常,不稍间断","先生虽耄耋,而言论丰采为少壮所不及"。裘廷梁一直到1943年12月才逝世于上海,享年87岁。

俞复 字仲还,出身于地主家庭。他和裘廷梁可算是同辈好友,杨荫杭、秦毓鎏和他相比,算是后辈。

俞复中过举人,曾和吴稚晖等人列名于康有为的公车上书。戊戌政变前,他和吴稚晖、曹铨、裘廷梁等人常在无锡崇安寺的一家"春来"茶馆聚著,好议论时政,被当时人称为"春来党"。他们还一起创办了三等学堂。俞复还与杨荫杭一起组织了励志学社。

俞复参加同盟会是在秦毓鎏之后,但由于他从事教育活动,辛亥革命前已在无锡上层社会负有声望,所以,他虽然没有参加无锡光复起义,但秦毓鎏在组织军政分府时,非得邀请他参加不可。于是由裘廷梁任民政部长,俞复副之。但是非同盟会会员的裘廷梁实际不愿干,全交由俞复副部长去负责,俞偏偏真的负责起来,对秦毓鎏、孙保圻、吴廷枚这辈自恃起义有功的同盟会人不大买账,因此引起秦、孙、吴等人的不满。在裘廷梁辞去部长职务后,秦毓鎏等人一定要推另一非同盟会人孙鸣圻继任部长职务,但遭到裘廷梁和胡雨人(胡是和俞复有深厚友谊的老教育家,也是在日本留学时就参加同盟会的老会员,无锡光复后任无锡县议事会议长)的反对,而裘、胡两人则全力支持俞复继任,这才使秦毓鎏不得不让俞复以副升正。但俞复在工作中仍受到秦、孙、吴之辈的百般牵制,终于被迫辞职,而由秦毓鎏自己兼任民政部长,秦的帮手蒋哲卿任副部长。这一场两派的权力之争,在《光复志》的《民政篇》中有所反映。

　　孙鸣圻　字鹤卿,出身于石塘湾官僚地主家庭。他的直属一支原非孙氏家族最大的一支,当时这一家族中最大最富的一个地主是孙伯容。但孙伯容仅是占有田产多,地租剥剥收入多,本人没有多大官职功名,代表孙氏大地主家族参加恒善堂任堂董的是孙鸣圻的一个伯父或叔父,曾中过进士,做过几任知县的大乡绅。到辛亥革命前,孙鸣圻已因兼营工商发了财,代替孙伯容成为族中首富,并与薛翼运、周舜卿结合在一起,成为无锡地方政治实力派人物了。

　　孙鸣圻开始发迹致富是在沪宁铁路勘定路线时,由于他的堂妹夫叶恭绰的关系,他事前获悉无锡车站的计划地点,就在站南要街之区领购大批荒地,及到筑铁路时,地产价格暴涨,他出售部分地产,同时又在部分地产上自建店房住房,在房地产上首先获利,有了资金,然后从事其他工商业。到辛亥革命前夕,他已投资开设乾牲丝厂、无锡耀明电灯公司等企业,虽然都是与人合伙,但他是两个企业的主要负责人。这个暴发户,不仅在孙氏地主家族中成为首富,在无锡也仅次于薛翼运。他对薛翼运马首是瞻，薛翼运也把他看做是控制无锡地方工商业和政治势力的主要合作者之一。薛翼运担任县商会会长，孙鸣圻就担任副会长，辛亥革命后，薛自己不担任了，就推孙为继任。因此，辛亥无锡光复后，秦毓鎏不得不把薛、孙两人拉入军政分府担任要职，正是势所必然。

另外，要附带提一提这个石塘湾孙氏大地主家族中的其他一些人物。

孙氏堂兄弟在辛亥革命前后是无锡社会上的头面人物，除上述孙保圻、孙鸣圻以外，还有：

孙靖圻　字子远，同盟会会员。俞复任民政部长时，担任该部的总务课长。以后，以国民党党员身份被推选任江苏省议会首届议员。

孙肇圻　字北萱，孙保圻的胞兄弟。辛亥革命后，同盟会改组为国民党，而章太炎和张謇则成立共和党。当时，孙保圻是国民党，而孙鸣圻和孙肇圻则参加共和党。孙肇圻以共和党党员身份被推选为江苏省议员。孙肇圻后来从事工商业，参加了荣氏茂新、福新、申新企业，在总公司担任高级职员终其身。

孙藩圻　字君芊。此人的父亲是原来担任恒善堂堂董的孙氏大地主家族的代表。孙藩圻自己中过举人，他继任父亲的势力，既非国民党，也非共和党，但辛亥光复后，却一直担任本乡的图董、乡董，一直到1927年北伐军到达无锡才被打倒。孙藩圻对辛亥革命及以后的进步势力一直抱着顽固抗衡的态度。他与无锡另一个名叫杨道霖的顽固派结伙，成立一个所谓"无锡县自治筹备公所"，杨道霖自任所长，孙藩圻和另一个顽固地主华祖绥任副所长。他们联名向军政分府提出要求，由他们这个"筹备公所"来代行法定的县参事会职权，由他们包办选举未来的民政长（县长），企图纠合无锡城乡顽固地方势力来争夺地方新政权。这一幕闹剧没有成功。这些情节在《光复志》的《民政篇》中也有所反映。

薛翼运　字南溟,即薛福成的儿子。这里只提一下他在辛亥革命前后的一些情况。

　　薛南溟在辛亥革命前夕,实际上已成为无锡地方统治势力中最大的一个实力派人物,是一个"土皇帝"式的人物。

　　太平天国革命失败以后,无锡地方上兴起了两个官僚地主家族,即薛氏与杨氏。这两个家族接受洋务思想,开始经营工商业。薛南溟在戊戌政变前,就与人在上海合资开设永泰丝厂,杨艺芳、杨藕芳兄弟则在无锡开办第一家纱厂——业勤纱厂。业勤纱厂比永泰还早两年,论资望和经济实力,薛南溟都不及杨氏兄弟,但薛南溟却在戊戌政变后一跃而擢居无锡地方士绅的首座,这里有一个偶然的攫取权势的机会。

　　这个机会,就是1904年无锡发生的所谓"粮商毁学风潮"事件。这一年,无锡的粮商为了反对政府向他们征收办新学的学捐,聚众焚毁了竢实、东林、三等等几个新学堂,并焚毁了竢实学堂的创办人杨模的家宅,这一行动表面上是粮商的抗捐暴动,实际上是得到当时恒善堂的世族大地主旧势力的幕后支持的。他们反对办新学,更主要的是反对以杨模所代表的当时正在崛起的杨氏新兴官僚地主兼工商业的势力。

　　杨模　字范甫,杨宗瀚的族侄。他在创办竢实学堂前,中过举人,在山西担任过太原武备学堂监督,这个武备学堂就是杨宗瀚创办的。杨模接受了维新洋务思想,回乡办学,就必然要代表杨氏这一新兴势力干预地方政治,动摇旧势力把持地方的恒善堂堂董的宝座,因此,恒善堂堂董竭力支持粮商借口抗捐掀起毁学风潮,企图把杨模赶跑,压制杨氏新兴势力的抬头。

　　但杨氏与当时的两江总督端方关系较密切,端方获悉无锡发生毁学风潮,指令江苏巡抚派两个邻邑知县来锡查办。恒善堂旧势力看到两江总督和江苏巡抚都出面干预这个案件,怕连累自身,就退缩在后,不敢出面了。粮商为求解脱,于是就向原与粮商关系较好的

"薛仓厅"即薛南溟求援。于是"鹬蚌相争，渔翁得利"，薛南溟出面向各方调停，以粮商出资赔偿和重建所焚学堂及杨模家宅，并照缴学捐为条件，仅将闹事的一两人略处轻刑，让主要祸首赵夑外逃，了结了这案件。同时，恒善堂堂董则表示愿意让贤。锡、金两县知县得保乌纱帽，对薛南溟也就另眼相看。接着，在清政府假"立宪"的行动中，各地成立所谓地方公众的总团体"绅商学会"（即由县商会、县教育会、县农会前身三者合一的总团体）时，薛南溟就被推上了首任总董的宝座，取代了恒善堂的势力，成为无锡地方城乡绅士的领头人。辛亥革命前夕，薛南溟除上海永泰丝厂外，又在无锡开设锦记丝厂等，资本实力又较前大为增强。薛南溟与周舜卿、孙鹤卿、蔡兼三、高映川等结成一股新兴的控制无锡的地方势力。锡、金两县知县平时得不到"薛大先生"的点头，就休想办成事情。因此，秦毓鎏在光复后要组织军政分府时，也顾不得那些与秦同时起义的同盟会同仁的非议，请并非同盟会会员的薛南溟和孙鸣圻分任两个部长。

　　辛亥革命以后，章太炎和张謇组成共和党，以与国民党竞选。张謇自任共和党江苏分部长，拉薛南溟在无锡成立分部。薛和孙鹤卿、蔡兼三等实际上都参加了共和党，但都以有身家的人物不便抛头露面为由搞空头政党政治，所以就把我父亲钱孙卿（当时还只二十五岁，是属于低一辈的青年人）推出来担任该党无锡分部的部长。我父亲就是孙鹤卿的表弟、高映川的女婿，而孙、高两人则是当时薛南溟依为左右两臂的重要人物。这样，我父亲也就此开始踏上无锡地方的政治舞台。

（选自《无锡文史资料》1981年8月第3辑）

无锡光复前后（史料）

章振华

1911年10月,武昌首义成功,全国革命党人纷起响应,无锡亦于同年11月6日(农历九月十六日)宣告光复。

一、光复前的酝酿、策动

1. 钱业商团秘密组织光复队

早在1910年初,无锡钱庄业的职工就想组织一个公开团体作掩护,暗中从事秘密活动,后因反动势力强大而作罢。1911年上半年,川、鄂、湘、粤四省掀起了大规模的保路运动,清政府派端方入川镇压,暗中密令"格杀不论",于是全国舆论大哗。在这种反抗情绪高涨的形势下,无锡钱庄业青年职工重又准备组织团体。不久,武昌首义成功,各省纷纷响应,无锡社会风声鹤唳,草木皆兵,资产阶级为了保护自身的家产,纷纷准备成立商团自卫,钱庄业青年也就乘机鼓吹组织钱业商团,作为革命活动的合法场所。商团成立后,蔡容、王景濂两人又进一步密谋在商团内集合志士响应起义。1911年11月4日(农历九月十四日)上海宣布独立,成立军政府。这个消息对无锡广大人民来说是又一重大鼓舞。苏州、无锡一带都积极准备响应。蔡容、王景濂见时势紧迫,就考虑马上在钱业商团内秘密组织光复队,以准备迎接起义。11月4日,蔡容、王景濂共同拟定宣言。

2. 起义前夜的活动

秦毓鎏是无锡最早具有革命意识者之一，武昌首义成功后，秦毓鎏鉴于形势对革命有利，就暗中集合钱鼎奎、孙保圻、吴廷枚等数十人，密谋响应；钱业商团中的教练许嘉澍和重要骨干蔡容、窦鲁沂等也积极参与。他们首先把顾忠琛招募的民团300多人抓在手中，不让清政府借故遣散，然后又派人收买江湘营防兵，队官刘秀宽贪图重利，表示应允。秦毓鎏怕刘秀宽反复无常，要刘先行缴械，刘起先不肯，几经协商，才缴出了一部分武装。

江湘营防兵被收买后，秦毓鎏即着手组织起义武装，把吴浩、秦元钏暗中招募的死士和倪国梁率领的民团合编为"守望队"，共400多人，专司巡行道路，对付起义后乘机掠夺的散兵游勇；另外又指定光复队为"进行队"，起义时进攻无锡、金匮两县县署。

1911年11月5日（农历九月十五日），无锡光复的前一日，清朝江苏巡抚程德全在苏州归附革命军，宣布独立。当夜，金匮县监狱中的囚犯暴动越狱，金匮县知县何绍闻闭城搜索，闹得人心惶惶。无锡革命党人鉴于形势紧迫，连夜在秦毓鎏家中集会讨论，决定第二天响应起义，会上还决定了集合、联络等事项。

会后，钱业商团蔡容、王景濂、许嘉澍等又秘密召开会议，正式成立"光复队"，公推许嘉澍为司令，蔡容为领袖，王景濂为书记，章亮祖为军需，王复桢为军械，高昌鼎、邹祖耀两人担任军号。

蔡容、王景濂又将先前制定的光复队规约交给大家讨论，得到了大家的同意。

二、光复队响应起义，无锡宣告光复

1911年11月6日（农历九月十六日）上午，钱业商团召集全体团员，公开光复队组织，宣布规约，并征求队员。当场又有多人报名参加。光复队队员共44人，即在当地竖起白旗。不久，接到报告说，秦毓鎏将在公园誓师。于是光复队就整队向公园进发，走到寺巷口,又有商余体操会会员 12 人参加。起义群众在公园集合后,即在公园多寿楼前草坪上举行了誓师仪式。秦毓鎏当众宣布三项纪律,任命华承德为临时司令。

誓师完毕,华承德受命率领光复队队员和商余体操会会员向无锡县县署进攻。光复队领袖蔡容挥舞白旗第一个冲入,接着,全队跟踵而进。商余体操会会员向县署大堂放枪三排。县署守军因事前早已买通,故并不抵抗,纷纷归顺。华承德当即分拨部分队员扼守大门,防止外来袭击,并派人分守监狱,以防囚犯乘机暴动。分派已定,华承德乃率领光复队员冲入内堂,逮捕孙友蕚,孙友蕚被迫交出县印。华承德即留下部分队员守卫,把其余队员带回公园听令。当时,许嘉澍恐北门外商业区的防卫力量不足,经秦毓鎏同意后,由尹思安带领队员 15 名驰回北门外驻地。

接着,秦毓鎏又命华承德、许嘉澍、蔡容等率领光复队继续进攻金匮县署。这时,金匮县知县何绍闻早已更换衣服,逃走躲藏了。衙中那些平时惯于狐假虎威的差役丁壮,也纷纷投降。光复队占领县署后,又捕获了何绍闻。于是光复队队员把他和无锡县知县孙友蕚一起押解到秦毓鎏处。秦毓鎏对他们说:"我们并不苛待你们,你们的私人财物可以带走,但田粮税款丝毫不准取去,必须立刻交出!"孙友蕚、何昭闻唯唯允诺,秦毓鎏就把他们放走。

当光复队攻取金匮县署的时候,忽然接到报告说,无锡县监狱中的囚犯准备越狱暴动。华承德立派许嘉澍带着九名队员前去弹压。其余十几个队员由蔡容率领留守在金匮县署。

许嘉澍等赶到无锡县监狱以后,先分出四人伏在墙外,以防囚犯越狱出逃;又有四人守住监狱大门。许嘉澍率一名队员深入内监。这时监犯已大半打脱镣枷,准备一哄而起。许嘉澍看到情况严重,决非几个队员可以镇压,故而改用劝说办法,答应三天后就制订办法,予以处理。监犯听后稍稍安静,又以为外面早有准备,不敢越狱,仍各归原处。许嘉澍退出监狱大门时,责令狱卒小心看守,自己率领队员回公园复命。

进攻金匮县署的光复队队员在任务完毕回返公园途中，又顺道收复了厘捐总局，封存税款白银 30 963 两、银币 57 580 元，并派两名队员留守。

11 月 6 日（农历九月十六）下午，无锡全城光复。从此，无锡进入了一个新的历史时期。

三、无锡光复后的机构、设施

1. 军政分府的建立和撤销

锡金军政分府成立后，初设四部，由华承德任军政部长，裘廷梁任民政部长，孙鸣圻任财政部长，薛翼运任司法部长。后又在四部之上设总理处，统辖四部，由秦毓鎏任总理。在秦毓鎏兼任南京临时大总统府秘书以后，又增设协理两人，襄助总理，由孙保圻、吴廷枚担任。这时军政分府的组织机构最大（总理处下分设军政、民政、财政、司法四部和总理处的直属机构），人员最多（170 人左右），权限亦最广。

军政部仅存在三天，后因军政部并不直接管辖一兵一卒，而开支浩繁，在地方人士一致反对下撤销了。军政部部务由总理兼管。

不久，江苏省临时参议会决定各地方军政、民政分开，于是民政部又脱离军政分府另立机构。接着，司法独立，无锡成立法院，司法部也随之撤销。这时，总理处只限于管理军事（包括执掌军法）和一个财政部了。1912 年 1 月 23 日，秦毓鎏报请江苏都督批准，把总理处改为司令部（财政部仍隶属于司令部），由秦毓鎏任司令长。锡金军政分府存在共 178 天。

1912 年 4 月 10 日，南京临时政府解散。秦毓鎏又电呈北京临时大总统府、南京留守处和江苏都督府批准，在 5 月 1 日将锡金军政分府正式撤销，以民政署为无锡县地方最高行政机关，由秦毓鎏出任民政长。

2. 水陆军的编练

无锡光复后，秦毓鎏把顾忠琛招募的民团 300 人和孙友蓐的卫队、金匮县县署的差役,以及秦元钊招募的兵勇,合编为锡军第一营。由秦铎任管带(相当于营长),下设四个中队,分别以顾杰、侯中柱、秦元钊、张国凯为中队队官(相当于连长)。此后,秦毓鎏又拨款命前陆军三十五标三营前队队官顾乃铸招募壮丁568人编为第二营,但第二营不久就被顾忠琛调去支援外埠(时顾忠琛任淮北援军总司令),因此,秦毓鎏又在1912年2月贴出布告,再次募兵。招足一营,成为锡军第三营,并将三个营组成锡军步兵团,由秦铎升任团长。锡军步兵团号称拥有三个营,实际上第二营已在南京被编入江苏陆军第三师,不再归锡军统辖了。1912年5月,锡金军政分府撤销,锡军步兵团在充实一营常州兵员以后改称常州步兵团,直接受江苏都督指挥,不再是无锡的地方武装了。

锡军水师的前身,原是浙江驻锡盐捕右营管带徐诚檀率领的缉私船队,共有炮船4艘、大枪船2艘、小枪船4艘,官佐11人,兵士64人。无锡光复后,秦毓鎏乘机接管,改编为锡军水师,委张锦荣为队官。锡金军政分府撤销后,陆军划出,水师仍属民政署。秦毓鎏出任民政长以后,感到民政长不宜统帅军队,因此把锡军水师改为水上巡警,仍归民政署管辖。

3. 民政上的设施

军政分府首任民政部长裘廷梁任职不久即辞职去沪,由俞复继代。军政、民政分开以后,通过选举,民政长仍由俞复蝉联。1912年5月,军政分府撤销以后,由秦毓鎏出任民政长。

无锡光复后,在民政上的第一项重大措施是撤销金匮县治,把原来的金匮县并入无锡县。

第二项重大措施是选举成立了无锡县临时县议事会。

第三项重大措施是建立警察制度。无锡光复以后,专门设立警察事务所,由许嘉澍任警务长。秦毓鎏出任民政长后,改由吴廷枚任民政署警务课长,并开设巡警讲习所,培养巡士、巡警。这就是后来巡警训练所的前身。

此外,秦毓鎏还曾兴办了一些公共事业,如筑道路、修桥梁、开光复门、创建县图书馆,以及设立孤儿院、辟菜场等。

辛亥革命后建立的无锡县图书馆

4. 财政上的改革

无锡光复后,财政部首先以清代厘捐总局所存银洋维持开支。不久,又在财政上又进行了一些改革,主要有:(一)裁撤厘卡;(二)设立货物税总公所征收货物税(凡本省产品及外省运入的货物均按总值的2%征收);(三)减轻田赋(普减二成,取消田赋附加税),革除收缴田赋中的各项弊端,简化缴纳赋税手续,等等。

5. 司法上的种种

无锡起义的时候,无锡监狱中的囚犯曾组织闹监,要求新的执政当局予以释放。军政分府司法部成立以后,部长薛翼运即着手清狱,将囚犯逐个重新审理,释放了一些罪证不足或偶尔触犯刑律的初犯。不久,司法独立,江苏都督派王宗翰、俞锡藩来锡分任审判官和检察官。司法部随之撤销。

(选自《无锡文史资料》1981年8月第3辑。本文全文曾收在《江苏文史资料》1991年8月第40辑,即《辛亥江苏光复》,收入时篇名改为《无锡光复杂记》。这次收入时有删改)

无锡辛亥革命史实撷遗

章振华　周惟芝

　　1911 年 10 月 10 日,武昌起义胜利,震撼了全国,各地闻风响应。无锡同盟会会员秦毓鎏在无锡、金匮两县组织武装起义,于 1911 年 11 月 6 日占领无锡、金匮县衙,光复了无锡。光复后建立的无锡资产阶级政权机构——锡金军政分府,自 1911 年 11 月 6 日成立至 1912 年 5 月 1 日撤销,共存在 178 天。数年前,在广西柳州市图书馆历史文献部发现了锡金军政分府的部分重要原始档案。今按档案所记,并参考当时人的叙述,作无锡辛亥革命史实撷遗四则,以飨读者。

一、无锡资产阶级政权最早出版的机关报

　　无锡光复时成立的锡金军政分府,曾出版发行过一张资产阶级政权的机关报——《民国军锡报》。现存的锡金军政分府原始档案之一《锡金军政分府总理处日记》,对此事曾有记载。该日记起自辛亥年九月二十日(1911 年 11 月 10 日),止于民国元年 2 月 22 日(1912 年 3 月 10 日)。辛亥年九月二十三日(1911 年 11 月 13 日)日记载:"发行《民国军锡报》。"此后 4 天,九月二十七日(1911 年 11 月 17 日),锡金军政分府出版发行了第一号《民国军锡报》。该报为毛边纸印刷,8 开,四周边框饰以黑粗线。报刊名称"民国军锡报"5字为木版刻印的隶书大字,周以黑线条框之。报纸内容为宋体字铅

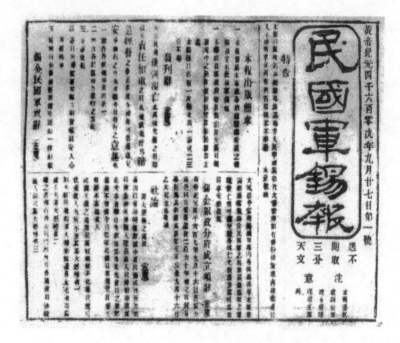

辛亥革命时无锡锡金军政分府所出《民国军锡报》

印。创刊号（第一号）内容有特告、出版简章、发刊辞、锡金民国军祝辞、锡金军政分府成立颂辞、社论等专栏。该报刊头下载"送阅三天，不取分文"八字。《民国军锡报》通讯处设于锡金军政分府总理处文牍科，由该科具体负责编辑出版。锡金军政分府文牍科科长系孙保圻。1912年1月8日，锡金军政分府总理秦毓鎏出任中华民国临时政府大总统秘书，由于公务需要，不能久留无锡，因而公推孙保圻为锡金军政分府协理，代理锡金军政分府总理处理日常事务。由此推断该报主要负责人可能即孙保圻。

《民国军锡报》"以鼓吹共和，采集舆论，谋地方人民幸福为宗旨"，同时亦"以锡金军政府宗旨为宗旨"，"以颠复现今之恶劣政府，改建共和民国为主义"。创刊号上明确规定此报的编辑机构为锡金军政分府总理处下属的附设机关，因此定名为"民国军锡报"。该报系日报。简章规定:"本报每日出版一次,每次出一张或二三张不等。"创刊号所载发刊辞、锡金民国军祝辞、锡金军政分府成立颂辞、社论(题为《罪大恶极之满奴》)的作者皆署名为"血魔"。发刊辞表明:发行该报的宗旨在于明确光复之日即国民责任加重之日。此后,饮血汗马缔造经营之事正多,故今后不可各逞意见、安享乐利。期望通过此报的宣传,能达到统一军政分府各机构之政策号令;协调各部,以谋求工作同心协力、步调一致;及时刊登每日城乡内外要闻及各方要电,从而达到安定人心、稳定社会秩序的目的。在社论《罪大恶极之满奴》中,列举了清政府专制统治的罪行,认为其"有罪不容诛者八",并一一加以列出,从而对清廷残害人民、出卖民族、国家利益的行径作了充分的揭露。

二、锡金军政分府兴办的公益事业

锡金军政分府在其存在的短短半年时间内,兴办了大量公益事业,其中较为重要的是开辟光复门。清末民初,无锡北城门内外商业相当繁荣,店铺林立,地狭人稠,往来行人摩肩接踵,殊为拥挤。为"便利交通,发达商业"[1],更为能开发火车站一带的新市场,拓展工商业新区,锡金军政分府"择定新桥东首方凸城墙处另辟新门,定名曰光复门"[2]。此项工程开始于1911年12月6日,先由民政部委乾牲丝厂李闻三承建,后又由民政部直接负责兴建。至12月10日左右,光复门工程竣工。由于开挖城壕、建筑桥梁等工程一时跟不上,锡金军政分府自12月11日起,在光复门外试办义渡一个月,每日从上午7时起至晚上21时行渡。义渡工作人员的工资由政府发给,民众摆渡不收任何费用。12月17日,又"以西区警局充公的船只拨作光复门外义渡之用"[3]。光复门开辟后,锡金新政权又进一步规划兴建连接光复门内外的道路。凡因筑路征用的土地,"悉照铁路公司上则(等)地价加倍发给"[4]。并鼓励人们在沿路两侧空旷处建造房屋,以便出租开设商店。当时通运路至太平巷口有一水荡，系新道路必经之地，为"改良路政，便利交通"，锡金军政分府下令"克日填平"，"约计三丈（有）奇"[5]。光复门开成后，曾有人建议将光复门改名为光汉门，未被采纳，于是"光复门"之名一直沿用到无锡解放。

锡金军政分府兴办的其他公益事业还有整顿交通、修筑道路、拆改桥梁、修整塘岸等。1911 年 11 月 13 日，民政部曾出示公告，禁止在北吊桥桥面上摆设小摊。同月 25 日，因曹王泾桥低矮，船只通行困难，故民政部下令"克日修筑"，将桥身、路面一一加高，畅通了此段水运航道。又因含秀桥有桥无河，阻碍交通，于 1912 年 1 月 11 日将该桥动工拆去、填平，使之成为康庄大道。无锡境内运河的某些塘岸年久失修，影响航行，1911 年 12 月和 1912 年 4 月，曾先后修整了新安附近和黄埠墩至皋桥一线的运河塘岸，从而保障了运河航线的安全与通畅。

为开发无锡火车站一带的商业区，锡金军政分府特在商务总会内（该总会原设于车站马路）专门设立了无锡市区工程局。工程局正董为俞复，副董及委员有侯祖述、秦玉书、单润宇、吴廷枚、蒋士松、虞砚铭、孙翰英等。自 1912 年 1 月 11 日起，工程局聘请测量员测绘了无锡详图，作为日后规划市场、道路、沟渠、桥梁等工程的依据。

锡金军政分府存在期间，曾委派俞复、吴廷枚勘定建设新北门，准备进一步改建无锡北门。此外，新政权还开始筹建无锡县图书馆，扩充了城中公园，设立了孤儿院，开辟了城内小菜场等。

三、锡金军政分府发布的移风易俗政令

锡金军政分府成立后，极力倡导"破除迷信，维持风化"[6]。告知民众："民国光复，凡一切恶习旧污均宜涤荡净尽"，提出要"转移风俗"。[7] 由此，锡金军政分府曾先后发布了许多告示和命令，采取了若干有力措施，以破除旧习，铲除封建社会遗留的一切污泥浊水。

1911 年 12 月 6 日示谕:禁止阴阳道人邪说惑众。告示:"嗣后一切师巫邪术务各革面洗心,改营正业。"[8],12 月 17 日,告示:严禁农村吃讲茶的恶习。1912 年 2 月 17 日,在总理处命令中主张宗教信仰自由。1912 年 2 月 17 日,新春将届,遂发布通告禁用清朝礼服和冠裳。同月 21 日,告示禁止任意倾倒粪溺和垃圾,并禁止举行香会和迎神赛会。在民政部 1912 年 2 月 24 日的示谕中,明文禁止举行正月初九的朝皇会,认为"男来女往,彻夜不休,不法之徒因之乘机偷窃,为害乡里,伤风败俗"。

锡金军政分府要求民众"涤旧染之污,作新国之民"[9]。曾多次告示、下令剪除清朝人蓄留于脑后的发辫。更因"赌博之害始则废事失业,荡产倾家;终则迫于饥寒,流为盗贼",故而一再下令严禁赌博,"无论牌九、麻雀、摇摊、掷骰一概不准尝试"(民政部"禁赌告示")。与此同时,又拘捕了不少赌棍,绳之以法。

锡金军政分府十分痛恨贩卖人口,认为"贩卖人口,罪无可逭","大伤人道","实属丧心昧良,罪大恶极"。[10]1911 年 12 月 27 日,锡金军政分府将捕获的贩卖人口主犯李阿寿罚立站笼三天示众,从犯严金姐、陈老太婆也用铁链锁在站笼旁一并示众。

锡金军政分府在移风易俗上较大的成就是"废黜庙宇"。如将市区各大庙废黜,"所遗房屋改作学堂及各项公益之用"[11]。又如,光复后从 1911 年 1 月 16 日起至 1912 年 2 月 17 日止,曾先后将惠山昭忠祠和李鹤章祠查封,将此两祠租借给吴淞、复旦两校作为校舍。后又把昭忠祠改为振声学社,李鹤章祠改为复园,并批准胡敦复所请,在李鹤章祠内设立"大同学院"。

民国建立后,锡金军政分府竭力抵制和废除封建迷信色彩浓重、耗资较大的旧习俗。如废除了无锡以往十分隆重的迎春典礼和打春牛、吃春菜等礼仪;废除了清朝旧俗"请诰命",以及每年 5 月和 7 月家家都要点大老爷灯笼的旧风俗。

四、无锡民众迎送孙中山专车

1911 年 12 月 31 日（农历十一月十二日），锡金军政分府接上海都督陈其美电告："孙大总统于中华民国元年元旦（即农历十一月十三日）上午 10 时由沪乘专车赴宁就任。"要求专车经过无锡时准备迎送。锡金军政分府接电后，立即紧急动员，筹备迎送事宜，并"示谕阖邑人民知悉：届期一律升旗，燃放鞭炮，以表欢祝之意"[12]。

1912 年元旦，朔风呼啸，寒气凛冽。锡金军政分府停办一切公事，清早即派员在无锡火车站搭起彩棚。届时，总理处督同军警及机关全体人员赴车站迎送孙大总统。

中午，在军警、民众数千人的欢迎下，孙中山先生满扎鲜花的专车徐徐驶进无锡车站，无锡东、南、西、北及光复门 5 个城门同时齐鸣礼炮 108 响以示致敬。一时礼炮轰鸣，"共和万岁"的口号声响彻云霄。当时之所以鸣炮 108 响，据称这天为岁首，一年节令有 12 个月、24 个节气、72 个节候，总共为 108 之数；也有认为 108 是 9 的 12 倍，9 是阳数中最大的数，有吉祥、至高无上之意。

总统专车在无锡站停妥后，锡金军政分府总理秦毓鎏上车晋谒。事毕，孙先生倚窗和迎送者握手问好。

停车约有半小时，孙大总统的专车又徐徐启动，开赴南京，迎送群众再次高呼"共和万岁"！孙先生临窗向大家频频挥手告别。傍晚 5 时，孙中山先生抵达南京下关车站，受到 17 省代表和军政及各界民众的热烈欢迎。当晚 10 时，孙中山先生在原两江总督署的大堂暖阁内举行宣誓仪式，正式就任中华民国临时大总统之职，并宣告中外，中华民国正式成立，改用阳历，并以民国纪元。

注释：

[1] 总理处 1911 年 12 月 19 日日记。

[2] 总理处第 43 号告示。

［3］总理处 12 月 17 日日记。

［4］总理处 1911 年 12 月 11 日第 47 号告示。

［5］总理处 1911 年 12 月 11 日第 48 号告示。

［6］民政部 1912 年 2 月 24 日示谕。

［7］总理处第 104 号告示。

［8］总理处第 45 号告示。

［9］总理处第 101 号告示。

［10］总理处第 58 号告示。

［11］总理处第 91 号告示。

［12］总理处第 62 号示谕。

附：中国同盟会无锡支部会员题名录

姓名	字号	姓名	字号	姓名	字号	姓名	字号	姓名	字号
秦毓鎏	效鲁	钱鼎奎	湘伯	汪廷襄	赞卿	裘天放		王勋	公侠
张有诚	孟修	张轶欧	翼后	王福基	君磐	朱绶章	伯麟	陶铸	柳门
秦铎	振声	周公鼎	铭初	孙保圻	审懿	吴廷枚	锦如	秦曾源	云阶
吴殿械	骥德	高汝琳	映川	沈济	用舟	华岳	如崖	吴学莱	念岵
王宗沐	俊乐	卫昭	梅初	钱珍	席儒	杨祖桐	伯行	俞复	仲还
张曾枢	公辰	秦樾	荫阶	王肱	干城	蔡文鑫	缄三	陆映柳	
邵克稼	莘乐	秦巨源	祖寿	章鸿逵	孟毅	王家干	星北	孙良辅	子铭
王霖	季良	蔡宝钧	辅平	杨保华	颂新	朱麟士	砚澄	李葆璋	咏裳
薛翼运	南溟	闻德承	仲川	刘寿嵩	耀庭	过志绩	子华	孙鸣圻	鹤卿
龚宜戊	葆诚	龚步江	蓉初	朱凭栏	馥馨	陈煜	益三	王福云	钰泉
王汝崇	峻崖	唐殿镇	湘龄	程祖庆	锦堂	赵械	保钦	秦玉书	竹如
赵昌烈	子良	赵国均		顾福乾	铁庵	卫桐	叶封	朱珊梁	梅森
秦发达	超先	孙藩圻	屏东	金文耀	炳南	蔡凤仪	岐卿	沈幼彬	鸿纛
周之藩	颂屏	王传永	云程	杨寿杓	少云	李寿昌	少白	程汝祴	世绅
严钟峻	仲英	倪树坤	景华	邓以标	果卿	强雍烈	蓉卿	赵学沂	师曾
孙锡圻	霖甫	刘宬	书城	赵楚珍		王世澄	剑潭	陆凤岐	颂岐
陆凤章	焕唐	陆凤书	漱芳	陆凤藻	翰飞	严钟岱	叔英	吴荣	焕臣
李锦钟	颂云	张炳庚	渭安	过敏甫	子文	王福庆	少泉	张嘉惠	亮采

姓名	字号	姓名	字号	姓名	字号	姓名	字号	姓名	字号
高莹	秀岩	包宗汉	子景	华敬甫		张本立	道生	华勉	志刚
丁宝麟	炳卿	顾乃钧	和笙	朱树敏	子速	周士模	莲生	吴士枚	待梅
吴国昌	子才	王可均	锡卿	沈巍	焕章	唐瑛	鸣皋	姚虞翔	子冈
何耀华	羲炎	王宗槐	植卿	尤廷桢	子训	沈伟	季常	冯承基	仲海
庄荫梧	凤岗	侯汝济	作霖	陈冕周	冠英	钱云	鉴熊	严金镒	丽甫
张祖寿	念怙	夏鸿藻	紫辉	黄克仁	子祥	吴廷钟	衡之	王庭桢	子良
薛光锷	剑峰	蒋曾燠	哲卿	程启照	宇明	许鸿寿	菊泉	王侃	曾翊
丁显圻	彬臣	李鹤皋	伯申	朱煌	瑞耘	荣宗铨	德生	邹良铨	兹选
俟圻	瑞生	张国凯	子钧	廉德圻	子斌	赵钰	耀章	王仲英	士雄
范迪筠	颂坚	过思培	炳元	涂寿增	仲友	季绅	伯瑾	史宗鱼	
袭海航		张兆镇		王安亮	寄峰	杨炳炎	耀南	赵湘	子沂
窦鲁沂	咏之	陆占熊	辅征	李仲甫	文熊	袁宗沂	黼臣	王鎏祖	克夷
刘玮	理南	孙景渠		吴棣	建昌	曹安邦		孙景汾	
刘赞元	季初	杨宝璇	衡之	孙兆熊	协占	汪灏	乐之	张宗瀚	
尤蔚卿		叶芬	颂青	张曜中	鸣球	这锡晋	接三	陈霖溥	翊屏
陶春圃	仲良	辛诚	寄尘	刘天佑		刘芳源		吴廷枢	干卿
汪霞		廉模	范卿	吴廷章	仲渊	周曾寿	耀南	华封	晋康
杨镒	业勤	蔡煌	吉晖	蔡宝型	峻范	华寿山	颂南	华蕴生	吉人
华镇奇	端生	杨鼎钊	蓉珊	胡琳	有定	祝乃曾	永清	朱晋华	培根
朱正元	长秀	钱基烈	南林	薛锦明	翊禹	高文	仲章	许嘉澍	湛之
赵衡		章承祖		朱士炯	柏卿	虞文虎	淇洲	程品元	
穆葆铨	惠卿	吴达盈	方之	沈绍纲		程泰生		沈文锡	映辉
王镜福	冠升	陶赞	育臣	杨慰曾	笠洲	陈曾元	宝树	朱炳麟	鉴涵
张树森	少泉	陆凤诏	阁臣	倪家凤	翔青	辛孝达	仰周	廉桢	葆良
俞锡蕃	晋孙	杨福椿	蔼士	孙鼎培	伯成	孙在丰	莘农	贾开泰	礼门
沈景畴	雨三	吴秋帆		江锦	文华	朱宝滋	德斋	顾承祖	绳伯
林宗汉	飚曾	朱国桢	蓉洲	卢鸿渐	星耀	黄显明	锡良	杨景靖	履中
浦耕畴		张奎葆	星辉	单锡培	仲卿	周坤元	耀山	华天翮	伯和
杨祖椿	孟千	林鹤	有山	程振圻		王长声	尚麒	顾鸿	企农
孙勋	继亨	朱允中	执君	陈鹤卿	子云	林文镕	冶新	孙毅	振初
季仲和	宗桢	丁卓	超雄	陈书良	楚材	严恭寅	伯寅	蔡祖杰	心葵
秦毓浏	澄甫	万恒德	继良	唐钊	景康	邹祖荣	二桓	谢学源	竹良

（选自《无锡史志》1991 年 11 月总第 17 期）

第二编

探索求真

辛亥革命时期社会心理剖析

汤可可　钱　江

　　辛亥革命是中国和中华民族从漫长的封建专制时代走向近代社会的一个历史性变革。它酝酿和发生的过程，表现为整个社会的一系列或隐或显的变化。其中一个重要方面，就是社会心理发生了深刻转变。社会心理作为社会存在与社会意识、社会行为的介质，既直接而质朴地反映社会存在的变动，又对社会意识和行为起着一定的导向作用。剖析辛亥革命时期的社会心理，将有助于我们在以往不太注意的历史层面上，认识中国社会新旧交替的轨迹。

一、辛亥革命时期社会心理的特征

　　辛亥革命时期是一个特定的历史时期，尽管革命前后中国社会半殖民地半封建的根本性质没有改变，但传统的生产方式、生活方式及社会制度正在走向瓦解，新的经济、政治因素和社会意识形态正在形成和生长。某种不安、躁动、激奋和凝聚的倾向取代了以往的沉闷、冷漠和涣散，显示了这一时期社会心理的主要倾向。

　　首先，民众对社会现实和统治者表现出普遍的失望与不满情绪。在刷新朝政、扶持社稷的戊戌变法尝试失败，一度打起"扶清灭洋"旗帜的义和团起义被绞杀的情况下，人们对封建统治者的信念已从根本上动摇。曾经施之于维新派的恐吓、施之于义和团的欺骗，不仅不能抑制，反而加剧了人们对清王朝的憎恶和反叛。辛亥革命前数年间,天灾兵祸迭起,官府勒索搜括,全国各地抗捐、抗税和抢粮的自发性群众暴动云涌风起,内地的"民变"与周边的起义遥相呼应。其中反抗查户口、钉门牌的斗争曾席卷东南十多个省份,持续两年多时间。"江苏调查户口之风潮,层见叠出,几于铜山西鸣、洛钟东应。计八府三直隶州,以滋事闻者几居其半。"[1]两广等地还相继演变为武装暴动,愤怒的群众围攻州县,抗击前往弹压的官兵。目睹人民斗争的清廷官吏惊呼:人民与统治者之间"冤仇结于骨髓","民气之悍,民心之愤,已成危象"。[2]普通的民众是这样,来源于民众的军队同样"怀着不满现状的反抗情绪"。这在以破产农家子弟、没有出路的青年知识分子为主体的新军中表现得更为明显。[3]在全国率先竖起反清旗帜的就是新军,而清廷对未起义的新军采取拆除枪栓、收回子弹等措施,则更激起他们的对立情绪和离心倾向。当时在华的外国观察家这样评论:"整个革命运动中最令人感到惊讶的事情也许是:花费很多金钱而且寄予很大信任的陆军,现已证明是部分倾覆清政府的工具。"[4]毫无疑问,普遍的不满、失望、激愤,是辛亥前夜最突出的社会情绪反应。

其次,对亡国和社会崩解的危机感进一步加深。不平和不满情绪的产生,是以对社会危机的认知为基础的。对于国人而言,危机早已出现,只是甲午战败和八国联军兵刃京城,使亡国的感受更加强烈。认知较为清醒的首先是革命知识分子。他们对帝国主义的"日侵月夺痛心疾首","旦旦而哭之,夕夕而呼之"。一些人甚至大声疾呼:"白人并吞之期迫矣!""瓜分之祸","亡国灭种,就在眼前","危乎!危乎!黄帝羲轩之顽子孙,亡国绝种其在二十世纪之上半期乎!"[5]与此同时,他们从现实的社会生活中看出"量中华之物力,结友邦之欢心"的清政府,已成为"洋人的朝廷",而中国人正在沦为"两重奴隶""三重奴隶",因而"欲免瓜分,必先倒清"。[6]以孙中山为首的革命派,以极大的热忱展开民族主义、爱国主义的宣传。他们期望以此"革除奴隶之积性,振起国民之精神"[7]。其结果是一种前所未有的危机气氛很快弥漫于社会各阶层,越来越多的人意识到,中国"不兴必亡,不亡必兴","不愤不兴","其兴其亡,决于今日"。[8]许久以来柔顺屈从的精神状态开始为奋发抗争、自主图强的精神所代替。短短十年间,从抵制洋货运动到保路运动,数以千百万计的国民勇敢地投入斗争,不能不说是以深切的忧患意识和日益振作的民族精神为支撑的。这一时期中国"民气坚劲",节节上升,曾使一些外国侵略者为之震惊。许多外国人认为,试图控制中国人,将"背上一个包袱"[9]。

再次,否定、破坏现存社会制度和社会秩序的鲜明意向逐渐形成。一定的认知和情绪必然导致相应的行为倾向。在20世纪初的十年间,变革社会制度的意向比以往任何时候都强烈。1903年,当陈天华的《猛回头》《警世钟》和邹容的《革命军》发表时,其贯穿于书中的深沉的爱国之情和慷慨的革命之义,犹如风激雷动,震撼全国。孙中山将这些小册子成批翻印,派人如运炸弹一样从海外分运国内各地;一些学堂也集资翻印,"备作课本传习";新军中同情革命的士兵"几乎人手一册";散至民间,"则为歌本,遍行歌唱"。[10]清政府明令严禁,结果社会逆反心理反使"索观此逆书之人益多,乡人多辗转向上海购阅"[11]。正是空前高涨的变革社会的共同意向,才使革命派"劝动天下造反"的宣言,"不翼不胫而飞向海内"。[12]许多身历革命的志士在后来的回忆中都曾生动地记述过这种革命意向的传播及其所起的激发作用。在这一时期,即使是企图消弭革命的立宪派也表现出变革社会的某种斗争意向。开始时,立宪派标榜"开明专制",声称"以秩序的行动,为正当之要求",立足于劝告和请求清廷立宪。[13]但当局百般搪塞敷衍,很快激起强烈不满。自1908年起,各省绅商、士人乃至督抚大员,纷纷通电上书,赴京请愿,一次次发起"速开国会"的请愿运动。当1911年4月清廷宣布成立以皇族为主体的第一届责任内阁时,相当一部分上层士大夫痛感"希望绝矣",他们对立宪运动破产所作的心理反应,就是与统治者相决裂而转向革命,越来越多的人对专制制度抱否定态度,而对革命深表同情,就连清帝宣布退位的诏书,也不得不承认:"今全国人民心理,多倾向共和。"[14]从某种程度上说,这种转变也是无可逆转的历史演进过程。

最后,由认知和意向而产生的是一种强烈的社会责任感、使命感以及牺牲精神。这种精神与历来的"仁勇""侠义"不同,它具有新的社会行为规范的色彩。这尤其突出地表现在当时一批激进的热血青年身上。1903年发生的拒俄运动中,北京、武昌等地学生界罢课、集会抗议,留日学生奋起组织"抗俄义勇队",提出"宁为亡国鬼,不为亡国人",决定归国抗俄,"为大炮之引线,唤起国民铁血之气节"。[15]抗俄义勇队被清朝驻日本政府强制解散后,又组织"军国民教育会",把救亡与反清革命的宗旨融为一体,以鼓吹起义、暗杀为己任,胸怀大义,慷慨赴死,"事成为独立之国民,不成则为独立之雄鬼"[16]。辛亥革命前夕,金陵大学一位学生曾以《今日中国学生的责任》为题撰文,把革命学生的历史使命归结为通过"制定明智计划",实行卓有成效的改革,"使国家在一切领域进步","使中国复兴到强国的辉煌地位"。[17]当时革命党人组织的一系列武装起义中,大批志士仁人前赴后继,流血捐躯,义无反顾,都体现了对社会角色的自我认知,对社会义务的自觉领悟。在社会动荡、人心思变的形势下,这种强烈的社会责任感和自我牺牲精神,无疑具有极大的感召力。因而清政府统治者惊呼:"一有首倡发难之人,遂成燎原之势。"[18]不满情绪和变革意向通过这一心理的激发,不可逆转地变为革命行动。

诚然,辛亥革命时期广大农村的下层群众仍处于闭锁、蒙昧的境地,他们对革命的爆发几乎无所反应,或置身于隔膜之中,他们的社会态度仍笼罩在沉郁、冷漠、毫无作为的心境之中。这种社会心理的非主流形态及清王朝统治集团惊悸不安的心理,与上文所说的社会心理主流相互胶结,相辅相成,共同构成革命爆发的社会心理条件。即使是最闭塞的乡村,人们的不满情绪也真实、客观地存在。至于革命的领袖及核心人物在遭遇挫折时,不免产生某种消极、颓唐、退缩的情绪,但这并不影响社会心理的主要倾向,也不能改变历史前进的根本方向和进程。鲁迅先生在《药》《阿 Q 正传》等一系列小说、杂文中所剖析的辛亥革命时期各类人物的心理状态,深刻地揭示了革命必然爆发且艰难曲折的社会根源。

二、辛亥革命时期社会心理的成因

辛亥革命期间,革命的震荡深刻地改变着社会心理,正如陈独秀后来所总结的:"经一次冲突,国民改变一次觉悟。"[19]随着社会存在的急剧改变,传统的社会心理定势开始松动、分解,不仅心理流,而且心理面都在游移,扬弃旧的,汲取新的,开始重新组合新的心理结构。这一阶段促使社会心理变化和新的社会态度形成的因素,主要有以下几方面。

首先,新的社会需要和动机促使核心心理倾向发生转变。甲午战争后的中国民族资本主义获得较快发展,新的生产方式的出现和扩展,使人际关系和人们的生活方式发生一系列变化。1895 年中国的近代工业企业仅有 108 家,资本 18 260 万元,到 1913 年则分别发展到 698 家和 33 082 万元。[20]商业户数及资本额也有较大幅度的增长,一些典型地区的典型材料勾勒了它的发展轨迹,如上海棉布商户 1900 年为 130 多家,1913 年增为近 300 家,其中批发商已超过零售店数;五金商业户数及资本额由 1900 年左右的 58 户和 114 万两,增至 1914 年的 141 户和 280 万两。[21]其他地区也有类似的进步,中国新兴的资产阶级队伍 1919 年达到 5 万余人。[22]随着人数的增加,社会地位的提高,原来十分朦胧的阶级心理和意识明晰起来,他们以颇丰的资产把自己支撑起来,1904 年爆发的抵制美货运动,正是资产阶级需要和动机在行为上的外现。值得注意的是,发起和领导这场运动的资产阶级人士明确宣布,运动的目标是要"鼓我之民气","结我之民力","兴我之商业","收回已失之利权",[23]并指出要达到废除美约的目的,"不依赖清政府,而专恃民气是也",因为清政府"具奴隶性质而无爱国思想","具畏外之特质而又深忌民权之发达"。[24]尽管这场运动最终为帝国主义和清政府所扼杀,运动中民族资产阶级也时时表现出软弱和动摇,但他们保护现有利益和争取应有权利的参与意识,正是辛亥革命时期社会核心心理倾向的主要内容之一。

与此同时,商品经济的发展也促使权力、利益分配格局和人际关系发生一系列新的变化。至 1911 年,全国总计铁路里程为 9 618 千米。[25]20 世纪第一个十年间,全国民族资本 5 万元以上的轮船公司新设 7 家,[26]大幅度扩展了航路。铁路和轮运共同构成工农业产品、原料的运输网络,使商品经济获得进一步发展,其结果是商人人数增加,商业资本积聚。更重要的是,商品交换所体现的平等观念也开始被作为政治原则提出来,并引入社会政治领域。1904 年清政府批准在各地建立商会,至 1912 年,中华全国商会联合会所属各总分会所总数达一千余家。[27]1906 年,清政府颁布教育会章程,至1909 年,全国 723 个教育会拥有 4.84 万名会员,其中主要是士绅和工商界的头面人物。[28]这些分布于各地的绅商团体,"设演说而疾专制,重自治以基共和,对于清政府抵抗铁路国有,要求国会速开。有逮捕鼓吹改革者,则多方辩护;有调查组织机关者,则极力弥缝"[29]。这实际上已游离清廷创设的初衷而走向反面。特别在倡导地方自治中,商会按照平等观念和民主原则,选举组织地方自治机构,试行三权分立,集体议事,俨然一个独具新色彩的政府。与传统的信奉尊卑等级、专制集权的心理倾向不同,这里所体现的是与新的社会人际关系相适应的人格平等。

此外,传统的社会规范在新潮流的冲击下开始崩解。从 1898 年废除八股,到 1905 年废除科举,再到一批批青年精英出洋留学,人们自我实现的动机产生新的需要,相应对传统的纲常规范和伦理说教表现出厌恶情绪。越来越多的人认定："欲脱奴隶，必先平等；平等无他，必先破三纲之说。"甚至直言痛斥两千余年来被奉为至尊的孔孟儒学和封建道德为"混账""狗屁"。[30]毫无疑问，随着原有社会刻板印象被打破，人们对传统的逆反心理必然大大加剧。

其次，新的参照系的形成改变了人们的心理坐标。甲午战争后，外国资本家纷纷来华投资设厂，洋货向中国的倾销与日俱增，同时数以千计的西方政治、历史著作在中国翻译出版。据估计，19世纪60年代到90年代中期，国内出售的外国译著仅为1.3万册，而20世纪初的十年间，仅日译汉的著作就达数万种，发行十多万册。[31]这对中国民众心理造成了三方面的影响：一是对外国人的仿效。一些归国留学生"学外国人唯恐不像"[32]。都市居民饮食、衣着、居所的西化成为风尚。当时就有人评论："一切外国的东西都是好东西，这一类思想正在这时开头，所以全身服饰尽是外国货。"[33]当然就着西装而言，其中也包含对清朝冠服所表现的等级观念的否定。二是对外国人的依赖。因为官僚在政治活动中得到洋人的资助，民众在遭遇兵荒时多少也得到他们的救济，所以，部分中国人在一些社会问题上，包括兴修水利、举办公益事业等，都指望向洋人借款，"具有日益增大的谋求外国人援助和支持的倾向"[34]。三是对外国人侵略的抵制。随着民族独立意识的增强，越来越多的人开始认清列强瓜分和奴役中国的阴谋，"中国为中国人所有"的思想广泛传播，希望限制租界，取消治外法权，抵制外货，把企业、铁路、海关、财政置于国人控制之下。[35]不管怎样，西方文化的输入，为中国民众认知和评价事物树立了一个新的参照系统，人们的心理必然融入外来的全新因素。

再次，人际沟通方式的改变形成新的社会时尚。辛亥革命时期，铁路、轮船、电报、电话、报刊等近代化成果的推广比以往更为广泛，从而更密切地联结社会的各个层次，因而信息的传播区域、事件的发生范围、人们的活动天地，都比以往任何时候扩大。20世纪初，全国报纸数量为 100 种，武昌起义后的半年内，陡增至 500 种，总销量达 4 200 万份。[36] 1913 年，报界虽经历了"癸丑报灾"，但仍有 139 种报继续出版。[37] 袁世凯死后，更是报馆林立，"吾国都市中之报馆，其数乃远越乎各国"[38]。大批政论性小册子，也在这期间问世，1895—1911 年仅革命派就印发 130 种之多[39]。这还不包括大量介绍西方政治社会学说的译著。许多书一版再版，分销全国各省，美国、加拿大、秘鲁、澳大利亚、东南亚等国家和地区也办有许多华人报刊。正如孙中山在《革命原起》中所说："鼓吹三民主义，遂使革命思潮弥漫全国。"

这期间还有一批鼓吹民族民主革命和揭露社会黑暗的谴责小说相继出版，内容激烈，形式新颖，特点是"揭发伏藏，显其弊恶，而于时政，严加纠弹，或更扩充，并及风俗"，因而对革新思想、道德、习俗"有不可思议之力"[40]。这些作为舆论宣传的信息量的增加和信息渠道的开通，大大扩大了社会剧变的范围，加强了社会各阶层的相互影响，使示范和模仿的效应相互助长，从而有效地影响人心向背。

特别值得一说的是 20 世纪初，国内掀起出国留学热潮，大批青年知识分子的活动天地越出国界。1900 年留日学生仅 100 人左右，1906 年则达到 1.3 万人；[41] 1900 年留美学生仅十余人，1910 年增加到 650 人；而侨居海外的华人，1908 年达 800 万～900 万之众。[42] 他们不仅在组织准备和物资供给上，而且在思想、心理的引导激励上，给革命以巨大的支援。

总之，人口流动、人际信息传播交流的扩大，不仅沟通人们之间的比较、选择、讨论和辨析，而且改变人们的思维方式，加强革命力量的凝聚。社会存在的一系列急剧变动，使得社会心理结构相应演化，原有的社会心理发生转变或者被抛弃，而新的社会态度和行为规范开始形成。这一切是在整个社会的各个层面上交互展开的。

三、辛亥革命时期社会心理对革命的作用

一定形态的社会心理是社会存在直接的感性反应,其性质和形态取决于社会经济条件、政治制度和文化背景,但又回过来影响社会存在。社会心理对社会存在的作用,通过影响思想、理论、学说等社会理性意识,从而指导社会行为,又制约人们的社会性判断、意念、行为方式、行动效率等潜意识,从而影响社会行为。

从社会心理角度看,革命是一种制度化的社会群体行为。它虽然与现存的社会制度和社会秩序相冲突,却是以一定的理想制度为指导的。辛亥革命也正是这样一种顺应社会发展规律的有组织的、有自觉目标的群体行为。以往对辛亥革命的研究表明,由于政治势力的变动情况异常复杂,参与者的潜意识差别甚大并难以控制,所以,社会心理因素对于革命行为,既有正面的促进作用,也有反面的制约影响,值得进行辩证的分析。

就革命性质而言,辛亥革命是实现社会进步的激烈冲突行为。革命的直接参与者大多具有自觉意识,故它与一般的社会骚动不同。在新的社会制度和秩序建立起来之前,革命总是屡仆屡起,百折不回,而且日益壮大。自 1895 年起,以孙中山为首的资产阶级革命派曾一次次发动武装起义,开始时人们视之为乱臣贼子,大逆不道;进入 20 世纪后,人们转而为起义的失败而"扼腕叹息,恨其事之不成"。孙中山因此更加激奋:"国人之迷梦已有渐醒之兆。"[43] 1911 年 4 月,当清廷宣布铁路国有,10 天后按英美法德四国银行团意愿签订借款筑路合同时,人们对清政府攫取人民利益、出卖国家主权的积愤终于爆发出来,一场由广大民众参加的保路运动席卷全国,并与抵货运动的文明抗议不同,很快演变为武装暴动。保路运动、抗捐抢粮、新军起义、会党暴动,终于汇合成武昌起义的革命风暴。正因为这是铲除封建专制、推进民主共和的革命行动,故各方面的社会冲突能在相互刺激的循环往复之下,形成稳定而持续高涨

的革命情绪，使革命成为决定历史进程的主流。但是，如同一切群体行为一样，革命有可能出现社会角色的非个性化和社会责任的分散。南京临时政府的难产和困厄，卷入革命的立宪派和旧官僚对孙中山、黄兴的不信任，以及临时总统暂为"过渡"，虚席"以待袁君反正来归"，等等，不能不说与一定的群体自发心理有关。问题在于，领导革命的资产阶级革命派没能通过制度和舆论，有效地控制革命阵营内部的冲突心理。

就革命方式而言，辛亥革命是有组织的互动行为。近代中国社会哲学有两个重要的概念，一为"变"，一为"群"。从梁启超到孙中山，都对"群"的概念作过深刻的阐述。正如当时论者所谓，欲达革命之大目的，必先合大群；"而欲合大群，必有可以统一大群之主义，使临事无涣散之忧，事成有可久之势"[44]。这是近代中国社会从涣散转向凝聚的心理倾向的理性反映。人们需要联合组织起来开展社会政治活动。辛亥革命时期是各种政治、文化社团大量涌现的一个高峰。这些近代社团与传统的秘密会社有显著的不同。它们的集结有较为明确的宗旨，成员具有较为一致的政治意识，联络组合基本上排除了迷信落后的神秘色彩，而是采取民主的组织原则，形成较为健全的组织机构、行动规范和领袖权威。正是依靠政党、社团等革命组织，资产阶级革命派扩展力量，传播道义，发动革命起义。就是秘密会社和民间自发的群体行动，包括抗捐、抢粮、抵制外货等，也通过模仿，加强联合，提高组织程度，投入当时的革命潮流。正如有些研究者所指出的，当时中国社会中"私"压倒了"公"，但"私"又导致另一个"公"的出现，即国家民族的集体观。[45]但是，群体内部的松散状态，以及由意见分歧而导致的行为分裂，对群体行为的削弱，往往比正面冲突所造成的挫折更严重。辛亥革命中，一些依附革命的群体，组织涣散、态度动摇和妥协的倾向及权宜从众心理，同盟会内部的分裂，各地军政府与南京临时政府的不相统属，各自为政，都影响了资产阶级革命派的号召力和战斗力，使革命的进程艰难迂回,留下了一系列深刻的历史教训。

　　就革命的主旨来说,辛亥革命是具有自觉目标的离轨行为。参加革命的人员对于社会有基本一致的理解和期望。其中一部分人是在加入革命运动以前就已确立了革命目标,也有一部分人是被潮流卷入革命或关心、同情革命的人,但在革命过程中认同了革命目标。目标及行为倾向的一致性,是群体行为有效推进的内在动力。民主革命的宗旨要求参加者根据自己的感受、认知、判断、理解而行动,又要求参加者在行动中服从群体,始终与群体保持一致。这正是革命进行的内在困难,按照社会心理学的辐合理论和苗生理论,群体内部的不一致,有可能妨碍群体行为;而群体内部的绝对一致,有时也可能给群体行为造成损害。在辛亥革命中,前者如个人的暗杀行动,一些革命者对起义屡遭挫折产生悲观绝望情绪,遂自发组织暗杀活动,希望以一个暗杀时代来埋葬清廷。这种个人复仇式的行为,是小资产阶级革命分子找不到革命依托力量的狂躁表现,其结果只能把革命引向歧途。后者则表现为群体决策中的极端偏转,对具体革命行动的集体决策,常常表现为冒险性极端,即在条件不具备的情况下,贸然大举,如1908年的钦州起义和河口起义,结果难免归于失败。[46]而在革命的战略性决策中又容易表现为保守性极端。例如武昌起义后推举都督,革命党人都认为要依靠黎元洪、汤化龙这样有地位有声望的人才能号召群众。又如南京临时政府在北伐、清帝退位、南北和议等一系列问题上,一再表现出妥协退让。孙中山等革命派并非丝毫不察觉袁世凯窃夺全国政权的阴谋,也不想放弃决策合理性的坚持和维护,问题在于群体内聚力的削弱,加上错觉压力和极端性偏转,才使决策改变了初衷。这一系列决策失误,最终造成革命的迂回曲折。所以,在具有自觉意识的群体行为中,必须注意避免集体性幻觉和错误暗示所造成的决策误区。

　　综上所述,一定的历史事件即集中的社会群体行为,总是或多或少受到特定的社会心理的影响和制约。一定历史时期的社会心理,可以有各不相同其至完全矛盾的多种心理形态。但一定时期的社会心理主流,则必然会在社会关系的深层,对这一时期的社会意识和社会行为起到刺激、促进或致弱的作用。辛亥革命时期的社会心理主流,是资产阶级民主革命的群体心理。它是旧世纪即将过去、新时代正在到来时期的社会心理形态。它对于传统心理结构是一种否定和突破,但本身又包含着新与旧的冲突。对于辛亥革命,它起着支撑革命精神的积极作用,而它的不成熟性、不稳定性和内在矛盾,则常常无形地制约着革命者的革命行动。

注释:

[1]《东方杂志》1910 年第 4 期。

[2]《连州事件日记摘录》,《近代史资料》1955 年第 4 期。

[3] 陈旭麓:《近代史思辨录》,第 127—129 页。

[4]《英国蓝皮书有关辛亥革命资料选译》,第 92 页。

[5]《湖北学生界》第 3 期,《浙江潮》第 1 期。

[6]《开智录》,《清议报会编》第 15 册。

[7]《苏报》1903 年 5 月 31 日。

[8] 章开沅:《辛亥革命与近代社会》,第 9 页。

[9] 吕浦、张振鹍:《"黄祸论"历史资料选辑》,第 214 页。

[10]《辛亥革命》(一),第 57 页;《辛亥首义回忆录》第 2 辑,第 110 页。

[11] 冯自由:《中华民国开国前革命史》中卷,第 131 页。

[12]《中国国民党史稿》,第 124 页。

[13] 梁启超《饮冰室合集》文集之 22,第 28 页。

[14]《民国经世文编》第 2 册。

[15]《湖北学生界》第 4 期。

[16] 冯自由:《革命逸史》第 1 集,第 164—166 页。

[17]《金陵光》1911 年第 3 卷第 3 期。

［18］章开沅、林增平：《辛亥革命》上册，第240页。

［19］《吾人最后之觉悟》，《陈独秀文章选编》上册，第105页。

［20］陈真等：《中国近代工业史资料》第1辑，第54—56页。

［21］吴承明等：《中国资本主义发展史》第2卷，第1002—1008页。

［22］黄逸峰等：《旧中国民族资产阶级》，第88页。

［23］《1905年反美爱国运动》，《近代史资料》1956年第1期。

［24］《时报》1905年6月6日。

［25］宓汝成：《帝国主义与中国铁路》，第362页。

［26］《中国近代经济史统计资料选辑》，第224页。

［27］虞和平：《商会与中国资产阶级的"自为"化问题》，《近代史研究》1991年第3期。

［28］费正清：《剑桥中国晚清史》下卷，第624—626页。

［29］《武昌起义档案资料选编》上卷，第245页。

［30］麦孟华：《说奴隶》，《清议报会编》第1册。

［31］钱有训：《从翻译看西方对中国的影响》，《远东季刊》第13卷第3期。

［32］《大公报》1903年4月17日。

［33］孙伏园：《辛亥革命时代的青年服饰》，《越风》第20期。

［34］《英国蓝皮书有关辛亥革命资料选译》下册，第664页。

［35］《杭州商务会呈请当局照会各使恪守约章》，《东方杂志》1907年第1期。

［36］戈公振：《中国报学史》第5章，第4页。

［37］方汉奇：《中国近代报刊史》上册，第71页。

［38］《李大钊文集》，第211页。

［39］方汉奇：《中国近代报刊史》下册，第171页。

［40］鲁迅：《中国小说史略·清末之谴责小说》。

［41］李泽厚：《中国近代思想史论》，第293页。

无锡·辛亥百年

[42] 费正清:《剑桥中国晚清史》下卷,第648页。

[43]《孙中山选集》上卷,第174页。

[44]《政体进化论》,《江苏》第3期。

[45] 费正清:《剑桥中国晚清史》下卷,第665页。

[46] 胡绳:《从鸦片战争到五四运动》下册,第740—742页。

（选自《江南大学学报》1992年第3期）

南京临时政府的财政问题

汤可可　尤学民

南京临时政府是在推翻封建专制制度的革命中诞生的资产阶级革命政权。在它存在的短短三个月中,财政的艰窘和困扰,始终是它最感头痛的问题。当时社会各界对政府的批评,最多的也是它的财政政策。对南京临时政府的政治、军事、外交诸方面,史学界已进行了系统的研究,发表了一定量的论著。但是对它的财政问题,至今尚少充分的研究。本文试图对南京临时政府的财政问题作一概略分析,为总结这一方面的历史经验提供一点个人见解。

一

世界近代史表明,旧制度的崩溃,就统治阶级一方来说,除了政治上的矛盾激化以外,财政上的严重危机往往也是一个重要原因。"欧洲从 18 世纪初以来没有一次严重的革命事先没有商业危机和财政危机。1848 年的革命是这样,1789 年的革命也是这样。"[1] 1911 年的中国革命应该说也不例外。

清代末年,庞大的军费开支和战争赔款已成为套在清廷脖子上的两条越抽越紧的绞索,使清政府的财政赤字膨胀到空前的地步。为了苟延残喘,它除了加紧搜刮人民,又拼命兴借国债。截至 1907 年,清政府积欠外债现负额达到 1.15 亿两,这还不包括铁路借款和地方向外商所借之额。[2] 这前后它还三次发行公债,募得约 4 000 万两,以挹注财政。[3]最后,则连镇压义和团和其他种种急需都未动用的"皇太后所积之内帑"计数十万两黄金,也一并"用以支付国家之用"了。[4]据估计,辛亥革命前几年,清王朝每年的财政赤字约为2 000万至7 000万海关两。清政府临终前的严重财政危机,集中体现了半殖民地半封建财政的全部恶症,它的倾覆是和财政破产紧密相连的。

严重的财政危机既加速了清王朝的灭亡,为革命的爆发创造某种条件,也给随后产生的革命政权造成了一种劣境。南京临时政府一成立,就面临着极端严重的财政困难。

在财政收入方面,南京临时政府无正常的进款来源。帝国主义列强借口中国内战会影响外债和赔款本息的偿付,悍然劫夺处在革命党人控制地域内的海关,扣留全部关税,"自鄂省起义,所有关税银两均归外人掌握,毫未缴出"[5],切断了临时政府收入的一大来源。临时政府成立时,外国公使团又以同样的借口成立一个专门委员会,拟订方案,强行控制了"盐务方面的全部现金进款"[6]。而当时作为财政收入重要来源的"地丁正税、厘课杂捐,或因革命而蠲免,或因战争而短绌",收入几乎无有。[7]所以临时政府财政部连连向总统府告急:"自光复以来,各州县经征款项应划归中央政府者,虽早经本部通电催解,而各该省迄未照解前来,以致收入亦无从概算。"[8]

收入无正常来源,需用却刻不容缓。南京临时政府最大的开支是军队饷费。辛亥起义后,各省军队大增,仅江苏境内,"水陆几至二十镇之多"[9];南京一地,"各志士组织敢死、义勇、进行诸队","将士不下三十万众"。临时政府成立后,"合江淮闽浙各省编成二十有一师"。[10]各地军队一齐向中央政府催要军饷。按财政部3月份支出总概算书所列,陆海军费达913万元,占支出总数的93.5%;如果加上参谋部、卫戍总督府,则达943万元,占支出总数的96.6%。[11]这里还没有计入各省地方军队的开支。临时政府另一大宗开支是政务费。革命勃兴之际,各省建立起许多独立政府,如江苏一省有 4 个都督府、3 个军政分府,安徽省有 16 个军政分府。各府互不统属,各行其是。对此无论是维持,还是裁撤,建立统一的行政机构,都需要相对于临时政府收入来说相当巨大的行政费用。其时新政方兴,建制、兴业、办学、赈灾,项项需款,据估计,临时政府各项军政费用每日支出约需近百万元[12]。所以孙中山这样说:"现当建设伊始,庶政待兴,支出则刻不容缓,收入则的款无多","财政窘迫各节,自系实情"。[13]

财政部 3 月份总概算是南京临时政府第一次也是唯一的一次预算。可是因为收入"绝无来源",到 3 月底,预算草案还是一纸具文,未获参议院核议通过,而各部院却"纷纷按照概算草案请领 3 月份经费",致使财政部"彷徨终日,应付无方"。[14]其实这也难怪,只有支出而无收入的总概算,怎能做到应付有方呢? 孙中山为此坐卧不宁,黄兴也"寝食俱废,至于吐血"[15]。孙中山致参议院的咨复说"中央财政匮乏已极"[16],应非虚语。

在如此严峻的财政矛盾面前,南京临时政府除了继续以革命的名义募集捐款外,便设法借债以应付燃眉之急。它曾三次向日本私人方面借款。一是以苏浙铁路作为担保,向大仓洋行承借日金 300 万元,其中 250 万元由苏路公司转借给临时政府,50 万元借给苏省政府;一是以轮船招商局作抵押,与日本邮船株式会社及日清公司议借 1 000 万日元,由于列强各国和轮船局股东反对,借款未成;一是以中日合办汉冶萍公司为条件,向日本三井洋行借款 1 000 万元,先期付款 250 万元后,在公司股东和参议院的一致反对下,合约被废。[17]另外,还拟向华俄道胜银行借 150 万镑,以全国赋税作抵押,结果遭各省和人民团体的反对而取消。最终达成协议的向上海怡大洋行借款 16 万两,则是全部以军火抵充,没有得到现款。[18]

在举借外债的同时,南京临时政府还通过发行公债填补财政收入的空缺,但发行的八厘军需公债 1 亿元,因为大资产者不肯合作,只售出5%的债券。"各省也多自办公债，然大抵用以搭放政费，不强民间以应募"，对革命政权的财政并无多大补益。[19]临时政府所能借到的内债也仅仅是商家私人的几笔为数不大的款项，如向港商所借18万两，向上海商人刘锦藻借20万元，向浙路公司借款（金额未详），向上海广肇公所、潮州会馆商人借款40余万两。[20]这些款项数额微小，到手辄尽，没有也不可能帮助临时政府摆脱财政困境。

南京临时政府财政上的困难，除了革命党人本身的弱点和失策（这一点后文还要具体谈到）以外，根本在于：第一，帝国主义各国决心扼杀革命，扶植袁世凯，从而加强它们对中国的统治。它们一面在财政上接济袁世凯，一面则对临时政府实行财政封锁。当革命党人空拳苦撑，不得不通过一些企业和私人向日本银行请求提供贷款时，英国等政府便向日本发出一系列抗议，反对给革命政府以任何财政援助。[21]在关税问题上，他们所担心的也不仅是关税收入的落空，而更害怕革命派支用关税以发展革命势力。英国大使朱尔典说得很坦率："最可危者，则革命政府将该款（指各地海关税收——引者注）等支付军需，或以应他种种急用。"[22]第二，革命党人没有得到国内资产阶级的充分支持。民族资产阶级，特别是当时实力最雄厚的江浙资产阶级上层人物，虽然曾经赞助并参加革命，但对南京临时政府始终抱着疑惧，一旦察觉各国列强属意于袁世凯，便立即拥袁反孙。江浙资产阶级的头面人物张謇等人，就曾一面借口避免"外交困难"，把持两淮盐政和地方税收，声称"千万不可擅行挪用"，卡住临时政府的财政来源，一面与袁世凯暗通音信，竭力迫使革命派向中外反动势力妥协退让。[23]他们除了声言"以昭大公"，要临时政府"通饬保全"盛宣怀等封建官僚的资产，[24]还公然致电临时政府，要求把中央造币厂划归江苏管辖，并拿出教训的口气说："总统无变更地方财产之处分"[25]，在财政方面牵制革命派的行动，动摇临时政府的权威。

南京临时政府的失败，是由多方面的因素决定的，而其财政上的极端困厄可以说是重要原因之一。对袁世凯的窃国阴谋，孙中山在政治上并非毫无知觉和提防，相当多的革命党人也反对和议，力主北伐。在军事上，孙中山曾亲自制定作战方略，计划分兵六路，以革命战争统一全国。为了提师北伐，他努力谋求向日本三井洋行借款。1912年2月，孙中山致电陈炯明说："和议难持，战端将开，胜负之机，操之借债。"[26]结果借款协议被废，北伐的计划也未能实施。正如宫琦滔天所指出的：孙中山"单在钱这一点上便没有能斗赢袁世凯"[27]。由于革命派把财政出路完全寄托在外债上，不敢也不善于运用革命的手段打开局面，开辟财政收入来源，临时政府始终在财政困难的泥淖中挣扎，最终不免在帝国主义和封建势力的重重逼迫下夭折，这不能不说是一个沉痛的历史教训。

二

然而，南京临时政府财政上的失着，并不能掩盖它在财政制度改革上所作的可贵努力。

"改良财政"，实现"财政之统一"[28]，是孙中山的资产阶级共和国理论在财政上的主旨，也是他为南京临时政府确定的施政纲领之一。他在就职宣言中说："此后国家经费，取给于民，必期合于理财学理，而尤在改良社会经济组织。"[29]也就是说，要求按照资产阶级财政的型范，改革财政，废除封建财政制度，建立新的财政体系。据此，临时政府对国家财政提出了一系列改革措施。

首先，把财政置于资产阶级代议机构的监督之下。在漫长的中国封建时代里，国家财政收入是以满足皇室贵族和封建官僚机构的需求为目的的。它取之于民，用之于君，不受任何机关的监督，也无所谓立法的限制。而且历代封建王朝几乎都是奉行横征暴敛的政策，加上财政机构的腐败，各级官吏贪污中饱，给黎民百姓造成沉重的经济负担。越到封建社会后期，田赋税收越是颓风盛炽，弊端丛生。资本主义经济的发展，要求突破封建制度的藩篱，建立资产阶级的国家制度包括财政体制,这就需要有一个按照民主原则组织的、代表资产阶级多数的机构,对国家财政加以干预和监督,以维护资产阶级全局的和长远的利益。早在组织军事起义、筹集军饷的实践中,以孙中山为首的革命派就十分注意财政监督,聘请债主、捐主代表为监查员,对发行公债和军事用钞"建立监查制度",强调"制度不能不精密",办法要切实稳妥,以稳定财政,建立信用。[30]南京临时政府时期,则由各省选派参议员组成参议院,参议院的八项职权中就有三项是:"议决临时政府之预算";"检查临时政府之出纳";"议决全国统一之税法、币制及发行公债事项"。[31]短短三个月中,临时政府还发布了一系列法令,规定军政、民政、财政分立,财政中分明收支命令与现金出纳两部的权限,并草拟了国家金库则例、出纳章程、国家财政会计法草案等法规,初步规定了资产阶级国家财政体系[32]。这些尽管比较粗疏和幼稚,但它根本不同于封建财政管理体制,对于清政府的腐败财政,毕竟具有全新的革命意义,在中国财政史上划断了一个时代。

其次,废除厘金和其他苛捐杂税。作为封建财政主要收入的田赋地租,在中国历来十分酷虐。清朝后期又开设厘金,以筹措军饷。各省在开办和征收中,自定章程,遍设局卡,一项商品不仅要征收生产税、销售税,而且在运输沿途层层抽税,税率高至20%。[33]1910年,清政府厘金收入增至4 318万两,比之田赋经常收入4 616万两已属旗鼓相当,比之于关税经常收入3 618万两已为后来居上,[34]成为苛敛商贾百姓、阻碍商品流通、破坏社会生产的一种苛税。辛亥革命前,以孙中山为首的革命民主派就对封建田赋地租和厘金杂税进行猛烈的抨击,提出免除一切封建税收的主张。1911年12月31日,孙中山赴宁就职前接见上海《大陆报》记者时指出:"厘金须立即废除。"[35]南京临时政府一成立就决定废除厘金,下令各项赋税暂行蠲免,并着手对田赋、盐税、关税进行整理。[36]各省独立后,也先后采取一些减税免税的措施。湖北军政府"首先宣布废除一切苛捐杂税",规定"除盐、烟、酒、糖、土膏各统捐外,所有统税局卡一律永远裁撤",还免除了当年的下忙丁漕。广东一次裁去杂捐28种。四川除裁去糖捐、水道捐等项捐税外,还取消了专门收税的水道警察。[37]福建军政府宣布蠲免清朝的旧欠钱粮,废除厘金,"改良征收钱粮章程"[38]。九江军政分府和南昌都督府也先后"发出决定废止厘金之布告"[39]。上海军政府宣布:"将江、浙、皖、闽境内一切恶税尽行蠲免。"[40]革命政权采取的免税政策,尤其是废除厘金制度,有利于工商业的发展,减轻劳动人民的负担,因而获得了工商资本家和广大人民的支持。这一改革不仅是对清王朝滥税恶捐历史经验的总结,而且是中国资产阶级决心推翻封建制度的最勇敢的行动之一,它体现了可贵的革命进取精神。在实践上,它激发了人民群众的革命热忱,各地商会纷纷组织捐款筹饷,多少补充了革命政权的财政收入。

第三,改革币制。清末的币制混乱之极:通行的银两不仅成色各异,而且两制不一,户部和各省发行的各种铸币,包括银元、铜元、制钱,更是种类繁多,比价上下无定。随着鸦片贸易和白银外流,银贵钱贱,通货膨胀日渐严重。再加上帝国主义在华银行大量印制钞票,各地钱庄银号各行钱票、银票以及民间私制小钱,币制紊乱达到空前的地步。清政府所作的"画一币制"的整顿,只是火上浇油,又造成铜元泛滥成灾。[41]这样,"国家无公认交换之法货,而抉择听之于奸商;货币无流通信用之实际,而疆界画之于官府。官与商交征其利,所苦者一般人民"[42]。显然,财政要统一,币制必须统一。孙中山在任职前夜即表示:"币制之改革亦当于最短期内实行。"[43]任职后立即饬令财政部迅速妥议"厘定币制",将清朝江南造币厂改为中央造币总厂,负责熔毁旧币,分析生金银铜,鼓铸新币,并着手印铸了一批统一的货币。[44]与临时政府的机制相适应,当时还及时发行了军用钞票,充作市面流通,以助军需而取代部分杂乱的劣币。当然,当时的币制改革远不是充分的和成功的,因为局势的不稳定,发行的纸币没能建立起足够的信用,各省革命政权发行的钞券及辅币也不免纷杂。对此,南京临时政府财政部曾屡屡通令改进办法,制止滥铸,力谋统筹全局,划一币制。[45]无论如何,这与临时政府在其他方面的改革一样,具有不容忽略的反封建的积极意义。

第四,兴办银行,疏通金融。19世纪末期,各帝国主义国家先后在中国开设银行,作为他们进行经济侵略的缩毂。1910年,外国在华银行增至9家,它们利用特权在中国吸收私人存款,操纵信贷,一年内发行纸币达3 500万元,[46]接近清政府的全部关税收入。从而凭借其政治、军事势力和雄厚的金融实力,控制中国的经济命脉和国家、地方财政。中国的旧式金融组织完全不是它们的对手。与官府相结托而发达起来的票号,随着清王朝及其官僚机构的被推翻而纷纷倒闭。各地钱庄由于资本较小、信用低下和组织的封建性,远远不能适应工商业发展的需要,且已逐渐变成外国银行的附庸。清朝所办的大清银行、交通银行等也信用大失,龟缩起来。银行是发展国民经济的枢纽,临时政府对此给予了应有的重视。孙中山曾亲自规划中华商业储蓄银行的发展计划,并"总董其事",发行军用钞票。[47]临时政府财政部还先后制定了中央、商业、海外汇业、兴农、农业、殖边、惠工、储蓄、庶民等各种银行则例,意在"疏通金融,维持实业","图国际通商之便,免汇票变动之害","为贫民代谋生计",使农业"改良发达",工业"有兴无废",从而在这个基础上建设充裕的财政。[48]这是一个大规模的雄心勃勃的发展规划,它反映了民族资产阶级计划通过自己兴办银行以摆脱帝国主义的金融控制,振兴实业、发展经济的急切愿望。

此外,南京临时政府在节减军政费用、压缩财政开支方面也作了很大努力。自1912年1月7日至2月19日,陆军部曾四次通电限制各省盲目招兵,并裁撤军政分府,遣散浮编军队,以节省开支。[49]临时政府作为中央政府,以总统总揽政务,设九部一院三局,机构比较精干。孙中山曾多次令示裁撤冗员,减少文牍函电,提倡

"节用崇实,涓滴归公,力戒虚糜"[50]。在孙中山平易俭朴作风的影响下,临时政府注意废除旧式官僚机构的繁文缛节,减去礼仪排场,得到了社会舆论的好评。临时政府上自大总统,下至一般职员,都不支付薪金。大家除食宿由政府供给外,每人总共只得到临时政府财政部发行的军用券 30 元。[51]当时设想的地方行政也只设省、县两级,废去清朝的道府一层。所以后来有人评述北京政府机构重叠、开支浩繁时,曾特别指出:"宜仍南京临时政府之制。"[52]

　　南京临时政府所提出的财政改革措施,具有资产阶级革命的性质,表现了以孙中山为首的革命民主派力图摆脱帝国主义和封建主义的束缚,建设强盛的民主共和国的远大政治抱负。只是由于临时政府成立伊始,没有充分建立起革命的权威,加上它存在时间的短暂,又处于南北对峙、各省独立的情况,致使其"政令不出南京城,甚至出不了总统府"[53]。也由于其领导者认识上的局限,处置上的优柔寡断,以及其所属的那个阶级的先天软弱性,这些措施不免有其局限性,而且很多没能真正有效地付诸实施。从总体上看,因为没有铲除半封建半殖民地的经济基础,也就不可能最后完成资本主义的财政革命,不可能以进步的资产阶级民主制度来改造整个社会政治经济组织。但是,南京临时政府在这方面所作的一系列改革尝试,在中国近代史上毕竟是一个创举。随后的袁世凯北京政府和蒋介石南京政府,重蹈半殖民地半封建财政的覆辙,在大借内债外债的同时,又重开厘金或变相厘金,兴征苛捐杂税。袁世凯登极称帝的 1916 年,全国抽收的货物税达 4 640 万元,超过清末历年厘金的征收额;[54]1927 年至 1937 年,全国捐税计有上千种之多,发行公债21 亿元,[55]国家财政重又建立在对人民勒索敲剥的基础上。这些正是对辛亥革命的反动,同时也从反面证实了南京临时政府时期财政改革的革命意义。

三

讨论南京临时政府的财政问题,人们批评最多的往往是举借外债一端。这种批评积极的一面在于揭露了帝国主义的侵略行径,指出:"今日列强之竞争借款,其意在扩张商权,干涉内政,为文明的侵略,和平的进击。"[56]并告诫临时政府不要采取依赖外债这一"自速其灭亡之政策"[57]。

诚然,孙中山对于筹借外债以解决财政困难早有谋划。他借鉴欧美资产阶级革命的历史经验,一直主张借外债以应革命和建设所需。武昌起义爆发后,他从美洲取道欧洲回国,一路上从财政来说就是努力争取两件事:一是制止各国政府向清廷提供借款,一是谋求各国对革命的资助。他甚至认为:"中国革命运动目前的状况,恰似一座干燥树木的丛林,只需星星之火,就能腾起熊熊烈焰。这火星便是我所希望得到的五十万英镑。"[58]而且对于借款和将来的还债,他也抱着乐观的态度:"目前各省财政本极困难","然一俟临时共和政府成立,则财政无忧不继,因有外债可借,不用抵押,但出四厘半之息,已借不胜借","至还债之法,则道路一经开通,物产既销流,田土必涨价,将来由新政府征取,民不以为病,而债可立还"。[59]他并乐观地估计,共和政府成立后,仅土地登记税一项,收入就不下40亿元。[60]

一般来说,资产阶级夺取政权后,彻底摧毁封建经济基础需要有一个过程,旧制度留下的烂摊子也不可能一下子收拾起来,而新成立的资产阶级政权又急需巨款来从事扫清旧地基、建立新秩序的工作。因此,举借一部分外债是不可免的。1789年法国革命时期,举借国债10亿锂;[61]美国独立战争中从欧洲借款约1 000万元,并发行了4亿多美元的大陆币。[62]这些借款帮助资产阶级度过了革命时期的财政困难,巩固了革命政权。孙中山在这一点上仿效他的西方前辈,是完全可以理解的。况且就当时的情况来看,革命党人所面临的巨大财政困难又为美法资产阶级革命所无法比拟。南京临时政府没有任何财政收入,而军事、行政开支都项项紧迫。就如革命的目击者、美国记者麦考密克所写的:"共和国没有别的国家在革命时期所拥有的合法进款来源,中国的海关掌握在列强手里,海关的进款为偿还债务支付给了外国,部分国内进款和税收也同样处于外国债权人的监督之下,铁路与工业企业的进款也是如此。"[63]在这种处境下,举借外债也可以说是迫不得已的。

当然,南京临时政府的借债是失败的。据它的财政收入报告,从它成立到1912年4月,外债收入(不包括苏路借款)共1 079万元,占总收入的53.84%。[64]但是,这些借款并没有也不可能帮助临时政府解脱财政困厄。这是因为,辛亥革命兴起之时,已不再是18世纪资产阶级革命的时代,世界已经"处在一个全世界的殖民政府的特殊时代"[65]。进入帝国主义阶段的欧美资产阶级绝不希望中国走上独立、民主、强盛的道路,当然也不愿意给中国资产阶级革命以真正的援助。相反,它们所表现出来的是对革命的仇视和恐惧。革命初起之时,列强各国拒绝临时政府的借款要求,并将全部海关税收劫夺在手,从财政上窒息革命党人。当革命派占据了半壁江山,清朝行将被推翻之时,他们又转而纷纷以借款为饵,向临时政府提出所谓的"财政监督",妄图乘机攫取在南方各省的经济特权,并进而从财政上控制清朝垮台后的中国。如果说,各国开始时的拒绝借款是为了阻止革命火焰的蔓延,那么这时的竞相放贷则完全是为了把革命纳入它们的圈套。所以当时即有人指出:"监督财政之议,英当全取我海关权,德当派员入邮部,监查铁路收入,法则思握邮政,美俄日亦各有所图。"[66]

在借债问题上,尽管南京临时政府的领袖们抱着某些不切实际的幻想,但对于帝国主义各国的图谋却并非毫无察觉和警惕。孙中山在同法国东方汇理银行总裁西蒙的谈话中就曾表示:"担心在各国政府支持下,又出现一个如同四国银行团那样强而有力的财团,而此一财团的目的,只不过想强迫中国接受一种已议定的财政政策,而与中国的真正利益相冲突,且可能演变成为控制中国财政和债务的工具。"[67]在论述借债的必要性时,他总是强调"不失主权"。至于尔后的借款抵押,只是出于无奈,才作出变通性的让步。就如他所说:"譬犹寒天解衣裘付质库,急不能择也。"[68]当一些革命党人因借款不成而对孙中山有所责难时,黄兴也特别作了解释,肯定孙中山不以国家主权换取贷款的做法,并说明欧美各国的借款旨在通过借款条件获取在华特权,而并不是为了帮助中国走上进步道路。[69]革命派这种诚心实意期望各国援助,而又害怕帝国主义干涉的心理,正是中国民族资产阶级软弱性的集中表现。而临时政府把财政好转完全寄托于筹借外债,而又终于借款无着,也正是由这一点所决定的。

事实上,除了借债以外,南京临时政府也并非就是山穷水尽、毫无出路。资产阶级革命派本来可以而且应当没收封建皇族和官僚的财产,实行土地的资本主义改革,同时夺取海关和银行,掌握国家经济命脉,从而为共和国的财政奠定基础,可是它缺乏这样的胆略和力量。

欧美资产阶级在革命中也都遇到过财政困难,但因为充分运用政权的力量,没收封建大地主的财产和教会财产,保护关税,整顿税制,所以及时充实了财政收入,巩固了革命政权。1789年革命后,法国资产阶级议会通过议案,以价值30亿锂的巨大教会财产作为担保发行国债,并明令宣布:"全王国的人均应按其收入比例缴纳税款",取消一切封建的免税特权。[70]美国独立战争和战后没收亲英派大地主领地3万个[71],联邦政府制定关税条例,禁止向出口货物征税,只对进口货物收税,并在全国开征国产税。[72]日本明治政府成立后,也一举没收了全国的幕府领地。[73]这些强有力的政策帮助资产阶级迅速确立财政信用,顺利渡过财政难关。

南京临时政府成立之时,南方海关均在革命势力的范围内,东南各省又是中央财赋的主要供给地,临时政府如果果敢地运用政权的力量,采取革命手段,它在财政上完全大有可为,决不至于困难到束手无策、坐以待毙的地步。当时还担任清政府内阁总理大臣的袁世凯就曾惊呼:"东南财富之区,归其(指革命军——引者注)掌握……彼之根据愈坚,我则应接不暇。"[74]可是革命党人初则热衷于劝募劝捐,继则仰仗于举借外债,而放弃了其他方面的措置,结果给了帝国主义和封建势力以可乘之机,让反革命的潮流占据了上风。1911年11月中下旬,孙中山在欧洲的演说中曾明确指出:"海关税则须有自行管理之权柄,盖此乃所以保其本国实业之发达,当视中国之利益为本位。"[75]辛亥革命起义之时,南方各地海关曾一度被革命军接收管理,关税收入也归革命军支配,帝国主义对此十分恐慌。长沙税务司被革命军接管后,作为外国驻华领衔公使的英使朱尔典立即宣称:"此项关税理应归外国执债票之人。如革命军动用此款,将与各国启绝大镠辖",公然威胁革命党人。德国炮舰也驶抵长沙,进行武力讹诈,要求"将关税暂归总税务司或各领事存储"[76]。对此,革命党人竟忍气吞声,全盘接受,"各处革命军政府均允照办"[77]。以至于朱尔典本人也不禁大喜过望:"此项问题之结果,竟能彼此议定。"[78]自此以后,帝国主义直接掌握了海关税收,切断了临时政府最大的收入来源。革命党人之所以表现得如此忍让,从主观上分析是为了取得各国的承认,以便在政治上站稳脚跟。如果它采取正确的策略,一方面争取各国的承认,另一方面利用帝国主义之间的矛盾,据理力争,完全有可能在不使矛盾激化的情况下迫使帝国主义交出海关收入,使自己处于较为有利的境地。后来,在广东革命政府时期,为解决军饷问题,孙中山于1923年11月23日令大帅府外交部照会北京外交使团,要求将粤海关关余拨交广州革命政府。在广大人民的支持下,经多方交涉,就成功迫使各国驻北京外交使团让步同意。[79]但是南京临时政府却放弃必要的斗争,任凭帝国主义攫夺全部海关税收,幻想以退让来取得帝国主义的好感,结果却使自己困于绝境。胡汉民后来谈到这一节时也说："以关税所入存贮汇丰，为偿还外债之备，因而得到列国之好感"的做法，是"拟人以柄"，"此当时最大失策"。[80]

同时，在处理清朝银行问题上，革命军表现出极大的迟疑和软弱。在革命爆发后的南方各省，革命党人没有迅即接管或封闭清朝的大清、交通两大银行，而给了清廷这两个金融据点以转移现金簿据、迁避租界、负隅顽抗的时机。上海光复第二天，革命军即以中华民国军政府的名义，通知上海大清、交通两行，指定"所有账目待派员调查清理"。但沪行拒不从命，由商股代表出面反对，帝国主义在沪势力也从侧面施加压力，军政府随后作出让步，它在致沪两行的照会中说："上海为华洋通商巨埠……深恐若起意外，本军政府再四图维，用先收回自保，要使中外侨民安于磐石。所有沪上官设银行司事人员，概行仍旧，以资熟手。"[81]字里行间流露出对中外反革命势力的怯懦心理。随后，沪军都督府又曾计划武力夺取大清银行，以解决财政问题，并已从租界逮捕了行长宋汉章。但当列强各国一出面干涉，革命军就连忙将宋释放[82]，终于尚未动作就缩回手来，向帝国主义和封建势力低头妥协。大清、交通两行看准了革命党人的软弱，一面借口保护商股和所谓"严守中立"（即官革两方面提款，一概不付）[83]，强硬对抗；一面迁行转移，从容逃匿。广东、江苏等地的革命军都曾派人接管占领地内的大清、交通两行，但不是被顶回，就是接收了空行。当南京临时政府接管南京交通银行时，早已人去柜空，一无所获了[84]。革命党人关于接收清朝银行的尝试就这样全部归于失败。

在对待封建官产问题上，南京临时政府同样优柔寡断，忍让妥协。临时政府一开始便宣布："前为清政府官产，现入民国势力范围者，应归民国政府享有"；"现为清政府官吏，而又为清政府出力反对民国政府，虐杀民国人民，其财产在民国势力范围内者，应一律查抄，归民国政府享有"。[85]但它并没有真正采取革命行动。对于没收清邮传大臣盛宣怀的资产,革命军一直犹豫不决。为了保全私产,盛一面和日本商人签订合办汉冶萍公司的合约,一面又讨好临时政府,声称愿将该公司抵押借款 500 万元,救济政府的急需。结果他向江苏都督程德全"报效水利经费"20 万元后,程就把他在苏州的"所有公私产业"发还了。[86]而当湖北革命政府没收盛氏的马鞍山煤矿时,南京临时政府则发电保护,饬令取消。[87]对其他封建官僚、清朝遗臣,革命党人也任其纷纷出走海外,"挟其剥削得来的资产和造孽钱,源源汇至香港,置业经商,过其豪华奢侈的生活"[88]。而一些官绅财产的没收,也不过是从旧官僚手中转移到某些挂着革命招牌的新军阀、新官僚手中,革命政府和人民并没有得到任何好处。正如朱执信后来所说的:"当共和政治之立也,未尝有如法国之夺贵族产以援贫民","前日所指为元凶巨憝者,一旦安定,悉数不诛求。至其家财,无问所自来,一予保护。其生命财产,予或意味可谓之较往日为安"。[89]这样脆弱的革命政权,在凶悍的帝国主义和顽固的封建势力相夹击下陷入危机之中,可以说是并不奇怪的。

至于孙中山提出的"平均地权"的土地纲领,临时政府完全没有准备付之实行,这一点历来的研究者已经作过深入的讨论和总结,这里不再论述。需要指出的是,在改革税法上,临时政府宣布废除厘金,这符合资本主义发展的要求,但它不切实际地提出豁免一切赋税,则是放弃了革命政权可以借力的一支杠杆,放弃了在经济上打击封建地主阶级的一种革命手段,同时也失去了一项重要的财政收入来源。这与欧美资产阶级革命时采取的高税政策恰成一种对比。

南京临时政府在财政上找不到根本出路,从阶级本质来分析,是由于中国资产阶级的软弱性和革命的不彻底性。掌握着大部分重要工商企业的官僚买办资产阶级和上层民族资产阶级,具有一定的经济实力,但他们的利益是和帝国主义、封建主义的利益密切联系在一起的,所以他们不愿意倾全力支持革命达到彻底胜利。中小资产阶级虽有革命的愿望,却力不从心,难以支撑巨大的财政开支。革命派又不敢联合民主革命最可靠的同盟军即广大贫苦农民,去反对帝国主义和封建势力,用革命的手段夺回被帝国主义窃取的海关和其他财政主权,剥夺封建官僚的财产归革命政权所有。因此,南京临时政府终于没能铲除半殖民地半封建的财政体制及其基础,建立起与资本主义发展相适应的民主共和国的国家财政。但是,比较以后历届依赖外债度日、滥发纸币、横征暴敛、残酷盘剥中国人民的买办军阀政权,南京临时政府则不愧为一个充满改革精神的革命政权。它力图摆脱帝国主义的束缚,摧毁封建制度,建设一个民主共和的新中国,这一革命精神永远值得后人敬仰。

注释:

[1]马克思:《中国革命和欧洲革命》,《马克思恩格斯选集》第2卷,第7页。

[2]《清朝续文献通考》卷68,《国用考·用额》"中国外债一览表"。

[3]千家驹:《旧中国发行公债史的研究》,《历史研究》1955年第2期。

[4][22][76][77][78]陈国权:《新译英国政府刊布中国革命蓝皮书》,第101号,121号,15号,100号,121号。

[5][13][16][25][31][39]《辛亥革命史资料》(《近代史资料》25号),第143页,第337—394页,第12页,第150—288页,第10页,第571—595页。

[6]《俄外档》1912年第136卷宗,第12—13页。

[7][19]高劳:《财政篇》,《东方杂志》第9卷第7号,第48页,第57页。

[8][10][11][14][18][20][42][44][48][74][85]《中华民国史档案资料汇编》第2辑,第285页,第293页,第286—302页,

第 303 页,第 355 页,第 317—321 页,第 383 页,第 382—385 页,第 412—454 页,第 51 页,第 14 页。

[9] 新黄岷:《民国文牍》第 2 卷,第 30 页。

[12] 赵矢元:《论南京临时政府的性质》,《吉林师大学报》1979 年第 2 期。

[15][17][24][28][29][66][68][87]《中国近代史资料丛刊》"辛亥革命"(八),第 55 页,第 562—572 页,第 54 页,第 23 页,第 17 页,第 523 页,第 55 页,第 571 页。

[21] 奥斯特里科夫:《英帝国主义与辛亥革命》,《国外中国近代史研究》第 1 辑,第 96 页。

[23] 章开沅:《辛亥革命与江浙资产阶级》,《历史研究》1981 年第 5 期。

[26]《民立报》1912 年 2 月 4 日。

[27]《广东文史资料》第 25 辑"孙中山史料"。

[30][43][58][59][67][75]《孙中山全集》第 1 卷,第 308 页,第 582 页,第 558 页,第 568—569 页,第 566 页,第 560 页。

[32] 参看《南京临时政府公报》第 21、23、48、50、56 号,《辛亥革命史资料》(《近代史资料》25 号)。

[33] 罗玉东:《中国厘金史》上册,第 63 页。

[34]《清史稿·食货志》。

[35]《时报》1912 年 1 月 1 日。

[36][56] 伧父:《中华民国之前途》,《东方杂志》第 8 卷第 10 号。

[37] 刘桂五:《论南京临时政府》,《天津社会科学》1981 年第 1 期。

[38] 陈孔立等:《辛亥革命在福建》,《辛亥革命史论文选》下册,第 758 页。

[40]《辛亥革命在上海史料选辑》,第 139 页。

［41］张振鹍:《清末十年间的币制问题》,《近代史研究》1979年第 1 辑。

［45］参看《南京临时政府公报》第 28、33、41、42 号,《辛亥革命史资料》(《近代史资料》25 号)。

［46］献可:《近百年来帝国主义在华银行发行纸币概况》第 57 页。

［47］《上海金融史话》,第 85 页。

［49］《中国大事记》,《东方杂志》第 8 卷第 10 号。

［50］参看《南京临时政府公报》第 8、49、54 号,《辛亥革命史资料》(《近代史资料》25 号)。

［51］任鸿隽:《记南京临时政府及其他》,《辛亥革命回忆录》第 1 集。

［52］伧父:《中华民国之前途》《民国行政机关之改革》,《东方杂志》第 8 卷第 10 号、第 9 卷第 7 号。

［53］何遂:《辛亥革命亲历记实》,《辛亥革命回忆录》第 1 集,第 488 页。

［54］贾士毅:《民国财政史》,第 626—640 页。

［55］朱斯煌:《民国经济史》,第 202 页。

［57］伧父:《论依赖外债之误国》,《东方杂志》第 9 卷第 1 号。

［60］伧父:《中央财政概论》,《东方杂志》第 8 卷第 12 号。

［61］［70］马迪厄:《法国革命史》第 110 页,第 119 页,第 66 页。

［62］［71］樊亢等:《主要资本主义国家经济简史》,第 78 页,第 305 页。

［63］转引自齐赫文斯基:《孙中山外交观点和实践》,莫斯科 1964 年版,第 114 页。

［64］章开沅、林增平:《辛亥革命史》下册,第 339 页。

［65］列宁:《帝国主义是资本主义的最高阶级》,《列宁选集》第

2 卷,第 797 页。

　　[69] 李书诚:《辛亥革命前后黄克强先生的革命活动》,《回忆辛亥革命》,第 155 页。

　　[72] 黄绍湘:《美国通史简编》,第 99 页。

　　[73] 万锋:《日本近代史》,第 69 页。

　　[79] [80] [88]《广东文史资料——孙中山与辛亥革命史料专辑》,第 168 页,第 111—117 页,第 160 页。

　　[81] [83] [84] 魏振民:《辛亥革命爆发后四个月间的交通银行》,《历史档案》1981 年第 3 期。

　　[82]《辛亥上海光复前后》,《辛亥革命回忆录》第 4 集。

　　[86] 吴纪光:《盛宣怀与辛亥革命》,《辛亥革命五十周年纪念论文集》,第 439—440 页。

　　[89] 朱执信:《暴民政治者何》,《朱执信集》上卷,第 72 页。

　　(选自江苏省中国现代史学会编《中华民国史文集》,1984 年11 月)

南京临时政府的币制金融问题

汤可可　郑　焱

南京临时政府诞生于推翻封建帝制的辛亥革命高潮中，它的出现是资产阶级革命派试图在中国建立资产阶级共和政府的一次革命尝试。它所作出的一系列革命性变革，为后人留下了宝贵的教益；它所激发起的革命精神，至今值得人们敬仰。在临时政府提出的众多的政治、经济变革措施中，币制金融改革是它努力付诸实践的一项。

一

南京临时政府于 1912 年 1 月 1 日宣告成立，至 1912 年 4 月 1 日孙中山解职，国家政权落入袁世凯之手，前后仅三个月时间。就在这短短近百天时间里，临时政府发行了自己的货币，着手建立了资产阶级共和国的金融体制，这一切，是在瞬息万变的政治斗争形势中展开的。

临时政府在炮火中诞生时，面临的最紧迫的问题就是财政的巨大困难和金融的极度紊乱。就金融来说，首先，清末币制的混乱达到了空前的地步。流通的银两不仅成色各异，而且两制不一。从库平、漕平、关平……到各地市平，参差有数百种之多。朝廷和各省发行的铸币、银（钱）票，更是名目繁多，比价上下无定。再加上帝国主义各国在华银行大量印行钞票，各地钱庄、银号发出诸多流通票据，以及民间私制小钱，"种种复杂，早为寰瀛所诟病"[1]。清政府所谓"颁行铜币""划一币制"的整顿，更是火上浇油，又造成铜元泛滥成灾。[2]币制混乱，通货膨胀，是清朝末年残害人民的一项突出的恶政。其次，金融陷于困顿。武昌首义爆发，南方各省闻风响应，革命打破了原有的金融联系。清王朝风雨飘摇，官办的大清银行、交通银行信用大失。炮火蔓延，民营金融组织也纷纷闭歇。以上海为例，原有钱庄票号一百数十家，后只强存二十余家。战争不可避免地带来金融的萧条和滞塞。再次，反动势力蓄意破坏。在革命军占领的各省区，政治、经济斗争犬牙交错。反革命派和某些立宪派分子故意挑起金融风潮，煽动人们挤兑纸币，制造混乱，给革命派施加压力。例如在长沙，立宪派就暗中策划鼓动，利用人们挤兑钱票的风波打击革命派，从革命派手中攫夺了政权。[3]最后也是最紧要的一点，就是起义的革命党人面临着严重的财政困难。革命爆发后，帝国主义列强借口保证赔款和外债的偿还，悍然劫夺全部海关关税，并强行控制"盐务方面的全部现金进款"[4]，卡住了临时政府的两大财政来源。而革命军又宣布废除厘金杂捐，其余的正常赋税均因战争而无法收解，财政收入几乎无有。但同时，数十万军队的军需军饷，从中央到地方各级政府的政费开支，加上共和方兴，百端待举，处处需款，财政的困厄是可想而知的。据估计，临时政府的费用开支每日约需款近百万元[5]。所以，财政拮据是南京临时政府始终面临的最大难题。

临时政府发行货币，着手施行币制金融改革，就是在这一背景下推演的。当然，它迈出的第一步并不十分清醒和自觉。革命初起之时，夺得了政权的革命党人并没有着手发行新的统一货币，而是利用掌握的清朝造币厂、官钱局，照原模印铸货币。清宣统三年（1911），南京、武昌两造币厂铸成的新版"大清银币"，未及发行就为革命军缴获，提充作军饷，并依模铸造，陆续流通市面，成为通用银元的一种[6]。显然，这是为了解决军需军饷的一项应急之策。正如江南造币厂呈临时大总统孙中山文中所说："时军需孔殷，日促拨款，势难停工以待新币之颁布。且一般习惯，若骤易新模，非特无以济市面之恐慌，更恐适以滋人民之疑虑。是以暂用旧模，不过一时权宜之计。"但是沿用旧币自有其弊端：一是混淆视听，革命需要推翻的清朝的通货却在革命派手中源源流向市场；二是清朝币制的混乱无由克服，而且因为清王朝的濒临死亡，流通更加壅滞。为此，黎元洪、蔡锷等人纷纷致电孙中山和临时政府财政部，要求颁行新模，开铸民国新币，"以昭划一而便流通"。

1912年1月31日，临时政府财政部根据大总统的命令发布通告，宣布"整顿金融""开办中国银行""划一货币"。因军需孔亟，"先发行南京军用钞票，以维持市面，而协助饷粮糈"[7]。这是临时政府所发行的一种过渡性的流通币，它的目的是解决军饷困难，同时也适应市面流通的需要。

最早发行的南京军用钞票面值为1元、5元两种，钞票上端自右至左横书"中华民国南京军用钞票"，中间竖印币值。背面盖有朱文印记："中华民国财政部之印"。票面注明："南京通用银元，三个月后兑换，只认票不认人。"发行告示也规定："自发行之日始，经三个月后，准持票到南京中国银行兑换通用银元。"这一钞票的发行总额，一般认为是100万元。其实，这只是临时政府财政部告示中所开列的数字。从这一钞票流通至沪、苏、浙、皖、赣诸省市，3月底时南京每天兑换十余万元等情况来看，以及参比广东、四川等地发行同类军用钞票总额达数百万元至千万元等，可以肯定其发行总额当不止100万元，确切数字尚待进一步查考。[8]

与军用钞票同时发行的还有"陆军部军事用票"，由临时政府陆军部发出，票面印有交叉的铁血十八星旗和五色共和旗，盖有"陆军部长"的印章。根据陆军部命令："此券准其凭额完纳租税，购买物品，凡各省官用公用及一切商业，均得流通，暂时不兑现银，俟军事一律平定，六个月后由国家银行兑换。"[9]

南京军用钞票初发行时,一般市民颇有疑虑。军人们纷纷持票向商店兑找现元,交换货物,而商家铺号则不敢收用,于是引起"钱业、米店相率停市"。造成这一情况当然有多方面的原因。其中主要的,一是清政府的银、钱票滥发过度,币值跌落,纸币信用被摧残殆尽;二是这一军用钞票冠以"南京"之称,限制了流通范围,使一般商民担心不能通用;三是限3个月至半年后兑现,人们疑为不兑换纸币,影响了信用。这一钞票发行后,江宁商务总会和一部分商人相继呈文,提出改进及协助施行的办法。临时政府对此及时作了处置。2月11日,设立陆军部军币兑换所,有限制地兑换现洋。同时,由江宁商务总会设立兑换处,组织兑换,调节流通,配合维持市面[10]。其后临时政府续发的军用钞票即注明"凭票即付",加盖的印章为"中央财政部发行之印"。这就加强了钞票的信用,扩大了流通。在这一钞票通行的中期阶段,它"信用昭著",在光复的南方各省区"一律通行"。2月底,临时政府财政部又在上海三马路设立军用钞票兑现处,"以广流通而昭信用"[11]。直到3月下旬,由于袁世凯窃夺了全国政权,南京临时政府行将撤销,南京军用钞票才发生挤兑危机。正如临时政府财政总长陈锦涛于3月22日急电孙中山所称:"自袁举总统后……宁垣军钞每日兑现十余万,今日已由中国银行借念万,专备此用。"而这是政治形势的逆转所造成的,并非军用钞票本身的弊病。

南京军用钞票的发行和流通,多少抵补了临时政府的军饷开支,也有助于树立革命政权的权威,赢得部分工商业资产阶级在财政经济上对临时政府的支持和协助,同时在一定范围内疏通了商业交换,活跃了市场经济。作为在中国推翻封建专制王朝的资产阶级革命政权最早发行的货币,南京军用钞票的历史意义值得充分肯定。当然,它还只是一种临时性的信用货币,而且明显带着革命派在军事起义中沿用的募捐募饷的一些特征,也就是说,它还不能算作完全意义上的国家纸币。

南京临时政府随后通令开铸"开国纪念币"，此币较军用钞票更进一步。在临时政府主持下，中华造币总厂设计并绘制了民国纪念币式样若干种，订成一册，1912年2月24日呈报鉴核。设计"考周秦之圜法，仿欧美之成规"，重量成色大体因袭清代通行铸币，以"沿民习惯"，而"式样则务求精美，以广流通"。3月9日，孙中山批复财政部的呈文，下令"刊新模，鼓铸纪念币"。纪念币币材分为金、银、铜三类。银币有一元、两角、一角三种。其中一元币计划以1 000万元铸第一期大总统肖像，但因临时政府早夭，铸成不多，其后市面流通的刊有孙中山像的开国纪念币为1927年北洋政府垮台后，由天津造币厂按民元原模铸行。两角币币面不镌面值，以一模两用，既用以铸银币，也用以铸金币[12]，唯纪念金币传世极少。纪念铜币种类较多，因各地均得鼓铸，所以虽面值同为十文，其花纹、重量、铜色有很多差别。其中主图纹饰即为孙中山亲自裁定的式样，正面为交叉旗图案，背面为嘉禾图形，"取丰岁足民之义，垂劝农务本之规"[13]。

临时政府颁行的开国纪念币具有法定货币的性质，刻铸精细规整，故在临时政府解体以后很长一段时间内仍通行于全国。它的发行有明确的目的：一是民国肇兴，新民耳目；一是改良币制，建立"统一之良规"。但是，这项纪念币仍然具有"暂应流通"的临时性质。这在临时政府财政部通告各省造币厂的电文中说得很清楚：统一币制必须先定货币本位，要定金本位或金汇兑本位又必须有大宗黄金储备，而这是临时政府短期内无法办到的。所以，"处此新旧交换时代，不改不可，猝改又不能"，纪念币就是作为从旧币到统一新币的一种过渡性货币而出现的。按照临时政府领导人的设想，"俟时局大定，储金有著，再当筹酌新币本位，徐谋统一"[14]。需要说明的是，开国纪念币由临时政府通令各省造币厂"照式鼓铸"，结果是各地方势力均以铸造铜元作为军政费用的挹注。南京临时政府以后，铜元面值不断增大，币身不断减重，各省军阀滥铸成风，质量低劣，比价下跌,物价相应上涨,给人民生活带来了痛苦。这是革命党人所始料不及的。临时政府开铸开国纪念币的实践,就货币制度本身来说,它没有革除清末铸钱混乱的弊端,也没能实现统一币制的目标。

临时政府货币发行的不成熟和不成功,以本质来说是由中国资产阶级的软弱性和革命的不彻底性所决定的。而存在时间的短暂,财政上的极度艰窘,也限制了临时政府的作为,使它无力完全控制货币流通,确立稳固的信用,也来不及建立统一而稳定的币制。这与中国资产阶级在政治上的不成熟有着密切的关联。

二

但是,正如南京临时政府政治上的脆弱和失策并不能掩盖其一系列政治改革的历史功绩一样,货币发行的不成熟,并不能否定其在币制金融改革上所作的可贵努力。这方面的改革同其他方面的改革一样,革故鼎新,具有资产阶级革命的意义。临时政府的货币金融政策,主要体现为以下几点。

1. 致力于实现币制统一

清朝末年通货杂乱,各省之间互不通用,"国家无公认交换之法货,而抉择听之于奸商。货币无流通信用之实际,而疆界划之于官府"。武昌起义和各地光复后,各处革命军政府为了应付财政开支,又发行各种纸币钞券。例如武昌光复后,湖北军政府事先印制的纸币和加盖"中华国商民银票"章的筹饷券,在光复区内流通使用。[15] 广东军政府将库存官钱银局纸币1 200万元,加盖军政府财政部印发行,以度过财政危机。[16] 四川军政府也曾发行军用银票300万元,以济军务急需。[17] 福建军政府一成立便清理旧银行,设立中华福建银号,发行钞票。[18] 江西省也设立民国银行,作为"军政府之金融机关",发行新纸币。[19] 在上海,沪军都督府开办了中华银行,由孙中山亲自任总董,黄兴任副总董,并受临时政府的委托发行军用钞票。[20] 可是,各地革命政权发行的货币大多为区域性质,各省之间往往仍

"藉口省界","摈而弗用"。因此,南京临时政府成立后在币制金融改革方面所要做的第一项工作,就是把货币发行权收归中央。

孙中山在离沪去宁组织临时政府的前夜即表示:"币制之改革亦当于最短期内实行。"[21]他就任临时大总统后,立即饬令财政部迅速妥议"厘定币制"。此后,各地呈文请求核准印铸货币事宜,财政部均一一批答:"查滥铸铜元,乃前清弊政之一。民国初建,正拟整理币制,以期划一","造币之权,应归国有",申请开办造币厂,印铸货币一律不予照准。[22]在这一点上,临时政府的措置是比较明确的:货币发行应操之国家,发行数量应严加限制,"若为筹款开铸,终必贻害细民",等于饮鸩止渴;各地军政机关急需军用赈灾,应当"核定确数,编成预算",经申请核准,由财政部拨发统一的公债票券;市面交易短缺流通货币,应通过法定手续,由中央调拨造币总厂铸行的统一铜元;"若有商人禀请开办铸币,藉图渔利",则给予驳斥。[23]就这样,临时政府先后几批否决了地方开铸钱币的要求,尽管最后没能真正把铸币权收归中央,但这毕竟迈出了统一币制的第一步。

与此同时,临时政府对于已发行的各地军用钞券,要求在全国流通,以打破省区界限。这不仅有利于活跃金融,而且也能为统一币制创造条件。临时政府财政部、交通部、陆军部曾先后发布文告,指出现在"政府正谋财政统一之时,讵容划分界限",宣布各省革命政权所发之货币"一律通行,勿得留难阻滞,致碍大局"[24]。并且对各地货币在通行中实行贴水的做法作了规定:"各地一律","毋得折扣"。当然,各省货币互相隔阂,除了币制本身的问题外,还在于经济发展的不平衡。要实现平准通行,有待于币制的彻底改革和经济的稳定发展。临时政府的行政通告只能说是一种行政强制性的措施。

为了把货币发行权收归中央,实现币制统一,临时政府一成立,就把在南京的清朝江南造币厂收归国有,建立中华造币总厂。饬令其负责熔毁旧币,分析生金银铜,刻铸新模,筹备鼓铸统一的民国货币。这本来是理所当然的事，但在这一问题上却引发了一场争执。造币总厂刚成立，立宪派、代理江苏都督庄蕴宽就呈文临时政府，声称江南造币厂为地方产业，应归宁省接办，要求中央交还造币厂。立宪派的这一举动，同庄蕴宽曾经借口"上海亦苏省之一部分"，要求撤销沪军都督府，把上海地方政权交给程德全如出一辙，都是为了向革命派争权。[25]而造币厂问题更牵涉统一币制的基本国策。对此，孙中山毫不含糊地批答说："查造币权理应操自中央，分隶各省是前清秕政，未可相仍。"[26]但庄蕴宽还心有不服，在张謇、程德全的支持下，搬出省议会的牌子，再次呈请复议，说什么"未得人民之同意，实未便听中央之处分"。根据孙中山的指示，临时政府财政部专门行文，逐条批驳庄氏的谬说，指明该造币厂的历史沿革，援引欧美各国成例，从分析现状出发，指出："币制以统一为要，并非以营利为业"，阐明了造币事权、造币厂财产、铸币赢利、国家税收和地方税收等重大原则问题，坚决否定了庄蕴宽的这一要求。[27]

对于订立统一的币制，临时政府在可能范围内作了初步规划。临时政府总统府及财政部对余成烈（江南造币厂总理）、林景（江南造币厂协理）、时功璧（湖北造币厂协理）等人关于厘定币制的建议很重视，先后几次就确定币制本位、货币式样、重量、成色及金融管理机关的设立等项进行商议，肯定"统一币制，实为当今急务"，"全国币制，法贵统一"。但是因为临时政府存在时间的短暂，没能完成这一历史性事业。

2. 建立货币、金融的监督考核制度

南京临时政府第一次在中国把货币发行置于资产阶级代议机构的监督之下。《临时政府组织大纲》以法的形式规定："议决全国统一之税法币制"为参议院之职权[28]。1912年3月11日，孙中山宣布《中华民国临时约法》，再次肯定了这一点。在封建社会里，货币的发行、流通，受皇室、贵族、封建官僚机构的操纵，它既无所谓监督，也谈不上法律的限制。特别是清朝晚期，朝廷以及大官僚、大军阀们借铸币以牟利,造成圜法纷歧,币制杂乱。资本主义经济的发展,要求突破封建制度的束缚,建立资本主义的货币金融体系,这就需要资产阶级国家按照民主原则组织专管机构,依法对货币的发行、流通进行干预、调节和监督,以维护资产阶级全局和长远的利益,保护并促进资本主义发展。早在组织军事起义、筹集军饷的实践中,以孙中山为首的革命派就注意建立适当的监督制度,在发行公债和军事用钞时,聘请债主、捐主代表为监督员,对发行额、发行方法以及流通和兑换实行监督,以保证信用,杜绝弊端。[29]资产阶级革命派的这些实践和规定尽管比较粗疏、幼稚,但对于封建专制主义以及清朝的金融体制显然具有革命的意义。

孙中山在就任临时大总统的宣言中曾着重提出要"改良社会经济组织",将之作为一条重要的施政方针[30]。也就是说,要按照资产阶级的面貌改造整个社会经济,包括货币金融体制。临时政府期间,针对清朝造币厂"用人用款,均涉浮滥"以致弊窦丛生的情况,由财政部订立造币总厂章程 12 条(连同附则为 15 条)[31]。借鉴各国近代造币厂的体制和规则,建立精简而有效率的管理机构,"层递指挥监督,并分权限","各员责任,既无筑室道谋之弊,庶免素餐尸位之讥","各有应办职司,并各有上级监察,固无从揽权,复无从卸责"。同时订立相应的法规,所谓"办事必先慎始,立法不厌求详",使各员有法可依,有章可循。此外,对于"学有专门,或素有经验之人","必就其所长,分别配置职务,俾各用当其技",做到"群策群力"。这一章程由大总统批准实施,使得造币总厂比较其前身大清江南造币厂,管理人员减少 8 人,月薪开支节省 1 000 元,而工作效率则有较大提高。这在当时已是难能可贵。

随后,临时政府又特派秘书潘敬到造币厂实地调查,发现造币总厂造币数目与日本大阪造币厂数目相等,但"用人支费几三倍之",劳动生产率和产值资金率也大大低于国外先进水平。于是,财政部根据调查报告和章程精神,通令造币总厂及其在武昌、广州、成都和云南的四家分厂着手进行调整、改革,派专员"前赴该厂,破除情面,认真整顿",要求"综核名实,痛革前清恶习",厂中事务切实"遵照新章,从新组织",并"力求撙节,以重公款而节糜费"。

在短短三个月中,临时政府还制定了一系列法令法规,其中包括《国家金库则例》《金库出纳事务暂行章程》《财政会计法草案》等,经参议院审议通过发布,按照资产阶级财政金融的型范,区别收支机关与现金出纳机关的权限,加强管理、监督,以"兴利除害","统一国库",稳定国家财政、金融体制。[32]临时政府的这一系列改革措施,体现了新兴资产阶级生气勃勃的进取精神。

3. 鼓励兴办银行

银行是组织货币流通、资金运行的经济部门,是发展国民经济的枢纽。南京临时政府对此给予了应有的重视。

在革命军占领的南方各省,大清银行在各地的分支机关先后为革命政权所接收,改名为中国银行。因为中国银行具有中央银行的性质,发行纸币,经理国债,关系重大,但又包含商股,所以临时政府财政部专门派员监理,"检查该行之票据、现金及一切账簿,并出席于股东总会及其它一切会议"[33]。此后,财政部又制定了《中国银行则例》,由孙中山咨送参议院审核颁行。[34]当时孙中山还设想按照日本正金银行的办法,把由他"总董其事"的上海中华银行升级为经营国际汇兑的国家银行,由国家拨给公债票125万元作为补助,建立资产阶级共和国自己的国家银行,发行货币,办理汇兑。但终因临时政府财政拮据以及各方面的掣肘,不得不放弃此议。

在帝国主义的掠夺和封建制度的压迫下,中国国弱民穷,民力凋敝。临时政府的领导人认为:"顾救济之策,扶本探源,尤在疏通金融,维持实业。"辛亥革命无疑对封建制度是巨大的冲击,对资本主义经济的发展是有力的激励。临时政府成立后,"各处呈请设立银行者日必数起"。对此,临时政府不仅加以鼓励,而且注意到"银行之业,首贵稳固,一有不慎,即足以扰乱市面",为此先后制定了商业（经理工商企业存放款、汇划等业务）、海外汇业（经理国际汇兑、外贸结算）、兴农（经理农业贷款）、惠工（经理工交路矿企业存放款、汇划等业务）、殖边（经理边疆移民农垦贷款）、储蓄（经理公众零星储蓄）、庶民（经理消费性借贷）等银行则例，颁布施行，以使"企业者有所遵循，而监督者有所依据"[35]，从而激活金融，开发实业，"图国际通商之便，免汇票变动之害，固交易之信，利外资之用"，使农业"改良发达"，工业"有兴无废"，并"为贫民代谋生计"，提倡节俭，使"国家元气渐臻强盛"。这是一个比较完备的资本主义金融体系蓝图，又是一个大规模的实业发展规划，它大致反映了中国资产阶级设想通过自己开办银行振兴工商百业、发展经济的急切愿望。

在鼓励创办银行的同时，临时政府还对信用低下、封建行帮性严重而又渐渐蜕变为买办金融资本附庸的钱庄实行限制。临时政府实业部为此制定《约束钱庄暂行章程》9条，指出："中国银行之制未见盛行……近数年来，商业不振，恐慌屡见，推其原因，皆由于金融机关之不能敏活，而钱庄实尸其咎。"并授权各地方政权选派适当人员对钱庄营业状况进行调查、监督，以对钱庄"略加限制，俾免因纷歧而召恐慌之患"。

在辞去临时大总统之职时，孙中山曾经满怀热情地说："中国处在大规模的工业发展的前夜，商业也将大规模地发展起来。再过五十年，我们将有许多上海。"[36]所以他刚解除临时大总统的职务，就到上海赞助组织中华实业银行，亲自担任名誉总董，"以促进行"。他认为："民生主义之进行，在求实业之发达；实业之发达，恃有阔博活泼之金融机关，故欲谋实业必先谋实业银行。"[37]南京临时政府在币制金融方面所作的改革，也正是基于这一指导思想。

三

南京临时政府的币制金融改革，具有资产阶级革命的性质，表现了以孙中山为首的革命民主派力图摆脱帝国主义和封建主义的束缚,建设强盛的民主共和国的远大政治抱负。这一改革在许多方面积极奋发,具有首创意义,同时也较为审慎而稳健。孙中山对此有比较清醒的认识:临时政府"所创者,亘古未有之制。其得也,五族之人受其福;其失也,五族之人受其祸"[38]。

临时政府的币制金融改革,并不只是对清政府滥发货币、榨取人民脂膏的反面经验的简单总结,而且是对整个封建钱制的批判和否定。它直接承接近代以来从资产阶级改良派到革命派的货币金融思想,又有所创造,并勇敢地运用政权的力量付之实践。辛亥革命以后,旧式的制钱退出流通领域,旧式的官钱局被摧毁,旧式的金融组织——票号、钱庄受到一定的打击,开始走向衰落。与此同时,与资本主义工商业经济相联结的银行,开始在全国取代钱庄、票号而控制金融活动;随着商品经济的发展,货币流通在城市和经济中心区域发展到前所未有的规模。这一切,不能不说是与辛亥革命推翻清王朝密切相关的。从这一意义上可以说,南京临时政府的货币金融政策为建立中国近代货币金融制度铺下了奠基石。

临时政府在统一币制、疏通金融方面所作的努力,顺应社会发展的潮流,符合资产阶级的利益和意愿,因而也有利于树立革命政权的威信,吸引工商业者同情、赞助革命。临时政府财政部曾通电光复各省都督,对旧设官银钱号进行清理,负责归还商民的存款,兑换所发钱票,"俾昭民国信用,而免商民吃亏"。对商人私办银号则根据临时政府《保护人民财产条例》,妥善处置,"以尽保护之责",维持社会安定。[39]这些政策的实施,得到了人民特别是工商业者的拥护,因而各地中小资产阶级给革命以很大的支持和资助。例如,湖北军政府因为努力稳定金融,得到了武汉三镇商会、商团的有力帮助,在对北军的战争中,汉口商人购办军需,供给粮饷,出力不少。[40]再如上海都督府指令各银行票号、钱庄允许互相流通,以利商务,缓和了金融恐慌。[41]作为回报,上海各商号对军事用票保证通用,并给予贴水,还踊跃购买公债,响应募捐,尽力援助革命。[42]

但是，由于临时政府成立伊始，没有充分建立起革命的权威，更由于其领导者思想认识的局限，由于其所属的那个阶级的先天软弱性，所以它的币制金融改革远不是成功的和彻底的，许多措施不仅偏颇、脆弱，而且未能真正付诸实施。因为辛亥革命没有铲除半封建半殖民地的经济基础，因而也就不可能建立起一个完整的资本主义金融体系。临时政府币制金融改革的受挫，从阶级本质来分析，是由于中国资产阶级的软弱和动摇。民族资产阶级上层虽然掌握相当一部分重要的工商企业，具有一定的经济实力，但他们与帝国主义、封建主义有着千丝万缕的联系，因而不倾向于把任何带革命性的变革贯彻到底。作为其政治代表的立宪派，对南京临时政府始终抱着疑惧，对它的改革措施采取保留态度，甚至从中作梗，牵制了革命派的行动。在银行、造币厂、币制等问题上都是如此。一旦察觉各国列强属意于袁世凯，他们就立即拥袁反孙，竭力迫使临时政府放弃任何改革，向中外反动势力妥协退让。至于中小民族资产阶级，他们虽有革命的要求，但缺乏足够的胆略和力量，无力顶住帝国主义、封建主义的压力，控制货币资金的流通，控制市场。他们不敢也不愿意联合民主革命最可靠的同盟军即广大农民，去反对外国资本和封建势力，维护并扩大革命成果，开辟经济发展的道路。这就从根本上决定了临时政府币制金融改革的流产。

在对待清朝官办银行问题上，革命党人也优柔寡断，表现出极大的迟疑和懦弱。在起义的南方各省，革命军没有迅即接管或封闭大清、交通两大银行，结果给了清廷的这两个金融据点以转移现金簿据、迁避租界负隅顽抗的时机。上海光复第二天，革命军即以中华民国军政府的名义通知上海的大清、交通两行，指定"所有账目待派员调查清理"。但两行拒不从命，指使商股代表出面反对，帝国主义在沪势力也从侧面施加压力。军政府竟就此让步，它接着发表致两行的照会说："上海为华洋通商巨埠……深恐惹起意外，本军政府再四图维，用先收回自保，要使中外侨民安于磐石。所有沪上官设银行司事人员,概行仍旧,以资熟手。"[43]字里行间流露出对中外反革命势力的畏惧。此后,沪军都督府又曾计划以武力夺取上海的大清银行,并已从租界诱捕了行长宋汉章,但当列强各国一出面干涉,又连忙将宋释放。[44]这两家银行看准了革命党人的弱点,一面借口"保护商股"和"严守中立"(即"官革两方面提款,一概不付"),强硬对抗,一面"移甲作乙,暗将公款改为私款",转移逃匿。[45]广东、江苏等省的革命军都曾派人接管当地的大清、交通银行,但不是被顶回,就是接收了空行。当临时政府接管南京交通银行时,也早已人去柜空,一无所存了。[46]革命党人既然没能夺取清朝的国家银行,也就无从清扫旧地基,建立起自己的中央银行。这是一个历史的教训。

在对待帝国主义在华银行问题上,革命党人同样表现出胆怯和软弱。19世纪末期,各帝国主义国家先后在中国开设银行,作为它们对华经济侵略的堡垒。辛亥革命爆发前一年,外国在华银行增至9家。它们利用不平等条约获得的特权,在中国吸收存款,操纵信贷,一年内就发行纸币3 500多万元。[47]它们凭借其政治军事势力和雄厚的金融实力,控制中国的经济命脉和金融活动。在这一情况下,要在中国建立独立自主的货币金融体制,不削夺帝国主义在华银行的特权,不把经济侵略势力驱逐出去,那是根本不可能的。可恰恰在这一问题上,南京临时政府没有采取任何积极的措施。它害怕冒犯列强各国,不敢提出反对帝国主义的革命口号,也没有提出哪怕只是限制外国银行的规定。与承认清政府与各国签订的一切不平等条约相一致,对帝国主义在华银行侵犯中国主权、劫掠中国财富的种种行径,临时政府也一概默认,不表异议,以致当时的英法金融资本家额手相庆:"此次革命,外人不特无所损失,且将于革命后,生无穷之希望。吾法之资本家,正宜速为注意,预备投机事业。"[48]以此看,南京临时政府货币金融政策的搁浅,乃至整个辛亥革命在凶悍的帝国主义和顽固的封建势力相夹击下遭受严重挫折,可以说是势所必然的。

然而，南京临时政府在金融方面所作的一系列改革尝试，在中国近代史上毕竟是一个创举。与随后的北洋政府和国民党政府相比，南京临时政府不愧为一个充满改革精神的资产阶级革命政权，它的所作所为从总体来说，始终闪耀着革命民主精神的光辉。

注释：

[1] 中国第二历史档案馆藏《南京临时政府档案》。本文引文凡未注明出处者均出于此，见该馆编《中华民国史档案资料汇编》第2辑。

[2] 张振鹍：《清末十年间的币制问题》，《近代史研究》1979年第1辑。

[3] 李时岳：《辛亥革命时期湖南的政权斗争》，《光明日报》1959年4月1日。

[4] 奥斯特里科夫：《英帝国主义与辛亥革命》，《国外中国近代史研究》第1辑。

[5] 赵矢元：《论南京临时政府的性质》，《吉林师范大学学报》1979年第2期。

[6] 千家驹、郭彦岗：《中国货币发展简史和表解》，人民出版社1982年版，第45页。

[7][10][11][14][17][22][23][24][27][31][32][33][34][35][39][45]《南京临时政府公报》第4号，第13号，第23号，第37号，第23号，第33号，第42号，第24号，第39号，第27号，第50号，第29号，第44号，第41号，第43号，第54号。

[8] 据孙中山答复参议院咨文：截至1912年2月23日，南京军用钞票"发有百十余万之数"。参看《孙中山全集》第2卷，中华书局1981年版，第124页。

[9] 吴筹中、顾延培：《辛亥革命后发行的纸币》，《中国财贸报》

1981 年 8 月 15 日。

[12] 施嘉乾:《中国近代铸币汇考》,第 33 页。

[13] 孙中山:《令财政部准刊纪念币筹新模鼓铸文》,《孙中山全集》第 2 卷,中华书局 1981 年版,第 199 页。

[15] 陈国权译:《英国政府刊布中国革命蓝皮书》,第 47 号附件丁。

[16] [25] 李新主编:《中华民国史》第一编下册,中华书局 1981 年版,第 381 页,第 365 页。

[18] 陈孔立等:《辛亥革命在福建》,《厦门大学学报》1962 年第 2 期。

[19]《日本驻汉口总领事馆情报(九江情报)》,《近代史资料》总 25 辑,第 607 页。

[20]《上海金融史话》,上海人民出版社 1978 年版,第 85 页。

[21] 孙中山:《与驻沪外国记者的谈话》,《孙中山全集》第 1 卷,中华书局 1981 年版,第 582 页。

[26] 孙中山:《令财政部将江南造币厂归中央管理文》,《孙中山全集》第 2 卷,中华书局 1981 年版,第 118 页。

[28] [30] [48] 中国近代史资料丛刊:《辛亥革命》第 8 册,第 6 页,第 17 页,第 511 页。

[29] 孙中山:《中国同盟会革命方略》,《孙中山全集》第 1 卷,中华书局 1981 年版,第 308 页。

[36] 孙中山:《中国革命的社会意义》,《孙中山全集》第 2 卷,中华书局 1981 年版,第 326 页。

[37] 沈云苏:《中华实业银行始末》,《近代史资料》1957 年第 6 期。

[38] 孙中山:《祝参议院开院文》,《孙中山全集》第 2 卷,中华书局 1981 年版,第 44 页。

[40] 湖北革命实录馆档案:《革命以来湖北财政司要录》(三),

第 328 号。

［41］刘桂五：《论南京临时政府》，《天津社会科学》1981 年第 1 期。

［42］徐仑：《辛亥革命在上海》，《解放》1961 年第 11 期。

［43］［46］魏振民：《辛亥革命爆发后四个月间的交通银行》，《历史档案》1981 年第 3 期。

［44］《辛亥上海光复前后》，《辛亥革命回忆录》第 4 集，第 13 页。

［47］献可：《近百年来帝国主义在华银行发行纸币概况》，第 57 页，有关数字参照唐传泗、黄汉民《1890—1936 年外国在华银行纸币发行量的重新估计》订正，《经济学术资料》1980 年第 8 期。

（原载《近代史研究》1984 年第 1 期）

辛亥革命前无锡社会的变迁

——纪念辛亥革命九十周年

王赓唐

人类历史的脚步跨入了 21 世纪的头一年,辛亥革命迎来了九十华诞。在中国政治史上,辛亥革命是一重大的历史事件。它结束了两千多年"朕即国家""天下共主"的君主专制统治,开创了民主共和的新纪元。当下史学界对辛亥革命的评价高低不一,但这一点却成为了大家的共识。今年也是无锡光复九十周年("光复"这个词是沿用旧说,但含有种族主义的偏见,应予摒弃)。九十年前的一天,无锡人民在革命党人秦毓鎏等人的领导下,以武力驱逐清政府的两个知县(当时无锡划分为无锡和金匮两县),成立了锡金军政分府,这在无锡地方历史上是一件划时代的大事。辛亥革命在无锡的胜利,有它宏观的历史背景,但也有它潜在的动力,动力来自革命前夜无锡社会的变迁。这变迁表现在各个方面,对此做一番探索,是很有意义的,见微知著,可以帮助我们全方位认识辛亥革命的历史功过。

一、城市功能的转化

无锡成为一个居民点,据最近锡山市鸿声乡彭祖墩考古发掘证明,可以上推至公元前 6 000 年。无锡城乡建置县治,作为中央集权政治制度下的一个基层行政单位,是在汉高祖五年(前202),大抵上和秦政权的覆灭同步。全县辖地，历史上时有变迁，辛亥革命前夜为 1 309.25 平方千米。城乡人口，同一时期为 798 286 人。[1] 无锡县城乡成为长江三角洲腹地、太湖之滨的富庶地区，人称"鱼米之乡"，是唐末中国经济重心南移以后开发的结果。明清以后，国家财政制度改革，先推行一条鞭法，后又推行摊丁入田，促使农民和手工业者赢得更多的工农业生产运作的时空范围。出现于宋代的永佃权制，进入明清以后又进一步扩大，在一定程度上缓解了地主土地所有制的矛盾，激发了农民的生产积极性。由于上述各种原因，明清以后，社会经济较前大为发展。可是，无锡县在两千多年的历史发展过程中，在城乡关系上长期对立，城市成为社会控制力量的集中地，城市发挥政治的功能远远超过经济的功能，城市成为统治阶级的政治军事堡垒。这种局面直到明清以后才有所转化。

体现这种转化的具体迹象，便是明清以后的四大码头之说。无锡成为米、布、丝、钱四大码头，说明无锡和与它在经济上有所联系的东、南、西、北四周各个地域，乃至浙江、安徽的边缘地域，已经逐步形成了江南经济区域，无锡在这一经济区域已起枢纽的作用。这个作用便是靠上面提及的四项商品贸易发挥的。下面试就此作一扼要的说明。但在说明之前，我们必须在理论上摆脱一个误区。长期以来，经济理论界一直认为封建主义生产方式的主要特征乃是自给自足的自然经济占有绝对统治地位，商业资本是没有发展余地的。基于这样的认识，经济史界对先秦、两汉、唐宋活跃的商业资本在解释上陷于困惑。也正是基于这样的认识，商业资本的活跃被误认为资本主义新的生产方式的萌芽，出现中国在春秋战国时已有资本主义的萌芽之说。近年以来，经过学术界反复讨论，已基本获得共识，在封建主义生产方式中，自然经济与商品经济是并存的。当然，两者的比率可能因历史和自然条件的不同而有所倾斜（见《历史研究》1997 年各期有关讨论文章）。由此我们在理论上求得了出路，困惑获得了疏解，也为我们时下探索的问题提供了理论基础。

在分析四大码头之前,有必要对当时的农村经济状况作一番描述。无锡县的农业生产是清一色的水稻种植,只有零星的经济作物。它是在两千多年来传统的小农经济基础上进行的,虽然精耕细作,集约经营超过国内其他地区,但产量也只是维持在国内平均产量水平上下。农业生产的基本资料土地所有制,在我们讨论的这一历史阶段,地主的所有制还是像铁板一块,封得严严实实。太平天国在 19 世纪 60 年代初曾一度占领无锡县,但丝毫没有触动这一土地所有制。然而,由于土地所有权和土地使用权分离的加剧,农民可以获得较多回旋的余地,为农村社会经济的发展提供了某些条件。亦即是说,提高了农产品的商品化程度,农民一年生产的粮食,除了留下口粮和补偿生产成本外,余下的必须作为商品投入市场,换得货币,以购买其他生活资料和更新生产工具。由于粮食商品贸易的带动,农村出现了定期的集市。以后随着贸易的扩大,集市成为集镇。明清以后,无锡县城周围的集镇稍具规模的已有十几个,其中有几个人口在一万人以上。这类集镇大体离城市远的范围较大,反之则较小。由这些集镇组成的网络形成了国内贸易的初级市场。

无锡县生产的粮食,除了供给城乡人民口粮外,还有多余,这些有余的粮食,都作为商品粮运销大江南北。上海开埠后,无锡是其商品粮的主要供应者。长江中游两湖谷仓生产的粮食运销外地,沿江东下,都以无锡为集散之地。粮食的国内贸易与日俱增,为无锡粮食买卖的兴旺创造了条件。

无锡县农村副业生产十分兴旺,一是人力资源充沛,二是自然资源条件优越,所以长期以来,无锡的副业生产门类众多,产品丰富,见称于江南一带,其中尤以手工纺织、栽桑育蚕缲丝、池塘养鱼规模较大。手工纺织的历史较为长久,明弘治年间已有“二梭”“三梭”“斜纹”等产品问世。清乾隆年间,东北乡的怀仁、宅仁、胶山、上福等各乡农村妇女纺织土布已见于记载。[2]这些土布都经由初级市场收购,然后运至城厢,由布商收购,再大批量地运销大江南北。

栽桑育蚕,缫制土丝,是无锡县农村的又一大宗家庭生产。这一副业开创于清初。19世纪40年代上海开埠以后,这一副业生产更趋发达,而且长期不衰。据清政府厘金局发表的统计,1878～1879年两年间,无锡县土丝的年输出量为8 2800千克和9 2184千克,居邻近苏州等五县之上。[3]70年代后,外国丝行及其中国代理人先后下乡在集镇及交通要道开设茧行,直接收购鲜茧。这虽给土丝缫制有相当影响,但给茧户以极大的吸引力,出现了家家栽桑、户户育蚕的景象。后来无锡近代缫丝工业的发达,就是以此为基础的。

工农业生产的发展,推动了商品经济的勃兴,也带动了旧式农业的发达。由于经营得法,享有信誉,一面由苏州等地大量吸收存款,一面又向邻近较偏僻的地区乃至苏北扬州等地发放贷款,无锡一时成了江南地区的金融中心。这些地方由于商品经济发展程度不足,一面有大量闲散资金,一面又感资金不足,无锡的旧式市场金融业在地域性市场中发挥了调剂作用。

无锡的手工业有悠久的历史,以行业众多、品种丰富见称。明清以后,一些专业的手工业者都向城镇集中,有些较大的集镇已有自己的土特产闻名于世。这可以从《无锡金匮县志》中城镇居民的职业构成中得到反映。当时无锡城乡(包括郊区)人口为二十余万,几个较大的集镇居民已达万人以上。他们之中90%以上是手工业者和商人、地主、官绅,其他职业只占极小的比率。这一事实表明明清以后无锡县城镇特别是城厢在性质上已发生变化,已由一个封建统治者的政治堡垒转向一个工商业集中的城市。城市性质上的变化必然引起城市功能上的变化,政治统治的功能在削弱,而工商管理的功能在加强。国家和社会的二元化加强了这方面的变迁。

还应提到,由于商业资本的活跃,必然发生同地域以外的贸易上的联系。本地的土特产外销,定会吸引外地的商品进入。因此明清之后,外商如晋、徽、浙、赣等地商人也进入了无锡市场,于是,除本地的行会、公所以外,外地的会馆林立。这些会馆带来了各地的乡风民俗,丰富了本地的文化,城市由原先的封闭型转向开放型,从而也成了城市功能变化的一大动因。

二、市民社会的诞生

何谓市民社会? 市民社会的出现在社会历史发展过程中标志着什么? 这是社会学和历史学所探讨的问题,笔者不想在这里作深入的理论探索,只能就事论事,就无锡在 19 世纪中叶之后市民社会的诞生作一番粗线条的描述,想从一个侧面反映辛亥革命前夕无锡的社会动态。

有人对市民社会下了这样的定义:"所谓市民社会,不是广义的社会概念,而是与国家相应的特定范畴,它指的是个人、团体按照非强制原则和契约观念进行自主活动,以实现物质利益和社会交往,不受国家直接控制的民间独立组织和非官方亦非私人性质的公共领域,亦称公民社会或民间社会。"[4]据此,市民社会有几个特征:(1)非国家控制而是民间自治;(2)非私人性质而是公共事务;(3)非权力强制而是按契约办事。这样一种社会组织,在西欧地中海和大西洋沿岸的某些国家里,早在十二三世纪就陆续出现,随着资本主义生产方式的萌芽、成长,一些城市摆脱了封建领主的控制,走上了独立的城市国家的道路。在城市国家里生活和从事各种生产活动的居民,主要是手工业者和商人,他们依靠自己的力量管理各种公共事务,以保证社会秩序的稳定,为此他们成立了各种自治组织,这类组织不是按照政治上的强制,而是按照商定并自愿执行的契约办事。历史上最为典型的便是人所共知的意大利的威尼斯和佛罗伦萨。市民社会的成长、发展,为资本主义生产方式逐步成长并最终取得历史统治地位提供了丰厚的土壤。

和欧洲国家相比较,中国市民社会的出现,滞后了好几个世纪(有的人根本否定中国历史上曾经出现过市民社会。即使承认中国有市民社会出现，在时间上也有很大的出入）。原因在于中国有特殊的国情。这特殊的国情，表现在从传统的农业社会向现代工业社会转型上，由于不同的自然条件和历史条件的制约，所走的是不同的道路，因而具有不同的模式。目前史学界不少学者认同这样的观点：在社会转型问题上，西欧国家是属于"内源型"的，转型的动力来自内部；而中国（也包括今人称为第三世界的各国）则是属于"外生型"（有人称为"感应型"）的，转型是在外部力量诱发和催迫之下发生的。过去，特别是在中国资本主义萌芽问题讨论热潮时，这种观点遭受批判，认为是"外因论"，是非辩证的观点。现在看来，已到了需要修正的时候了，因为它是机械地理解辩证法内外因范畴的结果。因不属于本文讨论范围，这里就不多谈了。

19世纪40年代，中国在资本主义侵略者的炮火之下被迫打开国门，旧的封建主义生产方式逐渐瓦解，社会向何处转型，便提到了历史的议事日程上。这时统治阵营中稍具眼光的人士，在欧风美雨的冲洗之下，开始走上自强的道路，揭开了中国早期现代化的序幕。洋务派虽没有在无锡设立"局"，但无锡东临上海，西接南京，属洋务运动南方中心区的外围，因此声教所被，自强的气氛十分浓厚，社会各阶层都受到浸润。加上上海自开埠以后，与无锡的贸易关系与日俱增，一方面舶来品滚滚而来，原来的京广杂货店更名为洋货店，一方面无锡的农产品、半制成品大量出口。无锡人去上海经商的也日益增多，形成"锡帮"。在这样的时代氛围之中，一些原来自居于士的儒生以及原来介于方术与士之间的人，也纷纷摆脱传统的生活方式，走上了全新的道路，进入近代意义上的知识分子行列。前者如华蘅芳、华世芳兄弟，后者如徐寿、徐建寅父子，他们丢掉经书，学习科学知识，终于成为洋务企业中的技术骨干，开创了新局面。也就在这一时期，无锡的绸布业和堆栈业先后成立了自己的公所。[5]有关公所的性质，目前史学界看法不一，但我们认为它已不是纯粹的封建行会组织，而是向资本主义同业公会过渡型的产物，特别是单一的同行性组织,因为它被政府控制的成分减弱了,自治的成分增强了。

清末"新政"以后,无锡市民社会的形成加快了步伐。关于清末"新政",过去否定的多,认为那是清政府统治者搞的一次骗人的把戏,目的在于苟延即将覆灭的命运。这有些偏颇,问题出在对"新政"的主观和实施后的客观效果不作分别观察上。笔者同意已故陈旭麓教授的看法,认为那是"假维新中的真改革",它所实行的军制、政治、法制、教育改革和奖励实业对促进传统社会向现代社会的转型,在各方面都发挥了一定的作用。这是"由一批曾仇视与改革为敌的化合物完成了一场带有革命内容的改革"[6]。下面就本文所涉及有关内容,看一看无锡的情况。

《无锡市志·大事记》所载资料虽极不完备,多多少少也能反映一些情况。

光绪二十七年(1901):

"夏,杨荫杭借竢实学堂,成立励志学社,推裘廷梁为会长。为官府行令禁止。"

光绪三十一年(1905):

"六月,锡金商务分会(简称锡金商会)成立,周舜卿为总理。民国元年(1912),锡金商务分会改为锡金商会。"

"六月、七月,锡金商务及其所属公所、商店,响应上海商会关于抗议美国限制华人入境,开展拒售美货运动的通电,在城乡掀起抵制美货的爱国运动。"

"是年,锡金农会成立,会长周舜卿。"

光绪三十四年(1908):

"清廷拟行立宪,锡、金两县商、农、教三法团组成绅商学会,负责处理地方事务,次年改绅商学会为城厢自治公所。"

宣统元年(1909):

"九月,秦效鲁(毓鎏)、孙保圻等创办《锡金日报》。"

宣统二年(1910)：

"是年,无锡市议事会和无锡市自治公所分别成立。"

宣统三年(1911)：

"锡金商会成立商团。"

地方志所记载的事件,对地方纷纭复杂的实际情况来说可谓百不及一,尽管如此,却也说明了一个事实:在19世纪40年代之后,无锡市民社会不仅胎动而且呱呱坠地了。可见,否认中国社会历史发展至近代前夜,由于各种条件的凑合会自发地出现市民社会这一事实是错误的。但我们也不能忽视"半边缘化"(罗荣渠语)这一特殊国情,因而这一迟开的花朵表现为某种畸形状态。其一,这些"非官方亦非私人性质的公共领域"中有官方势力的渗入和插手,因而显得不那么纯粹。拿商会来说,它的一把手周舜卿不仅挂有二品顶戴商部顾问的头衔,而且实际上和清王朝的当权派、权势煊赫的庆亲王奕劻相结托,周舜卿的发家和奕劻的勾结是当时人所共知的事实。由周舜卿把持的商会,是不能完全反映民间商人的要求并代表他们的利益的。其二,"独立自主"的作用,由于官方势力的渗入和插手,也就得不到充分的发挥,不能不在各个方面受到一定程度的干扰。这样,作为商人自由组成的商会,其功能的发挥也就受到限制。在公共领域事务中,官方与民间的对应关系也就模糊了。这类情况不独商会为然,在社会生活的其他领域里也有类似情况。中国的现代化不仅在时间上迟到了,而且道路的曲折和艰难,就我们当前所探讨的问题也可以看得清楚。但不管怎样,要来的终究会来到,它不为人的意志所转移。

三、教育制度的改革

如果说清末"新政"的其他各项改革都留有一条条长长的尾巴,那么教育制度的改革算得上最有积极意义,也最富社会效益。19世纪40年代开始,中国连续不断地遭受西方资本主义国家的侵略,割地赔款,丧权辱国,民族生存陷于深刻的危机之中。要挽救危亡,振兴民族,唯一的出路在于富国强兵。富强的物质基础是发展生产,发展生产的出路是建立现代工业,现代工业是靠先进的科学技术武装的,先进的科技要向西方国家学习。因此,"师夷长技以制夷"当时已成为全国上下的共识。但发展科技事业首要的任务在教育,各色各样的人才是由教育培养出来的。已经延续了一千多年的科举制度显然不能担当起这一历史使命,相反,它已成为扼杀人才、窒息文化的一大历史阻力。因此,废除这样的旧制度,建立适应时代要求的新制度便被提上了议事日程。

"新政"教育制度的改革,和任何一种社会改革一样,必须有破有立。废除科举是它破的一方面,兴学堂、派游学是它立的一方面。这三个层次彼此密切关联,一环紧扣一环,它们所涉及的不单是体制问题,还涉及教育的宗旨、内容、方法,因而是全面改革。这一场改革为中国近代教育,或者说教育的现代化奠定了第一块基石,嗣后各个历史时期中国教育制度的不断改革都是在这一基础上进行的。当然,教育制度由"新政"推行改革,也和其他改革一样还被涂上一层保守的油漆。如"癸卯学制"中规定从高小到大学毕业分别授予附生、贡生、举人、进士等功名。无锡城乡在全国教育改革声浪一浪高过一浪的风潮中,得时代风气之先,在一批脱出儒生范畴进入近代知识分子行列的先进人士的推动下,短短20年中成果是十分辉煌的。

光绪二十四年(1898):

"正月廿四日,竢实学堂在连元街上寿禅庵开学,创办人杨模任总理(校长)。"[7]

"八月,俞复、吴眺(稚晖)、丁云轩、裘廷梁创办三等学堂于崇安寺西方殿。"

这是无锡历史上最早创办的新式学校,是和科举制度下的书院完全不同的新的教育机构。

光绪二十八年（1902）：

"八月，东林书院改为东林学堂，由秦培谦任总董，陶世凤任总理（校长）。"

"冬，胡和梅、胡雨人父子在堰桥村前创办胡氏公学，次年分设男女两部。"

光绪三十一年（1905）：

"锡金学务公所办城南学堂于虹桥下，城北学堂于江阴巷，城西学堂于棉花巷。"

"侯鸿鉴在水獭桥创办竞志女学，设初小、高小、师范科。1908年增设中学部。"

"侯鸿鉴、华艺三、顾倬在竹场巷办商业实习学校。"

"秋，华倩朔创办鹅湖第一女学于荡口。秦琳为校董。"

"锡金城乡有学堂 42 所。"

竞志女学与鹅湖女学是无锡历史上城乡创办的第一所女子学校，在国内也是首创之一，应该说无锡得风气之先。时代风气一开，无锡城乡各地私人办学的步伐就加快了。

光绪三十二年（1906）：

"锡金学务公所创办锡金初级师范（原锡金公学改名，亦称为北师范），蔡文森任校长。又办城东学堂于亭子桥。"

"侯鸿鉴于西门横街办私立师范学校（简称北师范），并附设模范小学。"

"锡金教育会（初称锡金教育研究会）成立，华申琪为首任会长。"

"……振秀等女学开设刺绣科。"

在这期间，"美国基督教浸礼会办树德学堂于江阴巷教堂，堂长为美人强克胜牧师"，这是我们所知道的外国教会在无锡办的第一所学校。

光绪三十三年（1907）：

"锡金学务公所改为劝学所,设私塾促进会,次年组织私塾教师(塾师)讲习所(后称初级师范传习所)。全县有改良私塾 676 所,生徒有 7 335 人。"

"私塾改良会成立,锡金 21 个区,各设委员一名,分期劝学。"

教育制度改革在于一方面要布新,一方面要除旧,两者不可偏废,否则事倍功半。私塾是旧的科举制度的产物,在各方面均与时代要求不相吻合。塾师不经过训练,在各个方面都无法适应新制度,因此私塾改良会成立并开展活动是一项及时且有力的举措。

宣统三年(1911):

"县立无锡初等工业学堂创办于崇安寺,校长陶达三。"

"怀上市立泾皋女子职业学校创办于张泾桥,校长蒋士梅。"

"江苏省立第三师范学堂于九月十七日在学前街建成开学,校长顾倬。"

"自光绪二十四年(1898)办新学以来,至本年度锡金城乡已有公私学堂 152 所。"

普通教育带动了师范教育和职业教学,反映教育制度的改革不仅在量上扩张而且在质上提高。截至辛亥革命前夜,无锡教育制度的改革是卓有成效的,影响也是深远的。辛亥革命前夕,宣统元年(1909),据地方志统计,锡金两县有人口 798 286 人,拥有 152 所各类学校,平均 5 200 多人就有一所学校,这个比率在当时不能算低。无锡不愧为历史上文化教育素称发达的地区。

要创建和发展自己的民族工业,除了要求普遍提高人民的文化素质外,更需要培养各类专业的高层次人才。清"新政"派游学便是针对此要求的一项重要政策和措施。因为通过翻译这一渠道吸收西方科学技术,毕竟有许多阻隔,不如派人出洋到西方文化的发源地学习来得直接。当时派游学者有官费和自费两种,政府对于自费留学是大力奖励的。还有一种由国内学生所在学校支付费用的,称为校费。中国于光绪二十四年(1898)派出的留学生,计有十余人,其中有无锡学生杨荫杭。根据《无锡地方资料》统计，自光绪二十五年（1899）到宣统三年（1911）12年中，无锡出国留学生共计115人。外出留学的国家有日本、英国、法国、德国、比利时、美国。就他们所修专业来说，门类很多，其中工科占第一位，第二位是法科，第三位是师范，第四位是军事，第五位是医科，这是出于早期现代化的需要，是社会作出的选择。

在这批早期留学生中，很多人获得了学士、硕士、博士学位，成为学有专长的高级人才，回国以后，分别在自己的专业领域作出了贡献。有的成为革命家，领导无锡辛亥革命运动；有的成为教育家，创办了师范学校；有的成为科学家，研究和推广知识；有的成为工程师，在工程技术上有所创新；有的成为教授和大学者，开创了高等教育的新局面；等等。还值得一提的是出现了如胡彬夏这样的女权运动者，她在国内成立了第一个妇女团体，当时民间还流传有堰桥村前胡氏"一门三博士"的美谈。这些事实证明，冲出国门，走向海外，向西方学习，是有助于我国早期现代化事业的推进的。反顾今天，我们为了实行"科教兴国"，鼓励青年学子外出深造是有其历史根据的。而那些冥顽不灵，死死抱着传统不放的人，是注定要遭到历史的嘲笑的。

清末"新政"10年之中的教育改革，促进了无锡文化环境的改变，10年之后，辛亥革命中无锡成为沪宁线首先爆发革命的城市，是由历史孕育而成的。

四、近代知识分子群体的形成

近代意义上的知识分子，有别于传统社会中的士和儒生，但其中多数是由旧的士和儒生蜕变而来的。在中国近代前夜社会转型过程中，两者新旧交替，其色彩斑斑驳驳。关于无锡近代知识分子群体的形成，我曾撰有专文加以探讨，但着重的是这一群体和市民社会诞生的相互关系，至于有关社会经济发展的催生作用则谈得很少。本文的前几部分似可以稍稍加以弥补,这里想把以前的探讨结果加以引申,得出几个类似总结性的意见。

形成无锡近代知识分子群体的渠道不是单一的,模式也是不相同的。其中之一,便是原属士和儒生阶层的人,由于接触了新文化而逐步转入近代知识分子行列,成为真正意义上的近代知识分子。如数学家华蘅芳、华世芳兄弟,教育家侯鸿鉴、顾倬、杨模,水利学家胡雨人,物理学家胡刚复三兄弟,新闻记者裘廷梁、裘梅侣,文史学家钱基博,医学家周复培等等。其中之二,有一定的手工业技术,早期以此谋生,后来接触了西方的新式机器,从而在技术上精益求精,且进而作技术的学理探索的人。如徐寿、徐建寅一家数人,他们不仅成了洋务企业中的技术骨干分子,而且为西方自然科学在中国的传播出了大力,作出了贡献。徐寿被称为"中国化学之父",还曾仿制中国第一艘机动船——黄鹄号。其中之三,出于商与士之间者,这类人本为旧式商人,经营旧式商业。上海开埠以后,外国商品源源而来,且经过沿海口岸输入无锡。这类旧式商人逐步改变了经营内容,本人也由旧式商人改变为新式商人。这一改变促使他们联系的社会面拓宽了,于是旧有的商业知识不顶事了,需要学习新知识,从而也加入了近代知识分子的行列。如由商人而买办最后成为民族资产阶级的商人,周舜卿、祝大椿便是其中的代表人物。这只是一个极为简单的分类,但从这里也可以看到无锡近代知识分子群体形成的复杂性。

近代知识分子的形成,初始阶段在数量上并不多,但多半是"新政"前后在政府派游学政策的鼓舞下出国留学的人,并由他们形成了一个核心,再从这一核心向周围辐射,带动并培育了一批新型的知识分子,如此层层递进,队伍就不断地扩大开来。无锡自光绪二十五年(1899)到宣统三年(1911)12 年中官费和自费出国留学的115 人(其中有确切资料者为 66 人)中,就他们各自所学的专业来看,理 4 人、法 11 人、军 9 人、师范 10 人、医 7 人、工 17 人、经 4 人、文3人、美1人。这批人在学成回国以后，都分别在自己的岗位上发挥自己所长，在社会上开创了传统制度下所未有的新事业，培育了一代新人。其中，如胡敦复、张贡九、杨荫榆、高阳、过探先、顾青虹、孙廷贵等，分别在外地担任大学校长或院长；杨模、顾倬、侯鸿鉴、吴稚晖、胡壹修、胡雨人、杨荫杭、蔡文森等，分别在本地城乡创办了小学、中学、师范。大学自不待说，培养出来的都是高层次的知识分子，小学和中学培养的也是未来高层次人才的后备军。师范培养小学师资，推广社会教育，普遍提高社会文化水平。医生如周复培、王海涛、周纶回国后，创建起自己的医院或诊疗所，培养了新一代的医护人员。

此外，由留学生发起组织的各类学术团体，作为辐射的发源地，也发挥了作用。例如，侯鸿鉴发起成立的"算学研究会"，裘廷梁、顾倬、丁福保发起成立的"白话学会"，杨荫杭等发起成立的"励志学会"，杨荫杭、蔡文森、顾树屏等发起成立的"理化研究会"。理化学会还聘日本学者藤田功彦开设讲座，讲授自然科学知识。学术团体不仅提供团体成员研究学问的阵地，也向社会普及和推广科学知识，成为培育新型知识分子的一条渠道。著名的裘梅侣便是在理化研究会听课，学习了各类科学知识，后来成为翻译家的。杨荫榆也是先在理化研究会听课，以后再去日本和美国留学的。

至于处于萌芽状态中的现代新闻媒体，它们所产生的社会效益也是不容低估的，沟通信息，推广文化知识，也间接有助于新型知识分子的培育。

上面已经提到，无锡的第一代新型知识分子在数量上并不多，有人粗粗估计，不会超过500人，当时无锡城乡为80万人口，如果以500人计算，不过占到全县人口的0.0625%，可它却是经过了历史长时期的酝酿而形成的。而且正如中国现代化事业的步履艰难一样，无锡近代知识分子群体的形成也是障碍重重。可正是由于这一代的新型知识分子的启动，在无锡社会一百多年的历史发展过程中，一代又一代的知识分子,在尖锐的阶级斗争和民族斗争中,奋勇地响应时代的召唤,肩负起历史赋予的重任,在社会进步中作出了贡献。由辛亥革命、五四运动、抗日战争、人民解放战争相继作为时代主题的百年沧桑,到处都可以让人看到知识分子在疾走的步伐,听到响彻云霄的强大足音。辛亥革命只是开了个好头。

五、民俗风情的蜕变

这个题目很大,包括社会生活的方方面面,要把它作为一个文化整体讲述清楚,不是一件容易的事情,也不是笔者学力所能承担得了的。这里只能在本文所探讨的范围以内,举几个带着象征性的问题略予介绍,证实辛亥那年在无锡爆发革命有它的历史宏观背景。

明清以前,无锡在历史上并不出名。它西有常州,东有苏州,相距都不过几十公里。常州和苏州都属府治,是县治以上高一级的行政组织所在地,苏州且是有省级行政组织巡抚衙门的所在地,因此在人文景观方面,无锡相应要显得逊色。可是无锡的科举事业很盛。据地方志记载,自北宋政和年间理学家杨时创办东林书院起,直至清光绪年间,无锡前后相继创办了13所书院。其中,明代万历年间由顾宪成、高攀龙重建的东林书院曾一度成为东林党人政治活动的基地,入清以后的书院基本上都是以八股文考课,为科举服务。因此自唐以来,无锡考中进士的有540名,内有状元6名,乡试中举的更多,有1 234名。"一榜九进士""六科三解元"是流传广泛的美谈。在这样的氛围中,社会上各色人等,只要有书可读,不管门第和身份,都把"学而优则仕"为自己的人生价值取向。

可是这种局面在明清之际逐渐有所改变,商业资本的发展,特别是成为四大码头以后,终于像春风一样,使冰封得严严实实的传统这块冻土逐渐化解,一般人的社会观念也逐渐改变。在传统社会中,商为四民之末,较之士、农、工,商人处于末位。当时贱商是一种社会风气,"无商不奸"成了民间的口头禅。现在发生了变化,商人的社会地位提高了,腰缠万贯的商人,尽管没有门第,没有身份,但仍可以和那些官绅平起平坐。弃学从商,在一般人的心目中也是一条正当的出路。19世纪40年代以后,有识之士谋求自强,提倡商战,社会上经商的空气更趋浓厚。"新政"教育改革实行新学制,普通教育之外又推出实业教育、兴办实业学堂、培养商业人才以后,从商的风气更盛。

长期的商业活动培育了无锡人的经营本领。明清以后,无锡人便以精明著称,人称"一把算盘",也有人带有贬义地称无锡人为"刁无锡"。无锡人的精明表现在两个方面,一是讲究"实惠",一是"吃小亏占大便宜"。这和苏州人相比便可以看得出来。苏州人被称做"苏空头",便是爱面子,讲究排场,遇事吃亏便宜不讲,可身份不好丧失,门第不能受辱,尽管自己已是末路王孙。精明当然是一般商人都具备的本领,但无锡人表现得更为突出些。个人如此,群体也是如此,这当然也给社会带来了负面影响。直到现在为止,无锡给人的印象还是个商业性城市。

马克思说资本无国界,商业资本的活动也没有地域限制。很久以前,无锡商人就冲出家门,外出经商。上海开埠以来,无锡人往上海经商的很多,久而久之也形成了小小的气候,有"无锡帮"的称呼,虽然不能和广东帮、宁波帮、浦东帮相匹敌,但在某些行业中也占有一席之地。周舜卿、祝大椿等由商人、买办而转化为中国民族资产阶级的代表性人物,都是走出家门,去上海经商发迹起家,又回无锡投资现代工业的。

无锡商业经营的发达,不仅带动了一般人,而且还推动地主阶层人士转化。商业利润的诱惑,使他们不再困于传统,坐享地租收入,而是把地租收入的积蓄投资商业经营。例如官宦子孙薛翼运,原是清政府的一名地方官员,但他放弃了官绅的身份,去上海和周舜卿合伙经营缲丝工业。无锡五大财团之一的唐家,原来也是农村中的地主,但他们很早就兼营土布业,以后又投资现代工业。另一财团杨家则相反,祖先经营布业,由商业利润积累而成地主,且进入官宦行列,最后又投资现代工业。过去,我们教条主义地理解近代社会的发生、发展过程,把地主和商人看做两种绝不相容的社会势力,其实他们相互之间有转化的一面。这就是中国资本主义产生和发展的特色。

辛亥革命前,无锡民情风俗的又一象征性的变迁,就是妇女社会地位的提高,显著的表现便是女性和男性平等入学。在传统的教育制度下,女子没有权利入学读书。那种制度下通行一条准则,叫做"女子无才便是德",所以女性中间的文盲比男性要多得多。即使官宦之家的名媛淑女,也只能由家庭延聘教师,不能出闺阁一步。可是在近代,这种保守的局面被打破了。无锡城乡从光绪二十八年(1902)起陆续开办了女子学校,招收女青年入学读书,学习一般文化,也学当时称为"格致"的自然科学。早期的留学生中也有女性,如胡彬夏、杨荫榆等人。胡不仅去日本留学,还是个女权运动的积极分子,光绪二十九年(1903),她在日本组织"留日女学生共爱会"。杨先去日本留学,后由政府派往美国留学。辛亥革命后女子外出留学的就多起来了,可惜我们缺乏这方面完整的统计资料。

在妇女社会地位问题上,最为敏感的是婚姻问题。传统社会中,妇女一直没有婚姻自主的权利,通行的是"父母之命,媒妁之言"。进入近代以来,由自由恋爱而结婚成家的也开了风气。这种婚姻被称为"自由",不再受到社会指责,公认是合法的了。"自由"冲破了两千多年的婚姻制度,这是妇女解放的一件大事,应该充分肯定它的历史意义。

商业经济和自然经济不同的首要特征是商业经济的开放性。开放中的商业资本活动本能地重视信息的灵通,因为市场物价的涨落是商品买卖的命脉所在,为此它对传播媒介的要求也就随之提高。在传统制度下,传播媒介只有政府的塘报、邸报,但它只传播政府的公告,不过问社会的动态,对商业活动毫无用处。于是刊行现代报纸便应历史的要求被提到日程上来了。光绪二十四年(1898),无锡出现了第一张现代报纸,那就是由裘廷梁、裘梅侣(女)叔侄创办的《无锡白话报》。时隔10年之后,又有秦毓鎏、孙保圻创办的《锡金日报》。《无锡白话报》是国内首先创办的白话文报纸之一,它不仅有首创的功绩,而且采用人民群众的口语写作,在当时也是破天荒的举动。办报的实践,培养了裘廷梁、裘梅侣近代中国第一代著名新闻记者。同年,裘梅侣又和康同薇(康有为女儿)、李慧仙(梁启超夫人)在上海创办《女学报》,宣传维新。她还是个翻译家,一生翻译了好几种自然科学、人文科学的书籍。可惜天不假年,裘梅侣30多岁就因传染病而亡故。

民情风俗在无锡的蜕变,我们只能简单地说到这里。但接触的都是关涉社会生活的重要方面,有助于社会的进步,从中可见辛亥的革命风暴是不可能平地刮起来的。

结　语

社会变迁是个持续不断的过程。本文涉及的是中国社会历史的前近代阶段和近代阶段。如果说前近代阶段持续了两百多年带有连续性,为近代阶段的到来积聚各种因素,那么经过外部力量一次强有力的推动,表现为渐进的中断,但中断以后,又加速了以往持续变迁的步伐,迎来了辛亥革命。它为历史划出了一个时代,是一次裂变。

注释:

[1]《无锡县志》,上海社科出版社1994版,第73页、第173页。

[2]《锡金识小录》卷一,光绪丙申版。

[3]《无锡近代经济史》,北京学苑出版社1993版,第18页。

[4]《社会科学动态》2000年第4期。

[5]《无锡市志》第三册,江苏人民出版社 1994 版,第 25—26 页。

[6] 陈旭麓:《近代中国社会的新陈代谢》,上海人民出版社 1992 版,第 252 页。

[7]《无锡市教育志·大事记》,上海三联出版社 1994 版,第 12—15 页。以下引文皆出于此。

（选自王赓唐著《知半斋续集》,学苑出版社 2006 年版）

辛亥革命前乡村的变革

——以滨湖区域新学创办为例

钱　江　徐仲武　许宝荣　朱　强

费孝通先生早就说过："从基层上看去，中国社会是乡土性的。"[1]乡村社会的变迁，始终是中国社会发展的主题。从这个意义上讲，乡村的变动，即是中国社会的发展。回眸百年前的辛亥革命，无论启动原因还是结果、影响，都能看到乡村在这过程中的演化。本文试图以辛亥前十年间太湖之畔无锡滨湖乡村为时空，通过对新学创办情况的梳理研究，以确认新学在孕育新生近代力量、进化传统乡村中的作用，进而阐明，新学是辛亥前中国乡村近代化启动阶段最为重要的突破力量。

一、新学是乡村社会经济变动的结果

1. 区域标本的选择

无锡滨湖，位于太湖北岸。顾名思义，滨湖是与湖而畔的地理概念，在历史上很早就有了相应的记载。元朝《无锡县志》指出："占州之新安、开化、扬名、开原、富安五乡，由新安乡乌角溪口，自南而西，迤逦行至富安之闾江而止焉，为是州之巨浸。西流之水皆会于独山、吴塘、浦岭诸门，而通太湖。"[2]清朝金友理所撰《太湖备考》中称："无锡县西南境富安、开原、扬名、开化、新安五乡，皆濒于湖。"[3]

自古直到民国,这一区域一直隶属于无锡县管辖;新中国成立后50年间,它又处于无锡市区与无锡县区的过渡地带。

滨湖,作为一个行政区域,是21世纪的事。2001年,无锡原郊区与马山区(该区原是太湖中间的一个岛,上世纪60年代末因围湖造田而为半岛,新中国成立前属常州武进县迎春乡,新中国成立后划归无锡,后设立马山区)合并,再整合了原隶属于锡山市的东绛、南泉、雪浪、华庄、新安等沿太湖的部分乡镇,组建为全新的行政辖区——滨湖区。之后,区域又有多次小的调整,如山北、扬名、广益、新安等乡镇划出归其他区管理。因此,实际上,现在滨湖所辖的范围比历史上自然形成的"滨湖"范围要小,但整个区域由东向西沿太湖滨水而居,滨湖的地理概念更为清晰。

就是这样一块既完整又变动的区域,百年来,经济发达,社会进步。以教育而言,该区域起步早,发展快,教育始终适应和支撑着这一区域的发展,放之无锡,乃至更大范围的江南,以至全国,也属领先之地。正因为此,我们选取这一区域作为标本,以清末十年新学的创办为内容,探索近代化起步阶段教育所发挥的独特作用,并诠释辛亥前乡村社会的变动。

2. 滨湖乡村社会的近代转型

滨湖之地,虽地处湖滨乡村,但离无锡县城并不太远,最近的开原乡,仅在"县西二里",扬名乡亦然;即使较远的新安、富安、开化三乡,离县城也只有50里左右。在古代以水运为主要交通方式的江南,太湖之滨,水网密布,河流众多,水路运输极为发达,新安的大运河、开化的长广溪、富安的闾江、开原的梁溪河等,都是沟通这些乡村与县城重要的水上通道。南出太湖,赴沪杭也十分便利。因此,这一区域并不闭塞。

历史上,滨湖地区土地丰腴,物产富饶,为典型的江南"鱼米之乡"。自晚清以来,由于地少人多,乡间的农民先后通过从事纺织和蚕桑等副业生产来增加家庭收入。"春月则阖户纺织,以布易米而食……及秋,稍有雨泽,则机杼声又遍村落,抱布质米以食矣"[4]。
"开化居太湖之北,沾风气者宜习蚕桑之术,在清中叶不过十居一二,洎通商互市后,开化全区几无户不知育蚕矣。"[5]滨湖乡村出现了家家栽桑、户户育蚕的景象。继成为四大米市之一后,无锡又成为了著名的布码头和丝市。

自上海开埠后,大量外商在上海开办缫丝工厂,在江浙农村开办茧行收买鲜茧,烘干之后运抵上海生产加工。民国初年出版的《无锡开化乡志》就对当地最早出现的外商茧行作过详细的记载:"洎乎通商互市以来,泰西人日辟新机,创有茧灶一法,于是收丝之商变而为收茧之商,往往挟重资之(以)择桑茧业盛之区创设烘灶,名曰鲜茧行,而开化廿七图许舍实发源焉,牌号其均……不辨其商为英吉利人,为法兰西人,即华商之有资收茧者亦托名于洋,而既(概)曰洋商。"[6]由此可见,太湖之滨偏远的农村乡间正日益成为国际市场的重要原料产地。

茧行的繁荣,也催生滨湖地区近代企业的出现。在上海办实业获利颇丰的周廷弼于光绪三十年(1904)春,出资8万两白银,在家乡东绛开设裕昌丝厂。这是整个滨湖地区有史料记载的最早的近代工业企业。[7]

在辛亥前十年间,除了市场、企业以外,京(宁)沪铁路上海、无锡段已开通,轮船也成为水路交通的重要补充,滨湖乡区与外界的联系空前活跃,人员进出更为频繁,近代思想和不同的元素也不断涌入该区域,为新学的创办营造了有利的氛围。荣德生在其《乐农自订行年纪事》中记载:"邑中渐呈新气象,周新镇已发起创办丝厂,纱厂则已有杨氏业勤,丝、纱、面三者均已具根底。教育尤为先进,士人已无科举,皆入新学。"[8]这对包括滨湖在内无锡的变化作了高度概括。

3. 滨湖新学的滥觞

滨湖地区的近代新学,始于1900年开化乡"养正学堂"的开办。

在之后的十年间,新式小学如雨后春笋般在滨湖乡间悄然兴起,它们以乡间原有的祠堂、庙宇,或者义庄、文社为简陋的校舍,在一名或数名教师的引领下,沐风栉雨,筚路蓝缕,开近代新学之新声。

1900～1911 年滨湖区域创办近代学校情况见下表。

清末(1900～1911 年)滨湖区域近代学校一览表[9]

序号	行政区域	校名	地址	创办时间	创办人	学校概况
1	开化乡	养正学堂	南方泉	光绪二十六年(1900)	王星陛等	1907 年改名振业小学堂,1908 年有教师 2 人、学生 37 人,1913 年收为乡办,改名无锡县开化乡第一初等小学。
2	扬名乡	廷弼商业学堂	周新镇	光绪二十九年(1903)	周廷弼	一说为商业半日学校。
3	开原乡	日新初等小学堂	河埒口	光绪二十九年(1903)	蒋仲怀	由蒋可赞、蒋仲怀创办于河埒口雷尊殿,1908 年有教师 2 人、学生 27 人,1913 年 10 月收归乡办。
4	扬名乡	私立廷弼初等小学堂	东埝	光绪三十一年(1905)	周廷弼	1908 年有教师 4 人、学生 56 人。
5	富安乡	安东初等学堂	胡埭张舍	光绪三十一年年(1905)		1908 年有教师 7 人、学生 38 人。
6	开原乡	作新小学	大张巷	光绪三十一年(1905)	张氏	
7	开原乡	始功初等小学堂	丁巷	光绪三十一年(1905)	蒋哲卿	由蒋哲卿倡集鱼池募捐设立,1908 年有教师 2 人、学生 32 人,1912 年收归乡办,更名为乡第二国民小学,1919 年迁至石埠,以裴姓别墅为校舍,1923 年、1927 年又先后改称第十二区第二初小、石埠初小,有 1 间教室。

序号	行政区域	校名	地址	创办时间	创办人	学校概况
8	开原乡	公益学堂	荣巷	光绪三十二年(1906)	荣氏家族	1908年有教师4人、学生50人,1910年添办高小,1923年时有5间教室。
9	开原乡	竞化女学校	荣巷	光绪三十四(1908)	荣德生	1923年有4间教室。
10	开化乡	方泉小学堂	南方泉			1908年有教师2人、学生40人。
11	扬名乡	振光小学堂	南桥			1908年有教师3人、学生28人。
12	开化乡	方泉半日学堂	南方泉			1908年有教师3人、学生36人。
13	开化乡	振中小学堂	陶巷			1908年有教师3人、学生37人。
14	开化乡	振基小学堂	方桥			1908年有教师3人、学生17人。
15	新安乡	正蒙小学堂	华大房庄			1908年有教师2人、学生15人。
16	新安乡	振新两等小学堂	华大房庄			1908年有教师3人、学生20多人。
17	开化乡	乐圃学堂	雪浪	宣统元年(1909)	朱佐基	
18	扬名乡	养基初等学校	扬名乡南桥	宣统元年(1909)		1908年有教师3人、学生45人。
19	新安乡	嘉禾小学	华庄	宣统二年(1910)		一说为泽南小学。

　　纵观辛亥前十年间滨湖乡村出现的这些新学校,就区域而言,开化乡最早出现新学,扬名乡和开原乡紧随其后于1903年均创办了新学,新安乡最迟,直到1908年才有新学,富安乡虽在1905年就开办新学,但到辛亥革命胜利,新式学堂依然是该区域中最少的,仅有1所。这些创办的学堂总体都非常简陋,囿于资金,规模不大,教师数量也较少,甚至有的学校就由校长一人全权负责。由于规模小,

一般只招收学堂附近乡邻地区的孩童入学,但仅就我们目前所见史料的汇总,这一区域近代学校的总量至少已超过20所。其中大多是初等小学,也有高等小学,还有女校、商业学堂等多种类型。1900年创办的养正学堂,是滨湖区域内创办的第一所近代学堂,它不仅开启了滨湖区域内的近代教育,更是"锡金乡区开办学堂之始"[10]。以此为起点,滨湖区域教育开始了近代化的历程。1908年开办的竞化第一女子小学,为滨湖开办女学之始;它比1905年侯鸿鉴在无锡城区创办的作为无锡女子学堂之始的竞志女校仅晚了三年。而周舜卿在1903年东绛周新镇创办的廷弼商业学堂,不仅成为该乡和滨湖区域,而且是无锡辖区内第一所商业职校[11]。由此我们看到,十年间,新学无论在数量还是在质量上,已是区域内新生的一支重要力量。

二、新学是近代力量生成的催化剂

在传统的滨湖乡村,大量"洋学堂"的出现,成为当地民众普遍关注的焦点。这些不同于传统教育的新学堂,成为吸纳、改造和整合乡村新旧力量的主要载体,其倡导者、支持者、创办者、教育者或受教育者在交织作用过程中,生成了近代乡村新的社会力量。具体经营新学的传统士绅,慷慨捐助的工商实业家,积极引领的当地官员,至少在辛亥前十年间,组合为推动区域近代化的关键力量。

1. 传统士绅的近代转型

江南地区自古以来文风昌盛、人才辈出。滨湖也不例外,通过科举考试,一大批人脱颖而出,外出做官。同时,乡区也积淀了不少文人,由于他们拥有的学识,因此在地方上扮演了绅士的角色,在20世纪初废科举、社会近代化开启之时,他们必须依靠新的载体来完成自身的适应和转型,而新学为这一演化提供了可能。

创办养正学堂的王星陞就是一个典型。王星陞(1849—1902),名炳彪,号心培。出身书香门第,为人"敦品直行,绩学励志"。光绪二年(1876)中秀才,后举业未果,就在乡间设塾课徒。光绪十九年(1893),王星陞和当地的其他几位秀才萧焕梁、王炳麟、王熏等在薛福成等人的帮助下,在开化乡首开"开化文社",定期为当地的童生开课讲学,还延请举人陆绍云、薛元宇等名宿前来授课,来学习的童生最多时超过百人。1900年,王星陞独自捐款,将"开化文社"改名为"养正学堂",亲自担任校长,"人之初期,童蒙未定,养之教之,以正其身"[12]。

开原乡荣巷地区近代文化教育事业的开拓者——荣吉人,也是一位传统士绅完成近代转型的典型代表。荣吉人(1871—1932),名善昌,出身于传统的仕宦家庭。祖汉璋,著有《自怡轩诗稿》。父汝荄,著有《棠荫轩诗文稿》。在这样的诗书家庭氛围中,荣吉人自幼好学勤思,读书辄有体悟,但由于体质较差,26岁时才隶籍"学官子弟",后补邑增生,曾两次前往南京应举人考试,皆落榜。他也曾去衙门任过文案,但终因不能伸其志而辞归。回乡后,就在里中荣氏公塾执教,而后,与当时主持公塾的荣福龄一起,倡议改变传统教育形式,改办新学,在荣子俊、荣瑞馨等人捐资下,荣吉人在1906年将原有的荣氏公塾改办为"荣氏公益学堂"。1908年,荣宗敬、荣德生弟兄在当地开办"私立荣氏公益小学",荣吉人任校长,全面主持学校的办学事务。1912年,荣德生创办大公图书馆,也由荣吉人具体负责。应该说,荣吉人是荣氏兄弟在荣巷地区开办新学的具体经办人,他对整个荣巷地区教育的近代化起到了至关重要的推动作用。[13]

像王星陞、荣吉人这样,出身书香门第,因举业未果,在乡间设塾课徒的传统士绅,在近代社会前进的洪流中,与时俱进,及时转变身份,改办新学,确立新的社会定位的人物,在滨湖近代新学的开办中不在少数,乐圃学堂的朱佐基、敦睦小学的萧焕梁、惜荫小学的朱毓骐等,都是从早年乡间的塾师转变为近代新学的热忱开办者的。他们在完成自我身份近代转型的同时,成为近代乡村新学的重要支持力量。

2. 新兴工商业者的热情参与

就全国而言,在清末十年间,"以地方公款设立的公立学堂成长最快,官立学堂次之,私立学堂较缓"[14]。然而,在滨湖乡间,十年间出现的所有学校,均为民间所办。这中间,新兴的工商实业家群体作出了最重大的贡献。钱穆先生就明确指出:"凡属无锡人,在上海设厂,经营获利,必在其本乡设立一私立学校,以助地方教育之发展。"[15]作为近代工商文化的发轫之地,大批工商实业家在事业有成之余,或大量捐资,或身体力行投入到了近代新学的开办中来,从而使他们的工商行为更具近代意义。在此期间,无锡城区、宜兴等处均出现了毁学事件,"考其原因,无非为抽捐而起"[16],而滨湖创办如此多的学校都风平气和,这与他们的支持是分不开的。

最早投入滨湖地区开办新学的实业家是扬名乡东㞐地区的周廷弼。周廷弼,字舜卿,出生于1852年。因家境贫寒,16岁便到上海当学徒,后开设震昌五金煤铁号、昇昌铁行,分行遍布汉口、镇江、常州、无锡、苏州以及日本长崎等地区,获利巨丰,人称"煤铁大王"。后又回乡创办裕昌茧行,在上海开办永泰丝厂、信成银行、顺昌丝厂等近代实业,成为我国近代实业界的豪富之一。1903年,周舜卿在家乡创办"廷弼商业学校",1905年,他又创办了"私立廷弼学堂",起了很好的示范作用。

开原地区最早出现的"私立日新初等小学堂",是蒋可赞发起投资由蒋仲怀先生1903年在河埒口地区创办的,"可赞先生年出费百元,余由本处旅沪诸君捐助"[17]。1906年,由荣福龄和荣吉人发起,在荣瑞馨、荣宗敬和荣德生等出资下,荣吉人将荣氏私塾改办为"荣氏公益学堂",这些人之中,除了荣吉人外,其余各人各认学校年费大洋100元,而荣瑞馨更以2 000银元建造了学校的校舍,贡献最大。1908年,"三月,伊峻斋知无锡县事,照会余任开原扇董,兼任劝学事"[18]。受此鼓励,自该年起,荣德生个人先后捐办"私立荣氏公益小学""竞化女子学堂"等小学校和"公益工商中学""江南大学"等，为区域教育发展作出了重大贡献。

以周廷弼、荣德生为代表的近代实业家群体，在滨湖地区热情地投入新学的创建和推广，固然有他们出身农村、割舍不断敦族睦邻的乡村情结，但更多的是期望通过新学的开办来改变国家及本乡贫弱的现状，实践"教育救国"的理想。诚如荣德生所言，"我国数十年来贫弱原因，以政治腐败、生产落后与国际市场之经济侵略，实为主要因素。但所有贫弱，所以无新事业发展，则缺乏人才启发之故耳"，"人才之盛衰，实关系国运之隆替"，"事业之成，必以人才为始基"，"吾国人才不多，实由教育之不普及故"，"人才的造就，端赖学校之培育，故兴学实为建设之本"。[19]这些话代表了他们这一批人对近代教育的认识。

3. 转型官员的积极引领

相对于上海、南京等大都会及苏州、无锡这样的府县，在20世纪之初，近代化的欧风美雨对滨湖乡村的影响还是有限的，虽然，清政府已出台政策废除科举，但对新事物方向的不确定性，还是让人犹豫、彷徨。在这一新旧转换的过程中，一些见多识广、信息量大、嗅觉敏锐的地方官员的态度，直接影响了区域新学的创办与发展。他们及时给予的鼓舞与肯定，对滨湖乡村新学的顺利开启起到了积极的引领作用。

开化文社是养正学堂的前身，史料记载："论者曰文社之起，起于裴公，文社之成，成于薛公，二公可谓有爱于开化之士林者矣。"[20]文中提到的"裴公"和"薛公"，即时任无锡知县的裴大中和无锡近代著名政论家、洋务运动思想家薛福成。裴大中是开化文社的首倡者，"裴公敦劝立文社，首先倡书捐簿集资按月一会"，而时任宁绍道台的薛福成在得知开化文社的开办情况后，"乃慨然捐助廉金，并敦劝文社须建造房屋，俾垂永久，恐非此不足以传后"，正是在薛福成的捐助倡议下，开化文社才最终于1894年正式落成，之后才又有文社的主事王星陛改办为养正学堂,开滨湖新学的先河。裴、薛的支持不仅是创办新学,更是对倡导新学转型的地方士绅的支持。

1906年荣氏公益学堂的创办,应是当时滨湖乡间颇受关注的一件大事。荣德生在其《乐农自订行年纪事》中记载:"校额由伊知县峻斋所书,开校且亲来道贺。"[21]一所普通的乡村小学校开办,能引得知县大人"亲来道贺",这应该是对捐资办学商人们的莫大肯定和鼓励,其影响也超越了一所乡间小学的开办本身。

在华庄地区创办泽南小学和振新小学的倪家凤,是传统官员大办新学的一个典型代表。倪家凤,号翔青,新安乡华庄倪嘉和人。出身仕宦之家,1900年中举,1901年考中贡士,随后由礼部报请吏部后分发江苏常州府丹徒县任教谕,负责全县的教育事业。虽然倪家凤自己是通过传统教育走上仕途的,但在求学期间逐渐接触了西方维新思想,在担任教谕一职后深感推行近代新学的重要性,积极关注新学开办的事宜。1908年利用回乡丁忧之机,仅两年就在家乡创办了泽南小学和振新小学等,开新安乡近代新学之先河。在他的引领下,当地许多有识之士都投身于新学教育,纷纷创办新式学校。

从1900年王星陛创办养正学堂开始,滨湖教育近代化进程悄然起步。期间,无论是那些完成自我转型的传统士绅,还是热衷于捐资助学的工商实业家,或是积极引领的当地官员,他们无疑为死水微澜、暗流涌动的滨湖地区带来了全新的思潮和冲击。以他们为中心,伴随着新学的开办和知识的普及,乡村日益整合出全新的社会力量,推动了整个地区社会的近代化。

三、新学是乡村近代化的突破口

20世纪初的中国,从1900年到1911年,是清王朝苟延残喘的最后十年,也是辛亥革命重要的酝酿期,更是中国近代化的重要转折期。这一阶段,新学在推动近代化的进程中,发挥了重要而不可替代的作用,尤其是在乡村,以滨湖为例,更是如此,成为撬动区域发展最有效的杠杆。

1. 新学是乡村近代化初期最有力的突破口

从文化角度讲，近代化是个缓慢的演变过程，也是一个逐渐的积累过程。近代化与近代城市的兴起是不可分的。从鸦片战争到辛亥革命爆发的70年中，西方资产阶级文化的传入，首先主要在传统城市展开，像上海那样从一个小渔村演变为一座大都市的，仅是个案。而闭塞的乡村，由于缺乏承接的条件，近代化的起步要艰难得多。

当时，无锡作为一个常州府下辖的县城，各种新生事物层出不穷，开始了社会近代化的进程。我们梳理一下当时的一些大事：1881年，"设电报转报局于前竹场巷，次年正式通报"，无锡始有电报。1890年，"西医杨维翰创设诊所于跨塘桥，为无锡第一家西医诊所"。1895年，"杨宗濂、宗瀚兄弟在东门外兴隆桥创办业勤纱厂……次年开工生产，为无锡近代第一家棉纺厂"。1897年"冬，杨模等在上寿禅院创办竢实学堂，翌年春正式开学。……为无锡最早创办的私立学校"。1898年"闰三月，裘廷梁创办《无锡白话报》，第五期改名《中国官音白话报》，这是无锡第一张报纸，也是中国最早的白话报之一"。1901年，"八月，无锡始设邮政支局"。1905年，"正月，侯鸿鉴创办竞志女学，这是无锡女子学堂之始。六月，锡金商务分会（简称锡金商会）成立，商部顾问周舜卿为总理……是年，上海公茂轮船局开辟上海—苏州—无锡航线，设分局于前竹场巷"。1906年，"四月，沪宁铁路沪锡段通车，设火车站于城北"。1909年，"孙鹤卿等人创办耀明电灯公司，为无锡第一家电灯公司"。1910年，"无锡市议事会和无锡市自治公所分别成立"。1911年，"杨翰西在北门兴隆桥创设无锡电话股份有限公司"，这是无锡有电话之始；等等[22]。从这些记载中，我们可清晰地看到，作为近代化重要内容的电灯、电报、电话、铁路火车、轮船、企业、报刊、医院、学校，以及涉及农工商业的商会和农会等，在无锡相继出现，近代化的新气象涉及城市的多个领域和社会生活的方方面面。

然而,这些近代化的新元素并没有随时代之风迅速吹遍乡村腹地。在当时的滨湖地区,很少具有上述元素,近代化的工厂,也只有周廷弼在周新镇上创办的裕昌丝厂一家而已,即使到了民族工商业发展高潮的二三十年代,在乡村开办的大企业依然是不多的。如公路,到1914年才由荣德生和蒋遇春发起辟筑开原路。而电力要到1919年由荣德生在荣巷创办开原电力公司,医院、报纸,直至1949年解放也没有。可见,在城市中出现的各种近代新生事物并没有在滨湖乡间直接产生。近代元素的移植与落地,需要地方环境的支持,传统乡村是很难接纳的。唯有新学,始创于1900年,几乎与城区同步出现,并以渐进的方式在滨湖各乡迅速推广开来,时间之早、数量之大和影响之广,都远远超越了其他新生事物,成为滨湖乡间近代化历程起步阶段的中坚力量,推动了乡村近代化的进程。

2. 新学是乡村近代化初期最制度化的推动力

在20世纪初的十年间,清政府明确了废科举、兴新学的政策,为地方发展新学作了制度性的强制要求。滨湖乡村借助于历史的积淀,新学以迅猛的速度获得发展。虽然新学堂并没有,也不可能从根本上马上与传统旧教育相割离,但总体方向和教育内容与形式还是仿照西方教育进行的。无论是教育的目标、学堂的建设、课程的设置,还是教学的组织、教材的内容等,均是如此。

例如蒋仲怀主持的日新小学,在学校中年组和高年组的课程设置中明确指出,"本校算术科内每周添设珠算六十分钟,以适应社会的需要"[23]。周廷弼在这一时期创办的廷弼商业学堂,也以务实为办学理念。作为一所专业的职业学校,学堂除了开设传统的修身、国文、算学等基础学科之外,重点开设了英语、手工、簿记等技能应用的课程,还分设了商业、金工、机械、财会等专业,修业三年期满,学生就能直接进入他创设在周新镇上的工厂和商店就职。而对于生长于滨湖农村的孩子来说,走出学堂就能在工厂或是商店拥有一份体面的工作,应该是他们重要的人生目标。荣德生在回顾自己办学经历时也指出:"余昔年办学,自小学、中学而至专修,皆持此宗旨:教育贵在实学,若虚有其名,无裨实用,不如无学。"[24]就教育目标而言,正如桑兵先生所概括的:"新学教育则以全体社会成员为教育对象,目的在于通过不同层次的教育,发挥每一个人的潜能,使之找到各自的最佳位置并培养其社会意识和国民精神。"[25]新学完全改变了旧学以有能力的部分社会成员为对象,科举取士,以"学而优则仕"为教育目标的传统习惯思维。所以,有学者说,"新学制的落实可以说从制度层面,也从文化层面揭开了乡村社会走向近代的历史序幕"[26],这是极有道理的。

考察影响乡村区域近代化的诸多元素,随着时间的推移,在不同的过程中,不同的元素,在不同的时间段,扮演着不同的角色,发挥着不同的作用。以滨湖为例,至少在清末十年间,新学无论从物质方面还是精神方面,均是影响最大的元素。从制度方面而言,它也是近代化元素中最早以制度化的形式影响区域发展进程的。

3. 新学是乡村近代化初期影响最广泛的新元素

滨湖在清末十年间,新生了20多所学校。虽然现在已不可能找寻到具体、详尽的资料,但这些学校涉及上百教师、上千学生和上千家庭的判断应是属实的。在清末十年间的滨湖乡村,没有哪一新事物能关乎如此多的人。况且,学校大多占用家族活动中心——祠堂,借用宗教或信仰活动场所——庙宇,改用传统文教中心——文社,这些公共建筑本是乡民开展传统精神世界交流的最大、最集中和最频繁的空间,而现在被新学所替代或部分替代了。再者,交流的主体变为新一代的男童,还有女童,不仅量增加了,而且范围也有了新的扩大。伴随着滨湖新学的开办和推广,越来越多的农家子弟进入新式学堂接受近代知识的启迪。而"竞化第一女子小学"的开办,开启了滨湖区域内不同性别教育公平的新局面,无疑为妇女社会地位的提高起到了里程碑式的作用。兴办女学是新式教育的重要内容,但在男尊女卑、"女子无才便是德"的中国乡间,女学的创办不仅需要极大的勇气与魄力,更是乡村近代化对人的尊重的文化发轫。

事实上,自从新学在乡村出现,它就既义无反顾又义不容辞地担当起乡村新文化中心的责任。"乡村小学为乡村社会之最高文化机关,这是中国农村社会的实际情形,我们不能否认也不必讳言,乡村中唯一的文化机关是乡村小学,所以乡村小学常为乡村文化的中心,立于先知先觉的地位,促进文化,改造社会,全视学校如何提倡。"[27]陶行知进而在 20 世纪 20 年代后期指出:"以学校为改造社会的中心",进而提出"学校既是乡村的中心,教师便是学校和乡村的灵魂"。[28]这深刻说明了近代学校、近代教育者在乡村中的地位和在推动区域近代化进程中发挥的作用。

注释:

[1] 费孝通:《乡土中国·乡土本色》,上海世纪出版集团 2007 年版,第 6 页。

[2] (元)王仁辅:《无锡县志》,中国社会出版社 2005 年版,第 59 页。

[3] (清)金友理:《太湖备考》,江苏古籍出版社 1998 年版,第 4 页。

[4] (清)黄卬:《锡金识小录》卷一,转引自台北市无锡同乡会印行《无锡文献丛刊》第一辑,第 13 页。

[5] 王抱承纂、肖焕梁续纂:《无锡开化乡志·土产》,1916 年印本。

[6] 王抱承纂、肖焕梁续纂:《无锡开化乡志·寺观庙社》,1916 年印本。

[7] 王金中、沈仲明:《无锡工商先贤周舜卿》,凤凰出版社 2007 年版。

[8] 荣德生:《乐农自订行年纪事》,上海古籍出版社 2001 年版,第 44 页。

[9] 资料来源:锡金教育会《调查城乡学校一览表》,戊申年油印稿;《无锡县南泉中学建校五十周年纪念册(1945—1995 年)》,1995 年彩印本;《无锡市教育志》,第 131 页;《无锡教育最近概况报告》,1932 年铅印本,第 50 页;《胡埭乡志》,第 271 页;《和韵百年》,希望出版社,第 8 页;另据记载,开化乡 1908 年有"庄氏私立小学",扬名乡 1908 年有"云光学堂",扬名乡 1909 年有"承绪学堂"等,但目前无法考证,故未列入。

[10] 无锡县教育局编纂:《无锡县教育志》1991 年版,第 37 页。

[11] 王金中、沈仲明:《无锡工商先贤周舜卿》,凤凰出版社 2007 年版,第 9 页。

[12] 王丙吉:《"养正学堂"创办人王炳彪》,参见钱江主编《滨湖百年老校资料选辑》第 1 册,2010 年铅印本,第 27 页。

[13] 荣勉韧等主编:《梁溪荣氏人物传》,中国华侨出版社 1996 年版,第 54 页。

[14] 陈启天:《近代中国教育史》,转引自苏云峰著、吴家莹整理《中国新教育的萌芽与成长(1860—1928)》,北京大学出版社 2007 年版,第 124 页。

[15] 钱穆:《八十忆双亲·师友杂忆》,岳麓书社 1987 年版,第 232 页。

[16]《时评》,《东方杂志》第 6 卷第 11 期,转引自《中国近代教育史资料汇编·普通教育》,第 235 页。

[17]《河埒口小学概况》,参见钱江主编《滨湖百年老校资料选辑》第 8 册,2010 年铅印本,第 34 页。

[18] 荣德生:《乐农自订行年纪事》,上海古籍出版社 2001 年版,第 54 页。

[19] 荣德生:《荣德生文集》,上海古籍出版社 2002 年版。

［20］王抱承纂、肖焕梁续纂:《无锡开化乡志·寺观庙社》,1916 年印本。

［21］荣德生:《乐农自订行年纪事》,上海古籍出版 2001 年版,第 44 页。

［22］参见无锡市地方志编纂委员会编:《无锡市志·大事记》中的相关内容,江苏人民出版社 1995 年版。

［23］《河埒口小学概况》,无锡市图书馆藏,1929 年铅印本。

［24］荣德生:《荣德生文集》,上海古籍出版社 2002 年版。

［25］桑兵:《晚清学堂学生与社会变迁》,学林出版社 1995 年版,第 44 页。

［26］王先明著:《变动时代的乡绅——乡绅与乡村社会结构变迁》,人民出版社 2009 年版,第 31 页。

［27］秦柳芳:《乡村小学教师与民众教育》,锡澄武宜靖五县民众教育协进会,1928 年铅印本,第 10 页。

［28］《中国乡村教育运动之一斑》,《陶行知全集》第 2 卷,四川出版集团 2005 年版,第 292、第 293 页。

辛亥革命与近代教科书出版

王　星

今年逢辛亥革命百年，即便历史书早就对辛亥革命有了定论，但是百年来，纠葛于辛亥革命最后被袁世凯篡夺革命果实的悲剧，民众参与程度不高的事实，学界对辛亥革命的评价颇多微词。我们不妨从近代教科书编撰者的际遇、近代教科书出版业的发展、近代教科书的变化三个方面，探讨近代教科书出版与辛亥革命及其促进社会近代化的关系。

一、近代教科书的编撰成为辛亥革命前后新思想传播的突破口

从晚清开始，中国一大批有见识、有魄力、有践行能力的知识分子就意识到了新思想传播的重要作用，因而近代新式教育，特别是近代教科书的编写受到了他们的特别重视，成为辛亥革命前后新思想传播的重要突破口。

（1）编撰近代教科书成为一批清政府官场失意者改良政治的出路。清末以来，一批持有与清政府主流政治人物不同政见的人虽然在政治上遭遇了挫折，自己所持的思想主张得不到实施，但是他们却主动参与晚清的新式教科书编辑出版工作，通过将新思想融入教科书，直接影响当时的中国基础教育。

从文明书局的创办者廉泉、吴稚晖，到商务印书馆的主持者蔡

元培、张元济等人,都是清政府官场的失意者。如无锡人廉泉,戊戌变法失败后,其个人也随即遭到打击。于是他认为欲发愤图强,必须先开民智,因此资助杨模、俞复、侯鸿鉴等在无锡创办竢实学堂、无锡三等公学堂和竞志女学等学校,并将无锡的私宅让给女学做校舍,随后又创办文明书局,由俞复任经理。而无锡人吴稚晖受到甲午战败的刺激,于1898年6月到上海南洋公学任教,这时,光绪帝颁布变法诏令,他闻讯后就在无锡崇安寺与俞复等人一起创办了无锡三等公学堂响应变法,推行新式教育,并与俞复等人一起编撰了我国第一套体系完备的近代教科书《蒙学读本全书》。这套书虽然是从"四书五经"过渡到近代分科教科书的作品,但是在1902年,课本中就已含有《新闻纸》《祝国歌》等具有强烈新思想和爱国情怀的课文,实属难能可贵。其中《祝国歌》中"印度灭,波兰亡,请看我帝国,睡狮奋吼剧烈场"极具时代特征。这套教科书曾经在一年内重版十次,可见其对传播新学和新思想的重大作用。

　　再如蔡元培,在甲午战败以后,这位年轻的翰林"痛哭流涕长太息"[1],于1898年秋毅然抛弃了世俗所称羡的功名前程,托疾请假南下回乡弃官从教,任绍兴中西学堂监督、嵊县剡山书院院长、南洋公学特班总教习等职务。期间,蔡元培积极推动新教育及近代教科书的发展。1909年蔡元培翻译了德国泡尔生的《伦理学原理》,并于1910年写出了《中国伦理学史》,由商务印书馆出版。民国建立后,他直接走进了政治舞台的中心,即便在临时教育总长的任上,他还编写了《中学修身教科书》,并由商务印书馆出版。而张元济则是因为参与维新运动,戊戌政变后受到革职永不叙用的处分,无奈南下,在南洋公学教书三年,后毅然主持商务印书馆的工作。1904年,张元济主持下的《最新初等小学国文教科书》出版,被全国各地的学堂广泛采用。这是一套普及自由、民主思想的新式教科书,在辛亥革命到来之前被广泛采用。辛亥革命期间,张元济也活跃于政治舞台,他充分利用商务印书馆这个平台,为民国的成立摇旗呐喊,即便到袁世凯称帝前后也有颇多表现。

无锡等地的这批人,官场失意之后,虽然主观上并不赞成辛亥革命这样的暴力革命方式,但是所编写的新式教科书却在无意中奠定了辛亥革命的思想基础。

这一批原本清末政治舞台上失意的、非主流的官员,回到经济发达的江南地区,以编撰近代教科书这种方式直接参与到改良民众思想的洪流之中。因为主导了近代教科书的出版,他们也得到了走到政治改良的台前幕后的机会,在辛亥革命到来之时,他们都积极配合参与,在革命思想传播方面积极推动、配合中华民国的成立和发展。

(2)编撰新式教科书成为一批新知识分子传播新思想的有效途径。清末以来,一批极具先进思想、理念的知识分子骨干,很快接受了西方、日本等国先进的政治、经济思想。同时,无论是清廷还是民间,为了学习西方推动中国政治的发展,先后有一大批人出国留学。这些人作为当时中国社会知识分子的中坚力量,选择编撰近代教科书作为传播思想的主要方式。

梁启超于1890年赴京会试,回广州路经上海,看到介绍世界地理的《瀛环志略》和上海江南机器制造总局所译西书,眼界大开。20世纪初年,梁启超有意撰述《中国通史》作为教科书。他在1902年写的《三十自述》称"欲草一《中国通史》以助爱国思想之发达",想将史学中的批判矛头指向当时的旧制度、旧政体,实际意图则是想通过教科书唤起民众的爱国心,保种保国,救亡图强。到维新变法前,梁启超与章太炎、王国维等都积极从事教育工作,同时也参与新式教科书的编撰或审校工作。梁启超已经意识到,编撰近代教科书可以传播自己的革命思想。

而清末留日人员,如丁锦、秦瑞玠、郑贞文、马君武、徐傅霖、秦毓鎏、谢彬、经亨颐、朱经农、秦沉、周柏年等,大多在留学期间就已经成为同盟会成员,回国后,他们都积极参与新式教科书的编撰工作。以无锡人丁锦、秦瑞玠为例,他们两人参与了我国第一套分科教科书《蒙学教科书》的编写。丁锦编写了《蒙学体操教科书》,秦瑞玠则编写了《蒙学西洋历史教科书》和《蒙学东洋历史教科书》两种。他们一个以强健体魄为目的,一个以借鉴历史为目的,传播自己的革命思想。这样一批原本在清末政治舞台上的非主流人物,因编撰近代教科书,他们的名字、他们的思想得以被千千万万学子所熟知,也促使新思想在民众中得到了有效的传播。

辛亥革命成功之后,孙中山曾说:"我国当革命以前,专制严酷,人无自由之权。然能提倡革命,一倡百和,以至成功,皆得力于学说之鼓吹。数十年来,奔走运动,都系一般学界同志之热心苦业,始得有今日之共和。今破坏已完,建议伊始,前日富于破坏之学问者,今当变求建设之学问。"[2] 而这里的"学界同志"主要就是前面的两类人,他们中很多人就是以编撰新式教科书的方式来提倡革命的。这批人在辛亥革命后自然都走到了时代的前台,直接影响了清末以来的社会主要结构。从此,在新的社会结构中,具有新思想的知识分子开始主导社会的主流思想,通过正面的、官方认可的形式引导社会。这正是辛亥革命虽然没有底层平民参加,但是能够迅速割去挂在中国人脑后 200 余年的"小辫子"的重要原因,教科书成为一个个学子直接影响千千万万家庭的纽带。

二、近代教科书出版业因辛亥革命而产生了结构性变化

晚清以来,各地近代教科书的出版机构不少,但多数转瞬即逝。以笔者所藏语文教科书为例,出版于 1897 ~ 1912 年的教科书有近 130 册,涉及 28 个种类、10 多家出版机构。辛亥革命之后,1912 ~ 1919 年,出版的语文教科书则更多,接近 300 册,涉及的大型出版机构有商务印书馆、中华书局、世界书局等。以辛亥革命为分界点,近代教科书的出版机构组成,由一家独大变成了几个大型出版机构之

间的不断竞争,这也变相促成了思想传播的繁荣局面。

（1）商务印书馆在辛亥革命前一家独大,极大地促进了新思想的传播。根据笔者所藏所见,目前清末存世教科书常见的出版机构有文明书局、彪蒙书室、商务印书馆、乐群书局、群学社、会文学社、学部图书局、南洋官书局、中国图书公司等几十家。但是,到癸卯学制改壬寅学制时,由于库存、资金等问题,仅有商务印书馆在吸收了日本资金的前提下,能够组织人力、物力进行新教科书的编撰,这为商务印书馆一家独大奠定了基础。

商务印书馆对传播新思想功劳甚大。据记载,早在光绪三十二年(1906),学部第一次审定初等小学暂用书目共计46种102册(学生用书19种55册,教员用书27种47册),其中商务印书馆52册、文明书局33册、直隶学务处11册、南洋公学2册、蒋辅著本1册、时中书局1册、苏州化固学堂1册、武昌图书馆1册[3],商务印书馆的教科书竟然占全部审定书籍总数的50.98%,足见其独霸地位。另据有关数据显示,商务印书馆的教科书在晚清时候的发行总量一度占到了全国发行总量的五分之四。

到辛亥革命前夕,商务印书馆所印书籍以教科书为主,其重要作用无可替代,"商务印书馆早期的社会历史价值在于向社会提供最简单的识字课本,让千千万万几千年来创造文明而不能接受狭义文化的劳动者的子女获得最一般的识字条件,从而能接受现代社会生活的要求"[4]。按照这种说法,在中国社会近代化发展的道路上,商务印书馆功不可没。

（2）中华书局乘辛亥革命迅速发展之势,积极传播新思想。在辛亥革命到来之时,陆费逵这位身属商务印书馆的"智多星"式人物估量革命的总体形势,与陈寅、戴克敦等秘密商议编撰革命教科书。根据陈寅发表在《中华教育界》1913年总第7期上的《中华书局一年回顾》一文所述:"客岁革命起义,全国响应,阴历九月十三日,上海光复,而苏杭粤相继下。余于九月十六日,与同志辈共议组织中华书局。良以政体改革，旧教科书胥不适用，战争扰攘之际，未遑文事，势所必然。若以光复而令子弟失教，殊非民国前途之福也。协商数日，遂定议，一面编辑课本，一面经营印刷发行事宜。"中华书局是伴随着辛亥革命的进行而产生的。

1912 年，中华民国正式成立，市场上中华书局所出的各科《中华教科书》同步上市。中华书局在其所出广告中，不但宣传课本合乎共和体制，并且宣传自己是完全的华商，说"本局完全华股，办事者无一外人，可免教育权落外人手中之虑"[5]。同时，1912 年 1 月 20 日当天在上海的各大报刊上发表《中华书局宣言书》，直接说："往者，异族当国，政体专制，束缚压抑不遗余力，教科图书钤制弥甚，自由真理、共和大意莫由灌输。"表明正统，且合乎革命后政体的需要，否定了以往压抑体制下的教科书。中华书局这套书籍立即风行全国。

中华书局在发展中还特别重视爱国主义思想的传播。由于商务印书馆在辛亥革命前后吸收了日本的资金，属于中日合资企业，其课本虽然没有宣传日本，但其复杂的资本构成受到了很多爱国者的质疑。身在商务印书馆的陆费逵曾感叹"以堂堂大中国，竟无一完全自立之书籍商"[6]，且"书籍诚最善之无形感化物，最精之灭国无烟炮哉"[7]。应该说，商务印书馆复杂的资本构成成为其一个致命的弱点。正是抓住了这一点，中华书局才有了对抗商务印书馆的机会。从此，商务印书馆一家独大的局面被彻底打破了。

中华书局的建立基于对新政权诞生的预见，以"革命教科书"自命，从此开始了与商务印书馆的激烈竞争，在世界书局等新书局成立前，这两家出版机构始终互为竞争关系。继中华书局适时推出《中华教科书》系列，1912 年 4 月，比中华书局稍晚几个月，商务印书馆的《共和国教科书》也很快面世。两家机构为了占有市场，不仅各自针对对手的产品编撰同类竞争的教科书，还想方设法降低教科书的成本，通过降低售价甚至折价的销售方式来占领市场，无意中也让百姓得益。这有利于更多新式学堂能够采用新式的教科书，从而扩大了新思想传播的功效。

三、近代教科书的种类及内容受到了辛亥革命的直接影响

辛亥革命促成了中华民国的成立，也彻底将过去的旧式教科书变成了废纸。对于多数小型印书局来说，这是一场灾难，但这也是一次优胜劣汰的过程。辛亥革命成功之后，市场上出现了更多的具有革命和共和思想的新式教科书，无论是种类还是内容，都更符合资产阶级革命的精神需求，更有利于共和、民主思想广泛传播。

（1）辛亥革命后出台了《普通教育暂行课程标准》，同时也催生了多种典型的新式教科书。辛亥革命后，蔡元培担任民国政府教育总长，于1912年1月19日发布了《普通教育暂行办法》和《普通教育暂行课程标准》。《普通教育暂行课程标准》的出现，在我国教育史上是一个重要的里程碑。它是我国第一个严格意义上的课程标准，其重要意义在于"为普通学校的教学工作提供了统一的规范和标准，为新学制的问世打下了基础"[8]。由于其规范了教学的具体目标等，也间接对教科书提出了要求。按照惯例，先有课程标准，然后按照课程标准的理念编写具体的教科书，于是商务印书馆、中华书局都推出了适应课程标准的教科书。

虽然很多小型出版机构无法与两大出版机构全面抗衡，但都在各自的优势学科推出了符合革命需要的教科书。以国文科为例，除中华书局的《中华国文教科书》和商务印书馆的《共和国教科书新国文》外，中国图书公司推出了《新国民国文课本》，新学会社推出了《初等小学民国新国文教科书》，新教育社推出了《中华民国国文教科书》，彪蒙书室推出了《中华大国民新国文教科书》，六家机构在市场上形成了激烈的竞争。其他科目情况也大致相同。可以说，辛亥革命促成了中国教科书出版业的繁荣，从而为新思想、共和理念的

广泛传播提供了基础。

（2）辛亥革命使近代教科书的内容焕然一新,许多时政内容不断进入教科书。辛亥革命对中国教科书出版的发展是一次彻底的变革,其直接影响是清末以来的教科书几乎被学校抛弃,各地学校不断选择新的课本,同时对新课本提出了新的要求。这样一来,更多具有革命性的观点、很多有关时势的内容都被纳入到课本中,使得受教育者更关注政治的发展。

中国含有"教科书"三字的教材,应当是张相文于1902年编辑的《初等地理教科书》和《中等本国地理教科书》。但是,此前区别于传统"四书五经"等私塾课本的新式教材已经出现。1897年南洋公学的《蒙学课本》、稍后的无锡三等公学堂的《蒙学读本全书》、商务印书馆初版于1902年杜亚泉的《文学初阶》被认为是中国较早期的新式教科书。这些教科书有一个显著的特点,除了无锡三等公学堂《蒙学读本全书》的第二编仿照日本弄了一个赘课《爱君歌》:"大清皇帝治天下,保我国民万万岁;国民爱国呼皇帝,万岁万岁声若雷"以外,绝大部分教科书几乎找不到有关歌颂旧时政治的内容。

而到商务印书馆的《共和国教科书》面世,题为"新编共和国教科书说明"的文章说明了编写动因:"民国成立,数千年专制政体一跃而成世界最崇尚最完美之共和国。政体即已革新,而为教育根本之教科书,亦不能不随之转移,以应时势之需要。"在内容的编排上,加入了很多有关新政体的介绍,如《共和国教科书新国文》初等小学第四册第二课《大总统》,即介绍"我国数千年来,国家大事,皆由皇帝治理之。今日民国成立,人民公举贤能,为全国行政之长,是谓大总统"[9]。第七册更是直接安排了《共和国》《平等》《自由》《国庆日及纪念日》《清季外交之失败》等具有革命思想、极具政治倾向的课文。

1913年以后,中华书局陆续推出《新制教科书》《新编中华教科书》《新制中华教科书》《新式教科书》等系列,里面诸如《大总统》

《自立》《中华民国成立记》《中华大势》等涉及政体、政治、时政的课文比比皆是。商务印书馆也陆续推出《民国新教科书》《普通教科书》《新体教科书》等系列，这些教科书无一例外地增加了时事内容，更具政治性、先进性。随着民国的建立，女学也更受重视，商务印书馆的《女子国文教科书》、中华书局的《中华女子国文教科书》很有影响力，里面也选了《政体》《国旗》《中华民国成立记》等课文，女权平等的思想可见一斑。

辛亥革命之后出现的这些教科书，更加直接地传播了平等、自由的观点，教科书数量的激增、内容的变化，使新式教科书的教育功能和思想内容更为丰富。于是，共和、自由理念通过教科书更深入人心，这为后来人民反对袁世凯、张勋等主导的复辟行为奠定了坚实的思想基础。

综合清末民初近代教科书出版的发展情况来看，辛亥革命是具有重要价值的历史性事件。在辛亥革命发生前后，中国近代教科书出版事业都围绕着其基本的革命思想在运转。可以说，没有新式教科书，就没有辛亥革命的思想传播基础；同样，没有辛亥革命，也不会有近代新式教科书的发展基础。离开了辛亥革命共和、民主、自由思想的近代教科书，也就不可能产生1919年新文化运动的历史激荡！

注释：

[1] 蔡元培：《孑民自述》，江苏人民出版社1999版，第18页。

[2] 孙中山：《民国教育家之任务》，《孙中山全集》第1卷，中华书局1981年版。

[3] 《学部第一次审定初等小学暂用书目》，农工商部印刷科铅印本，清光绪三十二年版。

[4] 汪家熔：《民族魂——教科书变迁》，商务印书馆2008年版，第100页。

［5］《中华书局一年之回顾》，宋原放主编：《中国出版史料·近代部分》（第三卷），湖北教育出版社2004年版，第159页。

［6］陆费逵：《中国书业发达预算表》，《陆费逵教育论著选》，人民教育出版社2000年版，第9页。

［7］陆费逵：《著作家之宗旨》，《陆费逵教育论著选》，人民教育出版社2000年版，第13页。

［8］王玉生：《〈普通教育暂行课程标准〉制定的基础及蕴含的教育理念》，《课程·教材·教法》2010年第30卷。

［9］《共和国教科书新国文》（第四册），商务印书馆民国六年（1916）版，第1页。

辛亥革命前无锡革命党人事略

郁有满

　　无锡在近代以来向为风气活跃之地,政治活动亦然。无锡早期革命党人积极参与了反清革命,他们或是发起组织团体,成为革命的导火索;或是创办报纸、杂志,积极宣传民主、民权、民族主义,反对封建主义;或是秘密参与武装活动。他们对历史的贡献巨大,后人不能忘记他们。他们中间有的人尽管后来走上了反革命道路,但在那段反清革命的历史中是曾经起过推动历史前进的作用的。

　　辛亥革命前的革命组织数兴中会最早,1894 年成立于檀香山,至 1900 年称为前期,1900 年到 1905 年在日本成立同盟会之前称后期。1900 年以后,革命党人的组织兴起,其中较有影响的有:1902年,唐才常的自立会,叶澜、秦毓鎏的东京青年会;1904 年,陶成章、蔡元培的光复会,黄兴的华兴会等。

　　无锡早期的革命党人大多产生于留日学生中。清政府于 1898年开始派学生留日。这年冬,南洋公学所派 6 人中就有无锡人杨荫杭。杨荫杭于 1900 年在东京参与组织励志社(又称励志会、励志学会),其宗旨为“交换知识,联络感情”。杨荫杭还与励志社同仁一起创办了《译书汇编》杂志,为留学界最早的出版月刊。他们翻译卢梭的《民约论》、孟德斯鸠的《万法精理》、斯宾塞的《代议政治论》,在中国青年中宣传民权思想。1901年,杨荫杭又与杨廷栋等一起创办《国民报》。杨荫杭于1901年暑假回无锡,在竢实学堂发起成立励志社分会,有会员50余人,都是无锡知识界的精英,开展反清革命的宣传活动。不久,为清政府侦知,勒令停止活动。东京的励志学会内部分裂,有一部分人参加了东京青年会。

东京青年会成立于1902年,其中除叶澜、董鸿祎、张继、周宏业、冯自由以外,有相当一部分为无锡人,如秦毓鎏、张肇桐、嵇镜、华鸿(字裳吉)等。秦与嵇镜为日本早稻田大学同学。秦任青年会干事,青年会的章程就是他的手笔。1903年春,秦毓鎏与张肇桐等在东京一起创办《江苏》杂志,第三期起,秦任总编辑。其间,张肇桐著有小说《自由结婚》行世,宣传民族主义。同年春,俄进兵东三省,秦与钮永建、张肇桐等发起成立拒俄义勇队,参加者200余人。4月,把义勇队改为留日学生军,分甲、乙、丙三个区队,每区队设四个分队,秦在乙区队四分队,张在丙区队四分队。另有在本部办事的无锡人蔡文森。其后因驻日公使蔡钧请日本政府强行禁止,义勇队遂被迫解散,一部分坚定分子如黄轸、秦毓鎏、张肇桐、华鸿等改组为军国民教育会,会员208人。其中蔡文森为书记,张肇桐为会计,秦毓鎏为执法。这些成员先后回国从事革命活动,辛亥革命期间屡立奇功。1904年,秦与张继同赴长沙,任明德、经正两学堂教员。这年冬,在长沙参与黄兴谋划的焚炸万寿宫行动,事败。中国教育会是吴敬恒(字稚晖)在日本带头抗争被逐出日本回国后,1903年在上海与章炳麟等组织的。不久又成立爱国学社,为改良教育编印教科书。该学社有名黄中央(黄和尚,释名宗仰)者,常熟人,向上海哈同夫人罗迦陵劝募得巨款而使爱国学社得以成立。其成员原有一部分是中国教育会的,因主张不受教育会制裁而分裂。无锡人胡敦复、秦毓鎏等参加爱国学社。胡本人也是留日出身。在爱国学社全盛时,上海人刘季平(刘三)发起成立丽泽学堂,聘秦等为教员,直至1904年爱国学社被封。

1903 年 4 月 9 日，无锡人胡彬夏等在日本东京组织留日女学生共爱会，参加者 20 余人，这是我国争取男女平等权利的第一个爱国妇女组织。此后，留日女学生共爱会又都签名参加拒俄义勇队。

1904 年，留日归来的革命党人蔡元培、陈去病等在上海改组《俄事警闻》为《警钟日报》，延聘刘师培为编辑主任，无锡人孙寰镜（字静庵）在日本时即与这些人相熟，乃任为记者、编辑。后陈去病又办《二十世纪大舞台》杂志，孙仍任记者、编辑。

除上述人员外，在冯自由所著《革命逸史》关于兴中会后期革命同志事迹考中，还有华阴业是无锡人。而其他早期在日本留学的无锡人胡雨人、杨寿枬、侯毅、蒋哲卿、顾树屏、顾倬、侯鸿鉴等，也受到新思想的影响。有的人当时虽然没能入会，但一直支持革命党活动。侯鸿鉴曾在《江苏》杂志发表《哀江南》等诗词。吴玉章在回忆录中写道："侯曾经写了一首词，其中有这样两句：东亚风云天，大陆沉沉。鹰瞵虎视梦魂惊。我们大家都很欣赏。……我们之所以喜爱它，正表明我们当时对祖国的前途充满了无穷的忧虑。"1904 年，黄兴曾化名"王先生"来无锡进行宣传活动，由侯鸿鉴安排在师古河一所小学，后为县衙侦知，派役捉拿，又由侯鸿鉴全力掩护脱险。

大批留日学生在日本接受了新思想，回国后从事科学、教育等活动，并将革命思想贯穿其中。1903 年左右，杨荫杭与留日同学蔡文森、顾树屏先后创办锡金公学及理化研究会。杨荫杭因清政府迫害而赴美国留学，蔡文森等曾任锡金初级师范学堂首任校长。

1905 年以后，无锡秘密参加同盟会的人逐渐增多。而在无锡本地发展同盟会成员，一直要到 1907 年底秦毓鎏潜回无锡后，成员主要为知识分子，达数十名，如钱鼎奎、吴锦如、孙保圻、华永千等。钱鼎奎、吴锦如都曾参加过杨荫杭创办的理化研究会，时任竞志女学的老师。无锡参加同盟会的大致可以分为三部分人：一是留日学生，如韩慕荆、陶廷芳、孙观圻、俞复等；另一部分为参加新军的人，如顾忠琛、吴浩、丁锦、华彦云、程文浩、钱基博、邹复威、虞钟麟、许凤藻等;还有一部分为帮会中人,主要是青帮,如商团中的蔡有容(蔡容)、民团中的倪国梁等。

1909年,秦毓鎏、钱鼎奎、孙保圻与从日本回来的同盟会会员蒋哲卿合作创办了《锡金日报》,为无锡最有影响的报纸,也成为宣传革命思想的有力阵地。

1910年,于右任、宋教仁、吕志伊、景耀月、沈缦云发起创办有较大影响的《民立报》。沈缦云即为无锡人,也是同盟会会员。

1911年7月31日,陈其美、宋教仁在上海湖州会馆以同盟会中部总会的名义开会,准备策动长江一线起事,到会的各省代表有33人。无锡代表有李光德。另有南方泉人鲍少颂,在南京读书时加入同盟会,这时回乡组织活动,在南方泉雪浪山雪浪庵的佛堂夹层设置秘密联络点,策动爱国青年钱国钧等打入新军,以准备在无锡光复起事。这是一支单线与上级联系的同盟会力量,与城内秦氏并无联系。

1911年10月10日,辛亥革命爆发。11月3日,上海起事。秦毓鎏奔赴上海,寻求组织支持。旋回锡,于11月5日在自己家中集聚二三十人,商议起义之事,集聚之人都为同盟会会员,有钱鼎奎、吴锦如、蔡有容、孙保圻、周铭初、张孟修、倪国梁、过接三、许嘉澍、钱济香、韩慕荆、吴观蠡等。而此时,已有三支武装力量掌握在同盟会手中,一是由蔡有容率领的商团,二是由倪国梁率领的民团,三是由吴浩率领的敢死队。无锡的起事成功已在同盟会掌握之中。

（选自《郁有满地方史研究文集》,哈尔滨出版社2010年版）

参与无锡辛亥光复的各种力量

郁有满

1911 年 11 月 6 日（农历九月十六日），无锡光复，推翻了封建政权在无锡两千多年的统治。在无锡光复过程中，有多种力量参与。

无锡辛亥光复的首要力量是以革命党人秦毓鎏为首的同盟会力量，他们是领导核心力量，成员大多为知识分子、士绅。秦毓鎏于1904 年即与黄兴、宋教仁发起组织华兴会，黄兴任会长，秦与宋并任副会长。后兴中会、光复会、华兴会合组为同盟会，秦又成为同盟会会员。据 1982 年国民党中央委员会编印出版、秦孝仪（曾任台湾"故宫博物院"院长）主编的《革命人物志》第四集《秦毓鎏》一文所载：秦毓鎏"武昌起义，奔走沪锡间，密谋响应。九月十三日与陈英士等光复上海后，先生由沪返锡，在小娄巷私第，密招同志钱鼎奎、吴千里、孙保圻、吴廷枚、张有城、秦昌源、沈用舟、周铭初、秦庆钧、侯惕承、高文、王师梅、吴浩、顾乃钧、王传律、孙雨苍、余小禅、林子坚、蔡容、倪国梁、钱际香、窦鲁沂、孙鸣仙、秦元钊、孙静安、钱基博、许嘉澍、陈作霖、侯中柱、王剑潭、邹家麟、曹滂、钱基厚、黄蔚如、顾彬生、吴宪塍、沈锡君、龚宜戊、顾介生等数十人连夜计议，在锡起事。暗招敢死队 400 人，分布四境，复结集商团同志为光复团，联合民团同志为守望队，策划已定，待时而动……"。无锡光复前一夜是在九月十五日(农历)晚,参与密商光复事宜的40人中,大部分为知识分子、士绅、同盟会会员。

参加秦宅密商会的张孟修,是无锡南乡人,由在南京读书的鲍少颂回乡时发展加入同盟会。由鲍介绍加入同盟会的还有钱国钧等十多人,在南方泉雪浪山雪浪庵设立据点,是城外一支重要的同盟会力量。钱国钧还特地去安徽打入新军,以图发展。光复前夕,钱国钧回锡与南方泉同盟会力量联系,并与张孟修一同进城找秦毓鎏商议光复事宜。

其次是以商团、民团为主的武装力量。辛亥光复前夕,无锡组织商团、民团这两个方面的民间地方武装。早在光绪三十二年(1906)十二月,无锡就已有钱业体操会,约三十余人。次年,扩建为商余体操会。1911年武昌起义后不到10天,无锡在商余体操会基础上成立商团,下设四个支队,每队42人。11月5日,商团钱业支队由蔡容、窦鲁沂等组织光复队,参加无锡光复起义。

在商团成立的同时,无锡辛亥革命领导人、著名同盟会会员秦毓鎏又组织民团。秦毓鎏先向无锡县知县孙友萼进言:"谓革命怒潮洋溢全国,锡邑地当要冲,不可无重兵防守,以维治安,否则一旦有事,宵小乘机扰害,闾阎无法应付,经地方人士商议,欲维持地方应招练民团,以资自卫。"[1]几度进言,得孙首肯。原定由顾忠琛负责募训团丁300名,由顾任团长。顾忠琛,字道生,号芪忱,同盟会会员,曾在新军中任协统。孙友萼却提出要由其故旧、海州人、前飞划营管带李胜标任团长。秦毓鎏等人以新募团丁都系乡人子弟,应以本乡人充任较为相宜为理由,加以反对。于是由顾任团长,但顾任团长不久,又受同盟会之命,秘密去参加光复苏州的革命活动。民团团长一职就落到倪国梁身上。

再次是帮会力量。辛亥革命,革命党人多方联系帮会中人,利用帮会力量进行武装反清革命。如孙中山就曾参加洪门,并利用洪帮力量。无锡也是如此。参加秦宅密商会的帮会人士,至少有吴浩、倪国梁、秦元钊、窦鲁沂四人,且为实力派,可见帮会头领也是无锡辛亥革命光复的重要领导人之一。在商团中,窦鲁沂系青帮通字辈,是开槽坊的。在民团中,倪国梁为青帮通字辈,新军出身。吴浩曾参加洪门,系新军第九镇三十六标炮兵正目(相当于班长),武昌起义后,吴浩奉命潜回无锡,在北门外大吉祥旅社暗招敢死队400人。敢死队成员都为帮会中人。秦毓鎏听说此事,心存疑虑,后听说也为革命之目的,就派族人、民团具体负责人秦元钊与吴联系上。敢死队暂留无锡。秦元钊曾在南京新军中任职,是青帮通字辈。秦毓鎏依靠商团、民团作为光复无锡的基本武装力量。而清政府驻锡的盐捕营,和无锡知县孙友蓥从江阴借来的江阴兵都已被秦毓鎏暗中收买。参加辛亥光复的还有青帮大字辈倪天成手下的成员,以及既是同盟会会员又是青帮通字辈的严恭寅、季绅(字伯瑾)等人。

当第二日光复起义时,虽已有懂得军事的总司令(总指挥)华承德(日本士官学校毕业生),却无率领队伍者。窦鲁沂有些胆气,自告奋勇地说:"还是由我这廖化来做先锋吧。"由他率领商团武装先攻无锡县衙门,守卫的营兵早经秦毓鎏贿以厚资,于是放下武器,臂缠白布响应起义。窦命队伍放了一排枪,即行占领。华承德立即赶到衙门,余下队伍再由华率领到金匮县衙门。两县知县均告投降,两县乃宣告光复。

无锡光复起义时,无锡的资产阶级上层人物并未参与,持观望默认的态度。辛亥革命后,成立锡金军政分府,总理由秦毓鎏自任。民政部部长由名绅裘廷梁担任,司法部部长由锡金商会会长薛南溟担任,财政部部长由丝厂主、锡金商会副会长孙鹤卿担任,都是资产阶级上层人士的代表人物。薛南溟等虽也一时参加同盟会,但主张共和立宪,次年5月当成立共和党时,薛等人即退出同盟会,加入共和党。

从上可以看出,无锡的辛亥光复是由同盟会领导的各种力量组成联合阵线共同参与的成果,他们都曾为革命作出了历史贡献。

注释：

[1]《四十年无锡沧桑》,《晓报》1951 年 10 月。

（选自《郁有满地方史研究文集》,哈尔滨出版社 2010 年版）

锡金军政分府与无锡农民

王赓唐

　　关于辛亥革命后成立的锡金军政分府在无锡县农民反对封建剥削的斗争中所持立场问题，我曾在《无锡辛亥革命若干问题的辨正》一文中有所论述。最近我全面查阅了残存的 1911 年 11 月 6 日至 1912 年 5 月 21 日锡金军政分府民政部示谕及总理处告示、命令、日记等一类档案，又参考了钱基博的《无锡光复志》，和流传于民间的口碑资料对照，觉得我在《辨正》一文中所作论断基本上是符合历史实际的。本文将在前文论述的基础上继续作分析、研究，以为前文的补充。

　　辛亥革命推翻了封建专制主义的清王朝，在中国这块土地上开辟了民主共和的新纪元。无锡光复也在无锡地方的历史上揭开了新篇章。长期以来，处于封建统治下的广大农民群众，在新生的革命政权下，要求废除封建生产关系，打倒反动地主阶级，从而创造条件，为提高农业生产、改善农民生活开辟前景，这是具有历史的合理性和正义性的要求。因此，在辖境之内不断出现佃农抗租行动，在革命群众看来并不突然，革命政权理应采取措施满足农民要求。在这之前半个多世纪，当太平天国占领无锡建设政权时，由于允许地主继续收租，曾激起东北乡四图庄农民的抗租斗争，结果遭太平军镇压，但太平军也失去了农民群众的支持。这是历史的沉痛教训。

　　锡金军政分府在黄帝纪年四千四百〇二年（1911 年）十月十二

日及十一月十二日先后以民政部及民政、司法会衔等名义发布的《督促农佃还租示谕》《催促农佃还租韵示》《诰诫抗粮租示》等文告，口气之严厉和清政府如出一辙："……粮从租出，租由佃输……倘有刁顽之徒藉口延宕，以及交低潮丑米，一经该业户（指地主——作者注）指名禀控，定即从严惩办……""……乃无智愚民误听棍徒煽惑，胆敢聚众抗粮抗租，实属目无法纪，亟应严惩以儆……尔等既为安分良民，务尽月内赶将租米还清，即可作为不入会之证据，宽其既往予以自新……"软硬兼施，还是传统的剿抚两手政策。另据《锡金军政分府总理处日记》第一、二两册记载，从1911年11月10日起至1912年3月10日止，整整四个月中间，各乡发生佃农抗租行动的有12起，地区计有：张舍、胡埭、新安、王庄等四五个，遭逮捕的"首要"分子见诸档案的达五六人。其他如"抢劫"还不计在内，其中可能也有抗租行为。因为地主把抗租说成"抢劫"，把佃农说成"盗匪"也是常有的事。由此可见，当时以抗租形式表现的反封建剥削的斗争不是个别的，而是蔓延于无锡县辖境的各处。

据口碑史料，当时王庄一带有千人会的组织。这是农民群众反封建斗争的自发性组织，无锡、常熟两县交界处的农民参加千人会的不少，一时声势很盛。关于千人会的活动经过，没有任何文字资料留下，我们无法为之论证，但可以想象，它和历史上农民揭竿起义的情况不会有任何差别，它和当时的无锡光复起义军没有任何联系，可能一开始就处于后者的对立面而遭到镇压。上列文告中有"尔等既为安分良民，务尽月内赶将租米还清，即可作为不入会之证据"云云，这里所说的"会"可能就是指的千人会。以缴租作为"不入会之证据"，这是分化瓦解农民组织的极为狡猾的手段。历代地主阶级对待走上抗争道路的农民，都有这一手。关于千人会，因史料缺乏，只能说到这里为止。但千人会组织的出现，可以证实辛亥革命无锡光复那年，无锡县农民的反封建斗争已激化到何等程度，发展到何等规模了。

农民问题是资产阶级民主革命的核心问题。资产阶级民主革命的目的是废除封建主义的生产方式，代之以资本主义的生产方式，实现社会的进步。封建主义生产方式是建立在土地封建所有制基础之上的，因此，要废除封建主义的生产方式，必须废除土地的封建主义所有制。在封建的土地所有制下，直接从事农业生产的农民大部分失去土地，不得不佃耕地主的土地，忍受着地主阶级的剥削。资产阶级民主革命要在反封建的斗争中取得彻底的胜利，就需要和广大农民结成同盟，依靠千百万农民的支持。毛泽东也正是在这个意义上说中国革命（指民主革命）的根本问题是农民问题。

　　由于中国特殊的国情，中国的资产阶级民主革命分新、旧两个阶段，即资产阶级领导的旧民主主义革命和无产阶级领导的新民主主义革命。辛亥革命是由资产阶级领导的旧民主主义革命。中国的资产阶级有着先天软弱性，因此它不可能执行彻底的反封建纲领，农民问题没有真正进入它的视野。孙中山领导的同盟会四大政治纲领中虽然列有平均地权这一大纲领，但也缺乏执行这一纲领的具体措施。所谓核定地价、涨价归公，以求达到税去地主的政策，事实上并不能解决土地问题，何况这还是后来的说法。

　　无锡光复是一次革命行动。光复之后建立的锡金军政分府，是新生的革命政权。领导和参与这次光复的人物，都具有一定程度的革命性，这从整体来说应是毫无疑问的。但如对这一革命政权的组成人员和光复后的政策措施稍稍加以分析，便不难看出它的种种弱点。

　　组成锡金军政分府的主要成员有这样几种人：革命知识分子，新兴民族资产阶级分子，有资本主义倾向的地主阶级分子，旧式商人。其中第三种人物掌握了财政和司法等重要部门，因此，锡金军政分府是个地主资产阶级政权。如果考虑到革命知识分子均出身于地主阶级，则这方面的色彩更为浓厚。

　　光复起义领导层的指导思想，从起义檄文及起义文示、牌示等文告看,是反满种族主义。"亿千年山河含羞,三百载蜂虿肆螫",起义乃是"振大汉之天声"。所有文告,均无只字提及经济上反封建土地所有制,政治上反封建专制主义。最足以标示这种种族主义思想的是新政权改用黄帝纪元,且以"锡山为泰伯端委之区,文物声名甲于南国"为由,宣扬大汉族主义。

从钱基博《无锡光复志》透露出的若干信息看,当时在全国革命形势高涨之下,光复一夜之间即宣告胜利。胜利来得容易,自不免有怀着不良动机的人混迹革命队伍。这类人藉革命名义投机取巧,以权谋私,甚至堕落腐化,为革命政权涂上一层阴暗的色彩。群众经短时期的兴奋之后,很快就对政权失望,以致有"以暴易暴"的错觉。事实确也如此,军政分府的革命光芒确在日渐黯淡下去。

这样一个组织成分复杂,革命目光狭隘,又不想真正依靠群众的地方政权机构,当然不会进行彻底的反封建斗争,更不会调动和依靠农民反封建斗争的积极性把革命推向前进。相反地,它站到农民的对立面,对农民肆行镇压,希图在农村中维护、恢复旧秩序,倒是意料之中的事情,也是合乎政权领导者的行动逻辑的。

以后的事实也证明,历史真是那样的无情。锡金军政分府很快就蜕变,其组成人员,有的因贪污而坐牢(也有政治的原因);有的继续在北洋军阀卵翼下大过其官瘾;有的因不满现状而退隐;有的在农民反封建斗争再次出现高潮时,成为嗜血成性的刽子手;在民族危机日益深刻、人民救亡运动高涨时,其中有些人公然为民族敌人张目,甚至堕落为汉奸。

锡金军政分府在农民问题上留给后代的教训是很深刻的。对待农民反封建斗争的态度,是革命和反革命、全心全意革命和半心半意革命的分界线。一切有志于改变旧中国面貌的人都不能回避这个问题。

(选自王赓唐著《知半斋续集》,学苑出版社 2006 年版)

辛亥革命带来社会新风尚

肖栋全

1911年11月6日，无锡光复，锡金军政分府建立后，推行了一系列移风易俗的规定和措施，使当时无锡地区的一些民俗民风有了显著的变化。一时之间，文明之风播散于太湖之滨。

易　帜

清代以黄龙旗为国旗。龙和黄色均带有明显的君主专制色彩。1911年以前，孙中山等人就为未来的共和国设计过多种旗式，以取代清朝的黄龙旗。1911年11月6日无锡光复后，挂什么旗？当时还没有统一规定，无锡钱业商团光复队首先在无锡北塘竖起白旗（表示向革命党人投降，响应革命），随后无锡城内白旗招展，起义群众纷纷赶往城中公园，誓师起义，一举推翻了清王朝在无锡的统治。

随后，得知江、浙、皖等地区的革命党人以黄、红、蓝、白、黑五色为旗帜，无锡便很快效法，不再使用白旗。偏处锡南的横山同盟会，信息滞后，在雪浪山下的横山寺前的场地上，仍然白旗飘飘，吸引着南三乡群众前往助兴。接着，横山寺的大门上，挂出了开化乡乡公所的木牌。

南京临时政府成立后，以代表汉、满、蒙、回、藏五族共和的五色旗为国旗。它被视为共和国的标志，不仅在重大节日和军政活动时高高飘扬，而且还出现在民间。例如，1912年1月初，无锡"顾荩臣之弟结婚,借去国旗两面"[1]。这不仅是婚礼习俗的变化,也反映了人们对新生共和国的拥护。

改 元

改元,即改变纪元方式,与改历有密切关系。我国古代使用夏历(农历),以干支纪年。汉代以后又辅以帝王年号,封建专制色彩浓厚。在反清斗争中,由秦效鲁、张肇桐等主持的《江苏》杂志就曾以"黄帝纪年四千三百九十四年"取代"光绪二十九年"(1903),以"改正朔"的方式倡导革命(改元),在反清志士中产生了很大反响。

武昌起义胜利后,湖北军政府首先以"黄帝纪年四千四百○二年"标志公历1911年。无锡光复之初,也采用了这一纪年方式,尽管人们无法准确推算从上古时代的黄帝起至今已有多少年,但"黄帝纪年"标志着一个与清朝对立的"正朔"的出现,使人们感到革命的气息。

南京临时政府成立后,孙中山通电全国:"中华民国改用阳历,以黄帝纪年四千四百○二年十一月十三为中华民国元年元旦。"另外,因我国商业活动有农历年底结算的习惯,对于改历引起的混乱,锡金军政分府在颁布孙中山改历改元之令的同时,宣布原有账目仍于阳历2月17日"即阴历十二月三十日暂照旧章分别结算收还,以昭公允"。而后不久,孙中山致电各省:"仍以新纪元二月十七日,即旧历除夕为结账之期。"后又令内务部编印历书,实行"新旧两历并存"和"新历下附星期,旧历下附节气"的双规制[2]。这是对人民群众经验的总结,又是对传统习俗的尊重,因而至今仍在沿用。

剪 辫

17世纪中叶,清军在关内强制推行剃发,遭到各地人民群众的激烈反对。200多年后,这种民族专制统治的标志再次受到猛烈攻击。太平天国时期以蓄发代辫发,南京及苏南地区深受影响,成为剪辫运动的先声。19世纪末20世纪初，资产阶级革命派和进步人士公然剪辫，以示与清王朝决裂。但这只是个别人的激进行为。武昌起义后才形成大规模的社会运动。就无锡而言，剪辫运动大致经历了两个阶段：

第一阶段为1911年11月初至1912年3月初，无锡光复不久，就有许多革命党人、青年学生和开明士绅自发地剪除了发辫。1911年11月27日，锡金军政分府发布告示，指出"军事人员精神与形式并重"，而"辫发为满族特有的纪号，既不雅观，尤足伤脑"，要求锡军士兵"一律剪去发辫"。1912年1月1日，南京临时政府成立，极大地鼓舞了各界民众的革命热情，无锡剪辫者日众，而犹豫观望者亦属不少。锡金军政分府为此发布通告，要求全体男子"从速剪除（发辫），以壮观瞻"，并针对镇江等地发生的军人强迫别人剪辫的状况，命令锡军士兵"服从军纪"，不得"擅行追人剪辫"，否则从重处治。

第二阶段是1912年3月5日孙中山发布《命内务部晓示人民一律剪辫令》以后，大约持续到该年4月底。这一命令要求"未去辫者，于令到之日，限二十日，一律剪除尽净。有不遵者，以违法论"。锡金军政分府于4月19日接到《剪辫令》，立即发布，要求"务于三日内一律剪尽，如有违抗，以违法论"。这时，锡南横山村有一位以贩卖肉猪为业的肖姓中年人，开始不愿把自己的发辫剪去，他的理由是："头发是娘胎里带来的，不能随随便便剪去，否则是不敬不孝父母。"还说什么："这是生死大事，剪辫等于杀头，古人割发代斩首的故事不能忘了。"后来，在横山同盟会的劝说下，他才勉勉强强把辫子剪了，但头顶仍留着三四寸长的一束头发（俗称辫桩），直到他逝世，带进了棺材。锡金军政分府针对有人"辫虽剪去，仍剃却四周短发，留中顶"的现象，要理发店拒绝剪"有关满清旧制"的发型，否则重罚。在政府行政力量和群众支持的合力作用下，无锡地区的剪辫运动宣告胜利结束。

易　服

武昌起义后，易服也与剪辫一样，成为人们关注的焦点之一。这主要表现在礼服方面，许多人自发地抛开了马褂等清朝服装，但如何改换呢？孙中山等革命派领导人采取了"礼服在所必更，常服听民自便"的立场。南京临时政府内务部还为此发布关于"禁用前清礼服"的命令。锡金军政分府接到此命令后，于1912年初出示通告，希望"城乡士兵一律遵行"。所以，在当时，是否变更礼服，被视为革命与否的标志。

无锡光复后，军政分府总理差遣处间谍科人员对旅馆、车站等公共场所，发现有"剪发不易服者"或"尚垂发辫者"，一律严加盘查，强令易服。后来盛极一时的中山装，就是在这背景下产生的。

助　饷

无锡光复后至1912年2月间，锡金军政分府先后编练锡军三营，约300多人。当时广大青年踊跃参军，以保卫革命成果。但当时锡金军政分府经济上十分困难，难以满足革命青年参军的愿望。这时，便出现了形式多样的群众性募捐助饷运动，既有以个人名义助饷的，又有以团体名义发起的劝募。社会舆论认为："同为大汉之国民，愿享共和之幸福"，为筹集军饷出力，"以尽应有之责"。

街头出现了各种劝捐团，其中还有一个女子劝捐义勇团，她们打破世俗观念，向群众宣传民主革命，宣传助饷的重要意义。1912年3月初，中华民国商学青年军队联合总会特来到无锡，组织街头演出，吸引广大群众，开展募捐助饷活动。

解放妇女

妇女在旧社会的地位极低，封建社会的"三从四德"束缚了她们才智的发挥。宋、明以后，广大妇女又被加上缠足的肢体残害和守节的精神枷锁。20世纪初,秦效鲁、张肇桐等主办的《江苏》杂志第二、三期曾刊登女学论文多篇,倡导办女学班,兴女权。

无锡光复后,妇女运动逐渐兴起。首先,在革命派和开明人士的支持下,广大妇女开始摆脱封建礼教的束缚,放足者、入学者日增。另外,还出现了史静华等"四女士捐助北伐队得胜褂20件"的拥军事例。这些,无疑冲击了歧视妇女、压迫妇女的陋俗。

当时,妇女放足得到了各界进步人士的广泛支持,具有一定的群众性,但由于多种原因,外出读书、参与拥军助饷以及参加政治活动的妇女人数不多,整个妇女界的状况未发生显著的改变。

禁 赌

赌博对社会危害极大,历来就受到有识之士的反对,呼吁禁赌之声不断,但成效不大。

无锡光复后,革命党人和锡金军政分府对于禁赌极为重视,在1911年11月底的一则告示中就明确指出:"赌博最易败德,每至财尽轻生,此后严行禁止,违者必究。"次年2月,军政分府再次发布《禁赌告示》,指出:"赌博之害始则废事失业,荡产倾家,终则迫于饥寒,流为盗贼。"因此,牌九、麻将、摇摊、掷骰等各种形式的赌博一律禁止。该告示还希望"父诫其子,兄勉其弟",配合政府开展禁赌工作。同时告诫那些"平日以赌为生及开场聚赌之徒",及早改过自新,"如再怙恶不悛,一经发现讯实,定当按律惩办"。此后,军政分府多次出动军警,严厉打击不法之徒的聚赌活动,一度使赌徒闻风丧胆,城乡各处赌风渐息。

当时,无锡周边有的地方政府对赌博采取了不闻不问的放纵态度,因而无锡的一些赌徒纷纷逃往外地去参赌。无锡新政权的这一努力极具成效,是难能可贵的。

禁鸦片

吸食鸦片是极为严重的社会公害,在无锡光复前就有许珏(字静山)积极主张禁鸦片,并于1900年设立禁烟局,主持其事,收到一定成效。有识之士还致力于宣传禁烟,如侯鸿鉴在《锡金乡土历史地理》中指出:"烟土一项,消耗我巨资,损敝我精神",其危害"人人知之"。但屡禁不止。

无锡光复不久,锡金军政分府就宣布"烟膏一物病国害民",但"各国嗜好品莫不寓禁于征",所以,仍照旧事派员征收"膏捐"。以后又要求烟馆更换执照,对无照经营者查出即封。之所以"寓禁于征",因为膏捐是当时的重要税源。在地方政权初建经费紧张的情况下,无锡新政权自然希望保留这一税源,这就无法从根本上禁止吸食鸦片。尽管如此,这一措施仍在一定程度上打击了地下烟店的非法活动,限制了烟毒的泛滥。

禁烟破除迷信

无锡光复时,庵观寺院遍布各地,各种迎神庙会连绵不断,而且念佛、吃素、占卜、巫术等封建迷信活动在民间十分流行。对此,锡金军政分府采取的是温和处理的态度,对于已列入"祀典"的寺庙,一律保护;新建、扩建寺庙则加以制止。一些革命党人和进步人士自发地反对迷信活动。

在锡南雪浪山东麓,有一座大王庙。庙里供的大王老爷,传说司职对当地百姓惩恶扬善,掌有生死大权,因此百姓们常以吃素念佛去跪拜这大王老爷。当地横山同盟会会员肖涤时见此情景,觉得有破除百姓迷信的必要,但他不硬来,而是采用说服教育的方法,写了一副对联。联曰:"荤素一般治罪,善恶两样惩罚。"白底黑字,挂在大王庙正厅的庭柱上,一直挂到了20世纪60年代"文革"开始。

此联的上联意为:治罪是不分吃荤吃素的,有罪当治;下联意为：人都要死的，对善人恶人用两种不同的方法去惩罚。这副对联顺应了民意，起了反对迷信和劝人为善的作用。

雪浪山北麓许舍浜畔有一座关帝殿，民间有关公（羽）是财神的说法，百姓常去求拜，希冀早日发财。横山同盟会便在那里挂了这样一副对联：

上联：我只有几文钱，你也求，他也求，给谁是好？

下联：你不做半点事，朝来拜，夕来拜，使我为难。

横批：劳动致富

对联借关羽的口吻，对前去求拜者进行讽刺，规劝他们好好劳动，只有劳动才能致富。

对于"假托鬼神诓骗人财"的阴阳学说，锡金军政分府宣告："目下光复伊始，此等迷信恶习首宜铲除尽净，往后一切师巫邪术，务必革面洗心，改营正业。"并革除了阴阳学训、术司名目。

1913年5月，二次革命失败，袁世凯篡夺了辛亥革命果实，无锡一度轰轰烈烈的移风易俗运动走向低潮。但是，这次近代无锡境内空前规模的社会革新运动，使自由平等、民主共和等观念深入人心，使振兴中华的意识在近代化的艰难进程中渐次产生。

注释：

[1] 见《锡金军政分府史料汇编》，下未注明出处的皆引自此书。

[2]《孙中山全集》第2卷，中华书局1981年版。

第三编

风云人物

民国元老吴稚晖

顾一群

清光绪三十一年（1905），孙中山创立同盟会，吴稚晖加入。民国 14 年（1925）中山先生病逝时，吴在旁受命。为此，国民党尊吴为"元老"。吴精书法，创拼音，文化界称其为"书法家""文字学者"。他自称"无政府主义者"和"反共分子"。他的行为有点古怪，人们又称他为"怪人""吴疯子"。

从维新到革命

吴稚晖，名眺，后改名敬恒，以字行，别号朏庵。清同治四年（1865）二月二十八日生于江苏武进县雪堰桥的一

徐悲鸿所绘吴稚晖像

个农民家庭。他 6 岁丧母，由居住在无锡城区江尖上的外祖母抚育成人。他自称既是武进人，也是无锡人。

吴稚晖幼年时比较顽皮，经外祖母严厉管教始用功读书。7 岁入私塾，先后从张鼎臣、侯翔千、孙伯肃等名师学习经史和古文辞。16 岁就能写出好文章，后在孙伯肃的指点下又练就了一手好书法。18 岁时设馆教授学生，23 岁考取秀才，25 岁进入江阴南菁书院学

习。在南菁书院期间,曾参加乡试,中了举人,后曾去北京会试,但名落孙山。

光绪十八年(1892),吴稚晖与同学钮永建在孔庙前看见有一知县由此经过时未曾下轿,认为他对"至圣先师"大不恭敬,从地上捡起石头就掷,被差役拘拿送回书院。后江苏学政杨颐又在画舫上挟妓取乐,吴稚晖闻讯后穿了一条四开裤(里面不穿裤子)和一件箭袖袍,头插松枝,手拿草纸,上船要求杨颐赐酒时,有意跌个仰面朝天,引得围观者哄笑不已。杨颐大怒,责令南菁书院给予严处,后吴被开除。第二年他再入苏州紫阳书院攻读。后再次赴京会试,又未中式。

光绪二十年(1894),中国在甲午战争中失败,腐朽的清廷又一次在丧权辱国的对外条约上签字,中华民族危机日益加深。第二年,康有为发动"公车上书",要求清廷变法维新,吴稚晖也加入了这一行列。后来他在北洋大学堂担任汉文教习时,又曾在北京彰仪门拦轿上书左都御史瞿鸿玑。然而,吴稚晖在这时仍然充满忠君的封建传统思想,故对于学生中一些不满清廷的言论,大加斥骂道:"拾西国乱党之余唾,作谋瓜者之伥鬼。"学堂总办王修植对他这种做法并不支持,为此,他离开了北洋大学堂,去上海南洋公学担任国文教习。戊戌政变和庚子事变后,慈禧的屠刀和八国联军的枪炮可能使吴稚晖的忠君梦惊醒了,他在南洋公学执教时,曾支持学生组织军队以抵抗外来侵略,并主张教习与学生共同治校,结果又遭到了南洋公学总办的反对,乃于光绪二十七年(1901)辞职后赴日本东京高等师范学校留学。次年夏天,有9名自费留学生准备进成城学校专为中国学生设立的士官学校预备班学习,遭到清廷驻日公使蔡钧的拒绝。吴稚晖与孙揆均等人找蔡说理,蔡通知日本警察将吴、孙押送离日。吴稚晖在押解途中曾跳河自杀,被日警救起。他在绝命书上说明他自杀的原因,是由于看到"亡国之惨",为求"民权自由"而"以尸为谏"。这时,蔡元培在日本游历,闻讯后特地护送吴、孙回上海。回上海后，蔡元培、章太炎（名炳麟）等人组织中华教育会，接着又筹组爱国学社，吴稚晖担任爱国学社的学监。中华教育会和爱国学社实际上是以教育为名的革命团体，这时吴稚晖的思想已由变法维新向资产阶级民主革命转变，但他又主张无政府主义。他曾与蔡元培等人发起张园演说会，抨击时政，并在陈范主办的《苏报》上发表文章。《苏报》原为日本黑龙会的一个刊物，由于亏蚀过大，卖与陈范。陈范聘请章士钊主持该报。该报先后发表了章太炎的《驳康有为书》、邹容的《革命军》等，矛头直指清廷，鼓吹"诛杀满洲人所立之皇帝"，建立"中

吴稚晖墨迹

华共和国"。清廷严令两江、湖广总督派员与上海租界的工部局密商，查禁《苏报》并捉拿陈范等人。后章太炎、邹容被捕，吴稚晖逃经香港转往伦敦。后邹容死于狱中，章太炎在出狱后曾指责"苏报案"系吴稚晖告密，吴稚晖则声明他的出走，是清廷派往上海查办此案的道员俞明震之子俞大纯要他避走的，并说他曾告知章太炎捕人之

事,章不肯隐藏,又称邹容系章太炎写信要他"自行投到"等。在故宫博物院收藏的有关"苏报案"的清方档案中记载,清政府在捕获章、邹以后,曾一再密电缉拿"案内渠魁、情节重大"的吴稚晖,并要求两江总督魏光焘"随时留心","俞道明震之子大纯,现游学日本甫回。闻大纯在日剪辫入革命军,悖逆无人理。俞道深恶其子,然不可不防"。说明吴稚晖并非是"告密"之人。

国民党的元老

吴稚晖热衷于科举考试时,虽支持维新,但反对孙中山领导的革命。他在孙中山逝世后的一篇纪念文章中说:"我知道中山先生的姓,是戊戌以前。彼时我虽自命为维新党,其实传统的腐败头巾习气,没有一毫变动。……我意想中,也就认为这位姓孙的,有什么红眉毛、绿眼睛,是最厉害的公道大王。"他也对别人说过"孙文是江洋大盗"。因此,1902 年他在东京时,钮永建等人约他去见孙中山,他断然拒绝。

1903 年 9 月,吴稚晖因"苏报案"逃亡伦敦。1905 年春,孙中山到伦敦,特地到吴寓所走访。这时,吴稚晖对孙中山的看法早有转变,晤谈后折服不已。两人后又数次长谈。这一年的 8 月,孙中山在东京创立同盟会,吴稚晖在盟书上签名。1906 年,吴稚晖与李石曾、张静江等创立世界社,次年又创办《新世纪》周刊,宣传无政府主义思想,鼓吹反帝革命。他在《皇帝》一文中写道:"时代已入于二十世纪,所有一切皇皇帝帝,皆当先后灭绝,此世界公理家之所公论也……皇帝之一物,皆于中国人民之进步有碍,故中国革命,必当先除皇帝。"他在《猪生狗养的人种》一文中对"立宪党""保皇党"进行了猛烈、辛辣的抨击;在《卖淫实状》中把慈禧描绘成娼妓和恶魔;在《哀哉豚尾汉》一文中对清廷立宪进行了揭露和嘲讽:"承认你们费了几昼夜的狼心,耗了几千滴的狗血,想出来开明专制四个字,谨将如法炮制只伪立宪,算得开明么……于是,大虾蟆马良,率蛆虫蟆蠓,三呼拜舞,口称皇娟后万岁,皇鼠帝万岁,猪尾巴万岁,立宪万岁,伪立宪万岁,开明专制万岁,奴才万岁。"

1909年,同盟会中的章太炎、陶成章对同盟会创办的《民报》经费、人事等问题产生不满,捏造孙中山贪污公款,盗用七省同盟会会员名义要求罢免孙中山总理职务,并在保皇党人之《南洋总汇报》上发表所谓《检举状》,以败坏孙中山的名誉。孙中山写信给吴稚晖,请吴在《新世纪》上辟谣,澄清事实:"今日风气渐升,留学之士以革命为大光荣之事业。而陶辈始妒人之得名……以我获利……而数年之经营,数省之联络,及于羊城失事(广州起义——作者注)时发生之实迹,已非万金所能办也,则人所皆知也。其余财何自来乎?……自我一人于此两年之内,除住食旅费外,几无一钱之花费,此同事人所同见也。若陶之志在巨款,不得,乃行反噬,而章之欲在数千,不得,乃以罪人。际此胡氛黑暗,党有内讧,诚艰难困苦之时代,即吾人当进取之时也……请新世纪上为长文一篇,加以公道之评批,则各地新开通之

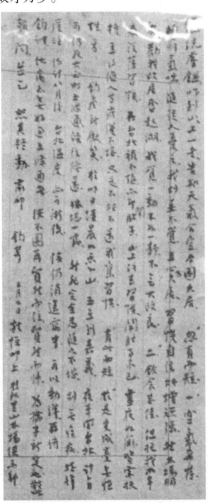

吴稚晖致蒋介石函(王经恒提供)

人心,自然释疑,而弟于运动,乃有成效也。"孙中山在信中还请吴稚晖以《新世纪》同人名义致函美国《大同》《美州少年》《自由》《民主》等七家报馆,揭露陶、章行径。

吴稚晖接信后,在《新世纪》上发表了《劝劝劝》《驳陶成章、章炳麟诬谤总理事致某函》等多篇文章,揭露陶、章"颠倒是非、淆乱黑白"之劣行。并将刘师培揭发章太炎曾六次写信给他要他代向清廷大臣张之洞、端方等人索取巨款,"背叛本党"的函件,连同章太炎的原件在《新世纪》上发表。1910 年 7 月,孙中山致吴稚晖信说:"弟自抵美西及檀香山二地,大蒙华侨欢迎,此皆为新世纪、先生辩护之力也。"之后,孙中山与吴稚晖交谊日笃,至伦敦必相访,书信往来不断。武昌起义后,孙中山先至伦敦,吴稚晖为之起草文告,与李晓生一起处理国内外函电。1912 年 1 月 1 日,孙中山于南京任中华民国临时大总统,留吴稚晖 4 日,欲授以公职,吴推辞不就。1913 年,吴稚晖与蔡元培创办《公论报》,1916 年又与钮永建创办《中华新报》,抨击袁世凯专政和与日本签订丧权辱国二十一条、张勋复辟、段祺瑞勾结日本、梁启超组织进步党等祸国行为。1924 年,吴稚晖出席于广州召开的国民党第一次全国代表大会,当选为监察委员。1924 年 11 月,孙中山为谋国内和平统一,应冯玉祥之邀北上会谈。不久,孙中山因肝病住院治疗,手术前手谕由李大钊、吴稚晖、李石曾、于右任、陈友仁组成中国国民党北京中央政治委员会处理政务。手术时发现已为肝癌晚期,政治委员会提出万一不幸,应有遗嘱。据于右任在孙中山逝世三周年时回忆,"遗嘱为政治委员吴稚晖、李石曾、汪精卫、陈友仁、李大钊同我所提出,由吴稚晖拟好了,经过几次修改,及老党员开会所决定,方由孙夫人传于总理"。孙中山逝世后不久,吴稚晖与钮永建同访了时任黄埔军官学校校长的蒋介石,尽管吴稚晖了解蒋介石是"流氓底子出身"(《李宗仁回忆录》),但可能对蒋的坚决反共和流氓手段比较欣赏,因而在后来蒋介石"清党"反共时他成为急先锋。北伐胜利后蒋介石以裁兵名义排除异己时,吴稚晖又成为马前卒,反对此举的将领有的被他口诛笔伐,他在《从东说到西——最要紧的是一个根本原则》一文中,骂冯玉祥是"乱世之奸雄",骂阎锡山是"乱世之狐狸精";有的将领如李济深经他劝诱到南京遭蒋介石软禁。在蒋介石战胜了各派将领、准备实行个人独裁时,吴稚晖在国民党三届四中全会上为其制造舆论,被胡汉民斥为"无耻"⋯⋯

由于吴稚晖在国民党中的资格和地位,被国民党人尊为"元老"。由于吴稚晖对蒋介石的迎合,生前,蒋以师礼相待;死后,蒋题匾额曰"痛失师表"。

无政府主义者

吴稚晖曾说:"我是三民主义的忠实信徒,无政府主义信仰者。"

吴稚晖国学根底深厚,对老庄思想颇为崇尚。留学东京时接触了日本无政府主义思潮,曾写有《日本无政府党红旗案之结束》一文。流亡伦敦时,他读了无政府主义者蒲鲁东、巴枯宁、克鲁泡特金等人的著作,坚定了他对无政府主义的信仰,并形成了他自己的一套无政府主义理论。1906年2月,他与无政府主义者张静江、李石曾在巴黎创办《新世纪》周刊,打的就是宣传无政府主义的旗号,同时鼓吹排满反帝革命。

吴稚晖的无政府主义理想世界是"凡劳动都归机器,要求人工的部分极少。每人每天只工作两小时便已各尽所能。于是,每天余下的二十二小时,睡觉八小时,快乐六小时,用心思去读书八小时。在这二十二小时,睡觉、快乐、使用心思之中,凡有对于温厚、鲜洁、轩敞、飞速等条件的享用东西,应有尽有,任人各取所需。到那时候,人人高尚、纯洁、优美。屋舍皆精致优雅,道路尽是宽广九出。繁植花木,珍禽奇兽,豢养相当之地。全世界无一荒秽颓败之区,犹如一大园林。"他为人类未来不仅勾勒了如此美丽的蓝图,还对衣食住行作了具体的设计。比如交通,"路面造厚橡皮之类之物,每三五十丈为一截,日夜循环不息,人但于两面相续处,略一举足,此面换向彼面,如是而已"。他认为到了那个时候,人的体力劳力减少,脑力劳动增加,形体也将改变,"头大如五石瓠","肢体变得纤细柔妙"。

怎样来进行无政府主义革命呢? 他认为:"即教育而已","日日教育,即日日革命"。以教育来达到唤起人们的"公德心","注意个人与社会之结合,而以舍弃一切权力,谋共同之幸福"。

吴稚晖为当时在清王朝和帝国主义压榨下生活于水深火热之中的人民画了一块纸上的大饼,并不能缓解他们辘辘的饥肠。于是,他声称无政府主义革命要分两步走,第一步为"改良支那之革命",即排满反帝的共和革命。第二步才是"扫除一切政府,人民纯正自由,废官止禄,弃名绝誉,专尚公理,实现大同"的无政府主义革命。至于实现无政府主义革命的理想要多久,吴稚晖开出的支票要三千年,后来又将三千年改为两万年。

为此,吴稚晖在《新世纪》上既发表了大量宣传无政府主义的文章,又发表了大量鼓吹排满反帝革命的论述。

《新世纪》创刊于 1907 年 6 月 22 日,1910 年 5 月因经费拮据停刊,共出刊 121 号。停刊后,吴稚晖翻译了《物种起源》《天演说图解》,撰写了《上下古今谈》等科普作品,交上海文明书局出版。从他的译著和著作中,可以看出他是崇尚进化论的。无疑,进化论对他的无政府主义思想有着较大的影响,并影响了他的世界观和人生观。这在 1923 年他参与的当时被称为"科学与玄学"的论战中表露无遗。这场论战由时任北京大学教授的张君劢引起,他抛出了"人生观"的演说,要求人们要摒弃"功利之心",潜心于儒学的"修身""正己"。张的演说后来题为《人生观》在报刊上发表,招致了地质学家丁文江的不满,丁文江撰写了《玄学与科学——评张君劢的"人生观"》一文,驳斥张君劢用孔孟之道来取代科学。张当然不肯认输,写了数万言的长文进行反击。赞同张观点的梁启超、张东荪等人也参与进来。丁文江则得到胡适等赞同科学的学者的支持。吴稚晖就在双方笔战正酣之时从国外归来。作为崇尚进化论的无政府主义者,他是赞同丁文江的观点的。他先是撰写了《箴洋八股化之理学》一文参战,后又洋洋洒洒地写了《一个新信仰的宇宙观》数万言的长文,分三期发表在《太平洋》杂志上。他提出的宇宙观是所谓"一个","举现象世界,精神世界,万有世界(有),没有世界……我能写,你能看,所以姑且名之为'一个'"。他认为,"在元始之始,有一个混沌得着实可笑"的"'漆黑一团'之世界","不知不觉便破裂了","顷刻变成了大千宇宙","他那变的方法,也很简单,无非拿具有质力的若干'不可思议'量,合成某某子,合成若干某某子,成为电子,合若干电子(按:似乎还有核子),成为原子,合若干原子,成为星、辰、日、月、山、川、草、木、鸟、兽、昆虫、鱼、鳖"。吴稚晖把宇宙万物说成是由"一个""'漆黑一团'之世界"破裂变化而来,实际上是用进化论的观点和科学名词,阐述老子"一生二、二生三、三生万物"的那个道。这样,他就称他的"宇宙观"为"漆黑一团"的"一个"。

吴稚晖阐述他的"人生观"是什么呢?是"清风明月的吃饭""神工鬼斧的生小孩"和"覆天载地的招呼朋友"。他主张吃饭"要用自力的劳力换得",不能从"阻碍别人的吃饭得来","即使花了劳力吃不到饭",也不能"夺别人的饭来吃",最好"能够想出饭来给人吃"。他认为,"白米饭和清风明月,在生命上同一重要","我忘不了吃饭,却也极崇拜清风明月"。他在"神工鬼斧的生小孩"阐述中主张生育"应当科学化"和有"理智的表现",不能让"精虫孕蛋","盲目多撞而无限制"。吴稚晖认为,如果全世界男女都能用理智控制情感,就能如他理想的无政府的大同之世中的那样,"性交之事,直与两个朋友会谈相等"。吴稚晖认为:"我以外便是朋友,朋友乃是非我的别号",朋友"乃合着人类非人类,统统在内。单就人类讲,既有年纪大似我的老者,又有年相若的朋友,又有比我年轻的少者,换言之,就是包括了全人类"。他说到非人类的朋友包括"天也在我们招呼之列,地也在我们招呼之列,便就叫翻天覆地的招呼朋友"。吴稚晖的这种吃饭、生小孩、招呼朋友的人生观,胡适曾称之为"人欲横流之人生观"。他的宇宙观、人生观带有明显的无政府主义色彩。

国语注音符号的推行者

吴稚晖认为,无政府主义革命即教育。他一生极为重视教育。辛亥革命前,他曾担任过私塾塾师;与丁宝书等创办过新式学校——三等小学;支持廉泉创办文明书局,印行新式学校教科书和文化书籍;担任北洋大学堂教习;参与策办广东大学堂;与章太炎、蔡元培等组织中国教育会,创办爱国学社。辛亥革命后,他曾任唐山路矿学校教员;与李石曾组织勤工俭学会,创办中法大学;创办国语学校并担任校长;创办海外预备学校,培养孙中山、蒋介石、李济深等国民党要人的子女;等等。

吴稚晖特别重视的是社会教育。当时社会教育面临的最大难题是人口中文盲众多,地域语音各异,汉字字繁量大。社会教育首先要解决识字问题,字音能有统一标准。吴稚晖早在1896年在吴县(今苏州)陈容民家当塾师时,陈家饭食每天都有豆芽菜,豆芽菜的形状触动了他的灵感,他按照《康熙字典》上的音韵,创造了一套注音字母,回家时先教会了他不识字的妻子,后又教会了不识字的亲友,后来就用这套注音字母与妻子、亲友通信。不过这套注音字母的音韵为吴地常州方言。吴稚晖由此想到,如果能够创造一套统一的国音注音字母附于汉字之旁,就能加快对汉字的识别,并能逐步达到全国的字音、语音统一。因此,他在主持《新世纪》时就提出造注音字母,统一读音的方案(见《书神州日报东学西渐篇后》)。后来,他在《二百兆平民大问题最轻便的解决法》一文中认为,普及推行国语及注音符号为解决中国一切基本问题之基本。尽管他过分夸大了国语注音字母的作用,但注音字母对我国普及教育、字语同音有着重要的意义。

1913年,南京临时政府成立后,蔡元培任教育部总长,聘请吴稚晖任读音统一会筹备主任,他根据临时政府教育会议通过的《筹备国语统一之进行办法》,制定了《读音统一会章程》,集合了文字学、音韵学、语言学方面的专家学者44人,举行了第一次会议,会议选举他为会长。会议在清代学者李光地的《音韵阐微》中选取较常用字,作为读音的备审用字。经过一个多月的讨论,采用了近5 900字,并加上通行的新字共6 500多字作为国音。在讨论音符时分歧较大。吴稚晖后来回忆:“读音统一会开会的时节,征集及调查来的音符,有西洋字母的,偏旁的,缩写的,图画的,各种花样都有。”讨论时争论很大,各持己见,莫衷一是。最后采用“记音字母”,勉强通过。但将方案送到教育部后不久,二次革命爆发,袁世凯忙于对付反对者和一心称帝,统一国音方案也就石沉大海。

吴稚晖见统一国音方案送交后久无信息,在上海办报的同时,按照当时审定的国音文字和常见的文字共1 3000多字,依《康熙字典》之排列顺序进行汇编。

1916年袁世凯倒台。时任北洋政府教育总长的范源拨款请吴稚晖继续汇编国音文字成为《国音字典》出版印行。1918年1月,吴稚晖在给钱玄同信中论及注音字母问题,洋洋万言,引证古今中外之时代、地域音韵之不同和变迁,认为注音字母是补救中国文字的方法,有助于文盲逐渐进入中国字之境地。有人评价这封信堪称国语读音统一之杰作。1919年9月,《国音字典》初印本出版。1921年2月,经国语统一筹备会订正后,北洋政府教育部作为《校正国音字典》公布。1924年2月,吴稚晖为推行国语,在上海创设国语师范,培养国语师资,并附设平民学校,招收失学儿童和青年,以该校师范生作为教师,推广国语,普及教育。与此同时,吴稚晖还编印了注音符号声母韵母及其所注之音读表,帮助民众识别注音符号,在社会上广为流行。

南京国民政府成立后,吴稚晖被教育部聘为国语统一筹备会主席。1930年4月，吴稚晖出席第二次全国教育会议，会上，吴稚晖提出要在全国推行注音符号。是月21日，又在国民党中央常务委员会上提议，改注音字母为注音符号。会后，教育部通令全国，改称注音字母为注音符号，并于7月颁布《各省市县推行注音符号办法》，共25项。1935年，南京政府改国语统一筹备会为国语推行委员会，吴任主任委员。1932年5月，教育部又公布了吴稚晖审定的《国音常用字汇》。

1941年3月，抗战激烈进行中。在国民党五届十一中全会上，吴稚晖提出大量印发注音符号汉字通俗读物书报、刊物，以供认识注音符号之民众阅读；积极推行注音符号运动，期于5年内普及注音识字，彻底扫除文盲。这一提案获得通过。后吴又创作了注音符号歌，制定了汉字拼音表。国语推行委员会还举办了国语师资训练班。

吴稚晖在推行国语和注音符号方面是有贡献的。

吴稚晖在教育方面另一值得一书的贡献，就是他与李石曾在民国初期发起的鼓励青年学生赴海外特别是去法国勤工俭学的活动。1912年，他与李石曾等人组织了留法勤学会，于这一年的年底和次年2月，先后组织了两批60多名学生赴法国勤工俭学。1916年，吴、李、蔡元培等又与法国热心教育人士组织华法教育会。1919年，吴、李又组织勤工俭学会，推动勤工俭学运动。至1920年底，我国青年学生留法勤工俭学的达1 700多人。这些学生中，有的回国后成为专家学者，有的成了中国共产党的领袖和中坚人物，如周恩来、李立三、聂荣臻、邓小平、陈毅等人。这对后来顽固反共的吴稚晖来说，是他没有想到和极不愿意看到的。

顽固的反共分子

长江三角洲解放前夕，吴稚晖曾对人说："千古论定我总是个反共分子。"

孙中山主张联俄联共,吴稚晖是赞同的。孙中山逝世后,曾有国民党中央候补委员邓家彦质疑遗嘱有伪,焦点在于遗嘱中的联俄联共。吴稚晖发表了六千余言的《致邓家彦书》,对邓进行驳斥,指出中山先生"他于去世两月前,犹在天津明白宣布联俄,腾于报章,何以临死又怀疑起来呢?"在这篇长文中,他阐述了联俄联共的理由,还提及维新党人"把革命党人涂花了脸","又涂花了共产党的面孔",等等。可是,就在他发表这篇长文后不到两个月,1925年5月9日,他与钮永建会见了时任黄埔军校校长的蒋介石后,态度就有明显转变,不仅参加了林森、邹鲁等人反共的"西山会议",还在东路军指挥部特别党部执监委员宣誓就职大会上作了反俄反共的演讲,辱骂"列宁的共产主义,简直是个有组织训练的张献忠、李自成罢了"。吴稚晖180度的大转变,充分暴露了他那没有是非标准的无政府主义和是非不分的面目。他曾说:"至善是何一点?真相是何一相?我可不管。"

　　1927年,蒋介石发动"四一二"反革命政变之前,3月12日,吴稚晖发表了《对共产党问题谈话》。随后,又与张静江、李石曾、蔡元培、戴季陶秘密举行"五老会议"(3月20日,周恩来在中共中央特委会上谈到这次会议时,指出这次会议是蒋介石的参谋部,张是主席,吴是小丑,李是花旦,蔡是学究,戴是军师)。经过一番策划后,4月2日,吴稚晖等举行了国民党的监察委员会议,吴在会上抛出了《致中央监察委员会请查办共产党文》。文中举了两点所谓共产党要举行"叛乱"的事实(是真相还是吴的捏造无从查证),一是他和钮永建从陈独秀口中得知,共产党20年要在中国实现列宁式共产主义;二是说他见到1926年双十节湖北共产党敬告同志宣言,宣言中有"秘密进行""铲除奸贼"等文字。据此,他危言耸听地说:"如此,国民党生命止剩十九年了","则将来果为中国共产党所盗窃,岂能逃苏俄直接之支配,乃在变相帝国主义下,为变相之属国"。为此他提出:"似此逆谋昭著,举凡中央执行委员会内有据之共产党委员,乃附逆委员,应予查办。"8日,吴稚晖与蔡元培、张静江、李石曾发表了所谓"护党救国"通电。12日,蒋介石发动了反革命政变,屠杀了大批共产党人和革命人士。自此以后,吴稚晖就成了蒋介石的反共急先锋,不断为蒋介石反共制造舆论。蒋介石对苏区进行反革命围剿时,吴稚晖在1931年6月15日国民党三届五中全会闭幕词中骂共产党为"赤匪",胡说什么"目前赤匪潜伏各地,利用人民做前驱的牛马,到处焚毁杀掠,已造成中国的大患。所以现在到了杀鸡用牛刀的时候,必须用重兵作一个打尽之计,才能消灭净尽"。1946年,重庆召开了政治协商会议,由于深受吴稚晖影响,他的表侄陈洪写了一篇文章,认为国民党与共产党协商,"几如与虎谋皮,养痈为患,遗祸无穷",提出"若与中共谋协商,则务须责其缴出兵权,并予(遣散)方为协商之先决条件。否则宁可忍痛,趁我胜利之余威,民心士气皆未涣散之时,予以彻底之解决"。陈洪说出了吴稚晖要说想说的话,吴对陈洪大加赞赏,要他立即"缮呈"给蒋介石。其实,蒋介石想的也正是吴稚晖、陈洪所想。很快,蒋就撕毁政治协商会议决议,发动了不得民心的反共反人民内战。蒋料想不到的是只有两年多时间,他那消灭中共的美梦就被人民解放军彻底粉碎,不得不带着残兵败将窜往台湾。吴稚晖也随之逃离大陆。

吴稚晖到台湾后仍坚持反共。上海解放后,他主张对上海实行"焦土政策"。撰写印发了《告侨美全体同胞书》,妄图欺骗美国侨胞,造谣说苏联运武器给中共,派军事专家"包围"中共将领,等等,并为国民党失败进行辩解。他逝世前不久,还绘制了所谓《中共祸国图》,胡说什么"中共在三数年内,将采用残杀政策……杀我同胞两万万"。

爱国抗日 清白做人

在抗日战争中,吴稚晖的表现还是爱国的。日本帝国主义制造"九一八"事变后,他致电张学良,由于他不了解张之不应战是受命于蒋介石之"攘外必先安内"的不抵抗政策,因此在电文中谴责张学良"不抗贻讥,丧土加责;公罪当诛,国民圣明",建议张学良"锦州力抗,孤注一掷",指出"辽水之东,健儿正多。且通国青年,皆将为之后盾"。1933 年,日军进攻山海关,吴稚晖与李石曾到南昌,找正在指挥围剿红军的蒋介石商讨抗日。随后不久发表了《三民主义实现,汉奸、贪污便会扫尽》一文,文中称日本"是一个很有纪律的海盗",痛责"认贼作父"的"汉奸"。1937 年 3 月,吴书写了岳飞《满江红》词送给蒋介石。卢沟桥事变后,国民政府迁往重庆,吴稚晖离开南京时,在寓所墙壁上题诗:"国破山河在,人存国必兴。倭奴休猖獗,异日上东京。"吴稚晖到重庆后,不断撰写文章,进行演讲,宣传抗战,揭露日本帝国主义的罪行与骗和阴谋,痛斥汪伪汉奸,鼓舞将士士气。

1939 年 5 月,汪精卫公开投降日本,做了汉奸。吴稚晖写了《卖国贼是世界上最丑恶的毒物》等多篇文章进行斥骂,骂做汉奸的"臭了自己,臭了国家,还臭祖宗,臭子孙,真是畜类"。8 月,印度尼赫鲁访问重庆,吴稚晖在欢迎会上致辞中说:"我们更知道日寇不仅破坏世界和平,同时更摧残人类的文化,对于这个摧残文化的强盗,就不能不给以严厉的打击,我们要维护亚洲悠久的文化,更不能不打倒这个摧残文化的强盗。"

在腐败的国民党社会中,吴稚晖算得上是个清廉的人。他不愿做官,不爱金钱,被视为"怪人"。

辛亥革命光复后,1912 年 4 月,吴稚晖与蔡元培、李石曾发起成立"进德会"。他们认为,清廷的腐败是积社会的腐败而成,民国建立后,如果不将腐败的根株去除,凋败的元气就难以恢复。进德会就是为了推动去除腐败而创立的。进德会订了八项约规,同意履行其中三项的就可以入会。这八项约规是:一不赌博,二不狎妓,三不官吏,四不议员,五不讨妾,六不吸烟,七不喝酒,八不食肉。当时,包括汪精卫在内的知名人士 30 人签名参加。到了后来,只有吴稚晖一人,他除担任委员及一些社会职务,喝少量酒,吃少许肉外,八项规约基本上做到了。

吴稚晖不愿做官。孙中山就任民国临时大总统时,请吴担任公职,吴婉言谢绝。蒋介石攫取大权后,多次要吴出来做官,吴说:"我是无政府主义者,脾气又不好,不敢当官。"1943 年,国民政府主席林森逝世,蒋介石请他继任,他以性情不适合推辞。此时官场中也纷传吴将任主席,吴写了类似声明的文章说:"言乎公,小人忝窃大名,必使世界哗笑。爱国岂可辱国?言乎私,犁牛忽披文绣,定将余年牺牲,惜身不应杀身。烧了灰,还是国民党,烧了灰,并是无政府主义者(按:兼儒道二宗之思想)。下从委任末级,上至国府主席,决不为者。"

吴稚晖不爱钱。当选国民党中央监察委员后,孙中山派人送他薪俸,他没有收受。很多人请他求情办事,送他礼物,均遭拒绝,甚至被扔出门外。他靠教书和卖字所得生活。他的篆书极佳,时有四大书法家之首之誉,书法界评价为"圆浑凝重""苍劲古茂"。他本来只是应求书者书写,不收费用,但因名气太大,求书者众,令他疲于应付。1941 年,徐悲鸿、张道藩等人为他拟订了"鬻书润例",楹联每 4 尺 1 000 元,4 尺以上每尺 300 元,条幅 3 尺 800 元,3 尺以上每尺 300 元等,并将这个条例登在《中央日报》上。这样一来,吴稚晖就名正言顺地卖字收钱了。他积余 1 000 元就存入银行。有人估算,如果他不存银行而买黄金,至 1949 年 2 月逃离大陆时至少有黄金 3 000~5 000 两。由于通货膨胀,货币贬值,特别是蒋介石发动内战后金融崩溃,吴稚晖的存款到台湾时只能拿到 142 元新台币。

吴稚晖生活是比较清苦的。他说自己"素贫贱行乎贫贱"。他常穿一件青竹布长衫,外出时罩件玄色马褂,偶尔也穿西服,不过那是由一件箭袖袍改制的。他每日两粥一饭,小荤大素。卧室内除书报外,单人床、写字台、旧藤椅、马桶各一,加上几张供来客坐的靠背椅和骨牌凳。他在重庆时,住房只有 10 平方米左右,名之为"斗室"，还效刘禹锡的《陋室铭》写了篇《斗室铭》：

> 山不在高，有草则青。水不厌浊，有矾即清。斯是斗室，无庸德馨。谈笑有鸿儒，往来多白丁。可以弹对牛之琴，可以背癫痫之经。耸臀草际白，粪臭夜来腾（吴喜野外大便，俗称屙野屎）。无丝竹之悦耳，有汽车之闹声。南堆交通（部）煤，东倾扫荡（报）盆。国父云：阿斗之一，实亦大中华之国民。

国民政府为吴造了一幢小楼，再三劝他不肯去住，说："我住惯坏房子了，好比猪住在猪圈里很舒服，倘使把猪搬进洋房，反而生病的。还是保全老命，故而不迁。"

吴稚晖外出多是步行。蒋经国在《永远与自然同在》一文中回忆说：1925年，他在受教于吴稚晖时，见到有人送吴一辆人力车。吴让他找来一把锯子，把前面的拉扛锯掉，放在房间里当沙发坐。对蒋经国说："一个人有两条腿，自己可以走路，何必要人来拉。你坐在车上被人拉了走，岂不成为四条腿。"

孙中山与吴稚晖父子

吴稚晖于1952年7月30日逝世于台北，终年88岁。

1962年，蒋氏政府在联合国及其所属组织内的代表尚未被逐。吴稚晖的表侄陈源（西滢）为教科文组织代表，经过他在该组织的宣传游说，吴稚晖被授予"世界百年文化学术伟人"称号。

参考文献：

[1] 侯湘：《回忆吴稚晖的早期经历》，《无锡文史资料》第14辑。

[2] 吴余庆：《族伯吴稚晖的言行和生活趣事》，《无锡文史资料》第20辑。

[3] 张文宪：《中华民国史纲》，河南人民出版社1985年版。

[4]《吴稚晖先生文粹》，《中华文史丛书》第4辑。

[5]《吴敬恒选集》，台北文星书店1927年版。

[6] 陈洪、陈凌海：《吴稚晖先生大传》，台北颖庆印刷文具有限公司1989年版。

秦毓鎏其人

——纪念辛亥革命七十周年

王赓唐　章振华

秦毓鎏,辛亥革命前留日学生中拒俄运动的骨干分子,华兴会的副会长,同盟会的会员。辛亥革命时,他为江苏无锡地区武装起义的组织者和指挥者,锡金军政分府的司令。在北洋军阀统治时代,他曾以"刑事犯"坐过牢。1927年大革命失败以后,他又成了双手沾满革命人民鲜血的反共急先锋。总结和研究秦毓鎏的一生,可以使我们看到中国资产阶级的某些侧面,本文就此作一探讨。

一、被时代推到历史舞台前沿

秦毓鎏(1879—1937),字效鲁,晚年别号天徒。出身于地主家庭。他的父亲秦穆卿,靠地租过活,绰号"七阎王"。为了使儿子"光耀门楣",秦穆卿按照封建传统的模式来教育和培养秦毓鎏。但时代毕竟在变化,秦毓鎏没有可能再走科举的道路了,据他在《自书履历》中说:"少时肄业南洋公学、江南水师学堂。壬寅(1902年)冬,赴日本,肄业早稻田大学。"他是当时经由一批"走向世界"的先进人物介绍,开始接触"新学",又赴海外学习"富国强兵"之术的。

秦毓鎏的青少年时期,正是我国处于生死存亡的关键时刻,帝国主义的侵略步步加紧,妄图瓜分我国,清朝政府的统治极端腐朽,已成为帝国主义侵略者的驯服工具。为了挽救祖国的命运,广大人民正在奋起斗争,寻求摆脱民族危机和社会危机的出路。资产阶级改良派首先作了尝试,想通过自上而下的改革来达到目的,但为国内外反动派扼杀了。资产阶级革命派见此路不通,就酝酿和积聚力量,为推翻清朝反动统治进行了艰苦的工作。生活在这样的时代里,任何人只要有一分爱国的思想,就会受到时代浪潮冲击,走上革命的道路。

在秦毓鎏的家乡——无锡,资本主义工商业已有了一定程度的发展。1895年,无锡最早的一家棉纱厂——业勤纱厂开设;1901年,无锡第一家面粉厂——保兴面粉厂(后改名茂新面粉厂)创办;同一年,第一家缫丝厂——裕昌丝厂又兴办。此后十余年间,棉纱、缫丝、食品等工厂不断出现。无锡后来以轻纺工业闻名全国,基础就在这时奠定的。

1902年冬以后,秦毓鎏在日本留学时,正是留学生爱国运动高涨的时刻。1903年4月以后相继爆发的“拒法”和“拒俄”运动,把所有爱国的留学生卷了进去,促使留学生在政治上和思想上都发生了前所未有的变化。从组织情况来说,当时留学生小团体正在分化而重新组合。就拿和秦毓鎏相关的团体来说,1900年成立的励志社因“日益腐败”,为群众不满,而被中国青年会所代替(1902年),中国青年会明确表示以民族主义为宗旨。1903年春,秦毓鎏等组织拒俄义勇队后,又在此基础上成立了军国民教育会,组织不断发展、更新,反侵略、反封建的政治色彩也就日益鲜明。留学生中的“稳健派”日益堕落,投向反动派怀抱,而“激进派”也由过去单纯的“拒法”“拒俄”转为既反对外来侵略,也反对清朝政府的专制统治。改革政治制度也就成了必然的要求。秦毓鎏参与了中国青年会和拒俄义勇队的组织工作。据冯自由在《革命逸史》中记载,当时秦毓鎏在日本的住宅成了组织活动的中心。他更为军国民教育会起草了《发起军国民教育会章程》,又与江苏旅日人士创办了《江苏》期刊,进行革命宣传,鼓吹推翻清廷。可以这么说,秦毓鎏经过这一番政治上的锻炼,在从走"新学"的道路到加入资产阶级民主主义革命队伍道路上跨出了决定性的一步,当时人们称他为"爱国志士""革命志士"。由于条件局限,秦毓鎏对于帝国主义和封建主义的认识多半还处于感性阶段,理论准备是不足的。

秦毓鎏在他的《自书履历》中说:"癸卯(1903年)冬返国,先后设立丽泽学院、青年学社于上海,以招求同志,鼓吹共和主义。甲辰(1904年)夏,赴湖南与黄兴、刘揆一等举事于长沙,立华兴会为机关部,黄君为会长,毓鎏被奉为副会长。事败离湖,历游皖、粤、浔、龙诸地,所至设立学校,编译书籍,灌输革命思想。"

这时的秦毓鎏已经是一个立志献身革命事业的资产阶级革命家了,而且还是革命团体的领导者。他参与组织华兴会,是12个发起人之一,而且是华兴会中仅有的两个外省人中的一个。华兴会这个国内最早、影响最大的革命团体出现在湖南,一方面是由于湖南社会经济的变化所造成的条件,另一方面也因为留学生中具备了干部条件。秦毓鎏自日本归国后去湖南,也不是偶然的,他早有准备,有为革命集结力量、指挥斗争的意图。

1905年,由于革命形势的飞速发展,华兴会、兴中会、光复会三大革命团体联合组成了近代史上第一个资产阶级革命政党——同盟会,制定了较为完整的民主主义革命纲领。秦毓鎏和华兴会大多数同志一起参加了同盟会。他并不像某些人那样带有宗派的眼光不愿入盟,即使入了盟也仍要保持其某种程度的组织独立性,而是以实际行动支持革命团体的联合,使之利于统一指挥。从1904年归国到辛亥革命前回无锡准备发动武装起义为止,他在这六七年间,辗转华中、华南各省,从事宣传和组织工作,斗争虽十分艰苦,但他能在困难中坚持,表明他当时确有坚定的革命立场。

1911年10月10日,武昌起义爆发,革命进入高潮。11月4日,上海宣告光复,震动了沪宁线上各个城市。11月5日,江苏巡抚程德全迫于形势,在苏州宣布"和平光复"。与此同时,无锡地区社会各阶层,包括一部分地主、官僚以及资产阶级分子,也都在积极准备从清政府手里夺取权力。钱业商团也秘密筹划,组织了光复队。11月5日,秦毓鎏从上海秘密回到无锡,和光复队负责人见了面。从此以后,他实际上成了光复无锡的组织者和指挥者。无锡光复经过,钱基博的《无锡光复志》和蔡容的《光复队纪事》都说是在秦毓鎏的指挥下进行的。当时革命人民一方面摆开了对清县衙门军事进攻的态势,另一方面又大力开展了政治攻势,分化瓦解敌人,因此在11月6日兵不血刃地解决了无锡县和金匮县两个县衙门,迫使专制统治退出历史舞台。既有组织群众能力又有军事斗争经验的秦毓鎏,在无锡光复中作为组织者、指挥者,充分发挥了他的个人才能。正因如此,他的名字和无锡辛亥革命相联系而被载入了史册。

钱基博《无锡光复志》叙目中说:"吾邑秦毓鎏者,盖吾书之主人翁也。吾书正叙毓鎏领军民隆隆盛,曾不几何,毓鎏则已败矣!"这里所说的"败"是指什么?秦毓鎏又如何失败?在我们进而研究秦毓鎏辛亥革命以后的政治活动时,这将成为一个重点。因为从这以后,秦毓鎏的历史就逐渐褪色,最后终于走到了自己的反面。

二、所谓政治犯和刑事犯的争论

辛亥革命以"护法战争"失败而宣告夭折。无锡地区本来就先天不足的革命政权也就逐渐变质,从此90万人民长期陷于北洋军阀的反动统治之下。但民族资本主义在艰难的环境中仍继续缓慢发展。秦毓鎏个人的政治历史也进入一个新的阶段。

无锡光复后第三年,1913年9月,秦毓鎏以附和"乱党"、受"伪命"任无锡县知事而被逮捕,又为"商民"控告涉贪污嫌疑,被判处9年徒刑。从这时起,他在苏州陆军监狱中坐了整整三年班房。这是一件轰动无锡的大事。当时敌对双方为了各自的政治目的,都想把秦毓鎏打成真正的罪犯。主张他是政治犯的一方,尽量把重心往

"附和乱党"一头拉;主张是刑事犯的,又故意加重"提取公款"一头的砝码。争论的实质,一方想从政治上迫害他;另一方想从政治上支持他,借口刑事营救他出狱。

秦毓鎏本人在他的《自书履历》中是这样说的:"癸丑(1913年)之役,弃职奔旋,逮南京独立,即以无锡响应。蒙黄总司令委任为江苏筹饷处处长。事败,被逮下狱。"

"癸丑之役"是指二次革命。秦毓鎏参加反袁活动因而和南京方面通声气是确有其事的。这不仅因为他过去是华兴会的发起人,和黄兴关系十分密切,而且从他当时的政治态度来看,他也是会参与反对袁世凯帝制的斗争的。1913年3月20日,国民党重要人物宋教仁在袁世凯亲信赵秉钧指使下被暗杀身亡以后,秦毓鎏送的挽联可以表明他当时的政治态度:"毅魄果何之,忆当年秘密结营,患难余生犹剩我;英灵常不昧,愿吾党进行稳健,铲除专制尽如君。"挽联的调子虽稍稍低沉,但反对专制主义、提倡共和政体的立场并未变化。应该说这时的秦毓鎏还是站在革命一边的。

至于"商民"们控告他侵吞公款的罪名能不能成立,目前还缺乏具有足够说服力的资料。但据熟悉当时情况并对秦毓鎏平日为人有所了解的人说,辛亥革命后秦出任民政长,他确曾利用革命给他的职权图谋私利,将现在的无锡由园通路出光复门至火车站一带的无主空地圈为私产。故秦毓鎏后裔拥有大量房地产,就是这时非法侵占的。据此,秦毓鎏在当时提取公款、涉嫌贪污并不是完全没有可能性,所以也决不能说它纯属"诬告"。

秦毓鎏被捕的确切日期,尚难以查明,但我们可以根据有关事件发生的时间来推算。二次革命发动于1913年7月12日,不到两个月就宣告失败。秦毓鎏"被逮下狱"的时间当在此年9月以后不久。从《新无锡》报载1913年10月无锡知事奉江苏都督张勋面谕,发封秦毓鎏和秦琢如、吴锦如等的房屋一节可资推断。既有"发封"在后,定有"查封"在前,可见秦的被捕当在10月以前。秦是在1916

年 10 月 12 日被释放的,当时无锡报纸都有"羁系苏州整整三载"的说法,更可证明秦的被捕当在 1913 年 9 月间。

在秦毓鎏系狱三年之中,所有无锡报纸绝少报道有关他的消息,地方人士也长期缄默。但当时的官方却有过措施,其一是无锡姓丁的县知事奉北京财政部命把秦的住宅丈量核实上报[1]。其二是无锡县拍卖秦毓鎏家封存充公的房屋[2]。当时张勋在南京,江苏地区被北洋军阀控制,无锡县的行政长官当然亦是北洋军阀委派的,因此同情和支持秦毓鎏的人不可能通过报纸制造任何舆论。《新无锡》报虽然站在秦以及支持者一方,但也只能用"客观"报道的方法透露若干消息。

但是,1916 年 6 月袁世凯死后,情况有所改变,从 6 月 12 日起,无锡新闻界关于秦毓鎏问题的报道、评论一下子多了起来。这里按时间先后,将当时《新无锡》报的报道、评论列表如下:

1916 年 6 月 12 日:《邑人请释秦效鲁》。

1916 年 6 月 19 日:《王镇守使函复廉南湖等》。

1916 年 6 月 22 日:《秦毓鎏狱中之近况》。

1916 年 7 月 10 日:《秦效鲁将出狱》。

1916 年 7 月 23 日:《秦效鲁将被开释》。

1916 年 7 月 25 日:《秦效鲁最近将出狱》。

1916 年 7 月 28 日:《邑人电请开释秦效鲁》。

1916 年 8 月 9 日:评论《政治犯》。

1916 年 9 月 4 日:《邑绅联名保释秦效鲁》。

1916 年 9 月 17 日:《秦效鲁涉及刑事范围耶》,《转载秦效鲁的第一、第二判决书》,评论《闷葫芦打破矣》。

1916 年 10 月 5 日:《县知事对秦案之陈情》。

1916 年 10 月 6 日:转载《孙中山与冯督军书请释秦效鲁》。

1916 年 10 月 10 日:《冯督军批准保释秦效鲁出狱》。

1916 年 10 月 12 日:《秦毓鎏真可出狱矣》。

1916 年 10 月 13 日:《秦效鲁出狱矣》。

1916 年 10 月 14 日:《秦效鲁自由矣》,《秦效鲁发起辛亥同志会》。

这种频繁的报道、评论,是有意识进行的,决不能简单地用"新闻眼"来解释。事实很显然,这是在制造舆论,给反动当局以舆论上的压力。8 月 9 日署名"楚生"的评论《政治犯》一文中有这样一段文字:"谓其人(指秦毓鎏)非政治犯欤? 其人固俨然政治犯也。彼沪宁各政治犯均纷纷出狱矣! 而此人独抱向隅,其中殆别有原因耶!"

在 9 月 17 日未署名的《闷葫芦打破矣》的评论中,文字显得有些晦涩,似欲言又止,如说:"今观督军省长文电,此闷葫芦打破矣! 侵吞公款,则涉及刑事矣! 虽然原判文书具在,果涉及刑事乎哉?"

《新无锡》报是当时无锡的一张重要报纸,其政治立场是代表当时无锡地方资产阶级化的地主、官僚以及资产阶级中上层的,或者说是一些辛亥革命以后在无锡实际掌握权力的人物。如果认真分析这两篇文字,我们是可以看出其倾向的。作者的根本态度是想要肯定秦是政治犯,要求按政治犯的条件把秦予以无罪开释。可又迫于当时北洋军阀统治下的环境,加上秦本人在贪污问题上的种种蛛丝马迹,他们不敢也无法断然否定秦的罪愆,因此把秦比作走入歧路的羔羊,"踵而迹之者虽从其可得乎!"[3] 意思是说把秦打成政治犯已失去现实性,打成刑事犯也是"事出有因,查无实据"。

我们再试着把当时出面保释秦毓鎏的人物作一分析。这里面有戊戌变法时期签名上书,后又参与光复的孙揆均、裘廷梁;有向资产阶级转化的官僚、地主廉南湖、薛南溟、杨寿楣,也有留日的老同盟会会员侯鸿鉴,还有一般商界的代表人物,更有名属农会、实际是地主阶级人物的浦斯涌,等等。这个名单很能说明问题,由于辛亥革命以后的社会现实已为无锡各个阶层所接受,袁世凯的帝制又不得人心,因此秦毓鎏的反袁政治立场是能得到大多数人的拥护的。

袁世凯在1915年12月开始使用皇帝称号;1916年3月22日宣布撤销帝制,6月6日忧郁病死,结束其反动的一生。无锡报纸是在1916年5月4日才撤去"洪宪"纪元,恢复"中华民国"的。由此可见,秦毓鎏自被捕至获释,是和袁世凯的反革命帝制从发动到失败相始相终的。

从秦毓鎏是政治犯还是刑事犯的争论中,我们大致可以得出这样一个结论:秦毓鎏在辛亥革命胜利后一段时期,当革命果实为代表大地主、大买办阶级利益的袁世凯所窃取时,他还是和人民站在一边的,他的资产阶级革命立场并没有丧失。因此,他的被捕与关押也能得到人民的同情和支持。不过在这时,他已不是一个真正的革命者了,剥削阶级利己主义思想在日益抬头,他已开始干不利于革命的坏事。他以后的所作所为,并不是偶然的,其中有阶级和历史的根源,也有他个人的政治品德问题。

三、从同时代人的言论看秦毓鎏

为了全面地分析、研究秦毓鎏其人,我们需要看一看他同时代一些著名人物对他的评价。

1912年,南京临时政府成立,秦毓鎏被孙中山任命为临时政府秘书,说明他在当时能被孙中山所重视。秦入狱后三年,1916年9月19日,孙中山曾为了营救他出狱,特地致书驻南京的江苏督军冯国璋:"秦前充南京总统府秘书,弟略知其品性。其人生长名门,行修颇饬,反对者周纳其事,何所不至……"据此,他在孙中山的印象中不仅政治上可以信任,似乎品德上也还没有什么问题。

但吴玉章在他所著《辛亥革命》一书中谈到秦毓鎏时,揭露了这样一件事情:"还有一个叫秦毓鎏的,他偷着为自己填写了一张委任状,准备回到他的家乡无锡去做知县,一时传为笑谈。"有些同志据此全盘否定秦毓鎏,认为他一开始就是个投机分子。对此,我们持不同的看法。辛亥革命是资产阶级革命,参加革命的人各有各的认识水平。秦毓鎏是个资产阶级知识分子,对于革命怀有某种个人动机也是免不了的。所以即使吴玉章说的是事实,也不能代表秦毓鎏当时的主要政治倾向。何况我们对资产阶级革命者是不能用无产阶级革命家的标准来要求的。

亲身参与无锡光复,了解辛亥革命在无锡地区斗争的全过程,后来为此而撰写过《无锡光复志》的钱基博,在评价秦毓鎏时,对他作为无锡地区武装起义的组织者和指挥者的功绩,是完全肯定的。但在论及辛亥革命以后秦在无锡的政绩时,却又用极为委婉的口气说:"惟毓鎏已乡居用事,勿能无恩怨于人,誉已不虞,备拟于神圣。毁乃求全,污诟为盗柄。誉毁过当,功罪莫明。"这里有曲笔,也有微词。

为了弄清这个问题,就需要对光复以后成立的锡金军政分府的活动作些分析。

联系当时江苏地区的政治形势,我们可以看出:锡金军政分府是一个不纯粹的革命政权,随后成立的无锡县议事会则更是各种新旧势力凑合而成的庞杂机构。下面试就这个政权机构的主要成员作一简析。

秦毓鎏,军政分府司令,后任民政长,同盟会会员,知识分子。

华承德,军政分府军政部长。

裘廷梁,军政分府民政部长,维新派人物。(没有实际负责,很快引退。)

孙鸣圻,军政分府财政部长,地主资产阶级分子。

薛南溟,军政分府司法部长,官僚地主家庭出身,薛福成的儿子。

俞复,军政分府副民政部长,地主阶级出身,先参加维新运动,后为同盟会会员。

胡雨人,临时县议事会议长,地主资产阶级出身的知识分子,水利专家,同盟会会员。

钱基博，临时县议事会主要议员，知识分子，学者。

钱基厚，临时县议事会主要议员，知识分子。

蒋哲卿，临时县议事会主要议员，地主阶级出身的知识分子，同盟会会员。

上述名单可以使我们认识清楚：锡金军政分府（不久即为无锡县公署）这个政权，是地主和资产阶级上层的地方性联合政权，它缺乏广泛的群众基础，因而不可能认真履行民族民主的革命纲领，不可能彻底改变无锡的社会面貌。个别人物的政治态度，很难左右大局，加上政权内部各阶层代表人物矛盾复杂，因此对所谓的毁誉就必须具体分析，笼统地归罪于个别人物是不恰当的。但在镇压"千人会"起义上，秦毓鎏要负主要责任。"千人会"是武昌起义前后爆发于无锡、江阴、常熟三县交界地区的自发农民起义。1911 年 7 月，大雨成灾，农村断粮、断炊的农户很多，但地主阶级的高额地租和清政府的苛捐杂税却并没有因此而减少，这就迫使农民起来反抗，三县边界方圆 20 里的农民纷纷参加。起义使秦毓鎏和军政分府的一伙人惊慌失措，他动用武力镇压，不仅耗费了 18 万元军费（这笔费用占当时锡金军政分府开支的三分之二强），而且乘机把地主武装由一个团扩充为两个团。他还打算任命石塘湾大地主孙鹤卿为民政部长。

从秦毓鎏下面一段话中，也很能看出他对农民起义的态度。他说："吾邑夙号繁富，地四通，椎理不逞，捕匪者什百，辄思窃发掠民货，不可不有以大畏其心，命倪国梁所部团民兵，吴浩、秦元钊募死士，都四百人，为守望队，巡行道路，用靖地方不轨。"[4]

秦还发表公告，公开宣布自己镇压农民起义的立场。公告曰："吾邑盗劫滋众，恣行无忌，本军政分府除暴安良，责无旁贷。"[5]

秦毓鎏自 1916 年 10 月出狱后，在长达 8 年的时间中，基本上停止了政治活动，他自称"出狱后以军阀横行、政治黑暗，遂不问世事，杜门谢客"[6]。

秦毓鎏重新在无锡公开进行政治活动是在 1925 年 3 月以后。他干了两件为当时人们称道的事：一是主持孙中山的追悼会，任筹备委员会主任委员；二是 1926 年 9 月出任重建国民党支部的筹委会主任，负责恢复无锡国民党县一级组织。传说北伐时他还是司令部秘书，但一时找不到确凿的资料，只能存疑。

上引资料不管从哪一个方面看，1927 年以前的秦毓鎏，虽然也干了一些不利于革命的事，但基本倾向还是革命的。我们以 1927 年为界限，是就秦毓鎏的主要倾向而言的。

四、以刽子手、佛教徒终其后半生

1927 年 4 月 14 日，以无锡崇安寺大雄宝殿反革命事件为信号，国民党反动派开始了对革命人民、共产党人的大屠杀。白色恐怖就来自以秦毓鎏为首的国民党无锡县政府。他这时一变而成了革命人民的敌人。

秦毓鎏有长期政治斗争的经验，他上任无锡县长不久（1927 年 4 月 22 日），便查封了四乡农民协会。又于当年 5 月 23 日发布告示禁止集会结社，把革命组织和革命的宣传机构全部加以扼杀。与此同时，他为了集结反革命力量，一方面组织清党委员会（1927 年 4 月 20 日），第二年又成立了清乡委员会，自任主任；另一方面把散在四乡的地主阶级代表人物网罗起来成立乡董会，为他出谋划策，这些人中很多是贪官污吏、土豪劣绅、反动军官。至此，秦毓鎏在政治上已和帝国主义、封建势力完全合流了。

秦毓鎏也有军事斗争的经验，懂得武装力量是反革命事业中不可缺少的工具。当他向革命人民开枪的时候，除了靠国民党反动军队和他所控制的民团外，他还组织了清乡游击队，把地方上的地痞、流氓、恶棍都武装起来。这类人熟悉地方情况，给革命活动造成不少困难。

秦毓鎏是个受过高等教育的知识分子，干反革命要比一般人

"高出一筹"，他硬一手，软一手，经常使用反革命的两手。1927年4月30日，他致书吴稚晖，对国民党政府推行的反共反人民的政策提出了三项建议，认为："铲除共产党须在根上用功夫"，要"以其人之道还治其人之身"，要"正本清源"，要从理论上"驳斥"共产主义，这样才不使"受其催眠者，一时至不易醒悟也"。他还歪曲孙中山的民族主义，夸大孙中山某些理论上的错误，以此来"正后生之视听，端学人之趋向"[7]。

历史终究不以人的意志为转移，白色恐怖没有吓倒共产党人。1928年8月24日，秦毓鎏不得不自认失败，再一次辞去县长的职位。尽管反革命政客、大汉奸缪斌一再给他打气，他也表示"反共宗旨，始终不渝"[8]，但终究败下阵来了。秦毓鎏自1928年8月辞去无锡县长职务后，悄然引退，再也没有参与政治活动。他晚年号"天徒"，命书斋曰"天徒庐"，又拜太虚法师为师，改自己的居处为"佚园"。"天徒"者，取《庄子》"内直者与天为徒"之意。"佚"者，失落之意，他自认在人间有所失落，又希望为人所失落。晚年秦又自费刊行了在苏州狱中的著作《读庄穷年录》，还撰述了《天徒自述》和《坐忘见闻》两书。

庄子和佛学思想之所以成为秦毓鎏后半生的精神寄托，原因是庄子的"彼亦一是非，此亦一是非"、泯灭是非界线的相对主义以及佛学关于客观世界无非都是人的主观幻觉的"色空"观念，最容易为他求得"解脱"。这是逃避现实最不费劲的办法。一个人在现实生活中遭遇到无法挽救的失败，而又不肯在思想上认输，那只好在内心消解主客观世界的矛盾。可是放下屠刀并不能立地成佛，政治上的是非问题，道德领域中的善恶问题，也不可能以《庄子》的"缘督以为经"的处世哲学求得"两忘"而"顺处中道"。当秦毓鎏为人民做好事时，人民支持他、赞扬他；当他违背人民意愿损害人民利益时，人民即要批判他、诅咒他。他虽对《齐物论》中的"吾丧我"大加欣赏，认为"此三字为一篇着眼，我且不有，何有于物"，但毕竟是自欺欺人之谈。

1937 年 4 月 5 日,秦毓鎏在寂寞中离开了人世。人民群众对这个从革命走向反革命的人物,功过十分清楚。他对人民犯下的罪行,远不是对革命所作的有益工作所能抵偿的。他在参加辛亥革命时,思想上并没有全部接受同盟会的纲领,所以即使他还在革命的时候,就已是一个不完全的革命者。后来反封建斗争逐步深入,这个"在上层面前嘟囔,在下层面前战栗,对两者都持利己主义态度"[9]的人,在革命紧要关头,终于和原来的敌人沆瀣一气,成了革命的凶恶敌人。

知人先论世。我们只有理解了辛亥革命,才能认清秦毓鎏其人其事。而分析秦毓鎏一生的所作所为,又能帮助我们更具体地理解辛亥革命。

注释:

[1]《新无锡》报 1915 年 1 月 15 日。

[2]《新无锡》报 1915 年 1 月 27 日。

[3]《新无锡》报 1916 年 9 月 17 日。

[4]转引自钱其博《无锡光复志》。

[5]转引自钱基博《无锡光复志》。

[6]《锡报》1928 年 3 月 25 日。

[7]引文均见《新无锡》报 1927 年 4 月 30 日。

[8]《新无锡》报 1928 年 7 月 4 日。

[9]《资产阶级和反革命》,《马克思恩格斯选集》第 1 卷,第 322 页。

（选自江苏省历史学会编《一次反封建的伟大实践——江苏省纪念辛亥革命七十周年学术论文选》,江苏人民出版社 1983 年版）

辛亥革命时期的理财专家沈缦云

王赓唐

辛亥革命时期，从财政经济上积极支持孙中山、陈英士，特别在上海光复中立了大功的沈缦云，一生由儒商而转变为资产阶级革命家的历史，现在知道的人已经不多。本文就其思想和业绩作一全面评价。

沈缦云（1867—1915），名懋昭，字缦云，以字行。江苏无锡人，原籍苏州府吴江县。父名张炳南，有兄弟五人，缦云排行第五，原名祥飞，又作翔飞。张家是"文章华国、诗礼传家"的门第。张炳南中过举，母亲郭氏也知书达理，且擅长绘画，夫妇两人在家中开设私塾，收有男女学生20多人，授以各项课程。太平天国时期，张氏举家迁居上海，父亲任家庭教师，母亲在美国基督教长老会办的清心女书院任教。缦云12岁那年，入基督教圣公会办的培雅书院读书。张炳南按照传统的方式培养自己的儿子，让他"入沪庠，补博士弟子员"，想把他纳入科举仕途的人生道路。

其时，无锡有一位颇有资产的实业家，名沈金士，他在上海开创铁工厂，营业颇为发达。他竭力罗致人才，提携后进。缦云经由书院院长介绍，认识了沈金士。沈赏识他的才干和品质，有意把孙女许配给他。自此之后，翔飞就进入沈家，受沈家的培养。又入赘改姓沈。沈金士和张炳南一样，也按照传统的方式培养缦云，特地为他聘了一位"饱学之士"教授孔孟儒家经典。光绪十五年（1889），他乡试得中，成了举人。有儒学的素养，又获得"功名"，缦云在仕宦的道路上顺利地跨出了一大步，"锦绣前程"已离他不远，这在当时是一般读书人梦寐以求但又难以求得的好事。

　　19世纪下半叶，中国社会因西方资本主义国家的入侵，正是以"自强""求富"相标榜的"洋务运动"由启动而逐步进入高潮时期。"中学为体、西学为用"成为这一社会改革运动的指导思想。人们的眼界打开了，观念转变了，兴办实业成为一般有识之士竞相追求的理想事业。沈缦云自然也摆脱不了这一股时代浪潮的冲击，面临重大的抉择。沈金士自己创办铁工厂，在他看来，孙辈做官固然是个美好前景，但宦海风波也使人心惊胆战，况且自己手里创下的那一份家业也需要继承的人。经过反复思量，他决定要沈缦云放弃仕途，去学习铁工厂的技艺和经营管理。祖孙二人想到一块儿了，于是沈缦云弃仕经商，这是他跨出的又一大步。从此他成了有文化修养的商人，又是有商业经营本领的儒者。这种人物"以义制利"，"君子爱财，取之有道"，孔老夫子也是不反对的。

　　沈缦云从商以后，成为沈金士的得力助手。沈金士除铁工厂外，还开设碾米厂，这给沈缦云学习理财创造了机会。理财是既要有知识又要有经验的商务实践，不经过实际锻炼，是不可能把这一套本领学到手的。当时，在上海经营工厂的还有无锡人周舜卿。在"无锡帮"中，周舜卿也是经营得法的人，他开设铁行，专为怡和洋行代销钢铁器材，业务逐步扩展到沪宁沿线几个城市，在日本长崎也开设分行。同时，又跨越本行业在家乡开设茧行，代洋行收购原茧，还和无锡人薛南溟合资在上海开设丝厂，成为中国第一代民族资产阶级的代表性人物。周家和沈家是同乡又是同行，资财又相匹敌，这就打下了两家合资开设上海第一家华人投资的银行——信诚银行的基础。光绪三十二年（1906），信诚商业储蓄银行正式营业，经营存放款业务,还发行钞票。周舜卿为总经理,沈金士为副总经理,沈金士告退后,由缦云继任,他即在上海工商界崭露头角,进入社会名流。

和旧式金融业相比较,新式金融业——银行是一种新生事物,上海当时只有外国人开设的银行。新式银行的兴起,是为了适应当时新式工业的发展需要。经过"洋务运动"40 年来的努力,这时已由政府兴办了一批现代军事工业,大小共 30 家,民营工业开办约155 家,还兴办了一批现代交通运输事业。随着官营和民营工业的发展,旧式的钱庄业务上已难以适应,因此,银行这一新式金融业登上历史舞台,可谓大势所趋。

儒商之不同于一般商人者,不仅在于有较高的文化修养,还在于注意经营及经营之环境的文化蕴含,关心社会人文环境之改善,人民文化心理素质之提高。沈缦云具备这两方面的条件,名以儒商当之无愧。无锡第一代民族资产阶级中也有不少人足当这个称谓。荣宗敬、荣德生兄弟是儒商,杨宗濂、杨宗瀚兄弟及薛南溟也是这样,所不同者他们还是官僚。这些人对民族资本主义的发展、对社会现代化作出了贡献,对中国经济、文化的提高也是有贡献的。光绪三十二年(1906),沈缦云与人合办上海竞化女子师范学堂、上海孤儿院,又受聘于复旦公学校董。光绪三十四年(1908),于上海市十六铺外滩筹建新舞台,演出新剧,还借给学校、团体举办讲座,敦请社会名流演讲。宣统元年(1909),革命党人于右任等在上海创办《民吁日报》(后被清政府逼迫停刊,改名《民吁》),沈缦云给予他们经济上的支援。所有这些都不应单从社会事业或慈善事业这一意义上去理解,还应进一层看到沈缦云热心参与这类活动都有他的文化动机。

沈缦云在 20 岁前饱受传统教育之熏陶,20 岁后弃仕从商。20多年的儒商生涯,使他跃登事业的顶峰。光绪三十三年(1907),他被推为上海南北市商会董事。上海市城厢内外工程局成立,他被聘为议董。宣统元年（1909），周舜卿邀请大清、交通、中国以及浙江各银行集议设立银行公会，拟订银行章程，沈缦云被推为议董。这20多年的儒商生涯，无疑对他往后转而成为资产阶级革命家有正面效应。但事物的发展都有一个过程，而且是曲折的，沈缦云要真正成为资产阶级革命家，还有很长一段路要走。

维新乎？ 革命乎？

光绪二十五年（1899）七月，唐才常在上海张园召开"中国国会"，自任总干事，后又在汉口设立自立军秘密机关，动员沿江各省会党和清朝防军，组织自立军，筹备起义。沈缦云参加了张园会议，还捐助了饷银1 500元。唐才常当时徘徊于维新与革命之间，他一方面积极参与维新变法活动，与康、梁保持密切联系，并和谭嗣同在湖南办学办报，宣传他们的君主立宪的政治主张，在变法失败后，又打算"勤王讨贼"，拥戴光绪当政；一方面又同孙中山、陈少白等革命党人接触频繁，研究救国方略。沈缦云在经济上支援唐才常，表明他当时的政治倾向，在维新与革命之间向前者倾斜。当时维新派与革命派之间在有关中国社会现代化问题上，虽都能触及制度的层面，认为中国社会要谋求出路，非进行政治体制的改革不可，但在理论和策略上是有深刻分歧的，一个主张改良，一个主张革命，双方发生过激烈的论争。沈缦云赤诚爱国，应走什么样的道路，是需要选择的。

宣统二年（1910），沈缦云以上海商务总会公推代表身份，进京请愿，这是清末立宪派为使中国成为君主立宪政体而发动的政治运动，自1907年开始，这已是第三次。请愿的内容要求速开国会，颁布宪法，缩短预备立宪期限。立宪运动是清政府在内外压力之下被迫进行的自上而下的改革，目的是为了阻挡革命，所以改革具有极大的局限性。沈缦云在见到总理各国事务大臣奕劻之后，对于当时国步艰难、民不聊生、内忧外患的时局，慷慨陈词，几乎是字字血泪，而且警告奕劻如果再不改弦易张，国将不国。在谈到召开国会时，沈缦云语气高昂，气势益盛。下面是他们的一席简短的对话：

奕劻问："你来北京，是请求迅速召开国会吗？"

沈缦云答："是的。"

奕劻问："这么大的事情，可以轻率召开吗？日本立宪花了20年的时间。难道说我国的人民文化程度比日本还要高吗？"

沈缦云答："日本当时举国上下对立宪是利是害还不是大家都认识清楚，因此，前后花了20年时间。我国已经看到日本立宪的效果，有百利而无一害，那又何必迟疑呢？既然已经定了9年的筹备期，而且下了诏书，说明政府是有决心立宪的，那么，为什么不缩短期限，以慰天下苍生之望呢？"

奕劻问："你没有看到世界各国立宪的历史，哪一个是一经请求就能立即办到的呢？"

沈缦云答："不革命，不流血，那是因为我国文明程度高。"

奕劻问："国会能不能迅速召开，朝廷自会权衡，绝对不是一般人一提出要求就可以得到的。你懂吗？"

沈缦云答："世界各国之立宪，没有一个不是人民所要求而得到的。"

奕劻提高了声音说："此风不可长。我不以为然。"端起茶杯示意送客。

沈缦云长叹一声说："釜水将沸，游鱼未知，天意难回，人事宜尽。"辞别出门。

双方的立场、观点都表达得十分清楚。一个是统治阶层中总揽大权的人物，谈话中处处透露出被迫做自己不愿做的事情那种无可奈何的心态。立宪在他看来是对人民的恩赐，想给你们就给你们，不想给你们就不给你们，想在什么时候给就什么时候给，不想给就不给，完全由他做主。一个在于追求政治体制的改革，为的是振兴国家，救人民于水火，但还不想用"非法"的手段，这种"非法"的手段不到万不得已决不使用。从双方这一席对话中,我们看出沈缦云原来倾向于维新的政治思想,但也就在这一席对话中,沈缦云已经面临了重作选择的时机。他最后两句话"天意难回,人事宜尽",表明他已决心另觅途径。这次请愿在沈缦云一生中是一件大事,对沈缦云舍维新而取革命具有关键性的作用。表现在行动上,则是他经于右任和叶兆崧两人介绍,宣誓加入同盟会,成为革命组织的一名成员。

同盟会,这一资产阶级民主革命组织成立于1905年,是由各大革命组织联合成立的。同盟会成立之后,有了明确的纲领,统一了全国的革命力量,决心推翻封建专制主义,为建立民主主义的资产阶级共和国而奋斗。沈缦云凭自己的社会地位和雄厚财力,对革命作出了一般人难以作出的贡献。沈缦云加入同盟会,标志着那时拥护立宪的人中间已经发生了分化,在他的影响下,一些资产阶级头面人物如叶惠钧、王一亭等也加入了同盟会。

沈缦云回上海之后,革命党人于右任继《民吁》报续办《民立报》,沈认股两万元,垫款三万元,对该报独负经济责任。当时同于右任一起在上海活动的还有邵力子、叶楚伦、马君武、宋教仁等人,《民立报》成为革命党人活动的指挥部。这时,沈缦云与宋教仁、陈其美、谭人凤等人一起筹备同盟会中部总会,发展组织,领导革命。宣统三年(1911),沈缦云与宋教仁、陈其美、谭人凤等人组织中国国民总会。这是个公开的团体,同盟会可以通过这个团体和东南一带的资产阶级取得较多的联系,不啻是同盟会的外围组织。

商团是中国资产阶级在城市里直接组织并加以控制的武装,初为行业性和区域性的,一般按照军队编制,成员主要是一般中小商人,领导人则从商会委员中推选,因此谁能控制商会,谁也就控制了商团。商会及其领导人的政治倾向也成为商团的政治倾向。在清末,由于资产阶级倾向革命,因此有些地方商团曾经参加反对清朝的斗争。光绪三十二年(1906),沈缦云出面组织上海市商业体操自治会,任会长。翌年,上海南市商业体操自治会联合商学补习会、商余学会、沪城体操会和沪学会体操部,合并成立南市商团公会,该公会推李平书出任会长,所需经费由各行业分担,不足之数由沈缦云负责筹划。这时。他受命为长江流域起义筹集款项,向国外购买枪支弹药。因筹划不密,枪支弹药运至香港时被英国当局没收。宣统三年(1911),沈缦云与宋教仁等发起组织全国义勇队,遭清政府勒令解散,改为全国商团联合会,沈缦云被推为副会长。他的这一连串或秘密或公开的活动,对上海的光复起了相当大的作用。孙中山在上海光复后赐予他亲笔题词"光复沪江之主功"的匾额。

沈缦云与上海光复

公元1911年爆发的辛亥革命,在中国社会全方位实现现代化艰难曲折的道路上,跨出了坚实的一步,它结束了两千多年的封建专制主义统治。当武昌起义第一声枪声响过,全国各地风起云涌,相继宣告独立,清朝政府土崩瓦解,再也无法挽救其灭亡的命运。上海由于其特殊地位,光复的影响远远超出其他地区。上海当时是中国同盟会中部总会的所在地,有一大批革命党人在那里长期进行革命活动;上海同盟会的中部总会又是同盟会在国内的最大分支机构,它和全国各地都有联系,相互传递信息,人员往来不绝。上海的动态在某种意义上说往往是其他各地的先兆。立宪派政治态度转变以后,也把他们的活动中心搬到了上海,和同盟会在上海光复中并肩作战。同盟会中部总会的负责人为陈其美,上海光复的主要领导责任落到了陈其美的肩上。

陈其美小时候当过学徒,以后又到日本去学习警察,结交革命党人,加入同盟会。他有丰富的社会经验,和上海青帮有密切的联系,自称是个"以冒险为天职"的人。1908年自日本回上海后,往返于上海、浙江以及京津各地,联络党人,准备起义。1910年,在上海创办《中国公报》《民声丛报》,宣传革命。同盟会中部总会成立后出任庶务部长,上海光复后出任沪军都督,后又与苏、浙各军首领组成联军会攻南京。沈缦云和陈其美有很深的友谊,陈的信中曾说到沈的关心和帮助,"有过于兄弟骨肉者"。上海光复前,沈任同盟会理财部干事,以银行为掩护,为筹划经费奔忙。上海光复后,沈出任财政总长,不遗余力为沪军都督府解决财政上的困难。陈其美在上海策划武装起义时,参与者除宋教仁、于右任、范鸿仙诸人外,沈缦云亦是其中主要的一个。沈缦云后半辈子的革命生涯是和陈其美分不开的。陈其美先在上海后又在江苏的革命活动,沈缦云也都参与其间。

当时在上海发动武装起义,同盟会所能运用的力量有这么几支:一支是同盟会组织指挥的中国敢死队,成员大多是学生,这是起义的基本队伍,可以视为同盟会的依靠力量;一支是陈其美等所联络的帮会分子,以及掌握在地方实业界手中的巡警;再有一支便是商团。如上所述,商团是分行业和地区的,但在这之上有商团公会,当时的会长是李平书。李平书和沈缦云向称莫逆,且沈和商团也有渊源,因此商团可能在起义时站到革命方面来,成为起义武装。在商团的转向上,沈缦云起了很大的作用。李平书后来参加起义,接受陈其美以军政府名义委托的民政总长一职,参加 11 月 3 日(农历九月三日)在沪南九亩地商团操场举行的誓师大会并发表演说,都和沈缦云平日的争取、联络工作分不开。可以说上海商团最后在武装起义中发挥重要作用,是沈缦云对上海光复作出的重大贡献。

但清廷这时在上海,无论是陆上还是海上都驻有相当数量的军队,如果不在政治上分化瓦解,促使其中大多数转变,起义要取得胜利还不是那么容易。好在起义的组织和领导者都各有自己的社会关系,早已派人联络。同时,当时全国革命形势高涨,人心思变,死心塌地愿为末代皇帝卖命的毕竟只是极少数。因此,驻军中有些指挥员也被争取到革命这一方面来了。

武装起义经过激烈的战斗终于取得了胜利。上海光复后成立了军政府(后称沪军都督府),公推起义的指挥者陈其美为都督。沈缦云被任命为财政总长。可是继光复而来的便是军政府巨大的财政困难,因为起义很仓促,来不及为胜利之后做好种种准备,但日常军事、行政的费用却需要开支。这时财政总长沈缦云发挥了他理财专家的作用。军政府决定成立中华银行,作为财政枢纽,发行军用钞及债券。在这之前,沈缦云的信诚银行已经垫支了一笔巨大的款子,约30万两。中华银行成立之后,陈其美命令沈缦云组织"南洋募饷队",到南洋向华侨各界募捐,后来因故未成行,由庄希泉代理队长。但庄在南洋募捐成功,是和沈缦云在那里的信誉分不开的,南洋华侨各界很多是仰慕沈的声誉而踊跃募捐的。

上海光复了,但清廷在长江流域的堡垒仍控制在清军手中,两江总督张人骏、江防军统制张勋都是顽固不化的人。如果不拔去这些毒牙,则无法确保东南沿海一带的革命新秩序。其时有新军九军徐固卿起义,在同盟会会员范鸿仙陪同下去上海与陈其美组织联军司令部,沈缦云用信诚银行的本票开出两万元作他的军饷。沪军参加攻打南京之役后,陈其美又要求沈缦云向上海商团借用快枪500支,这一刻不容缓的任务,沈缦云也出色地完成了。

中华民国元年(1912)4月,上海一部分同盟会会员组织中华实业银行,孙中山任名誉董事,宋教仁等37人为筹备委员,沈缦云和陆秋杰被推为筹备主任。陈其美称赞他"执事以忆测屡中之宏才,加惨淡经营之毅力……倡数千年来未有之盛举,放数十万里异常之光采"。对中华实业银行,沈缦云精心擘划,第二年正式开业,沈缦云被推任总经理。该行专以振兴实业、便利南洋各地华侨经营内地实业为宗旨,在吸收外来资金、开放经营、推进工业化上,发挥了很大作用。

陈其美对沈缦云在辛亥革命中所作贡献的评价很高,对他在理财中所表现出来的才干,期望也很高:"先生养气之暇,尚宜于建设上多所研究,以资国用。"

沈缦云死之谜

1913年3月20日，袁世凯派人在上海暗杀国民党代理理事长宋教仁，一时群情激愤，谣言四起。沈缦云对战友的牺牲十分哀痛，在4月17日国民党上海分部举行的追悼会上痛斥阴谋指使者卑劣的伎俩，他说："诸君要知暗杀宋先生非武士英，亦非应桂馨也。武受唆于应，应受唆于洪述祖，而洪述祖亦受唆于人。暗杀吾民之大奸不杀，论私谊何以对朋友？论公理何以对同胞？"

宋教仁被刺后，孙中山看清了袁世凯的反动真面目，力主武装讨袁。7月12日起，江西、江苏、上海、安徽、福建、湖南、四川先后宣布独立。黄兴在南京宣布成立讨袁军总司令部，自任总司令。陈其美任上海讨袁军总司令，设司令部于南市中华银行旧址。沈缦云积极参与讨袁的二次革命，帮助陈其美策划。7月22日，陈其美在给沈缦云的信中有这样一段话："……为制造局事，和平谈判，至再至三，尚难决定。实令人忍无可忍，容不能容。现已与袁兵约，如至今日下午六时再无确实答复，定以武力解决。惟需款甚亟，甚需仗为筹济5万元应用。切祷切盼。"沈缦云在二次革命讨袁之役中仍以理财的工作为保障供给出力。由于国民党在二次革命中缺乏明确的纲领，内部亦不团结，因此在袁世凯大举进攻之下陷于被动应战局面，最后宣告失败。孙中山、黄兴亡命日本，陈其美亡命日本后被悬赏5万元通缉，沈缦云挈眷逃亡大连，也被悬赏5 000元通缉。

是年冬天，孙中山在日本改组国民党为中华革命党。1914年1月29日，陈英士被任命为该党总务部长，和戴季陶奉命潜返大连秘密活动，打算在那里设立机关，以便联络东北各省的反袁力量，继续讨袁。沈缦云参与了他们的密商，以大连为基地，开展革命活动。这时，陈其美因奔忙过度，肠胃病复发，不得不返回东进医院治疗。他在医院中给沈缦云写了一封情深意长的信，表达了他对沈缦云的友谊，同时对沈缦云在东北的活动寄予厚望。陈其美还把陈中孚介绍和他相识，说孙中山对将来东北吉林省经济的开发颇为留意，而陈中孚熟悉吉林省各方面的情况，希望他们多多研究实业建设方面的问题。

那时袁世凯的势力虽然不能控制东北，但他的爪牙密布，所以革命活动受到很大限制。革命党内也有少数见利忘义之徒，受袁金钱收买，向袁告密。陈其美在大连期间，曾有意创办一份报纸，以此作为宣传阵地，制造反袁舆论。沈缦云以前和于右任等一起办报有经验，这个任务自然非他莫属。沈缦云到达大连以后，经常与当地的工商界、教育界、新闻界、宗教界人士接触，原来同盟会时期的战友也常有来聚者，因此难免有所暴露，行踪终于为袁所侦悉。袁觉得这是对他帝制阴谋的一大威胁，如芒刺在背，非拔除不可。对此，沈缦云的孙子沈云荪有较为详细的叙述："袁世凯收买国民党叛徒，自称同盟会会员叫张复生者……并称奉天有一报馆出盘，其宜办报之用，作为宣传机关。沈缦云被邀往奉天，观察设备，以便接办。沈缦云乘火车回大连时，张复生殷勤设宴饯别，沈缦云回到大连寓所就头晕呕吐，四肢麻木，全身抖颤。急延医生中村诊治，谓系烈性食物中毒，已难挽救，待到天明，于1915年7月23日抱恨去世。享年四十八岁。"

沈缦云之死因，一般书中都只提到食物中毒，因此给后人造成一个谜。其实他被谋害是十分容易推断的。可以作为根据的是下面几条：沈缦云在大连进行革命活动，接触的都是社会上层人物，身份是半公开的，在特务遍天下的袁世凯统治时期，他的活动难免为袁侦悉。事情固然有偶然性，但沈缦云的食物中毒和张复生的饯别紧紧相连，张复生在其中下毒，可能性是很大的。张复生这个人接近沈缦云，且投其所好，是受袁世凯唆使的特务分子，也完全是可能的。沈缦云之死和宋教仁之死，都是在袁氏无法直接控制的地区之内，他只能用暗杀这种极不光彩的手段。根据上述种种，我们可以断定沈缦云之死是袁世凯暗害的，因此并不是个谜。沈云荪所叙述的经过,虽然并没有说清楚资料来源,但出诸沈缦云后裔,应该是可信的。沈缦云之死在社会上和国民党内引起很大的震动。祭文中说:"亡清季年,呼号奔走,濒死者三,终督沪右。"戴传贤在给陈果夫的信中说:"……至于致死之由,传贤虽未目睹,然十之八九属于毒害。"陈果夫在回忆录中说:"……我所认识而能思念得到的上海老商人,只有沈缦云……给我们的助力,可说是真正好的。"胡汉民在挽词中说:"其死也哀,知君最深者莫如英士,而英士已殉国矣!斯世殆无人能白君之志者,悲夫!"他们对沈缦云一生革命活动的评价是相当高的。

结 论

沈缦云一生由儒生而商人,而爱国者,而资产阶级革命家,其思想演变和中国社会进入近代以来经历的洋务运动、维新运动、资产阶级革命几个历史阶段的递进是完全合拍的,应该说他是随着时代的进步而不断进步的。他之所以能够不断地跟随时代前进,在于他能在不同的历史阶段从正面接受时代思潮的精华,并加以弘扬。譬如他在儒生的时期,对孔孟儒学,吸收了它"勤学""创业"的精神。在处理个人与国家、民族的关系上,学会从修、齐、治、平一步步做起,达到"以天下国家为己任",做一个"志士仁人"。这种"志士仁人"体现了"无求生以害仁,有杀身以成仁"的高尚品德。在处理人与人的关系上"求诸己","躬自厚而薄责于人",把自己修养成为一个言行处处合乎规范的君子式的人物。当弃儒从商后,他对待义与利的关系,掌握"以义制利"原则,他并非不讲利,但获利要合乎原则——义,违反义的事情是不干的。"非其道,则一食不可受于人;如其道,则舜受尧之天下,不以为泰。""义以为上"使他"兴学""乐业""乐群",出钱为社会办了许多慈善事业。他是一个爱国主义者,他热爱自己的国家和民族。他弃儒从商正是那个时代一部分先进人士提倡"商战",提倡"实业救国"思潮的反映,但他并不把"忠君"

和"爱国"看做是一回事情。他深信"天视自我民视，天听自我民听"，一切要从人民的利益出发。如果一个国家不能保障人民的生存和发展的需要，人民有理由"弃之如敝屣"。他在立宪和革命之间终于作出了抉择，走上了革命的道路，最后为了革命的利益"杀身成仁"，完成他作为资产阶级革命家的事业。他看到了民主、自由是世界的大潮，封建专制主义早已成为历史，国家要获得独立、富强、繁荣，舍去从制度上加以彻底改革这一条路，没其他的路好走。沈缦云一生虽然不从事理论探究，也无著作传世，但他用自己的一生忠诚地实践了追求民主主义的理想。

（选自王赓唐《试论无锡历史人物》，无锡市史志办公室编印）

新文化新教育的
先行者裴廷梁

顾一群

　　裴廷梁是新文化新教育的先行者之一。裴廷梁,字葆良,民国后改名可桴。清咸丰七年(1857)生于无锡城内沙巷。父裴少韩,曾任河南林县知县。祖母周氏很有学问,对裴廷梁督教甚严,使他自小就养成了勤奋读书的好习惯。后从龚叔度学习。龚是一位学者,主张学问要经世致用,学习西方的富国强兵之术,对裴廷梁影响很大。

　　裴廷梁年轻时就相信科学,反对迷信。25 岁时,天空中出现了彗星流于东方的天象,人们都认为是不祥之兆,将有兵、旱之灾。裴廷梁认为这种说法实属"荒唐",他在《长星歌》中写道:"兵旱必有因,岂尔能主张?""方今可忧之事满海滨,小儒咄咄乃独忧长星。"

　　清光绪八年(1882),裴廷梁应江南乡试中举,后赴京会试落第。他这时已逐渐地感觉到僵化的八股文无补于世,只是一些读书人追名逐利的工具。因此,他绝意于科举,转而留意西方政治和自然科学,思想逐渐倾向于维新。当时,腐朽的清廷在帝国主义列强的侵略下,屈辱地签订了一个又一个不平等条约,国家面临被瓜分的危险。洋务派头号人物张之洞提出"中学为体,西学为用"。一时"体用"问题成为思想界新旧两派人物争论的焦点,纷纷发表意见。裴廷梁站在维新的立场上，热情地宣传新学。他一方面痛斥那些冥顽不化的守旧派，指出他们"闭关可以自守，稽古可以自强"的论调，是自取灭亡；一方面也反对"中学为体，西学为用"的主张，和当时的新派人物一样，反对分裂"体用"，说"有牛之体，然后有负重之用，有马之体，然后有致远之用，未闻以牛为体，以马为用也"。他对当时的教育思想和教育体制也发表自己的主张，大声疾呼，反对年轻人"习八股，作试帖，写白摺，逐队应试以求荣"，认为应该让他们"注重'西算''西文'，以此为求知之钥，打开向西方学习之门"。他再三呼吁，只有"倡导西学，造就人才"，才能使我国的物产大盛，兵威大张；否则，在帝国主义侵略面前，只能"彼为刀俎，我为鱼肉"。

裘廷梁是赞成并提倡变法的。光绪二十二年（1896），梁启超在《时务报》上发表了《变法通议》的长篇文章，裘廷梁立即写了《西益赠梁卓如》一文加以推崇，盛赞梁启超的变法是"为国求益"。他说："人为之法，适于古不必适于今。《易经》曰：'惟变所适，适则通，通则久。'"他还说，现在的人可以了解古代的情况，古代的人是不能了解现代情况的，用古代人的知识规范现代人的行动，这怎能不使国家受其弊而衰弱呢？

对于语言，裘廷梁主张用明白易懂的白话文代替佶屈聱牙的文言文，以便于广大民众能够迅速掌握知识。他在光绪二十三年（1897）建议《时务报》经理增办一份白话文报纸，未被采纳。他便要他的侄女裘毓芳用白话文翻译了《格致启蒙》一书，要他的侄孙裘剑岑用白话文翻译了《地球养民关系》一书，这两本通俗的自然科学读物出版后，对宣传科学和提倡白话文起了一定的促进作用。

光绪二十四年（1898），严复翻译的《天演论》正式公开出版，震动了当时的思想界，起到振聋发聩的作用。"物竞天择"的学说，告诉人们唯有自强才能求得生存，才能立足于当代的世界，否则就会被自然淘汰。裘廷梁热情地赞誉它是一部"足箴膏肓而起沉疴"的好书，向世人推荐。

同年(1898)四月一日,裘廷梁在无锡创办了《无锡白话报》,他在序言中说,"天下万事万物,皆生于民,成于民",因此"谋国大计,要当尽天下之民而智之"。他认为,要使民众都能得到知识,就必须广兴学校,如果一时做不到可以先办报纸来传播知识,而为了要使人人都能阅读报纸,就必须用白话文体来办报。在序言中,他还期望当时18个行省的每一个县,都能像无锡一样,办一张白话文报纸。

《无锡白话报》开始5日刊,用木活字毛边纸印刷,每份十数页。后来该报为避免被人误解为无锡土音白话报,从第5期起,改名为《中国官音白话报》,并将5日刊改为半月刊。《无锡白话报》曾刊登了《日本变法记》《俄皇彼得变法记》等一些介绍其他国家变法的文章,译介了许多科普作品,对于当时宣传维新思想、普及科学知识起了一定的促进作用。

裘廷梁大力倡导白话文,不仅创办了《无锡白话报》,还建立了白话文学会,并准备筹办白话文书局。他还建议官府文书应使用白话文,在学校中推行白话文体。他的这些主张受到了钱基博的反对,钱说,"白话兴,文言废,文学必亡"。钱还认为,一个人要写好白话文,必须先学好文言文。做起文章来,白话文不能给人带来方便。裘廷梁和钱基博多次通信,对这些问题反复讨论,他说文字只是一种工具,古文就好比古代的器具不能适用于今天一样。他还以书法的演变过程(篆变为隶再变为楷)为例,解释用白话文代替文言文,不但不会使文学衰亡,反而能促进文学的兴盛。

《无锡白话报》是我国最早的白话报刊之一,在戊戌政变、维新运动失败后被迫停刊。

光绪二十七年(1901),裘廷梁支持竢实学堂的开办。竢实学堂是我国最早教授外文的小学之一。裘廷梁负责无锡学务后,又支持兴办了三等学堂和东林学堂,延请了吴稚晖、俞仲还、秦鼎臣等一些著名教师讲授新学。学堂课程除国文外,还有外文、数理、史地、工艺等。对于学校教育,他主张德育、智育、体育、美育要并重,不能偏废。当时,无锡的教育走在江南各县的前列,受到了清政府的褒扬。这一年的夏天,杨荫杭自日本回锡度假,与裘廷梁等人创建了励志学会,参加学会的有三四十人,裘廷梁被推为会长。励志学会在竢实学堂讲授新知识并宣传反清革命思想。后为清廷侦知,杨荫杭避走日本,励志学会停止活动。第二年,杨荫杭于日本学成回国,再与裘廷梁等人在无锡组织理化研究会,研究自然科学,并在暗中继续进行反清活动。

光绪三十年(1904),无锡成立锡金学务公所,由裘廷梁主持。在此之前,竢实、东林及三等学堂被人捣毁。学务公所除积极恢复这些学校外,还在城区设立了四城小学、乐歌补习所和初等师范学堂等。经过学务公所和热心教育人士三年的努力,无锡城乡办了数十所学堂,入学人数由最早的七八十人增加到2 800余人。

裘廷梁重视并全力提倡普及教育,进而呼吁兴办师范、培养师资。同时他要求地方当局在财政支出中增加教育经费,并亲自向工商业户筹募教育款项。

辛亥革命成功,11月6日无锡光复,裘廷梁出任锡金军政分府民政长。他就职仅三天,就辞职去上海,改名为可桴,取《论语·公冶长》"道不行,乘桴浮于海"之意。锡金军政分府组成成分复杂,裘的辞职与此有关。

民国以后,出现了军阀混战的局面,裘廷梁对此十分愤慨,他曾经写下这样的诗句:"盈野尤劫血,摩霄虎豹嗥。两废惟鹬蚌,渔父兴方豪。"期望军阀停止内战,谋求国家统一,共同对付虎视眈眈的帝国主义。

苏联十月革命成功后,宣布废除对我国的不平等条约,裘廷梁高兴地写信给当时在北洋政府工作的无锡籍人士杨荫杭,主张立即与苏联缔结商约。他在信上说:"俄人主张平等条约,排斥帝国主义,近方尊重吾国民意……",应尽快缔结"中俄商约"。为了取得舆论支持,裘廷梁还把这封信公开刊登在《锡报》上。

裴廷梁对民国以后一些革命人物的思想"开倒车"非常不满。如曾经与他一同钻研科学、参与反清革命的俞仲还竟醉心于扶乩，还创办了《灵学杂志》，再三要求裴廷梁为这本杂志撰写序言。裴廷梁断然予以拒绝，他用战国时虢公听命于神乃至亡国的事例劝说俞仲还不要迷信鬼神，"此事公提倡不过数月，沪锡两地，乩坛竞起，虽平昔钻研科学之人，亦复醉心幽冥，自阻进步，仆诚私心痛之"。

裴廷梁对于和政治上的反动倒退相配合的一股复古思潮逆流更是十分愤慨。当时，有些人以维护我国五千年古有文化为幌子，尊孔读经，名之曰"国粹"。为此，裴廷梁于1931年2月撰写了《国粹论》这篇著名论文，文章指出：我国早在没有文字之前，先民们为了生存需要，"烁金为刃，凝土为器"，就开始在研究自然了。到了春秋战国时代，我国就有不少学者研究格物致知之学。只是到了汉代以后，学者埋头于儒家经典的笺注，宋代以后，理学大昌，学者空钻明心见性之说，因此格物致知的对象被曲解了，才使这一学说逐渐失去了原来的本义。由此可见，自然科学也是我国古已有之，也是"国粹"。今天西方的格物致知之学走在我们前面，称为西学。尽管如此，只要它有益于民，有益于国，我们去认真学习它并没有任何害处。他还指出，文化是可以"互相传染"的，不能把西学说成是"文化侵略"。他批驳那些认为学习西学是盲从的人们，反问他们说，照这样说，因为学习西学而强盛起来的日本和苏联是否都成了盲从的国家了？裴廷梁的这篇论文引起当时人们的极大兴趣，上海、无锡的一些报刊竞相转载，电台也进行广播。虽然文章的内容比较肤浅，和当时有关传统文化问题争论相比，学术水平是显得低了些，但论文表达的一些观点，说明作者是站在进步的一面的。

1932年，裴廷梁已是75岁的老人了，他对当时日益严重的民族危机忧心如焚，再三呼吁："寄声睡狮子，勿再闭双瞳。""睡狮庶速醒，国于天地间。孱弱必无幸，虎视方眈眈。"他出于民族自强的动机，要求国民党当局振兴和保护实业，"窃愿吾政府研求加增生产之法,讨论减轻成本之方,保护而维持之,俾免风雨飘摇之感,藉收抵制外货之功。近今数年,商力凋敝,不得已,则皆假借外债,勉自支持,而某某两大纱厂,已折于日人之手,卧榻之下,眈眈虎视,乘机兼并,无有已时。"他呼吁国民政府加快发展科技,以加强国防:"于今自卫需科技,未雨原应早自谋。"可是,当时的国民政府高唱"安内必须攘外",正忙于内战,妄图消灭共产党和一切进步势力,坐视国土沦丧,山河破碎,民族危机日深。裘廷梁振兴实业、发展科技的呼吁自然不能见诸事实。

1937年7月7日,抗战爆发,当年10月上海沦陷后,裘廷梁悲愤地描述当时的沦陷区是"野戍悲猿鸣,凄风带血腥"。他希望能有岳飞这样的忠臣良将"叱咤如闻王怒呼",收复河山。可惜,裘廷梁未能看到祖国山河的全部光复,于1943年12月8日病逝于上海,终年86岁。

参考文献:

[1] 丁福保:《可桴裘先生家传》。

[2] 裘廷梁:《可桴文存》,无锡裘翼经堂版,1946年铅印本。

(选自《无锡历史名人传》第3辑)

为时代洗涤污泥浊水

——老同盟会会员肖涤时

肖栋全

清光绪八年（1882），肖涤时诞生于锡南雪浪山下横山村一户普通农民家里。20 年后，这位血气方刚的肖氏无锡始迁祖十八世孙干出了一番彪炳史册的事业。他主张振兴中华，力主推翻清王朝；他积极参与组建横山同盟会，为辛亥无锡光复作出了不可磨灭的功绩。

肖涤时（1944 年摄）

一、更名

肖涤时把姓名看做行动的宣言。

肖氏历朝历代在文化上多有建树，获得相当成就的人很多。从远的说，单盛唐一朝，就出了 8 位宰相；就近处看，在明清时期，小小的横山村上，秀才举人好似雨后春笋。肖涤时的父辈，期望自己的儿子好好读书，求个功名利禄，光宗耀祖，因此给儿子起名为"迪时"，意为对时代对国家作贡献。

事物的发展往往与愿望有违。当肖涤时幼小的心灵好似一张白纸，正好可以描绘最新最美的图画时，19 世纪初期封建社会的现

肖涤时书法

实，给他的心灵蒙上了阴影。

横山村西雪浪山下有一座横山寺，是建于宋代的有名古寺，寺中藏有不少文人墨宝，其中有沈周的《碧山吟社图》，还有吴宽、邵宝等的真迹。但传至肃成和尚主持寺务时发生了变化，肃成和尚爱虚荣、爱钱财，常常张扬珍藏着的诗画和珍宝，一些见宝眼开的有钱人与肃成和尚狼狈为奸，不多时，古寺的宝藏烟消云散，荡然无存。年幼的肖涤时看在眼里，痛在心头，但势单力薄，无力回天。

在无处可诉的旧时代，怎么办？肖涤时便开始学习绘画，练习书法，想尽一己之力，为古寺恢复一点文化元气。继而，在幼小的心灵深处，为了与时代弊端决裂，他悄悄地把"迪时"更名为"涤时"，意为要荡涤这封建时代的污泥浊水。从此以后，肖涤时以大无畏的精神，用这个响亮的名字在社会上交往。

肖涤时是位尊敬长辈的人，当他后来真正成了无锡小有名气的书法家后，好多族人请他写对联，他都欣然命笔。但他常用的署名仍然是"族兄（弟）迪时书"。这又是什么原因呢？他说过，乡亲乡里,还是用乳名为好。这表明了他尊重长辈,不忘父辈给他起名的初衷。

二、启蒙

无锡第一个革命党人是留学日本的杨荫杭。杨荫杭1878年出生,长肖涤时4岁。杨在日本参加过维新志士唐才常发起组织的自立会。1901年,杨荫杭回国,在无锡竢实学堂发起组织励志学会,集合地方进步的知识分子40多人,演讲民族民主革命大义。年仅19岁的肖涤时,经友人介绍在那里听到了最早最新的革命舆论,茅塞顿开。与此同时,肖涤时又读到了当时知识界最为活跃的进步人士秦效鲁主编的《江苏》杂志,更使他视野开阔,认清了方向。这些可说是天时,对要求进步的肖涤时来说是巨大的推动力。除了天时,肖涤时还拥有地利,因为雪浪山就在身边。雪浪山是无私的,供仁人志士们去赏玩。雪浪山早在宋代就是无锡的名山,无锡历史上第一位状元蒋重珍就是在那里读书后金榜题名的。因此,它吸引着历朝历代的文人在那里流连忘返。生于斯长于斯的肖涤时,极尽地主之谊,与游寺的文人们热情交往。开化乡的一些知识青年,如鲍家庄的鲍少颂、珲嶂的张孟修、杨墅园的朱视民、吴塘的陆伯庚与钱国钧等等,受肖涤时之邀,常前往相聚。他们在蒋子阁上缅怀先贤,在独露堂里研读诗文,在宋枫下议论时事,在大悲殿下结拜兄弟。

光绪三十一年(1905),孙中山在日本领导兴中会,联合华兴会和光复会,确定了"驱逐鞑虏,恢复中华,建立民国,平均地权"的资产阶级民主革命政治纲领,提出了"三民主义"学说。当这些信息传到常在雪浪山上聚会的热血青年中时,似干柴遇烈火,一点就燃。一个破天荒的革命组织就在雪浪山下孕育着,当得到无锡有名的进步人士秦效鲁的支持后,便顺利诞生了由7名青年组成的组织,最先起名为光复会开化乡地方分会。后来得到信息,孙中山已把光复会改组为同盟会,这个组织便正式定名为"横山同盟会"。由鲍少颂、张孟修负责对外联络(鲍少颂主要与南京联络、张孟修与无锡城中的秦效鲁联络)，肖涤时任秘书，具体负责召集会议、安排会员食宿等事务。肖涤时在肖氏族中发起募捐，在蒋子阁楼梯半腰平台下修了个夹层，可容两个人藏匿，另在雪浪庵大佛殿下建了两米宽、四米多长的隐蔽处，供同盟会会员开会及暂宿。从此，横山同盟会有条不紊地开展着工作，迎候着改朝换代风暴的到来。

肖涤时当了横山同盟会的秘书后，常利用横山寺作掩护，直接与黄兴、孙中山等革命先驱联系，经常有书信往来。肖涤时常常是书信的执笔者。

三、点火

1911 年 11 月 3 日，上海起义爆发。5 日，苏州光复。秦效鲁于11 月 5 日晚在小娄巷的私宅召集无锡各同盟会联络员会议，商议光复无锡事宜，横山同盟会的张孟修应邀出席。参加这次会议的有钱鼎奎、吴锦如、孙保圻、蔡容等。会议通宵达旦。6 日晨，秦效鲁率领全体与会同志进城中公园，登上多寿楼阳台，以无锡市议事会名义向各方紧急通知，号召光复无锡，废除清朝宣统年号。

会后，横山同盟会的张孟修和钱国钧率领一批敢死队员，前往无锡县衙和金匮县衙。无锡知县孙友萼、金匮知县何绍闻识时知趣地交出了大印，灰溜溜地离去。就这样，革命党人未动一枪一弹，无锡便全城光复。消息传至肖涤时正在服刑的狱中，肖涤时站在铁窗前临风怀想，感慨万千。

肖涤时面对铁窗泰然自若，无怨无悔，他在冰冷的监牢里埋头读书、绘画、练字，不怕寒暑，坚持不懈，诗文画皆大有长进。他的所作所为感动了当时的无锡县衙，三年不到就被提前释放。无锡县衙想请他在县衙内搞文书工作，肖涤时毅然拒绝，回到了横山，全心全意投入革命工作。辛亥革命的胜利，给了他莫大的鼓舞，他急待壮大同盟会的实力。他想到了湖南的湘江之滨，那里的农民运动蓬蓬勃勃,革命人士志同道合,人多势众;想到同盟会与商会相比,人力、财力等方面相对薄弱,加上缺乏群众运动的经验,尤其是过分因袭老同盟会的秘密小团体作风,缺乏群众基础;想到北洋当局搞复辟,否认革命,恢复在无锡的封建统治,设县知事公署,由北洋政府派遣无锡县知事张鹏前来上任,同盟会在无锡的执政局面仅一年就结束了。肖涤时忧心忡忡,但并不沮丧,从此,他改用"肖湘"为名,以湘水老乡为榜样,为革命事业前仆后继,再接再厉。同时,他作好了思想准备,一旦退隐便上山作樵,自号"雪浪樵髯"。辛亥革命后,他便以"涤如"或"肖湘"之名,"雪浪樵髯"之号,频频在他的字画上亮相,表达了一位老同盟会会员的心声。

四、善后

辛亥革命后,中华民国南京临时政府制定《壬子学制》,确立了新的教育体制。无锡城乡又一次兴起了办新学的高潮,在校生增加到 8 700 多人。此时的肖涤时兴高采烈,他觉得自己又有了用武之地,便全身心地投入到教育事业中去了。

在新文化运动的影响和五四运动的推动下,"科学"和"民主"成为无锡教育界的两大旗帜,教育界思想解放,办新学的热情高涨。肖涤时积极参与创办新学,尤其是对肖氏私立烧香浜国民小学、敦睦中学以及横山小学等,倾尽了心血,认真制定规程,推行班级授课制,初等教育率先开设修身、国文、算学、体操、图画、唱歌 6 门必修课,高等教育设修身、国文、历史、地理、理化、博物、算学、图画、体操、唱歌、英文等 11 门必修课,冲破封建牢笼,学习西方教育理念,使无锡新学步入了近代教育的快车道。

抗日战争时期,我国遭到日本军国主义的野蛮摧残。无锡沦陷后,敌伪在中小学推行奴化教育,强制开展"新国民运动",肖涤时挺身起来反对,自编教材,结合家乡的风土人情,给学生灌输爱国、爱乡、爱人民的教育,获得了广大师生的热烈拥护。

　　肖涤时因火烧邪僧广莲和尚坐了牢，在牢中得了哮喘病，到晚年病得十分严重，一步一喘，十分痛苦。但他仍坚持去烧香浜敦睦中学教课。从南横山到烧香浜有1里路左右，他走走停停，足足要走上一个小时，但他风雨无阻。校长实在过意不去，给他找好了代课老师，但肖涤时仍不放心，悄悄地又出现在教室里。人们用"春蚕到死丝方尽，蜡炬成灰泪始干"来形容他，一点也不为过。

　　1947年6月，这位经历了辛亥革命考验和8年抗日战争洗礼的老同盟会会员的心脏停止了跳动。他一生坚持正义、献身革命和教育事业的情怀，似雪浪山上的苍松翠柏，万古长青。

女中豪杰吴芝瑛

顾一群

清末民初,出了一位著名的才女、侠女——吴芝瑛。她,支持并帮助鉴湖女侠秋瑾投身革命,秋瑾牺牲后她又冒着被株连杀戮的危险收葬秋瑾骸骨;她,在二次革命讨袁时上书袁世凯要求其下台以谢国人。有人称她"一纸书使阿瞒褫魄,千古恨为秋瑾招魂"。

女中三绝　爱国情深

1898 年冬,江南已是莺飞草长,北京依然寒砭肌骨。一辆从运河码头驶来的轻便马车停在南半截胡同廉府门前,从车上走下一位30 岁左右"体态娇小的女人,花容月貌,非常漂亮"[1],她就是在安徽、江苏一些地区有着文、诗、书"女中三绝"之誉的吴芝瑛。她身披一袭玄色披风,莲步姗姗,向迎上前来的丈夫、户部郎中廉泉走去。

吴芝瑛是桐城派著名文人吴汝纶的侄女,1868 年(清同治七年)出生于安徽桐城。父亲吴康之(鞠隐)曾任山东郓县、信阳等县的知县,与时任利津、齐河等县知县的无锡人廉仲高有同僚之谊,且有着相同的文学爱好。吴康之得知廉仲高子廉泉(南湖)文才人品出众,遂将女儿芝瑛相许。

吴芝瑛幼承家学,"读书辄过目成诵,历久不忘","及长延师以读经书深晓大义,讲授一过,自能洞究傲奥,又好吟咏……博览群书,尤嗜唐宋诸大家诗文及法帖,虽严寒酷暑,未尝释卷,偶有所作,宿耆名儒见之,辄赞赏不置"[2]。19岁出嫁,居无锡水獭桥。丈夫廉泉受家学熏陶,勤奋聪慧,16岁就中了秀才,26岁中举,第二年(1895)赴京会试,金榜题名。1897年,被任命为户部郎中(相当于现在的财政部司长),次年接吴芝瑛入京。是时,我国已面临危急存亡关头,帝国主义列强加紧其瓜分我国疆土的步伐。热爱祖国的廉泉早在会试前就参与了以康有为为首的千余名举子的"公车上书",要求清廷拒绝签订丧权辱国的《马关条约》和进行变法。在任户部郎中后,眼见从各省缴来的向百姓榨取的白银源源不断地流入帝国主义列强手中,作为其侵略的所谓"赔款",以及用于皇室和王公贵族们的无度挥霍,他内心忧愤但又无可奈何。他的思想渐渐由赞同变法转而倾向革命,阅读了大量进步书刊,结识了一些革命党人,这对满腹诗书、深明大义的吴芝瑛自然有着深深的影响。

吴芝瑛入京后,可能由于苏、皖在京官员的宣扬,她的才名不久就传闻京师,每日都有人上门求书,慈禧也把她召入宫中,命她挥毫赋诗,对她的诗和瘦金体书法颇为赞赏。

吴芝瑛在京经历了维新变法和慈禧政变,耳闻了帝国主义列强在一些地区的横行霸道、侵略扩张,阅读了廉泉带回的许多革命进步书刊,她越来越不满清廷的腐败无能,越来越憎恨列强的无耻残暴。1900年,英、美、德、法、俄、日、意、奥八个帝国主义国家为了镇压义和团运动,密谋瓜分我国,组织联军侵略我国,全国军民奋起抵抗。吴芝瑛不顾妇女不能抛头露面的封建礼教,毅然走上街头,书写对联义售。京城士林素慕其才名,闻之纷纷前来,对联一落笔即被等候者抢走。吴芝瑛日日写得臂酸腰疼,废寝忘食。一连几天,书写联语数百幅之多,见诸《清朝野史大观》的即有:

国不能破,家不能亡,卫中华汉满蒙回藏同仇敌忾;

妻岂可离,子岂可散,保家乡工农兵学商众志成城。

振中华,掌政须似秦皇汉武;

斗洋寇,挥戈应如继光则徐。

阎王那里,何不锁拿魑魅魍魉犯边鬼。
天兵何在,岂能放过琵琶琴瑟砍头王。

挺起! 挺起! 四亿病夫快挺起!
醒来! 醒来! 百万雄狮快起来![3]

从以上联语中,人们感受到吴芝瑛烈火般的爱国热情和对入侵列强的满腔仇恨。

腐朽的清王朝当然不可能如吴芝瑛希望的那样奋发图强,他们在侵略者面前仓皇弃京西逃,致使千年古都陷于八国联军强盗之手,兽兵焚烧抢掠,诸多名胜古迹毁于一旦,无数珍宝文物被抢掠一空。不久清廷即屈膝求和,与列强签订了又一个丧权辱国的《辛丑条约》,仅其中一条所谓赔款即被列强夺去白银4.5亿两。国库空虚,清王朝于是用增加各种货物税收的办法从百姓身上压榨,致使贫苦的百姓陷于更加饥寒的境地。吴芝瑛愤而上书清廷,提出采用"产多则多捐,产少则少捐,无产则不捐"的"国民捐"来代替普加物税的主张。她的主张得到平民百姓的普遍赞同而遭到权贵富商的齐声反对,自然不会被清廷采纳。吴芝瑛和廉泉日益觉悟到清王朝已腐朽到不堪扶持,从而在思想上更加同情和倾向革命,与孙中山、苏曼殊、吴禄贞、徐锡麟等革命党人有了结识和交往。

1902年夏,清廷驻日公使蔡钧勾结日本警方,拘捕吴稚晖、孙寒崖等革命党人。吴芝瑛闻讯后,驰书在日本的叔父吴汝纶设法营救,吴稚晖等人得以释放回国。吴芝瑛曾手书一联赠送吴稚晖:

民族即中华,强族不强一家姓字;
祖国属大众,救国不救满清王朝。

从这副联语中,人们不难看出此时的吴芝瑛与当时革命党人提出的"驱逐鞑虏,恢复中华"的口号在思想上已完全一致了。

倾向革命　义葬秋瑾

1902 年秋天，一个阳光明媚的上午，廉泉、吴芝瑛家中来了一对刚刚来京的夫妇，男的是新任户部主事王庭钧，女的是他的妻子秋瑾。主事是郎中的下属，王庭钧上任自然首先要拜会上司。陪同廉泉接待这对夫妇的吴芝瑛，见小她约八九岁的秋瑾神采奕奕的双目中透露出一股英气，妩媚中有着男子般的刚强精神气概，一下子就喜欢上她了。在廉泉向王庭钧介绍户部情况时，吴芝瑛邀请她到书房叙谈。

秋瑾走进廉泉、吴芝瑛共用的书房，只见四壁立满了书架，摆放的除线装的经、史、子、集、碑帖和字画外，还有许多机印、洋装、出版不久的中外书籍和期刊。秋瑾走近一瞧，其中有不少是她渴望已久的"新学"书刊，有陈天华的《醒世钟》、卢梭的《民约论》译本，等等。两人坐定后叙谈了一回家常话，话题就转到了"新学"和"国是"，谈到了庚子事变、洋兵入侵、辛丑条约……完全不是闺阁中的裙钗叙话，而是忧国忧民志士的激愤交谈。两人越说越投机，秋瑾提出，若蒙不弃，愿义结金兰。吴芝瑛一口应允，并走向书案，挥毫写诗一首：

> 客地邂逅喜同思，两心相悦说书痴。
>
> 霜节但效林和靖，孤山林下独栖枝。

写罢将笔递与秋瑾，秋瑾略一思索，下笔如飞：

> 曾因同调访天涯，知己相逢乐未偕。
>
> 不结生死盟总泛，和吹埙篪韵应佳。
>
> 芝兰气味心心印，金石情怀默默谐。
>
> 文字之交管鲍谊，愿今相爱莫相乖。[4]

两人重新坐定后，吴芝瑛闻知秋瑾夫妇尚未找妥住所，遂提出自家西院尚有一套厢房可以安身。秋瑾自然十分高兴，这样姐妹可以旦夕相聚。

王庭钧原是一纨绔子弟,主事一职尚系花钱捐官得来。秋瑾父亲秋寿南任湖南厘金局总办时,许下了这门婚姻,婚后两人一直感情不和。王庭钧任职不久就故态复萌,经常寻花问柳,彻夜不归。秋瑾劝说无效,夫妻经常口角。有时王庭钧恶语相向,甚至动手殴打。秋瑾愤恨已极,在盟姐面前吐露欲离开王庭钧寻求革命的心声。吴芝瑛虽受儒家教育,却丝毫没有受封建礼教束缚,给盟妹撰写联语一副以示支持:

　　　　貌合神离,有距离难成眷属;

　　　　同床异梦,无缘分何必夫妻。

　　后来,秋瑾了解到许多有志革命青年去日本留学,决定离家赴日。吴芝瑛当然支持,助其旅资学费,并由丈夫廉泉去信给在日本留学的五弟廉砺卿为其"照料一切"。秋瑾临行时,吴芝瑛又在陶然亭为其设宴钱行。临别依依,吴芝瑛书赠联语相勉:

　　　　离经叛经,贤妹愚姐心心印;

　　　　出国救国,天涯海角默默谐。

　　秋瑾也含泪为盟姐写下了一阕《临江仙》:

　　　　把酒论文欢正好,同心况有同情。《阳光》一曲暗飞声,离愁随马走,别恨绕江城。　　铁画银钩两行字,歧言无限叮咛。相逢异日何能凭? 河梁携手处,千里暮云横。

　　秋瑾到东京后,结交革命人士,参与反对清政府的活动,发起组织了以反清为宗旨的"共爱会""十人会",参加了光复会,后来经黄兴介绍见到了孙中山,加入了同盟会,被推为同盟会浙江省主盟人。

　　秋瑾赴东京时,吴芝瑛与廉泉已看透了清政府无可救药的腐朽本质,廉泉辞去郎中职务,举家南下,于上海创设文明书局,并在曹家渡卜宅居住,额其屋为"小万柳堂"。

　　1906 年,秋瑾回国,至上海拜会盟姐,畅谈别后一切。吴芝瑛对其在东京的革命壮举赞慕不已。秋瑾从日本带回倭刀一柄,在痛饮盟姐为其洗尘酒后,拔刀起舞,边舞边吟唱起了她写的《宝刀歌》和

《剑歌》。吴芝瑛的小女儿廉研泉拉起了手风琴，和着歌声的节拍，流淌了一串串豪迈的音符：

> 世无平权只强权，话到兴亡眦欲裂。
>
> 如许伤心家国恨，那堪客里度春风。
>
> （《剑歌》）
>
> 不惜千金买宝刀，貂裘换酒也堪豪。
>
> 一腔热血勤珍重，洒去犹能化碧涛。
>
> （《宝刀歌》）

秋瑾舞罢，将刀插入鞘中，接过吴芝瑛递过的汗巾，抹去额上的汗珠，对吴芝瑛说她准备创办《中国女报》："吾欲结二万万大团体于一致，通全国女界声息于朝夕。使我女子生机活泼，精神奋迅，以速进于大同世界，为醒狮之前驱，为光明之先导。"[5] 吴芝瑛极表赞同，并拿出一千两白银以助办报之用。

临别时，吴芝瑛书写一联相赠：

> 英雄尚毅力，志士多苦心。

1907年，秋瑾与徐锡麟密谋皖浙起义，不料事泄被捕，7月15日就义于山阴（今浙江绍兴）轩亭口下。吴芝瑛闻讯，哀恸几至昏厥。忆起这一年正月的一天，秋瑾因母丧即将回里，身着孝服前来话别，不料竟成永诀，和泪吟成一诗：

> 忍忆麻衣话别时，天涯游子泪如丝。
>
> 独看落日下孤冢，别有伤心人未知。

她抬头又见壁上悬挂的秋瑾舞剑照像，又一阵泪雨纷飞。她将这间书房题为"悲秋阁"，并挥泪写下一副联语，悬于像片两侧：

> 一身不自保，千载有雄名。

随后几天，吴芝瑛又含泪为秋瑾撰写了《秋女士传》和《秋女士遗事》两文，并开始着手搜集秋瑾生前诗、词、文稿。五年后编帙成《秋瑾遗著》刊行于世。吴芝瑛撰写了序。

秋瑾就义后，遗骸由山阴善堂草草收殓，蒿葬野外。月余后，逃亡在外的胞兄秋誉章归来,以重金雇人潜起骸骨,以假名暂厝于严家桥丙舍。

秋瑾生前,曾与吴芝瑛和挚友徐寄尘同游杭州西湖,瞻仰岳墓时曾有言,死后愿随岳飞而去,并希望能葬于岳墓不远处的西泠桥边。为此,徐寄尘特赴上海,与吴芝瑛共商后,在西泠桥附近物色了一处墓地。吴芝瑛遂与徐寄尘共赴山阴与秋誉章商量营葬事宜,临行前,吴芝瑛为盟妹和泪写下了数首挽诗,题为《哀山阴》:

> 爱书滴滴冤民血,能达君门死亦恩。
> 今日盖棺论难定,轩亭谁与赋招魂。
>
> 天地苍茫百感身,为君收骨泪沾巾。
> 秋风秋雨山阴道,太息难为后死人。
>
> 世界当为女豪杰,此身誓不受人恩。
> 天留一片山阴土,芳草年年欲断魂。
>
> 文章小道愧儒巾,甘为同胞殉此身。
> 巾帼大名垂宇宙,一齐颣首学中人。[6]

吴芝瑛、徐寄尘与秋誉章取得一致意见后,在杭州购买墓地,营造墓穴。吴芝瑛为墓碑题写了"呜呼鉴湖女侠秋瑾之墓"10字,并书写了由徐寄尘撰文的《鉴湖女侠秋瑾墓表》,请杭州著名金石家胡菊龄勒石。

秋瑾墓建成后,秋誉章扶秋瑾灵柩至杭州下葬。下葬时,吴芝瑛、徐寄尘、秋誉章等人均泣不成声。吴芝瑛悲诵挽诗两首:

> 昔日同游池,今朝来哭君。
> 百年谁不死,三尺此孤坟。
> 时事那堪道,英灵自有群。
> 行人痛冤狱,掩泪话殷勤。
>
> 碧血千年事,悠悠那足论。

　　此心天可白,一死我何言。

　　玄酒空山奠,孤亭落日昏。

　　旧交三两在,谁与诉烦冤。[7]

　　吴芝瑛、徐寄尘义葬秋瑾遗骸,得到了正义人士尤其是革命党人的称颂。有位王冬花先生写下了《见吴芝瑛代葬秋瑾,义之。并哭秋瑾诗四绝》,其中一首为:

　　死后秋心比月明,一棺风雨泣同盟。

　　谁为埋入深深土,女士争传吴芝瑛。[8]

　　吴、徐的义举也震动了清廷的神经,御史常徵上书奏请朝廷下诏毁墓并缉拿吴、徐,给予严惩。吴芝瑛自秋瑾被害后,因悲伤过度,肺病复发,抱病赴杭归来后咯血不止,后进医院,闻讯后她给时任两江总督的端方上书。书中为秋瑾辩冤,称其"不幸留学归来,以疑狱死",申言"芝瑛伤枯骨之暴露",引证历史和律法,"彭越头下尚有哭人,李固尸身犹闻收葬。即本朝法律亦无不准掩埋罪骸明文",因此,她"乃秉慈善之旨,尽友朋之谊,取而葬之"。书中还指出"是非自有公论,处理则在朝廷",声称如果朝廷执意降罪,"芝瑛不敢逃罪",并"愿一身当之",要求端方"勿将秋氏遗骸暴露于野",并"勿再牵涉学界中人"[9]。理正情长,跃然纸上。同时吴芝瑛知道秋墓不保,密请人将秋墓墓碑运至上海,藏于小万柳堂悲秋阁中。

　　清廷接常徵奏折后即下诏毁墓并拿办吴、徐。吴芝瑛所住医院系德国人所办,亲友以为清政府绝不敢到洋人医院拘人。吴芝瑛则毅然中止治疗,抱病出院,声称免遭"逃避"之口实。

　　清廷拿办吴、徐的诏书颁发后,舆论哗然,江浙人士纷纷上书,要求清廷撤销此举。北京公理教会女协和书院院长麦美德女士素慕吴芝瑛才名,吴芝瑛在京时,她曾到廉宅拜访。她对清廷之举十分愤慨,在英国《泰晤士报》天津版发表文章。文章介绍了吴芝瑛的身世和才华,指出她义葬秋瑾是:"吴女士独明其冤而哀至深,以支持公道之故,至忘其身;又以友谊爱情之故,为死者求葬地、立碑文,虽明知此可以杀身而不恤。若此女者乃举世不为一动心乎?"文章指出:"中国亦从来未有禁葬此等遗骸之法律,何况此土视躯壳尤为重耶。"是时,清政府正筹备欢迎美国兵舰访华,制造了数千只银杯准备分送美舰官兵。麦美德在文中特别指出,清政府正要将"一个仗义女子由病院而入牢狱待死,尊重女权的美国官兵是不会收受纪念银杯的"[10]。麦美德的文章在中外人士中引起强烈反响。

　　清政府此时已风雨飘摇,正企图立宪来缓和民愤,遂不再追究吴、徐,只是平毁秋墓了事。秋誉章将秋瑾灵柩运回山阴严家棚。第二年,王庭钧病故,王家将秋瑾灵柩运至湘潭昭山准备与王合葬,可能怕遭清廷追查,将秋瑾灵柩一直停厝于昭山附近的石坎子。辛亥光复后,浙、湘两省争葬秋灵,湖南抢先将秋灵葬于岳麓山。后经著名人士陈去病多方游说,并经秋瑾之子王沅德同意,方于1912年9月运回杭州,于秋瑾牺牲六周年纪念日(1913年6月6日)安葬于原墓穴,并举行了隆重的追悼、安葬仪式。吴芝瑛含泪诵读了她在武昌起义后写就的《祭女烈士秋瑾文》,送上了她同时写成的两副挽联:

　　驱除鞑虏,恢复中华,志未酬,香已消,秋风秋雨山阴道;
　　义结金兰,情同手足,妹荣归,姐耻在,切齿切骨万柳堂。

　　报家庭,反满清,一腔血,一身胆,血剑乌枪侬革命;
　　埋侠骨,送英灵,一抔土,一把泪,斜风冷雨我悲秋。

　　秋瑾墓式为六角方塔,墓前竖立吴芝瑛藏于悲秋阁为她书写的墓碑。当时谁也没有料到,50多年后的"文革"前,秋灵又遭迁葬,直到1992年辛亥革命70周年方始重建于西泠桥东。

讨袁上书　满腔热血

　　清王朝被推翻后不久,窃取民国临时大总统之位的袁世凯日益暴露其扩大权力、复辟帝制的狼子野心,一面向帝国主义借赁巨款以扩张其军队,累计白银达两亿四千八百万两;一面命令各地的革命军解散,并派人暗杀了辛亥革命领导人之一宋教仁,杀害了武昌首义将士两千余人。"全国人声鼎沸,国贼国贼之声震于朝野"[11],各省纷纷宣布独立。1913年7月15日,江苏发出独立通电,起兵讨袁。7月22日,吴芝瑛致书袁世凯,要求袁自动下台。早在武昌起义后不久,她在《与美国麦美德教士书》中,就洞穿了袁世凯的两面派面目。当时,即将覆亡的清廷正想抓住握有兵权的袁世凯这一根稻草,让他组织内阁。吴芝瑛在《与美国麦美德教士书》中一针见血地指出:"今日清廷倚若长城者只一袁世凯耳,然袁氏实一反复小人也,观于戊戌己事,即可断其平生。(戊戌己事,即维新变法时,袁世凯一面参加维新党人的强学会,拥护维新;一面将维新党人活动密报慈禧,致维新变法失败——作者注)袁氏组织之内阁,非真心匡扶皇室,不过借大清名义,以便私图,迨大权在握,则惟我所欲为。"[12]果如吴芝瑛所料,袁世凯上台后,一面出兵汉口,镇压屠杀革命党人;一面与革命党人谈和,讨价还价,达不到他要求时则撤回使者,停止和议。革命党人组织民军北上讨伐。上海陈也月组织了女子北伐军,吴芝瑛虽病体未愈,也主动请缨,她在《与女子北伐陈司令书》中说:"昨闻清使撤回,和议无效,两方面……又将以兵戎相见。项城(袁世凯字——作者注)不得总统,居常怏怏,故为此孤注之一掷。""先生哀民生之愁激,悼女界之沉沦,投笔从戎,倡议北伐,一洗数千年来昧弱之习,如拨云雾而见青天。"吴芝瑛要求:"先生倘许陪侍玉台乎?"[13]陈也月考虑到吴芝瑛的身体,没有答应。

上海民军启程北上,吴芝瑛赶赴车站送行,只见民军军容雄壮,意气风发。上海人民扶老携幼,送军出征。吴芝瑛情感迸发,一气呵成《从军乐》六首。现录其中四首:

> 大哉中国岂无人,一怒能教四海惊。
>
> 蠢尔蛮荆休窃笑,请看今日少年军。

绝塞飞登下朔荒,黄沙万里渺茫茫。

路无山水遮行进,好个男儿驰疆场。

将军布阵若游龙,出没无常变化工。

十万轻骑横扫去,胡儿血泪战袍红。

万柄钢刀逐电来,北追穷寇渡冰山。

冰山高立三千丈,作我中原纪念碑。[14]

后袁世凯得到临时大总统职位后逼使清帝宣统逊位。吴芝瑛在致《大总统》书中一开头就引用了这一事实:"武汉事起,公迟回审顾,卒能徇南人之约,推覆清廷,南人亦以五条之信誓(即《临时约法》,袁世凯上台即将其撕毁——作者注),授公以临时总统。"接着,吴芝瑛引用当时清遗老和有识之士对袁世凯的议论揭露其投机面目。遗老们"莫不动色相骇,戟指走詈,谓表某某到底是奸臣,今果篡位矣"。有识之士"谓总统自然孙文做下去,如何忽以艰难甫造之新民国之总统授诸满清斥废之大臣。况袁某狡诈性成,偏用群小,将来必无良结果"。吴芝瑛说"吾始未信也",而一年多来,袁世凯"以吾民愚且懦也,玩弄而煎迫之,此在亡清时之皇帝之专制也",并"以武力欲束缚强迫一室中至穷苦、至亲爱之家人,谓从此可以关门做皇帝,公得毋喷饭乎"!如今,"东南宣告独立矣,讨袁军之旗鼓声布中外矣",吴芝瑛希望袁世凯自动下台,"以谢天下","公朝去,而吾民朝安;公夕去,而吾民晚悬;公不去,而吾民永无宁日"。书后还附了一联:"总统乃公仆,言不成行,识时务者应早去;共和即民主,名难符实,逆潮流人无好终。"[15]吴芝瑛的《大总统》书义正辞严,犹如一柄利剑,直刺袁世凯心胸。吴芝瑛既是当时名人,又与袁世凯有世交之谊,袁由吴氏介绍进入李鸿章之淮军,得以进入仕途。他对吴汝纶以叔父相称,对吴芝瑛十分器重,经常赠送珍本书籍。他的儿子袁寒云也常到吴家做客。吴芝瑛手书有《楞严经》,袁世凯为之作序。但在袁世凯倒行逆施、公然与人民为敌之际,她毅然上书要袁下台,在社会上引起了强烈反响。

扶困济贫　侠骨义肠

吴芝瑛一生扶困济贫,乐于助人。上海有一女子李苹香,本为良家女子,夫死,被贼人拐卖入妓院。李曾受良好教育,工书善画,尤擅诗词,有“诗妓”之称。吴闻知后十分怜悯,决意为之赎身,一时手头短缺,遂将家中珍藏的明代著名书法家董其昌手书的《史记》售得千金,为李赎身,一时传为美谈。

吴芝瑛父死后,在桐城遗有房舍、田产,吴芝瑛不顾族人反对,悉数出售后,捐赠于教育事业,在桐城办了一所“鞠隐学堂”(鞠隐为其父字)。

辛亥革命以后,一些地区将对清王朝的仇恨迁怒到满族旗人身上,对他们进行迫害。有一位名叫赵麟的女子,父亲原为清乍浦左司文协领。她父母死后,家贫无钱下葬,闻吴芝瑛仗义济贫,上门求救。吴芝瑛为之购买墓田。赵麟入葬父母后在墓前结庐守孝,不料被当地军政府封了庐墓。赵麟驰书求援,时吴芝瑛卧病在床,抱病给浙江都督汤寿潜一连写了两封书函,请求汤下令对赵之庐墓“保持覆护”。信中还提到“乃日闻贵辖军……到处搜寻,大有驱尽旗人之势”,她认为,“方今人道主义世界所重,共和基础已立,无汉无满,自当一视同仁”,为此她“万望先生惟胞与之诚,以保安宁而弭恐慌”。汤寿潜接信后制止了驱逐旗人的行为,派人慰问了赵麟,并在《复呈芝瑛夫人书》中谈到“辱华简,笃念孤恫,维持风教,至可佩感”。[16]

吴芝瑛仗义疏财,其夫廉泉同样为旧交故友不惜一掷万金。夫妻不吝钱财,渐渐用光积蓄,创办的文明书局又不幸遭火灾,以致吴芝瑛无以为炊。时廉泉寓居北京潭柘寺,得吴芝瑛信后,无可奈何地写了首《芝瑛以无米见告答以诗》。诗中云:“惊人诗句饥难煮,少日豪华气渐锄。雨过空庭喧燕雀,稻粱谋拙不笑渠。"诗人还慨叹当时"流亡满地无人管,闻道一筵费万钱"。[17]后变卖了上海小万柳堂度日。

吴芝瑛生于 1868 年,卒于 1934 年,终年 66 岁。

吴芝瑛像

注释:

[1]（日）服部繁子:《女革命家——怀念秋瑾女士》,转引自《华侨日报》1987年 8 月 18 日。

[2]惠毓明:《吴芝瑛夫人传略》,无锡双飞阁藏版。

[3]转引自项结权:《联林女侠吴芝瑛》,《人民政协报》1977 年11 月 12 日。

[4]《秋瑾集》。下文秋瑾诗文皆见此书。

[5][6][7][8][9][12][13][14][15][16][17]惠毓明辑:《万柳一角》,无锡双飞阁藏版。

[10]（英)《泰晤士报(天津版)》1908 年 10 月 20 日。

[11]谭人凤:《石叟牌词》。

[12]廉南湖:《南湖集》。

辛亥革命时期的吴介璋

贾 扬

吴介璋像

　　辛亥革命的风云已逝去一百年，青梅煮酒论英雄，古今多少事，都在烟雨中。回望辛亥星河，群星璀璨，孙中山、徐锡麟、秋瑾、黎元洪、黄兴、李烈钧、蔡锷犹如夺目的北斗七星，奏响了辛亥革命的主旋律。他们的功绩将永垂青史。在璀璨的辛亥星河中，有一位将星却鲜为人知，历史上只留下淡淡一笔。他虽然英年早逝，却像一颗流星，留下了耀眼的瞬间。他的名字叫吴介璋。

投笔从戎，矢志富国强兵

　　吴介璋生于光绪元年（1875）10月26日，卒于民国15年（1926）11月1日，享年52岁。字德裕，号复初，江苏无锡阳山新渎人。自幼聪颖好学，16岁被聘为塾师。清光绪二十年（1894），甲午战争爆发，北洋舰队惨败，吴介璋感到国耻难容，遂弃文从戎，考入江南陆师学堂。光绪二十四年（1898）成为该校第一期毕业生，因成绩优异，留校助办教务。同年，陕西巡抚魏光焘到江南物色训练新军人才，吴介璋被邀去主持文案及营务处帮办等职，不久升任武威新军统带团长,为陕西训练了一批新军人才。嗣后清政府下令各省成立督练公所,吴介璋受江苏巡抚署邀请任督练公所提调兼征兵处提调。时清朝集兵方式主要采用募兵制,分八旗兵、勇营、新军,由于清廷国库空虚,加上以八旗为主的世兵制度任人唯亲,再加上甲午战争惨败,故军心涣散,军队毫无战斗力。吴介璋主张重新招收年龄较轻的有志青年加入新军,并建议改"募"为"征",自愿报名,并先在常州设立征兵处,征召附属各县的乡民子弟进行训练。为改变百姓"好男不当兵"的狭隘观念,吴介璋亲赴各县演讲,用"国不强,焉能安"的道理,激励青年报效祖国。府县乡民受其精诚感召,一批良家子弟及文学之士投笔感奋,报名者多达千余人,吴介璋即任新军统带官。后调任江西武备学堂总教练,光绪二十七年(1901)就任陆军测绘各学堂总办,为江西训练了一大批新军人才,如李烈钧、彭程万、熊式辉、刘峙等均出于他的门下。光绪三十二年(1906)升任江西督练公所总办。宣统元年(1909),任江西陆军第27混成协协统旅长。宣统三年(1911),太湖秋操任中央审判官。

顺应潮流,投身辛亥革命

1911年10月10日,武昌起义打响了推翻清王朝的第一枪,辛亥革命之火很快在全国形成燎原之势。10月22日,焦达峰在湖南长沙起义;就在这一天,比长沙起义稍迟几小时,陕西西安在张凤翙的组织下起义。10月23日,江西九江岳师门外金鸡坡炮台三声炮响,宣告起义。10月27日,云南腾越宣布起义。10月28日,山西太原宣布起义。10月30日,蔡锷在昆明宣布起义……

九江独立,在江西激起千层浪。其实,武昌起义之后,江西巡抚冯汝骙就调步兵55标赴九江增援,调上饶防营日夜兼程到南昌加强城防,监视城内的新军和学生,并将暗中同情、支持革命的新军混成协统吴介璋软禁在巡抚衙门内。10月25日,《江西民报》刊登九江独立捷报,南昌顿时风云突变,清廷江西参议官张季煜、新军协统吴介璋与革命军加紧联系。3 日后，同盟会南昌支部新军工兵队召开秘密会议，决定在 30 日晚上起义。10 月 30 日《江西民报》刊登社论，开篇第一句就是"满清政府从此长辞矣！"当夜 11 时 30 分，星月高悬，数十个矫捷身影顺着北门城墙飞身登上城头后，打响了光复南昌的第一枪。31 日凌晨，江西巡抚冯汝骙见人声嘈杂，火烛照天，知道新军起事，忙跳出被窝大喊卫兵，谁知卫兵已反，惊慌中，他从后门逃出躲进了旺子巷（今厚强路）民房。其他大小官吏也卷着金银细软逃跑一空，城内的 55 标新军、宪兵和武装警察队仅在营房内戒备，都未反抗。江西省会南昌就这样兵不血刃地光复了。破晓时，守城各部全都悬挂白旗，臂缠白布。

南昌光复当晚，各界决议请冯汝骙参加革命，并让他当江西都督，冯不愿与清廷脱离，匆匆收拾行装登上小轮到了九江后，被革命军发现，挟进花园招待所，几日后，冯汝骙在恐惧中服鸦片烟膏自杀。11 月 1 日，同盟会在万寿宫召开会议，通电全国宣告江西独立，由于吴介璋在江西军界资望较高，一致推举其为江西都督，负责赣省光复后的军政事宜。吴介璋就任后进行了一系列改革：宣布铁血旗为国旗，暂改行黄帝纪年，规定剪掉男子的长辫，废除作揖、跪拜等封建礼节，将青蓝布衣定为礼服，查抄贪官污吏的财产。不久，驻扎在九江的前混成协 53 标"洪门会"会员结党营私，发动内讧，倡言"江苏人不宜为江西都督"，吴介璋为人谨厚，被迫离开南昌，回到家乡隐居。吴介璋上任江西都督仅 12 天，此后江西都督在较短的时间内连换三任，吴介璋仍被聘为江西军政府顾问。民国元年（1912）12 月 16 日，吴介璋被中华民国北京政府授予陆军少将，并加授中将衔。

徘徊彷徨，附和"洪宪"帝制

1915 年 8 月 14 日，以杨度、孙航筠、李燮和、刘师培、胡瑛、严复为首的所谓"六君子"联名发起成立"筹安会"，鼓吹袁世凯称帝。8 月 24 日下午，由段芝贵、袁乃宽发起，在石驸马大街袁宅"特开军警大会"，"讨论"所谓"筹安事宜"。军警大会以后，文武官员纷纷密呈袁世凯成，实行君主制。联名请愿中有将军请愿团、军警请愿团、商会请愿团、教育请愿团、人力车夫请愿团……甚至还有乞丐与妓女请愿团，值得一提的是，在将军请愿团中，第一个在赞成帝制请愿书上签字的就是后来第一个竖起反袁大旗的蔡锷将军。又有以陆军总长王士珍为首的中央军事各机关320多人，以海军总长刘冠雄为首的海军各舰长，以张绍曾为首的陆军中将22人和以吴介璋为首的少将43人及上校5人也在"劝进书"上签了字。这些密呈大多是官样文章，其中不少是操纵者代办的。当时官场上已形成一种压力，逼迫人表态，其中许多人内心以为非，但口头不敢不附和。

1915年12月12日，袁世凯接受所谓的民众劝进书，宣布登基，史称洪宪皇帝。1916年3月22日，袁世凯在全国一片声讨声中被迫下台，当了83天皇帝，6月6日因尿毒症去世。

继续革命，紧跟中山先生

1916年，吴介璋出任北洋政府多伦授勋使，前往蒙古考察边防，事毕撰有《蒙古边防计划书》，建议国家集中财力开垦蒙古边防，收复被沙俄侵吞的外蒙古边地，可当时的北京政府根本无意顾及"蒙边计划"，吴介璋非常失望。

同年4月，孙中山到广州成立护法军政府，吴介璋欣然应邀，赴广州担任军事参赞，参加了第一次护法战争。

1917年，冯国璋、段祺瑞控制政府，拒绝恢复《临时约法》和召开国会，妄想以武力统治中国，建立独裁统治。孙中山采取坚决斗争的措施，离开上海，南下广州，号召护法。1917年8月25日至9月1日，在广州召开全国非常会议，联系滇、桂、粤各省，成立中华民国军政府，孙中山就任海陆军大元帅，李烈钧亦从上海南下，被任命为大元帅府参谋总长，吴介璋被李烈钧聘为参谋部总参议，并参与了"讨陈战役"。

1919 年 7 月 7 日,吴介璋被中华民国广州军政府授陆军中将。

1922 年,第二次护法战争失败。1923 年 2 月,孙中山在上海重新改组国民党党部,成立 13 人军事委员会,蒋介石、吴介璋亦在其中。

1926 年,国民革命军挥师北伐,吴介璋出任兵站总监,身历多次战役。当北伐军与孙传芳军队对峙九江时,他又被派往上海,秘密联络反孙力量,动摇孙传芳的后方阵脚,为北伐军击败孙军起了积极作用。

同年 11 月 1 日,吴介璋在上海外出活动,不慎被英美电车公司的汽车撞击身亡,因公殉职,终年 52 岁。次年按上将例安葬于家乡无锡富安乡管家湾莲花山麓(今无锡商业职业技术学院西校区内)。南京国民政府于 1928 年 4 月 19 日追赠吴介璋为陆军上将,并命国史馆立传,由梅川居正撰写。吴生子三:有楠、有炎、有荣。

对吴介璋生平几个历史谜团的考证

谜团一:吴介璋究竟是哪里人?《无锡名人辞典》记载吴为无锡人,但有关资料反映吴为常州武进遥观乡薛墅巷人,从吴墓在无锡商业职业技术学院以及无锡市第三次文物普查情况,和吴介璋孙女吴姗姗、史美秋证实,吴介璋是无锡阳山新渎人,因为吴的老宅还在,其夫人钱氏的坟还在无锡阳山新渎桥北。常州武进应为吴的祖籍所在地。

谜团二:吴介璋究竟逝世于何年? 吴墓墓碑上刻的是公元 1926 年 11 月 1 日,但《无锡名人辞典》中记载为 1927 年 9 月 26 日;还有人认为是 1928 年。根据其孙女吴姗姗提供的资料,正确卒年为 1926 年农历九月二十六,经查万年历就是公历 11 月 1 日,与墓碑所刻相符。墓碑刻公元 1926 年 11 月 1 日是因为辛亥革命后,已开始用公元纪年,南京国民政府于 1928 年 4 月 19 日追赠吴介璋为陆军上将,有人误以为吴介璋死于 1928 年。吴介璋实际安葬于 1927 年。

谜团三：吴介璋究竟是什么军衔？好多资料显示吴介璋为少将，经考证，中华民国北京政府于1912年12月6日授吴介璋为陆军少将加中将衔；中华民国广州军政府于1919年7月7日授吴介璋为陆军中将；南京国民政府于1928年4月19日追赠吴介璋为陆军上将，因此，吴介璋生前军衔应为中将。

谜团四：据吴介璋孙女吴姗姗、孙子吴大焱反映，祖父曾救过在辛亥革命中力挽狂澜，化险为夷，护法战争、北伐战争中战功卓著的李烈钧的命。《国史·诸赣传之李烈钧传》中也记载"李毕业回国。为南昌标营管带，以宣传反清，为上司拘押，得吴介璋相助乃释"。经考证，准确的情况为：光绪三十四年（1908），李烈钧自日本留学回国，任江西混成协第54标第一营管带，因在新军中进行反清活动，被清政府下令逮捕，准备正法，幸得曾任江西武备学堂总办汪瑞闿暗通消息，由吴介璋出面保举释放及资助路费逃至上海，得以逃过一劫。

吴介璋孙女吴姗姗（右）、史美秋（中）和孙女婿张槐敏（左）在吴墓前的合影

中国共产党中央办公厅信访局用笺

吴婷婷同志：

　　你八二年四月十五日写给胡耀邦同志的信悉。据有关单位讲：今年不举行辛亥革命七十一周年纪念，今后举行纪念会时再注意在讲话中提吴介璋的名字。特复。

中共中央办公厅信访局

一九八二年六月十四日

中央办公厅给吴介璋孙女吴婷婷的批复函

参考文献：

　　[1] 吴介璋墓碑。

　　[2] 唐文权：《辛亥人物碑传集》卷 15，团结出版社 1991 年版。

　　[3] 赵永良、张海保：《无锡名人辞典》第三编，上海科学技术文献出版社 1993 年版。

　　[4] 陈兴唐：《中国国民党大事典》，中国华侨出版社 1992 年版。

铁面执法杨荫杭

顾一群

　　民国 5 年（1916）秋天，北京官场中发生了一场"地震"。上任不久的北洋政府内务总长许世英被京师高等检察厅厅长、无锡人杨荫杭下令扣押了。北京大小胡同里的百姓们议论纷纷，大多数人非常高兴，"像点共和样子了，这样的一品大员犯法照样要吃官司"。有些人则为这位检察厅长捏了一把汗，"老虎要是打不死，那是要吃人的"。官场更是一片哗然，"杨荫杭可是吃了老虎豹子胆了，连许总长这样的红人都不放在眼里"。更多的官员由于自己本身不干净，担心杨荫杭的"剑"也会落到自己头上。

　　就在这件事发生不久前的 6 月 6 日，那个横行中国政坛 20 多年，窃取了辛亥革命胜利果实的袁世凯，由于想恢复帝制当皇帝，在全国人民的反对、声讨声中呜呼哀哉。第二天，黎元洪当上了中华民国大总统。6 月 29 日，段祺瑞被任命为国务总理，组建了内阁。在清王朝担任过山西提法使和布政使，辛亥革命后任奉天民政长、福建巡按使的许世英坐上了内务总长的交椅。这个在新旧官场中吃惯鱼腥的猫儿，当上内务总长后岂能不大捞特捞？有位知情人将他收受贿赂、贪污公款的事向京师高等检察厅检举揭发，杨荫杭派人调查后情况属实，下令扣押了许世英。

　　杨荫杭可捅上了马蜂窝，北洋政府的一些要人，有上门的，有派人的，有打电话的，有通过杨荫杭朋友和同乡的……为许世英说情，要杨荫杭尽快放人。杨荫杭一一解释：许世英贪污受贿铁证如山，必须受到法律追究。

了解杨荫杭的人知道，他是个认准了理一条道走到底的人，是个不畏权贵、不顾自身安危、铁面无私的人。就在这事发生一年多以前，他还担任浙江高等审判厅厅长的时候，地方法院将审结了的一起恶霸杀人案件上报审判厅。这个恶霸依仗他与浙江省督军的裙带关系，横行乡里，无恶不作，鱼肉百姓，甚至行凶杀人。被害人家属上诉法院，经查核属实，证据确凿。杨荫杭审阅全部卷宗后，提笔判处这个恶霸死刑。判决后，浙江省省长屈映光向杨荫杭提出要求予以减刑。杨荫杭坚决不同意，对屈映光说："杀人偿命，不能宽宥。"屈映光碰了一鼻子灰，恼羞成怒，与浙江督军一起捏造罪名，上报总统袁世凯要求惩办杨荫杭。幸亏这一状纸被袁世凯的机要秘书张一麐见到，张一麐是杨荫杭的同窗好友，深知杨的为人。他向袁世凯介绍，杨荫杭很早就参加同盟会，进行反清活动，在美国受过高等法律教育，为人正直，是目前难得的法律人才。袁世凯于是在屈映光与督军的诬告信上批上"此系好人"四个大字，并把杨荫杭调到北京任京师高等检察厅厅长。因此，了解杨荫杭的人知道，杨荫杭是不会罢手的，这事北洋政府也不会置之不理的。果然，这时手握军权的国务总理段祺瑞早就暴跳如雷：这个不知天高地厚的杨荫杭，连内务总长都敢扣押，而且事先不向他请示，事后又不报告，不把他这个国务总理放在眼里。在得知很多人为许世英说情杨荫杭不予理睬后，段祺瑞出面要杨荫杭放人。杨荫杭声称，任何人违法均要依法处理，绝不能像封建时代那样刑不上大夫，共和国司法独立应受到政府尊重。军伍出身、曾担任清王朝江北提督、袁世凯参谋总长的段祺瑞一向专制独裁，哪听杨荫杭司法独立这一套，不仅硬性放了许世英，还命令杨荫杭停职听候审查。杨荫杭十分气愤，离开北京，回到了家乡无锡，不久因忧愤生了一场重病。

杨荫杭，字补塘。清光绪四年（1878）生于无锡书香门第。自小就受到祖父和父亲的严格教育。青年时考入北洋公学。当时北洋公学由外国人把持,部分学生因对伙食不满掀起学潮,外国人开除了一名带头闹事者。杨荫杭并未参与,但他看到许多学生慑于外国人淫威,噤若寒蝉,便愤而挺身说:"还有我!"遂亦遭开除。光绪二十三年(1897),他又考入南洋公学读书,因成绩优异,于光绪二十五年(1899)被学校送往日本早稻田大学留学。他在日本时受到孙中山、黄兴等人的革命影响,于光绪二十六年(1900)春,和一批留日学生成立了励志学社,从事反清活动。同年,与励志学社会员杨廷栋、雷奋等人创办期刊《译书汇编》月刊。这是留学生创办的最早的杂志,大量销往上海、苏州等地。该刊译载了卢梭的《民约论》、孟德斯鸠的《万法精理》、穆勒的《自由原论》《代议政府》等资产阶级启蒙著作,介绍西方的资产阶级民主政治,编译发行了《波兰衰亡战史》等,出版了《明治历史》《日本维新活动历史》《最近俄罗斯政治史》《美国独立史》以及《近世政治史》《近世外交史》等资产阶级革命与资本主义发展等方面的译书,对于启发中国青年反对封建专制制度、提醒人们警惕资本主义列强的侵略、宣传资产阶级民主革命起到了一定的作用。

光绪二十七年(1901),杨荫杭利用暑假回锡探亲的机会,在无锡鼓动一批进步青年组织励志学社,入会者有40余人,公推裘廷梁为会长,秦鼎臣、俞仲还为副会长。他们在竢实学堂以讲授知识为名,宣传反清革命。

光绪二十八年(1902),杨荫杭在日本早稻田大学卒业,回国后在上海《时事新报》担任编辑,同时在中国公学、澄衷学校、务本女校教课,并经常在《大陆月刊》等报刊上发表文章,宣传革命。他还到无锡与留日同学蔡文森等人组织理化研究会,聘请日本教师教授自然科学。他让他的两个妹妹杨荫榆、杨荫枌参加研究会学习,这对当时的封建礼教无疑是一种挑战。加上他不拜祖宗,不敬鬼神,因而被封建士绅视为大逆不道。杨荫杭在家乡无锡的两次活动,给无锡播下了一批反清革命火种。后来一些励志学社会员和理化研究会会员加入了同盟会,参加了辛亥革命的无锡光复运动。

杨荫杭的革命活动受到了清廷的注意,准备将他缉捕入狱,他不得不在光绪三十二年(1906)再度出国,到美国宾夕法尼亚大学学习法律。这时,他对西方的民主法治有了比较系统的研究,也产生了一定程度的幻想,幻想用西方的民主法治来改良腐败透顶的封建制度,挽救贫穷落后的中国。他在宾夕法尼亚大学时努力学习,卒业时所作的硕士论文《日本商法》受到了导师的赞赏,被收入这所大学的法学丛书。

杨荫杭抱着以法治国的幻想于辛亥革命前夕回到了祖国,经清末状元张謇的推荐,在北京一所法政学校教书。不久他就辞职南归,在上海申报馆担任编辑并从事律师事务,发起创立了上海律师公会。

辛亥革命成功后,杨荫杭由张謇推荐,就任江苏省高等审判厅厅长兼司法筹备处处长之职。任职期间,他秉公执法,不阿不谀。当时,军阀张勋率部进入南京,一些官员和士绅联名在报纸上刊登欢迎词,杨荫杭的一位下属未征得杨荫杭的同意,就将他的名字列入其中。杨荫杭素来厌恶对权贵阿谀献媚,对于这位仍拖着辫子的保皇军阀更是蔑视不齿,见报后很生气,立即在报上发表声明,他对张勋没有欢迎之意。当时有人笑他不识时务,他说:"名与器不可以假人。"

杨荫杭担任江苏省高等审判厅厅长不久,北洋政府有"本省人不能担任本省官职"的规定,因而他被调到浙江省,仍任高等审判厅厅长之职。到浙江后,他不畏权贵,不徇私情,严于执法。不久,发生了上述处理恶霸案件受到诬告的事,调到京师又因扣押许世英而被停职审查,愤而回乡生了一场重病。病愈后被上海申报社聘任为副编辑长,并重操律师旧业。他曾愤激地说:"如今世界上只有两种职业可做,一是医生,二是律师。"他做律师时,专门为人鸣不平,申诉冤情,而对那些违法犯罪分子,则无论其职位有多高,权势有多大,酬金有多厚,一律不予受理。1929年,一家银行保险库内巨款失窃,明明是银行经理监守自盗,却诬告两管库职工所为。杨荫杭知道后十分气愤,义务为这两位职工出庭辩护。驻外领事高瑛私贩鸦片,案件败露,想请杨荫杭为他辩护,派秘书陈某再三上门要求,并许以重金相酬,杨坚决不予受理。

旧政府的司法部门与所有官府一样,黑暗腐败,贪污受贿成风。有一个法官在开庭时总要带着一把装满了酒的茶壶,喝酒审案。杨荫杭见之十分气愤,他同另一位有正义感的律师陆棣成联名向司法总长写了一个呈文,要求撤换这个酒醉糊涂的法官。后来,上海地方法院调来一个院长,经了解,这人曾在美国因伪造支票而被判过徒刑。于是杨荫杭更加看透旧政府的腐朽,所谓法律不过是统治阶级用以捆绑人民群众的绳索而已,他那以法治国的幻想也就彻底破灭了。于是,他在处理律师事务之暇,除继续为报刊撰写一些文章外,乃寄情于研究音韵学和古钱币,以及印度、缅甸等邻国的文字。

抗日战争爆发后,杨荫杭不再做律师,在上海震旦女子文理学院教授《诗经》。他仇视日本侵略者,痛恨认贼作父的汉奸。有一次,他在路上遇到一个已经投降日寇的朋友,蔑视地走了开去,那个汉奸后来对人说,杨荫杭目中无人。

上海沦陷期间,杨荫杭除教书外,潜心研究音韵学。他认为《诗经》一书,可算是古代的一部音韵谱,有着很美的节奏,于是他将《诗经》逐字逐句地加注音韵。接着,他又将屈原的《离骚》加注音韵。后来,他将两本音韵注文合成一书,题名《诗骚体韵》。可惜,这本被人称之为"绝学"的书在他生前未能出版,在他逝世后连手稿也散佚了。

1945年抗战胜利前夕,杨荫杭因脑溢血逝世,终年67岁。

杨荫杭的女儿杨绛是著名女作家,女婿钱钟书为当代文化大师。

访孙中山先生的
传令兵金鸿声

秦寿容　徐洪祥　肖志刚　廖志镛

　　《无锡地方资料汇编》原编者按：无锡县96岁的老人金鸿声，在辛亥革命时曾担任过孙中山先生的传令兵，1981年，应邀赴北京参加了全国辛亥革命七十周年纪念大会。在金老赴京前夕，市志办与县志办秦寿容、徐洪祥、肖志刚、廖志镛等访问了金老。金老虽年逾九十，但因自幼习武，身体健朗，记忆力甚强。下面是金老的谈话直录稿（此稿经金老亲自订正）。

　　1908年，我在无锡县胡埭镇街上一家槽坊店里学生意刚满师，每月已可拿两个银元薪水。当时有个同乡人杨文俊，他虽参加了清军三十三标（这支部队驻扎在南京），然而他每次回乡，总要向我们一些年轻人讲些慈禧太后如何不好、清政府如何腐败的道理，对我很有影响。三十三标中，我还认识个吴浩，他是胡埭附近的陆区桥人，练得一身出色的武功，在家乡时，我曾跟他学过拳。后来我才知道，三十三标中有孙中山先生的同盟会会员，经常在士兵中进行推翻清廷的秘密宣传，吴浩就是在这支部队中策划革命的骨干分子。有一回，杨文俊动员我到南京去看看正在那里举办的劝业会，说是江苏巡抚端方为这个劝业会足足筹备了两年，端方已升直隶总督。不久，我同本乡9个年轻人一起跑到南京。一到南京，我就单独去找杨文俊。他和我作了长谈，指出打倒清政府国家才有前途，青年人才有出路，并动员我入伍。那年我虚年龄19岁，刚符合当兵条件，就要求报名。原先那里是先入伍，再办报名手续；当时由于受名额限制，要先报名，然后等机会入伍。杨文俊要我暂回无锡等待信息，那一夜，我就住在三十三标驻营地——南京花牌楼。同去南京的其他9人住在招商旅。杨文俊在夜里教了我一首革命歌谣：

　　　　四万万人，四万万人，都是亲兄弟，

　　　　恨被那满洲人，将我做奴隶！

　　　　一心呀，一意呀，结个好团体，

　　　　恢复自由权，胜我革命喜！

　　　　两千万里，两千万里，好个大陆地，

　　　　恨被那异种人，将我做奴隶！

　　　　一心呀，一意呀，结个好团体，

　　　　收回我旧山河，胜我革命喜！

　　杨文俊再三叮嘱我，这首歌谣是革命的联络信号，绝对不能泄露出去，如给清政府知道，要抓进衙门灭九族的。我说："好的，我一定记牢。"

　　第二天，我拿着杨文俊给我的参观券，到招商旅馆找到同来的9人，一起去参观了劝业会。离开南京前，我去找杨文俊告别，他对我说："你回无锡后，一接到我的信就马上赶来。"

　　1909年，我20岁，父亲硬要我结了婚。我一直在胡埭等待信息，直到1910年的农历十二月二十四日，才接到杨文俊的来信。这封信在无锡信局里已耽搁了八九天，信上要我马上去南京。我担心父亲、妻子要拖我后腿，因当时社会上对当兵的没啥好看法，说什么"好铁不打钉，好男不当兵"，所以没有向家里说明底细，就骗父亲和妻子："要到上海新新公司去白相一趟。"第二天我赶到无锡城，乘火车上了南京。到南京后，由杨文俊帮忙办好手续，参加了清军第九镇三十三标，编在二营前队二排三棚当兵。三十三标的统带是徐绍桢。

1911年农历八月里，队伍里的长官对我说："有20天假期，你可以回去。"我想等到年底回乡过春节。长官说："春节回家的人多，安排不开，你此时不走，假期就算放弃。"我只得与两三个同路人一起动身了。回到无锡后，住在东亭一个朋友家里，因我怕回家后被父亲、妻子拖住，只是给家里写了封信。在东亭住了几天，我想到上海去走走，谁知此时沪宁铁路断了，火车已不通。隔了三天，我在城中打听到武昌已起义，三十三标炮兵退伍正目洪承典被孙中山任命为沪军司令，沪军在苏州成立先锋营，先锋营的统领是刘之洁。我当时不知道先锋营派许授培来无锡秘密招兵，却赶忙跑去苏州。在苏州我碰到了吴浩，他已同在无锡酝酿起义的秦效鲁联系上，常驻在无锡火车站附近的大吉祥旅社，并在那里招募敢死队员。他和先锋营有密切关系，常来苏州。吴浩看到我，很高兴地问我："你怎么来的?"我回答："放假回来的，现在想回南京，去不成了。"吴浩说："你还想回那个队伍? 早没有了，连徐绍桢都跑了，南京方面已在同张勋大打。"接着对我讲："你在三十三标同革命党有接触，也是想推翻清王朝的，现在干脆参加革命队伍去打仗吧。"我立即报名参加了先锋营。当时发给我们的长枪，是日本送给孙中山先生的一批战利品，很陈旧;后来换上日本明治十三年造的枪，比较新式。我参加先锋营后，在苏州集训了13天，就由吴浩带领，以沪军先锋队名义接受战斗任务，向南京开发。我们分配的任务是攻打天堡城，这一仗打得很厉害，我们打胜了。随后，沪军改编为七师，洪承典由沪军司令改任七师师长。七师驻扎在南京总统府附近，我当时在七师十三旅二十六团，团长朱宝成，吴浩为副团长兼教练官。不久，朱宝成在北伐中牺牲，吴浩接任团长。我们二十六团负责总统府警卫工作，三个营的分工是：一、二营在总统府里面做内勤，三营在总统府外面巡逻。我在二营七连，已升为副目(副班长)。总统府内务部又在二营中抽调19名精壮的年轻人，去担任孙中山先生贴身的安全警卫工作,我被选中当传令兵。孙中山先生办公室前面有间小洋房,是6位传令官办公的地方,传令兵也专门有办公室,我们一律不带武器。吴浩的权力很大,任何人来见孙中山先生,他都要搜查,连陆军部长黄兴来见总统,也要先把枪交给吴浩,然后才能进去。当时要求来见孙中山总统的人很多,都要先把名片送到我们传令兵手里,再由我们向传令官报告。有些请示孙中山先生,得到同意后就引见,有些则由传令官接见,有些就要我们传令兵处理回绝了。有一回,南通的张謇来总统府,传令官问了孙中山先生,立即引见。我们纷纷议论,张謇是清朝的末代状元,孙中山先生怎么会接见他? 孙中山先生听到后说:"他是来助我们饷的嘛。"我们二营营长叫郭德玺,扬州人,有一次他特地把我们找去开会,说:"你们除见了大总统要敬礼外,不管在总统府里、府外,见了秘书长以及其他部长都不要敬礼,碰见了也只当不认识,否则会犯严重错误。"意思是对总统府高级领导人保密,有利于做好警卫工作。当时总统府里进出的人员很杂,对孙中山先生的防卫当然是特别加强的。

孙中山先生经常夜以继日地工作,很辛苦。他对待下属和蔼可亲,对我们传令兵更是亲切。他看到我们在他面前显得很拘谨,一见面就向他敬礼,就对我们说:"我们大家在一起,是一个家庭。在家庭里不拘仪式,不要有什么拘束;在外面则要注意军风军纪,要守礼仪。"孙中山先生担任临时大总统后不久,发电报给袁世凯:"你叫宣统退位,总统就由你来做。"总统府里一时上上下下都想不通。一次开会他讲到此话,整个会场上秩序乱了起来,于是宋教仁出来作了分析,会场上才又安静下来。宋教仁说:"孙中山先生革命的目的是推翻清王朝,实行三民主义,并无个人要求。"大家更推崇孙先生的人格。后来,孙中山先生委派宋教仁同袁世凯派来南京的代表唐绍仪进行谈判。接着,宋教仁又去北京直接同袁世凯本人谈判。宋教仁也是个了不起的人才,他办《民立报》,能说能写,很有学问见识。袁世凯一见他就眼红,容他不得,派亲信洪述祖跟着宋教仁到上海，再由洪指使武士英暗杀了宋教仁。

孙中山先生辞职后，七师即告解散。在总统府里为我们开欢送会时，我们心里都很难过。孙中山先生在会上说："你们这支部队是标准部队，会安排好你们的，不要心急。"他向每个人送了一块白竹布手帕、一套米色卡其的新军装以及两块银元。手帕上印有总统府秘书长胡汉民写的黑色魏体大字"民族存亡，在此一举"，旁印中山先生亲笔小字"大总统孙文赠"。大家都舍不得离开孙中山先生。我把手帕和军装藏了整整35年，后被一个亲戚拿走了。

孙中山先生很快离开了南京。袁世凯两个月不发薪水给我们。七师解散后，又改组成南京卫戍团，驻在六合。吴浩去第三师担任步兵八团团长，当时三师师长为冷遹，队伍驻扎在徐州。我们驻在六合的这支队伍，不久也就开往徐州，并入三师。陆军部长黄兴宣布独立后，下令三师出兵攻打山东，我们打了三日三夜后，由第八师来接替。我在战斗中受了伤，皮鞋里灌满血，被红十字会救下火线，留在徐州养伤。光复军打了胜仗，冲过了韩庄。黄兴却在此时离开南京，冷遹没有办法，只好把部队拉到蚌埠休整。我同冷遹以前有过交往，我过去在清军三十三标时，冷遹是我们二营营长。当时出操，每个士兵发一瓶虎骨酒，我不会喝酒，总是把发给我的酒送给别人。冷遹知道后，很关心地对我说："你做机械体操，一定要喝虎骨酒。"还当着我的面叮嘱吴浩："要关心这个青年。"吴浩听到黄兴离开南京的消息，立即带队伍到南京，仍然担任南京卫戍团团长。未满10天，何海鸣上任，一会儿要吴浩继续北伐，一会儿要吴浩负责南京防务。吴浩这个团，一来因为在战斗中人员有伤亡，二来又经历了一次火车翻车事故，人数减少了一两百，无法维持南京治安，经请示何海鸣后，立即招满两个团，扩充成立一个旅。吴浩任旅长兼南京卫戍司令，我被调到司令部担任副官（调任前我在二营任排长）。吴浩每次外出，都要我紧随在后。他对我很好，很体贴我。有一天半夜里，吴浩突然被何海鸣喊去，要吴浩派兵士大清早到南京各处街道上张贴"取消独立"的布告,说是"南京孤城,无法守住"。吴浩只好执行命令,但思想上不通,他还在我面前发了牢骚。布告一贴出,南京城反应很厉害,部队也乱了起来。到了中午,何海鸣又要吴浩派人去撕布告,并下令吴浩渡江去守南京外围。部队纷纷责问吴浩,吴浩很窘。何海鸣却又煞有介事地说:"凡私通袁党的,一律就地正法!"结果吴部兵乱,遂被迫自行解散。实际上吴浩是成了"夹沙猪油酿",两头受气,他被冤屈了。我是他的副官,这情况看得最清楚。

吴浩的这支部队解散后,他本人匆匆出走。我一时不知吴浩的下落,失去了依靠,在南京湖滨公寓住了一个时期,由于生活无着,也就悄悄回到家乡无锡,从此一家团聚在胡埭。

（选自《无锡地方资料汇编》1986 年 7 月第 3 辑,内刊本）

忆先父吴浩二三事

吴亚东

先父吴浩,字虎臣,号中和,生于无锡西乡陆区桥一个农民家庭里。幼时进城学商。他性格刚直,又好习武,早年在无锡拜清朝武举人杨振海老先生为师,练就一身好武艺。

光绪三十四年(1908),由于生活所迫,又逢清廷招募新军,先父便弃商从戎,应征入伍,当了新军九镇三十六标的正目。在新军中,他接受了民主革命的思想,加入了秘密革命组织,积极从事推翻清廷、建立共和国的革命活动。［本书编者按:新军军制为八级编制,即军、镇、协、标、营、队、排、棚。一镇二协(步兵),另辖马、炮各一标,工程、辎重各一营。一协二标,一标三营,一营四队(前、后、左、右),一队三排,一排三棚。指挥官名称军称军统或总统(军长),镇称统制(师长),协称协统(旅长),标称标统或统带(团长),营称管带(营长),副营长称帮带或督队官,队称队官(连长),排称排长,棚称正、副目(正、副班长)。当时一镇(师)官兵共 12 512 人。］

辛亥革命那年,清军第九镇统制徐绍桢响应民军起义,改编新军为苏军,震动了整个江南地区。先父任苏军先锋营营长。武昌起义后,先父秘密返回无锡本籍,设秘密机关于无锡北门外黄泥桥西堍直街的大吉祥旅馆内,招募勇士,准备在无锡组织起义。

无锡光复后不久,苏军参加攻打南京城的战役。先父率先锋营赶往雨花台,攻打天堡城。清军提督张勋坚守南京,进行了顽强的抵抗。可是,先锋营的勇士不畏强暴,提出"攻下了天堡城,就得到了南京城"的战斗口号。据当时参战的先锋营副目吴刚老人(现尚健在)回忆说:"天堡城居高临下,地势险要。当时张勋用的武器是德国制造的毛瑟枪,我军条件较差,进攻十分艰苦,张勋的守兵从城上向外开枪,许多义军阵亡了。但经过激烈的战斗,至农历十月十三日,南京城终于被攻克了,张勋的江防营溃退,革命军进驻南京。"

进南京城后,先锋营驻扎在陆军第四中学内。不久,部队改编为国民革命军陆军第七师二十六团。师长洪承典,扬州人。先父也晋升为二十六团团长。后来,黄兴在南京组织元帅府时,二十六团被遴选为近卫军,守卫元帅府。先父对自己的军职尽心尽责,深受孙中山先生的赞许。有一次,孙大总统问他:"你的士兵都是苏、锡、常一带的人,会不会逃跑?"先父回禀道:"我的士兵都是老百姓的子弟兵,不会逃跑的。"

辛亥革命后不久,由于中外反动势力勾结,孙中山先生被迫向袁世凯让步,直至辞去大总统职务。民国元年(1912)3月底,孙中山先生离任时,为了奖励近卫军的勤奋工作,特赠给全团官兵每人中山式米色卡其布军服一套,用白竹布制成的手帕一方,手帕上由胡汉民先生书写"民族存亡,在此一举"八个大字。孙中山先生还勖勉官兵"要为真理而奋斗"。

袁世凯篡夺大权以后,立即从各方面向革命党人实行疯狂的反攻倒算,并公然发动内战。1913年夏,北洋军南下,先父又率部抵抗,成为二次革命时期南京方面的讨袁尖兵。从此,先父成了袁世凯军阀势力的眼中钉,他们到处尾随盯梢,妄图下毒手暗害。

二次革命后,先父秘密到达上海,住在法租界,经常在上海仁济医院(现上海第二医学院附属第三人民医院前身)内联络和组织讨袁军。有一天,当他从仁济医院出来时,突然遭到暴徒枪击。当时先父身中三弹,倒在血泊之中,幸经仁济医院医务人员抢救,取出右脚上和下腹部的两发枪弹,但另一发打在左背进入肺部又穿过第三根肋骨的子弹未能取出，直至他老人家去世时还留在肋骨中间。

父亲的枪伤治愈后，便从上海回到无锡乡下，继续从事反袁活动。1916年，袁世凯叛国称帝，在北京演出了一场帝制丑剧，遭到各地进步人士的反对。先父也在苏、锡两地积极活动，准备联络乡民，进行反袁起义。不幸被破获，只得仍返回上海隐避。这时全国各地军阀当政，连年混战，民不聊生，父亲对此非常气愤，重又回到无锡陆区桥家乡，过着隐居的生活。

1937年，日本侵略者入侵我国，践踏我国大地。1938年春，日本侵略军在沦陷区广大农村进行大扫荡。驻守陆区桥的日军在镇上抓了许多乡亲，先父因年老体弱，未及躲避，被押往陆区小学操场，和其他一些乡亲被指为反日分子，绑在柱子上毒打，还要他们供出谁是抗日分子。可是谁也不开口，激怒了日本侵略军，日军立即下令枪杀。幸经在场的父老们苦苦哀求，才免遭毒手。当时我父亲被扔在野外，后被人救回（背我父亲回家的是邻居陈喜龙，现仍在陆区桥），但不久就含愤离开了人世，卒年65岁。

先父的大半生，都在反对清廷，主张革命，反对袁世凯，追随孙中山，为民主革命而奋斗，可是他并没能找到一条正确的道路，以致含冤逝世。历史的经验告诉我们：如果没有中国共产党的领导，民主革命是不可能取得胜利的。

（选自《无锡文史资料》1988年8月第20辑）

第四编

遗迹佚闻

华士龙三次谒见孙中山

佚　名

华士龙又名彦云，1881 年出生在东北塘严埭村。家贫。21 岁时，他看到无能的清政府屈辱于外国侵略者，便立志要习武图强，毅然离开家乡，到安徽武备练军学堂当兵。1905 年，华士龙毕业，不久编入南京第九镇三十三标三营当排长。1911 年武昌起义，第九镇官兵立即响应，他们准备转移阵地备战，以对付驻守南京的张勋军队。当时弹药不足，华士龙便自告奋勇，去上海向沪军都督陈英士求援。他日夜奔波在沪宁线上，虽过家门而不入。由于他立了大功，被提升为江浙联军江北支队参谋长。

南京光复，华士龙被选为代表欢迎孙中山先生到南京就任临时大总统。11 月 12 日下午，中山先生在下关车站缓步下车，含笑同欢迎者一一握手。当孙中山握华士龙的手时，炯炯有神的目光注视着他问："你叫什么名字？"华士龙激动地报了自己的姓名。孙中山就任大总统后不久，便任命各部人选，黄兴任陆军部长，钮永建任参谋部次长。华士龙未想到竟被任命为北伐第二军参谋长，还接到大总统任命状。

3 个月后，袁世凯窃取大总统之职，以孙中山让位作为清帝退位的条件。华士龙与钮永建同去总统府拜见孙中山，称赞孙大总统领导革命有方，使中国面貌大为改观。孙中山淡淡一笑说："袁氏在北京终究是个祸根。"

　　袁世凯在北京成立"军界统一会",华士龙被推出席。他一到北京就发觉这个会把所谓统一、裁兵作为幌子,实际是袁世凯玩弄的手段。会议一结束,华士龙又赶赴上海,第三次谒见孙中山,将北京"军界统一会"开会情况和北方正在大举添兵、南方无论如何不能裁兵的建议详详细细地报告了孙中山。孙中山听后对华士龙谆谆相告,嘱咐他"稍休待命"。

　　　　　(选自张永初等编著《无锡野史》,中国社会出版 2000 年版)

孙中山与"有榖堂"

荣耀祥　荣华源

荣巷最后一任族长荣子威（1882—1961），名枚，他家厅堂上有一块匾额曰："有榖堂"，落款是"孙文"。人们不禁要问，一介平民荣子威为什么会得到孙中山的珍贵墨宝？

原来，荣子威早年在上海创办亦昌铁号，赤手空拳在铁行业中开创了一片天地，业绩昭著，在第一次世界大战期间，其盈利堪与铁业巨子周舜卿之震昌铁号比肩。荣子威是一位血气方刚的爱国青年，当孙中山急需革命经费时，便慷慨解囊，通过上海光复会团体应募款项。辛亥革命成功，孙中山就任临时大总统，因眷念沪上商界人士无私资助之功，欲有所回报，征询荣子威的意向。荣子威不假思索道："资助革命，匹夫有责。我本农家出身，而今衣食无忧，并无什么特别需求。"孙中山得知后十分感动，于是写下"有榖堂"三字，并郑重落款"孙文"，表达革命领袖与拥戴他的群众的深情厚谊。为纪念此事，荣子威先生将此三字制成斋匾悬挂正厅。可惜此匾今已遗失，下落不明。

荣子威50岁后，弃商回到故土荣巷，过着"种竹观梅天放客，养鱼渡蚁地行仙"的日子。他因德高望重被推举为族长，主持族务，秉公廉正，不负众望。因背微躬，人称"驼子长辈"，然而并无贬义。又因年长重听，一次乘火车赴沪，他问列车员："阿要到上海了？"列车员回答："真如（上海西郊的一小站）。"他误听成"真是"，因而下错车，多走了不少冤枉路，一时传为笑谈。

（附注："有穀"出自《诗·小雅·正月》："仳仳彼有屋，蔌蔌方有穀。"穀，禄也。）

（选自《滨湖古镇》，南京出版社 2009 年版）

励志学社在无锡

李康复

自甲午战败以后,国内一部分初步觉醒的资产阶级知识分子和青年学生,鉴于日本明治维新成效显著,中国大可继起效法,因此不惮远涉重洋,自费赴日留学。1898～1905年,形成了一个东渡留学的热潮。在这几年间,仅就无锡一地而言,先后赴日留学的男女学生有五十余人之多。其时孙中山先生领导的兴中会,黄兴、宋教仁领导的华兴会,章炳麟、蔡元培领导的光复会(1905年8月,这三个革命团体合并,成立了反对清政府的联合战线组织——同盟会),在日本宣传反清革命活动,吸引了大批留日学生,作为基本队伍。它们播下的种子很快地发芽、滋长,化为许多地域性的革命团体(对外用同乡会名义),出版报刊(江苏有《江苏》、浙江有《浙江潮》、湖北有《湖北学生界》等),潜运国内发行。并利用暑假派遣代表返里,组织励志学社,其目的是宣传正确的民族观念,纠正错误的忠君思想,以提高民众对反清革命运动的认识。他们用励志学社的名义,以研究学术作为掩护,进行宣传革命的统一活动。

1901年(清光绪二十七年)暑假,杨荫杭自日本返里,邀集一部分思想比较开明的人士组织励志学社,假连元街竢实学堂为社址,每星期天下午集会一次,参加的社员共四十余人,推举裘葆良为社长,秦鼎臣、俞仲还为副社长。活动采用座谈方式,以鼓吹民族主义、推翻清王朝为唯一目的,对知识分子的思想影响很大,过去的忠君意识大大转变，给辛亥革命奠定了思想基础。

（选自《无锡文史资料》1981 年 8 月第 3 辑）

无锡光复野史

吴观蠡原著　许继琮整理

二十六年的回忆

因为秦效鲁的死，引起我"伤逝者，行自念也"的伤感。不才也是秦氏光复无锡的老同事，党中人称同志。昨天秦氏三朝大殓，当年同志已举目无几，像钱湘伯、吴锦如、周铭初、许湛之、华墨林、窦鲁沂、龚葆诚、顾葆莲，以及事成后加入的薛南溟、孙鹤卿、高映川等辈都早已先后归了道山，足证26年来的人事变迁的确不少。

当年知己鬼已多

因为昔年同志多数做了"古人"，所谓"平生知己鬼已多"，当时光复无锡的事迹大有回叙的价值。可是，一部二十四史从何说起，大块文章有钱基博（子泉）先生的《无锡光复志》，一鳞半爪的有冯自由先生的《逸史》，叫我何从着笔呢？还是从小事入手吧！把26年前光复无锡一役的零碎有趣镜头，仅就我脑中所忆，介绍给读者。这不能作正史读，只能当做稗官野史看。只因不才不过是当时摇旗呐喊的一位小卒。

无锡革命的前夜

辛亥年九月十六日的前一夜，无锡革命党干部——小娄巷秦宅主人秦效鲁、钱湘伯、周铭初、孙保圻(孙希侠)、吴锦如、倪国梁、张孟修(小子也厕身其间)等许多同志，以为武昌起义，全国响应，时间已到，稍纵即逝，再也不能不动手了。但是只有同志，没有武器和战士，炸弹既没有，甩炸弹的人更没有，手枪因缺乏，开手枪的人也没有几位，老庙里虽有顾忠琛招募赴苏的被秦留在无锡的守望队300人，但都是未经训练的徒手青年，怎能抵敌？无锡知县孙友蓂有久经训练、饷械充足的200人。秦氏便派一位小同志，去他的本家秦庆钧江防营、文卿公子晋华嗣子运动飞划营、缉私营等驻军，叫他们顺从民意，准备响应。并带了许多白竹布，做革命军臂上的标志。这些头脑简单的士兵，哪知我们的情况虚实，但都知道清朝气数已尽，所以进展十分顺利。

吴虎臣苏州搬兵

革命没有军火怎么办？有位自称认识各县同志的雪堰桥人(许按：实为陆区人)吴浩，自告奋勇愿到苏州去邀请同志来，约定十五日有不少革命党人带了军械从苏州来，人马一到，立刻起事。那时，无锡各驻军都在等候发动。无锡城内已经风声鹤唳，都说革命军马上来了，各机关无锡籍人员也都"心照不宣"，只瞒着无锡知县孙友蓂、金匮知县何绍闻两个人。

多寿楼前揭义旗

不料十五日那天，自朝至暮，到苏州去的吴浩左等不来，右等不来，干部们焦急万分，秦氏便派沈用舟到商团里去借兵，一面仍等候吴浩消息。到十六日中午，秦效鲁等一班同志都已到多寿楼上，那时公园东部尚未开辟，多寿楼靠在园东边。起事的时间已到，但吴浩还是音讯杳然。大家面面相觑之际，沈用舟满头大汗，幸好窦鲁沂带了12位枪械齐备、服装鲜明的青年团员，整队吹号而来。到了多寿楼前草坪前，窦鲁沂喝令站齐，听候秦氏发令。可怜得很，虽说揭竿起义,那时竿也没有,旗也没有,来不及制造,只凭我们许多同志的一腔热血和几百颗赤心!

华墨林翩然而来

秦效鲁是个文人,至多只能做"总司令",窦鲁沂也只有先锋官资格,当时缺乏一位前敌指挥官。恰巧来了一位华墨林,是本埠华世翔的胞叔,日本士官学校毕业,久历戎行的老军务,便请他做临时指挥。华墨林便下令进攻无锡、金匮两县署。华墨林是否应秦氏之约而来,我已模糊,只记得他身上未穿军装,穿着马褂长袍,对武装同志简单演说了几句,撩起马褂前襟,露出来腰带上挂着的一枝自备手枪,对武装同志说:"我们今天要完成民族革命。"那凛然不可犯的神态,至今还留存在我的脑中。

无锡县前一排枪

华墨林自己留在公园,没有上第一线,最后仍由窦鲁沂带队出发,前面四面白旗开路,旗上是否有字已忘了。只记得临时来不及制旗,几个干部臂上缠着白布,跟随同行而去。高崇山则骑了一匹白马,先到老县前预备接收印信。队伍出了公园,走寺巷街,过大市桥,从东大街折入老县前。那时县署头门外已聚满了看热闹的民众,署内两廊下孙花楼带着江防营,手中已无枪,正在纷纷把白竹布条子扎在袖上,表示响应。我们四面白旗由扛旗人朝南排在头门外,12 位武装同志在闻喜楼北面空地上朝北立着,对县署放了一排枪示威,枪中子弹已预先退出,都是放空枪。

孙知县交出印信

大家跑步穿过公生明亭子,从大堂、二门、二堂向右转弯,在一间四面开窗的花厅上遇到知县孙友蕚,请他交出印信。孙友蕚是北方人,高个子,气宇轩昂,相貌堂堂,年纪约五六十岁,是位有胆识的老官僚。他倒并不畏怯，立刻把印信交出，还说了几句干脆的话，说什么"你们各位是革命，好！我也赞同革命的。印信尽管拿去，可是你们要给我开一张收条，我好向省里销差……"在印信交付之后，我们就当着孙友荸的面，高呼"革命军万岁"的口号。此时的孙友荸，这个有胆识的老官僚，也很觉难为情，这且不在话下。在出发前，秦效鲁曾约法三章，颁发军令：一、不取不义之财；二、不乘机报私仇；三、不无故杀戮官吏、毁官舍。当时查明孙友荸尚无挪用公款之事，所以并不限制他的自由与安全，让他自己出境，没有留难。

金匮县如法炮制

占领无锡县署后，我们的义师便从连元街赶到金匮县署，金匮知县何绍闻年纪约六十，花白胡须，五短身材，胆小如鼠，他事前听见革命军来了，早已躲避到县下塘某姓家中，被高崇山派人去抓了来，吓得如筛糠，一句话也说不出来。我们如法炮制，请他交出印信卷宗，手续简单而顺利。不过他经手的公款很多没有交代清楚，金匮县本来是富县，无锡县比较清苦。所以不放他走，把他软禁在县署里，直到算清交代明白了才恢复他的自由。那一天，车站有一顶蓝呢轿子，坐着官眷，预备上火车逃走，被我们扣留下来，原来就是何绍闻的太太。何绍闻在衙门里终日愁眉不展，长吁短叹，为防他自尽，派秦巨源日夜陪伴他。晚上，秦巨源竟与父母官同榻而眠，抵足谈心，这真是光复时的趣事。如今秦巨源也去世多年了。

破端砚权作印信

占领锡、金两署后，多寿楼上的司令部立即迁到金匮县署。因为金匮县署屋宇多（原崇安区政府所在），何绍闻签押房（即无锡县县长室）改为司令室。无锡县署后改司法部。开头几件最紧要的事是改正朔、剪辫子、出安民告示等。那时中华民国的国号尚未产生，安民布告上的头衔是"锡金军政分府"，后面写的是黄帝纪年四千六百零九年九月十六日,阳历是后来民国成立了才改的。军政府的一颗印,事前没有预备,事后也找不到上级机关颁发下来。临渴掘井,立马造桥,到刻字店里去赶刻又欠失尊严。于是钱湘伯寻到一块破端砚,请美术家王师梅(时为竞志女学教员,也参加革命)在砚台底下刻了"锡金军政分府"几个篆文。秦效鲁司令看了大为赞赏,立刻启用关防,命掌印官龚葆诚盖在布告上,并命他妥为保管,不得疏忽。后来操一城生杀大权的,全都是这个破砚台印。现在此印是保存在秦效鲁家里还是图书馆,或是历史博物馆,我也说不清楚了。

剪辫子同时开刀

剪辫子是当时一个重要节目。明朝换清朝,我们的祖宗为护发不知流了多少血。扬州十日、嘉定三屠的余痛,至今我们心坎上还留着深深的伤痕。所以军政分府成立后,第一件大事便是剪辫子。但是惭愧得很,我们革命党人的辫子还没有割,怎好去割民众的辫子呢? 甚至秦效鲁司令的辫子事前也没有来得及剪去,也和诸同志一样,先革了清廷的命,然后再革辫子的命。其中只有钱湘伯的辫子在此一两年前已割去,记得他因为无锡没有新式理发店,特地坐火车到苏州青阳的日本租界理发店去剪的。这真可是我们中间的一位先觉。那一日,我们许多同志齐集在西河头王韵楼家里,彼此约好同时落发。虽然大家对此义无反顾,但是那天对大家心理上的刺激是很大的,真有些像出家当和尚,跪在师父面前落发一样的感觉。因为身体发肤受之父母已数十年了,当然未免有些麻辣辣的感觉。我是事前没有接到通知,刚踏进王家,只听到脑后"咔嚓"一声,我的辫子已经在钱湘伯手里,他高高举起,送到我面前,在一阵鼓掌欢呼声中,剪辫子典礼就算告终了。辫子刚剪去之后,有一些不习惯,每遇到出恭少不得依然会做甩辫子的手势,要习惯好久后,才会改去这多此一举的动作。

理发店的一大转变

我们自己剪过辫子后，便开始强迫民众剪辫，预先打了好几十把剪刀，由一班青年同志守在城厢内外十字路口，看见拖着辫子的，也不去征求他们的意见，就是一剪刀，顿时闹得满城风雨。也有跪在地上磕头求饶，请求保全他一条辫子的；也有说若剪去我的辫子，家里80岁的老母要不认我做儿子的。在这股潮流下，无锡剃头店发生了一大转变，以前专打油松三股辫的理发好手，都成了时代的落伍者。直到最近流行剪发、烫发，理发业才转到专做以女性为对象的生意上。辫子剪过，打菩萨又成了我们的重要工作。要讲打菩萨，不得不说到现在的第一警察所，这里是清朝的玉皇殿，每年正月初九是朝皇会的盛典，无锡打菩萨就是从玉皇殿开始的。

正月初九朝皇会

现在的图书馆，就是从前的三清殿，殿宇早已坍废，只有孤零零三间大殿，殿里三尊高大的三清菩萨，是一个姓袁（也许姓阮）的旗籍老妇募化装修的，那时只有泥身没有饰金。殿后玉皇殿（即如今的第一警察所），辛亥革命后曾改为尚武社。正月初九玉皇诞辰，各庙神祇，循例去朝贺，初八出会，初九朝皇。无锡在冬天出会，只有朝皇会，各庙神像都在服饰上争奇斗胜，一律穿着披风、外氅，其中府城隍风头最健，不是白狐外氅就是青棕羊披风，因为北塘米业是最有钱的一业。南门张元庵，东门延圣殿，惠山张巡大老爷，虽然号称"三花面"，在各神庙的地位算最高，但都穷得要命，哪能与府城隍比赛风头？只有新老城隍、延寿司、南水仙诸庙还过得去，延寿司神常穿一套诸葛亮的八褂袍，十分漂亮。

两项绝技的回忆

初八的会出过，各神像来不及回庙，就在朝房里休息一宵，因为明天初九五更三点就要去"朝皇"。朝房内新、老城隍两庙按年轮值;论地位两城隍平级,但锡、金两县贫富明显,朝皇气派自然也不一样,尽管如此,初九打早的"朝皇会"还是十分好看。各庙神像身穿朝服,手执牙笏,按职位大小,由 16 个轿夫先后抬到玉皇殿门前,三进三退。做山朝贺的隆重仪式,要走得快,抬得稳,其中要算南水仙(南市桥脚班)、府城隍(三里桥脚班)两庙的轿夫技术最高,抬得像风驰电掣一般疾进疾退,神座前四盏宫灯珠璎珞、丝飘带要依然稳稳的,一丝不乱。16 个轿夫脚步又快又软、又细又匀是一项绝技。神像背后还有一把长柄伞,有人执着,跟在神像背后一面走一面转,越转越紧,宛如风火轮一般,这是第二项绝技。此等绝技此等胜会,在辛亥革命后给我们打倒玉皇菩萨那年是最后一次见到,现在不是 40 岁左右的人,大概都没有见过。

图书馆即三清殿

打菩萨是破除迷信的急先锋,不消说又是我们这班青年同志当时最感兴趣的一件事。我们知道,民众迷信很深,要是白天进行,难说有许多烧香老太会结伴成群来阻挠我们。为了避免出意外,所以决定,在某日深夜同时秘密进行,把城里玉皇殿、三清殿、新庙老庙的泥塑木雕捣毁得落花流水。城里毁好,马上又出发到惠山,把东岳庙的神像神器、不二法门的十殿阎罗等打得碎成屑片。也许想到张巡、许远两神因为有功于民,手下留情,没有捣毁。到东岳庙时,大门已关上,无路可通,无梯可入,有位年纪最轻、身材最小的革命同志秦庆钧,就从门槛缝中钻进去开门,然后大队人马才得以长驱直入。三清殿改为图书馆,就是这一回打菩萨的最大成果。要是当时没这一打,哪来如今这美轮美奂的文献之库啊?三清殿里三尊神像,就是元始天尊、通天教主、太上老君,号称三清,像最高大;不二法门的摸壁鬼、无常鬼塑得最牢固,好不容易才毁掉。我们黉夜出发,未带绳索、铁锄,只得解下腰间绸裤带,接连三四条,套在菩萨颈上,两三位同志在背后推,三四位同志在前面拉,这样一拉一推,才把泥身打倒,当时着实费了一番力气。参加此役的人名已不能全记得,过世的有钱湘伯、周铭初、秦巨源、龚葆诚诸人,但现在尚在世的也有不少。

军政府济济多才

军政分府成立时,设立民政、军政、财政、司法四部,推举出来的部长是:裘葆良(民政,未就)、华墨林(军政,不久便辞职)、孙鹤卿(财政)、薛南溟(司法)。首先起事的真正革命的秦效鲁不在其列。当时秦氏部下许多热血青年为秦氏愤愤不平,管辖四部重新协调,暗潮才得以平息,不然便闹成无锡"二次革命"的乱子了。后来想了个妙法,在四部长之上特设一个总理处,推举秦效鲁为总理。

在义旗未举之前,无锡的地方硕彦都怕杀头,对参加革命工作的人避之不及。等到事成之后,在军政府一面,因需要人才,有愿意出山的人也感觉危险减少,所以地方贤豪在他乡隐匿的,多闻风而归,颇有济济多才的气象。除各部部长外,军政部有杨邦藩、杜掌如、王运锡、高崇山等,司法部有史问耕、秦晋华、韩慕荆等,财政部有秦卓如、吴念岵等,都是一时知名人士。至于秦司令的左辅右弼,一是现在老人堂里中坚分子孙希侠(保圻)先生,一是已经作古的敝本家吴锦如先生。

斩盗犯试动斩刑

革命成功后,第一次开刀杀人是因为一起盗劫杀人案,罪犯有五名,同在南校场斩首。那天高崇山刚巧剪掉辫子,理成一个光头,秦效鲁命他前去监斩。他骑了白马,手执令箭,率领队伍到南校场去,十分威风。刽子手是西水关的高顺昌,杀人手段很是了得,五个强盗共杀了五刀半,前四刀一刀一命,干净利落,杀第五刀时,人也许乏力了,才多斩了半刀。无锡的刽子手,清朝到民国只有高顺刀法最好。现在杀头之刑已废,用不着这门技术了。当刽子手的每杀一次人,都会到城隍庙里烧一次香。犯人背上插的斩条,必须张张保存好,等到刽子手临死时,叫家人带了替他焚化,据说好到阎王殿那里去销差交账,否则被杀的犯人会向他索命。这当然是迷信。

薛伯谦反动嫌疑

盗犯斩决后,发生一起反动案,据告有不少不三不四之人在北门铁索观秘密开会,又在江阴巷铁匠店里打了不少大刀,分明是图谋不轨。本案牵涉的人有道士、和尚,还牵涉了礼社薛伯谦。在敬恕堂(金匮县署花厅)审问薛伯谦那晚,政府发了两道临时口令,禁止闲杂人等出入。审判官是司法部长薛南溟,另外还有两位外籍审判官,检察官承审,但大权操在薛部长、秦司令手里。那晚录事是杨蔼士,他本是司法部的庶务员,临时兼充录供职务。后因薛伯谦关于本案的嫌疑查无实据,并有秦伯康等竭力替他辩诬,才被获释,恢复自由。

反动案牵涉和尚

反动案与道士没有什么关系,不过是有人借他们的铁索观开会罢了。另外,有一位东门某寺院的当家和尚名霞明,有人说他与案件有关系,便抓来审问。那和尚四川口音,面相凶恶,虽矢口否认有反动之事,但一看就不是正经僧人。他外穿袈裟,里面穿了一身黑色军装军裤,裆膊里还抄出一块小小的东西,又像砒霜,又像鹤顶红,一个小脚趾头还有受了创伤的血痕。据供认,旧军装是因为便宜买来穿的,小块毒药是用来捉野兽的,脚趾血痕是穿了钉鞋擦伤的。可是那几天也没下雨。据小和尚讲,这个当家每夜独自外出,有时回来有时不回来。在这样支吾其事的供述下,霞明和尚便被判了死刑。那时军法官是常州人刘书箴,书记官就是笔者(吴观蠡),都附秦司令的骥尾,在宣布罪状的布告上一同具名盖章。在审判的翌日早晨,就执行了死刑。

霞明僧枪毙一幕

有人提议斩决太古老了,此举宜改为枪毙行刑,此说深得秦司令赞许,便决定将霞明僧的死刑改为枪毙。行刑地点,就在军政分府大堂门前"尔俸尔禄,民脂民膏"的木牌下。旧金匮县署并无公生明亭子,只有牌楼式的木牌,上书大字"尔俸尔禄,民脂民膏,平民易妄,上天难欺"四句,旧无锡署的公生明亭子不久被拆掉了,因此就在署内枪决。用不着监斩官,开枪是人人会的,所以事前也没有派定行刑人。等秦司令坐大堂,验明正身,便绑下执行。有一位军政部的某君,到高崇山房间里去拿了一支勃朗宁手枪,自告奋勇愿做枪手。不料到写有"民脂民膏"的木牌下,一见霞明,对着霞明脑袋的那只手瑟瑟发抖,迈不开步。严伯寅是军政部的队长,站在旁边见此情形,便走过来拿枪对着霞明的鼻尖瞄准,说也奇怪,他也两条腿不听指挥,一直向后退缩。秦桐生看得发火,马上掏出自己的小手枪,对准霞明"砰砰砰"三响,才把和尚的性命结果了。那时秦桐生刚从临淮前线攻打南京张勋回来,这一次他给军政府同人留下了深刻印象。后来军政部取消了无锡的军队,合并成团部,秦司令委任秦桐生为警长。

蓝呢轿子水烟袋

金匮、无锡情况不同,金匮的漕银税款都比无锡多,所以金匮知县为肥缺,何绍闻(金匮知县)在任时,自是十分奢华,不比孙友蕚清苦。何知县坐的一顶蓝呢官轿,上有雪白的锡顶,四面罩着图案式的黑斜线网,两根轿杠,韧而且软,轿后垂着的纬须在抬起时随风飘拂,十分漂亮,与一般的轿子有雅俗精粗之别。革命成功后,这顶轿子一直搁在大堂上,那时虽尚未提倡"新生活",但军政府多数进步青年以为这是封建遗物,主张弃而不用。也有不少年长的人说:"做官,行此礼,便该乘此轿,否则便与身份不相称了。"那时马路也未拓宽,尚无包车,秦司令采纳了此说,便坐轿出行。那时的轿夫叫阿菊,便是后来在新县前开烟纸店的,现已过世了。还有一个叫瞎子洪宝,至今还在。跟在秦司令轿后的俊仆叫根大,不是现在的坤荣。在秦司令当民政部长任内,都是根大当差。秦司令最爱吸皮丝烟,一只雪白锃亮的白铜水烟袋,根大总是收拾得清清爽爽,带来带去,到签押房拎到签押房,到公馆拿到公馆,好像杨香武的九龙杯,杯不离身,手不离杯。到了晚年,当差的根大才换了坤荣,那水烟袋却一直是秦效鲁的老伙伴,直到秦去世。

(原作分别刊载于 1937 年 4 月的无锡地方报纸,原标题为《无锡光复外史》。)

锡金县衙光复经过又一说

华钰麟

1911年10月10日（农历辛亥年八月十九），武昌起义成功。接着，各省纷纷独立。11月5日，江苏巡抚程德全宣布独立。11月6日（农历九月十六）上午，秦毓鎏在公园多寿楼前草坪召开誓师大会，宣布行动纪律后，光复队队员挥舞白旗，经大市桥、东大街，直冲坐落在老县前的无锡县衙。据钱基博《无锡光复志》以及各种记载，无锡县知县孙友蕚曾率县衙壮勇企图抗拒，结果稍稍接触，光复队员即逮捕了孙友蕚，逼其交出印信。攻下无锡县衙门后，又进攻金匮县衙。金匮知县何绍闻见大事不妙，准备易服逃跑时，被光复队员抓获。清王朝统治了280多年的无锡宣告光复。关于光复无锡县衙的经过，另有一说。

当光复队员冲入无锡县衙时，无锡县知县孙友蕚曾率县衙壮勇妄图反抗。孙友蕚，字长胜，河北人，为人粗暴，无锡人称他"孙长毛"。后来孙友蕚又怎么会放弃抵抗束手就擒的呢？其中有一段秘闻。光复队员中有一位叫蒋东孚的人，他和周铭初、秦振声两名队员手挥白旗，高呼"停战"，要求见孙知县，孙友蕚不知道来人"葫芦里卖什么药"，答应会见。蒋在进门前捡了三块拳头大小的石头，用手巾包好，提在手中，面对孙知县，告知人民起义推翻清王朝是大势所趋，民心所归，要他投降，同时举起手中所持东西威胁孙友蕚，如再抗拒，当和他同归于尽！

孙见状大惊,问道:"你手帕中包的是什么东西?"蒋回答:"炸弹!"并做投掷的动作。孙友萼见状大惊,高呼:"慢来! 慢来! 有话好说。"蒋东孚见孙焦急恐慌的样子,更加有恃无恐,胆气更壮,接着大声恫吓:"你投降不投降? 我等不怕死,甘愿作烈士。这里面有三颗炸弹,爆炸开来,这县大堂内的人全会炸死。"在蒋东孚的气势下,孙知县吓得一身冷汗,立即同师爷商量投降,最后俯首投降。无锡县就如此轻易地光复了。

　　蒋东孚后来在无锡江尖上经营陶器,是江尖上最大的陶器商,又是无锡培植兰花的专家,在无锡汤巷建造了无锡有名的"蒋家花园"。

　　事隔42年后(1953年),已届晚年的蒋东孚曾将这一段鲜为人知的"光复无锡的秘闻"讲给了钱基博的侄孙钱汝侃听,这才有人知道。

无锡人签发的
两张辛亥革命纸币

黄海容

　　1911年10月，革命派领导的反对清王朝封建统治的革命起义在武昌拉开帷幕。革命的烽火很快燃遍中国大地。1912年1月，以孙中山为总统的中华民国临时政府在南京成立。民国新建，百废待举，都需要有力的财政支撑。但在旧官吏卷款潜逃、清军反扑、列强封锁的情况下，革命派四处罗掘，难以应付，发行军用钞票和临时兑换券成为革命政权挹注财政、筹集军饷的重要手段。这期间，有两位无锡人发挥了重要作用，他们分别在上海和南京主持两种纸币的发行，用以支应各项军政用度，支援革命，功不可没。

一、沈缦云和中华民国军用钞票

　　武昌起义爆发后，在沪的中部同盟会总部与光复会上海支部相配合，争取上海商团公会和部分驻沪新军、巡警的支持，于11月3日发动起义，相继光复城厢，攻占江南机器制造局，控制铁路站。11月6日，沪军都督府宣告成立。都督府成立后立即着手筹设中华银行，由都督府财政总长、原信成银行协理、无锡人沈缦云总其事。

　　沈缦云，原名张翔飞，同治七年（1869）十二月二十六日生于吴县，祖籍无锡。父亲张桐龄（炳南）是举人，在家乡设塾教课。太平天国时期,张家避居上海,翔飞幼年即在美国基督教圣公会创办的上海培雅书院读书,品学兼优。其时无锡富商沈金士儿子早夭,遗一独生孙女,经人介绍,12岁的翔飞入赘,改姓沈,名懋昭,字缦云。1889年,年方二十的沈缦云一举考中举人,但他没有走入仕为官的道路,而是跟随沈金士料理家业,在沈家开办的铁工厂、碾米厂里学习技术和经营管理。

1906年,沈金士与在沪的无锡籍绅商周舜卿等人合资,在上海创办信成商业储蓄银行,由周任总经理,沈缦云出任协理,主持日常事务。信成银行经营得法,业务迅速发展,相继获得钞票发行权,代理上海道署库银,并陆续在南京、杭州、天津、北京等地开设分行,吸收存款达700余万元。

这期间,沈缦云加入了同盟会,成为沪上上层士绅投身革命的第一人。1906年,他发起组织上海南市商业体操自治会,任会长。次年与商学补习会等团体合组上海商团公会,逐步建立起一支以商业从业人员为骨干的地方武装力量。依托经营银行的经济实力,他一面资助《民立报》等报刊,鼓吹立宪和革命;一面筹款从国外订购枪支弹药,密谋长江流域的反清武装起义。

武昌起义爆发后,沈缦云积极联络商团,争取地方绅士的支持,参与发动光复上海的武装起义,并组织和带领商团攻克江南机器制造局,救出被俘的上海起义领导人陈其美。此一功劳加上信成银行为上海革命政权垫款30万两,沈缦云被孙中山授予"光复沪江之主功"的匾牌。南京临时政府时期,又由孙中山委任为驻沪理财特派员和劝业特派员,协助筹措革命军军饷和临时政府经费。

1911年11月14日,沈缦云在海天村邀集上海银钱界、商界人士集会,商议创办中华银行,作为即将成立的中华民国的中央银行,得到与会者的支持。沪军都督府随即发出《创立中华银行发行公债、军用票告示》,称中华银行作为"经济之枢纽",宗旨"在于流转金融",要求商界、银钱界和广大市民共同维持。11月21日,中华银行在上海南市吉祥弄口正式开业，出席开幕式的有沪上各界人士，军用钞票也在同日正式发行。开幕式上，一些商界巨子如郭竹樵、黄少岩、朱少屏等，纷纷以高于面值几十倍至一百倍的银元，兑换军票的前几号钞票，以作纪念，并表示对革命的竭诚拥护，一时传为佳话。

这一套军用钞票是辛亥起义后革命政权发行的第一套军用钞票。据记载，其面值共分拾元、伍元、壹元、伍角、贰角、壹角六种，目前可见的有四种。四种钞票均采用证券纸，以石印机印制。票面文字、图案基本一致，唯票幅和颜色不同，拾元为绿色，伍元为黄色，壹元为赭色，伍角为蓝色。票面除印有"中华民国军用钞票"字样外，还特别标明"上海通用银圆""凭票即付"，可见其与银元等值，为可兑换纸币。钞票正面署有"中华银行经理"，并盖"沪军都督""财政总长"两方朱文印章；背面为英文的钞票名称、面值、说明事项，下方印有沈缦云的英文签名，表明该项钞票的信用由沪军都督府担保。

这套钞票的设计颇有特色，图案简洁，文字清晰，票面布置匀称，在当时的军用票中独树一帜。它没有采用当时辛亥革命货币上普遍采用的十八星旗、五色旗、狮球图等政治色彩鲜明的图案，而是仿照日本横滨正金银行钞票式样，去掉其象征皇权的双龙图案。这是因为，当时起义首先在上海打响，而江苏、浙江大部分地区尚有清军困守顽抗，这样做是为了缩短钞票设计、制版、印制的周期，也便于普通老百姓接受使用。

这一套军用钞票限定为上海地方通用，仅有小部分流入沪宁沿线各埠。它与同一时期各地发行的军用钞票不同，流通中随时可兑现（银元），因而总体信誉尚好。至于其发行数额，目前缺乏确切的数字可考。从现在所能见到的钞票实物看，除壹元券编号有6位数外，其余几种均不过四五位数，因而估计总发行量不会太多。1912年6月11日，沪军都督陈其美曾发布一项告示，说："近有营私图利不顾大局之匪人，伪造钞票，希图混用，经本都督破获后，军民人等之行使中华银行钞票者，闻信之下，不免疑虑，市上使用，顿形阻滞。"为此，他下令"转饬该银行，将所有钞票全数收回，不再用出，以免伪票混用，累及同胞"。这说明，这项军用钞票的流通时间不长，前后不过半年多时间，但在当时还是较好地发挥了支援革命、稳定市面的积极作用。

二、邹颂丹与中国银行通用银圆券

南京临时政府成立后同样面临严重的财政困难。对此，临时大总统孙中山一面以招商局和汉冶萍公司为抵押向外国银行借款，一面以财政担保发行军需公债募集资金，与此同时，也发行军用钞票以应军队索饷和政府开支之需。此外，孙中山也看到，新生的中华民国必须建立自己的中央银行，以整顿币制，控制金融，既保持社会经济的稳定，又通过发行货币开拓财源。

建立中华民国中央银行，当时在临时政府内部有两种意见。一种意见是以革命派控制的上海中华银行作为中央银行。陈其美、沈缦云创办中华银行时就有这样的设想，其简章规定：本行"兼有中央银行性质，经理国家所入一切税赋款项"。临时政府成立后，中华银行曾递交呈文，请求拨款30万元，在南京设立分行。1912年1月21日，总统府批复："令由财政部饬江南造币厂，即拨三十万元发给备用。"但由于种种原因，这一批复没有落实，中华银行作为中央银行的动议也最终未被临时政府采纳。另一种意见是将大清银行改为中国银行，作为中央银行。1月24日，大清银行商股联合会也提出呈文，要求招集商股，同时酌拨公款，组织中国银行，并将大清银行房产等接收应用，由新政府承认为中央银行。在财政部的支持下，这一方案得到孙中山的批准。于是，中国银行于2月5日正式成立，行址设在上海汉口路3号大清银行旧址。南京临时政府之所以放弃革命派自办的银行而接受大清银行的旧班底，除了急于筹集资金和受到陈锦涛等进入临时政府的旧官僚的牵制外，主要是以孙中山为首的革命派表现出政治上的软弱，在一系列重大政治问题上采取妥协态度，希冀避免矛盾，安抚旧官僚，通过接管的办法建立国家机器。

新成立的中国银行实际上分裂为两摊。临时政府财政总长陈锦涛与以孙中山为首的革命派貌合神离，在否定中华银行、确认中国银行为中央银行后，他又竭力控制中国银行，盘踞上海，不让临时政府插手。孙中山为调和矛盾，任命大清银行旧人吴鼎昌和兴中会会员、与沈缦云一起筹设中华银行的薛仙舟为中国银行正副监督。结果是陈锦涛、吴鼎昌掌管在上海的中国银行总部，而财政次长王鸿猷和薛仙舟则依托中国银行南京分行以调度临时政府的财政。以往的记载，中国银行成立后最早发行的货币，是利用大清银行李鸿章像兑换券，加盖行名、地名及签字而成。但后来经过调查发现，中国银行成立后最早发行并且属于自印自制的是南京兑换券。中国银行现存最早的一套报表（1912年10月15日）中，曾有银行第一任发行课主任张竞立手注的"备考"："南京发行之一元、五元票两种，系上年初创时印刷应用，其纸色样式均与总行不符，现正收回注销。"1988年，有研究人员在协助第二历史档案馆整理馆藏旧钞时，在一大堆混乱的废钞中首次发现了这一种中国银行"南京券"。

南京兑换券据记载和目前所见实物，共有壹圆（正面赭色，背面绿色）和伍圆（正面黄色，背面橘红色）两种。票面除印有"中国银行""通用银圆"外，还印有"南京"字样。背面有英文行名和说明，并有分行经理邹颂丹和会计主任叶济仙的中文签名。这套兑换券与中华银行军用钞票在式样和风格上十分相似，票面布置和文字格式如出一辙，特别是背面的英文字样，除行名外，几乎完全一样。可见两者有很近的血缘关系。

中国银行南京券于1912年2月14日起发行，是孙中山领导下的中华民国国家银行最早印发的钞票。它的发行，不仅记录了南京临时政府金融活动的重要历史,而且反映了革命阵营内部革命派与旧官僚尖锐复杂的斗争,也在很多方面体现出以孙中山为首的革命派关于货币金融实践的指导思想。例如,不用大清旧钞加盖而自印新钞;发钞有一定现金作准备,随时兑现;凭票即付,最终收回;等等。这套兑换券共计发行伍圆券9.99万张,壹圆券49.99万张,共计近100万元。至南京分行撤销(1912年12月)时,仅有990元尚未收回。其发行数额不大,但在当时为南京临时政府筹措了经费,发挥了稳定革命政权的作用,其意义并不在同一时期发行的南京军用钞票和陆军部军用钞票之下,更是中国银行"李鸿章像券""黄帝像券"所不可比拟的。

具体主持这项钞票印制、发行工作的为无锡人邹颂丹。邹为清朝秀才,1905年至1906年留学日本,受到新思想的影响。回国后进入大清银行,先后任长春分行协理、江宁分行经理。南京临时政府解体后,中国银行南京分行随之撤销。邹颂丹没有再在中国银行任事,也没有像很多人那样,北上北京到官场另谋高就,而是回到家乡闲居。他曾投资九丰面粉厂等企业,支持地方民族工商业的创办和发展,但没有直接参与具体的经营管理。

相比较而言,沈缦云的经历却是波澜起伏,颇有传奇色彩。南京临时政府结束后,他受孙中山委派,另行筹组中华实业银行,担任筹备主任,并任同盟会驻沪理财部干事兼东南亚群岛交际员,曾亲往东南亚一带向华侨募款,筹措银行股本。1912年5月15日,中华实业银行开业,沈出任总经理。随后孙中山发起组织中日合办的中国兴业公司,他又担任筹备员,进而参与发展工商业经济。1913年二次革命失败,沈举家亡命大连,在那里兴办兴业公司,作为掩护,联络革命志士,暗中进行反对袁世凯的活动,包括在奉天(沈阳)等地筹备武装反袁。

1915年,袁世凯侦知沈缦云打算在大连办报宣传革命,便派奸细张复生,假冒同盟会员、新闻记者,至沈寓所,声称奉天有一报馆拟出盘,邀沈前往奉天考察。临返回前,张复生在家设宴为沈"饯行",沈缦云返回途中便觉头晕、呕吐,手足颤抖,至大连急延日本医生诊治,方知中毒,且已无法施救。第二日早晨,沈病危,弥留时说:"你这盟友已成叛徒……你能害我肉体,不能损我灵魂、灭我志愿。"1915 年 7 月 23 日晨去世,年仅 46 岁。报章刊出沈缦云遗像时,孙中山亲题"如见故人",以志哀思。于右任作《七哀诗》,表示悼念,诗云:

> 仗义扶危感一生,三民终奏大功成。
>
> 青蝇墓上今犹昔,辽海魂归有哭声。

参考文献:

[1] 吴筹中、顾延培:《辛亥革命货币》,宁夏人民出版社 1986年版。

[2] 柏文:《百草集》,亚洲钱币学会出版社 1999 年版。

[3] 孔祥贤:《大清银行行史》,南京大学出版社 1991 年版。

[4] 中国银行行史编委会:《中国银行行史》,中国金融出版社1995 年版。

[5] 中国第二历史档案馆:《中国银行行史资料汇编》,档案出版社 1991 年版。

[6] 政协上海市文史委:《辛亥革命七十周年文史资料纪念专辑》,上海人民出版社 1991 年版。

[7] 沈云荪:《沈缦云》,见《中国近代企业的开拓者》,山东人民出版社 1991 年版。

[8] 王赓唐等:《理财专家沈缦云》,见《江苏名人传》,江苏文史资料编辑部编印,1997 年。

[9] 顾洪兴:《沈缦云》,见《无锡历史名人传》第四辑,政协无锡市文史资料委员会编印,1990 年。

秦毓鎏及其故居

徐志钧

从小娄巷50号备弄可通至福田巷8号,即秦毓鎏故宅。

秦毓鎏,字冕甫,号效鲁,晚年别号天徒、坐忘。生于清光绪五年(1879)十二月。生父秦谦培,光绪丙子科举人,国史馆誊录,议叙知县。嗣父秦恒培,早逝。秦毓鎏由嗣母养育成人。早年走的仍是科举之路,17岁那年考秀才未中,即入东林书院学习。在书院中专力经解和诗赋,喜读侯方域的《壮悔堂文集》。"明文即敝,以迄于亡。方域始创韩欧之学于举世不为之日,遂以古文雄视一世。"这是清人对侯方域文章的评价,也许从中可窥秦毓鎏爱读侯文的原因。这一年,生父以《论语》中"参也鲁"一句,为之取号为"效鲁"。后来秦毓鎏所发革命文告和命令,即署"效鲁"两字。光绪二十二年(1896)的一天,秦毓鎏听到华蘅芳与父亲秦谦培在谈论变法,于是购来《时务报》,又读《万国公报》,受到维新变法思潮的影响,决心不再走科举之路。光绪二十四年(1898),秦毓鎏考入上海南洋公学接受新式教育。不久即离校在无锡张泾胡氏家塾任教师,教课之余研读宋明理学之书,也读老庄之书。第二年,考入南京水师学堂,3个月后即退学回张泾继续坐馆。光绪二十八年(1902)二月,受吴稚晖帮助赴日本留学,先学习日语,半年后即以译书自给。这一年,蔡锷、顾乃珍等9人欲以自费生身份入成城军校,受到公使蔡钧的阻遏。吴稚晖、孙揆均与之力争,蔡嗾使日方驱逐吴、孙两人。秦毓鎏与同学到清驻日公使馆诘问他，遭到逮捕。这事促使秦毓鎏认识到清政府的腐败无能，"伤神州之将陆沉，诸同志往复讨论，遂决定主张革命"。于是与在日的留学生组织了青年会，专事翻译如《法兰西革命史》《未来世界论》等，以鼓吹革命思想。第二年，由留日学生江苏同乡会举荐，担任《江苏》杂志总编。秦随后即废弃清朝年号，用黄帝纪元以示与清廷决裂。接着组织拒俄义勇队学生军，半年后改为军国民教育会，进行反清的暗杀、起兵等秘密活动。秦因从事革命活动遭到清廷的通缉。军国民教育会铸有镍质会员徽章，大如银元，正面为黄帝像，背面刻铭文："帝作用兵，挥斥百族。时维我祖，我膺是服。"铭文出于秦毓鎏之手。这年夏天，秦毓鎏回到上海。

光绪三十年（1904），黄兴在湖南长沙成立华兴会，黄兴为会长，秦毓鎏为副会长。华兴会成立后即着手组织武装暴动，不幸叛徒告密，清廷大肆搜捕，秦潜回无锡。第二年又至上海文明书局任编辑。这段时间与苏曼殊交往密切，同游同咏。清宣统二年（1910），清政府推行新政，各省实行地方自治。秦毓鎏在无锡被举为自治公所议员，不久又被举为议长。

清宣统三年（1911）10月10日爆发武昌起义，举国震动。秦毓鎏深受鼓舞，奔走于苏州、上海之间，与章木良、陈其美多次商量响应。与陈其美等光复上海后，秦毓鎏即由沪返锡，在小娄巷私第，密召同志钱鼎奎、吴千里、孙保圻、吴廷枚、张有诚、秦昌源、沈用舟、周铭初、秦庆钧、侯惕承、高文、王师梅、吴浩、顾乃钧、王传律、孙雨苍、余小禅、林子坚、蔡容、倪国梁、钱际香、窦鲁沂、孙鸣仙、秦元钊、孙静安、钱基博、许嘉澍、陈作霖、侯中柱、王剑潭、邹家麟、曹滂、钱基厚、黄蔚如、顾彬生、吴宪塍、沈锡君、钱宜成、顾介生等数十人漏夜计议，在无锡起事。

秦毓鎏在无锡，一面策动无锡县江防营、飞划营、太湖水师及无锡、金匮两县衙门卫队起义，把它们暗中编为光复团；一面联络商团和民团，编为守望队。另外秘密招募数百人组成敢死队。一切就绪,于11月6日下午宣布起义。无锡县知县孙友尊缴出印信率先投降。金匮县知县何绍闻闻风潜逃,为民团捕获。7日,起义军召集地方人士会议,公议设立军政分府,分军政、民政、司法、财政四部。公推秦毓鎏任锡金军政分府总理,总揽全局。另有军政部长华承德、民政部长裘可桴、司法部长薛南溟、财政部长孙鸣圻。这是无锡历史上第一个三权分立的政权。同时编锡金军三营。起义那天,锡金起义军发布《锡金军政分府起义檄文》,传诵一时。1911年12月31日,陈英士从上海发电报给秦毓鎏,告诉他第二天孙中山赴南京,于无锡过境。接电后,秦连夜组织欢迎。元旦上午9时,孙中山的火车到锡,各城门鸣礼炮108响致敬,车停约20分钟,秦毓鎏率领下属上车晋谒孙中山。孙中山凭窗与欢迎人员及民众一一握手。

中华民国元年(1912)元旦,中华民国临时政府宣告成立,孙中山就任临时大总统。在这之前,蔡元培赴无锡访问秦毓鎏,告之举孙中山为大总统事。秦毓鎏应孙中山之召,任总统府财政科秘书,后调总务科秘书。这时锡金军政分府奉临时政府陆军部之命,改为无锡军司令部,秦毓鎏任司令长。2月12日,清帝宣告退位。4月1日,孙中山辞去临时大总统。秦毓鎏也回到无锡。5月,无锡、金匮合为无锡县,秦任无锡县民政长。建立新的无锡县后,当时颁布了许多革命法令,废除了封建的赋役制度,废除肉刑,鼓励发展经济,开光复门、通运路,建立现代公共设施,创办公共图书馆,保护公园、花园,建忠烈祠,设孤儿院,修建菜场,整顿市容。这些现代城市的措施走在全国各县前列。民国二年(1913)7月爆发二次革命,秦毓鎏立即奔赴黄兴处任职,为反袁筹饷。同年,反对袁世凯的二次革命失败,秦被捕并判处有期徒刑9年,"复籍没其家,于是全家荡析离居"。在苏州狱中,秦毓鎏研读《庄子》,完成《读庄穷年录》一书。出版时,蔡元培、钱基博为之作序。三年后,袁世凯死去。秦毓鎏在孙中山救援下出狱。出狱后虽然闲居在家,但与孙中山、吴稚晖、柳亚子等多有往还。民国11年(1922)冬,北京政府开辟无锡为商埠,秦毓鎏出任商埠工程局局长。民国13年(1924),中国国民党改组,秦毓鎏被任命为江苏省党部执行委员。这年冬,孙中山到上海,秦毓鎏到上海莫利爱路孙宅拜见孙中山,相谈欢洽。1925年孙中山逝世,秦毓鎏在锡发起追悼会,在省立三师礼堂举行,到会数千人。

随着国民革命的深入发展,北洋军阀节节败退。民国16年(1927)3月21日,北伐军赖世璜的十四军进驻无锡,北洋军阀控制的无锡县政府垮台。22日,在十四军主持下,县、市两党部召开会议,决定成立无锡县行政委员会,由锡社领袖、中共党员安剑平事前向省党部保举了同盟会老同志秦毓鎏,后由中共党员身份的县党部常委高大成、省党部唐瑞麟两人确定,秦毓鎏以其资望成为国民革命时期的无锡县政府首任政务会议主席及无锡县县长。秦毓鎏上任伊始,即宣布裁撤地主的追租所、惩办土豪劣绅等革命措施,同时又颁布了《制止四乡暴动办法》,限制工农运动。随着国共两党矛盾的激化,4月10日,在市党部秘密会议上成立了以邹广恒为首的"清党委员会",杨祖钰、秦毓鎏副之。

"4月13日,赖世璜自沪返锡,召市党部、商团、市公安局负责人邹广恒、杨祖钰、孙子坚秘密会商,决定于次日夜间行动,以总工会为主要目标。计划出动的武力有市公安局全体警察,由孙子坚带领;米业商团全体,化装成工纠队,由杨祖钰带领,负责攻打总工会大门;十四军出兵一个营,负责守望城门街道与策应现场。"[1]

4月14日夜,杨祖钰指挥商团攻打总工会,杀死秦起,这时已到15日凌晨。杨祖钰接着派六十余名商团武装团丁直扑西城门内的四乡公所,将设在

孙中山送给秦毓鎏的签名照

里面的县党部捣毁。对这些血腥事变，秦毓鎏很不理解，他的思想还停留在国共合作时的国民党员的立场上，因而他很害怕，所以他立即到宜兴山里躲了几天。4月21日，在上级命令下，作为县长的秦毓鎏与市公安局局长邓祖禹一起下令派员下乡追捕共产党人。这时公开的武力镇压已近尾声。

秦毓鎏旧宅

"4月25日，'国民党无锡县、市清党委员会'正式成立，并开始在县图书馆挂牌办公。自此，持续了10天之久的社会性武力行动转为党内大清洗。县、市清党委员会由23名委员组成，分设文书、审查、调查、组织四股，核心人物为邹广恒、杨祖钰。这个机构名义上由国民党无锡县、市两党部联席会议产生，但县党部正处在解体状态，实际上的基础是邹氏的市党部和杨氏的工联会。"[2]

根据《无锡民国史话》所载史实，在这场蒋介石发动的反革命政变中，它对无锡的波及表现为"四一四"政变。这场事变，从以上引用的史料记载中可看到，秦毓鎏已被掌握反革命实权的人物边缘化了，成了被一群反革命利用的政治招牌。到8月，无锡县行政委员会撤销，成立无锡县政府时，他就被免职了。正是在反革命弹冠相庆、享受"胜利"果实时，秦离开了政治舞台。他对不断反复的政治厌倦了。民国17年（1928）3月，钮惕生出任江苏省主席，指名起用秦毓鎏出任无锡县县长。但到12月，秦即辞去县长之职。民国19年（1930）曾一度任江苏省民政厅厅长，但很快去职，从此永远离开了政治舞台。在后来的岁月中，秦毓鎏只在国民党中央党史编撰委员会、江苏省通志馆、无锡县修志局等机关挂有职衔，不再有任何实际的政治活动，访求名僧佛法成为他生活中的重要内容。另外，他积极参与文化活动，曾与柳亚子共同修订《苏曼殊年谱》，为冯自由《中华民国开国前革命史》考订史实，出资重印地方史料如《锡金考乘》等。民国20年（1931）7月，去上海谛闲法师处正式行皈依礼，赐名圣光。民国23年（1934）2月，赴北京参拜喇嘛依诺那呼图克图并献哈达，行皈依礼。同年3月，赴苏州报国寺皈依印光法师，赐名德纯。民国26年（1937）4月，秦毓鎏在小娄巷故居去世。

　　秦毓鎏故宅，大门朝北，原规模较大，具有龙形围墙，中西合璧风格，有小园名佚园，建于民国初年，至今仍存留着园池、假山、花木等主要部分。故宅坐南朝北，主体建筑为硬山顶带马头墙平房，面阔三间。明间以方砖铺地，平顶天花板；左右两次间为地板房，窗户均为木框铁棂，门为洋式木门。明间南侧连抱厦，抱厦为歇山顶黄瓜脊，底部平面呈正方形，石础木柱均作方形，檐设斗拱及象鼻昂。抱厦当年题"竹净梅芬"，借乾隆的题词。有秦敦世所作联："入园即是小山河；阖眼如见诸仙物。"联为板联。整幢建筑呈现民国时期风格，制作中采纳了许多西洋式的现代建筑手法，同时在材料和形式上具有强烈的中国特色。辅房在主房西侧平行线上，坐北朝南，硬山顶平房，面阔三间，但体量比主房略小，做工也稍逊一点。当年这里称水竹轩。杂屋两间则在主房与辅房之间，很矮小，可能为后建之物。

　　三幢房屋建筑之南，即为一长方形花园——佚园，面积约200平方米。园之偏东部位是一泓清池,池面略呈长方形,面积约 30 平方米,池中有井一口没在水下,至今出水。南部靠高围墙处为土丘,植有花木。西部为小树林,间以石笋数枝。佚园中还保存着孙中山、胡汉民题词石刻。园中还有明石香炉,可惜已有残破。园中,池边古木甚多,许多太湖石错杂倒卧地上。邻此为建筑精致的两层三间的鹡鸰楼和澄观楼,为民国建筑。秦毓鎏族侄秦淦也居住在福田巷,应邀为之画《锡山秦氏佚园十景图册》,画册上有秦文锦题词,秦毓鎏所写《佚园记》,秦淦所作跋文。1937 年秦毓鎏去世后,此宅为其子女所居住。1949 年后归公家所有,先作苏南行署政府干部宿舍,后又住入了其他居民。现存的建筑有主房三间、辅房三间、杂屋两间和小园一个。整个园子格局尚存,然而破败荒芜,亟待抢救修缮。2003 年 6 月,秦毓鎏故宅及佚园被列为无锡市文物遗迹控制保护单位。

注释:

[1][2]《无锡民国史话》,第 76 页,第 78—79 页。

(选自《小娄巷历史街区》,古吴轩出版社 2008 年版)

秦毓鎏旧宅佚园

徐志钧

秦毓鎏旧宅,位于今福田巷8号。大门朝北,原规模较大,中西合璧风格,并有小园,名为佚园,建于民国初年,至今仍留存着其中的主要部分。

旧宅坐南朝北,主体建筑为硬山顶带马头墙平房,面阔三间。明间以方砖铺地,天花平顶;左右两次间为地板房,窗户均为木框铁棂,门为洋式木门。明间南侧连抱厦,抱厦为歇山顶黄瓜脊,底部平面呈正方形,石础和木柱也均为方形,檐下设斗拱及象鼻昂。整幢建筑呈现着亦中亦西的近代风格。辅房在主房西侧平行线上,坐北朝南,硬山顶平房,面阔三间,但体量比主房略小,做工也稍差一些。杂屋两间则在主房与辅房之间,矮平房,可能为后建之物。

三幢房屋建筑之南,即为一长方形花园——佚园,面积约200平方米。园之偏东部位是一泓清池,池面略呈长方形,面积约30平方米;南部靠高围墙处为土丘,植有花木;西部为小树林,间以石笋数枝。佚园中还保存着孙中山、胡汉民题石刻"佚园"。佚园还保存有一只明万历年间的石香炉,可惜已有残破。园中,池边古木参天,许多名贵的太湖石错杂其间,倒卧地上,邻旁是建筑精致的各两层三间的鹧鸪楼和澄观楼,也是民国建筑。秦毓鎏族侄尝绘《佚园十景图册》。今无锡市图书馆藏孙中山、胡汉民石刻拓片及《佚园十景图册》的影印本。

1937年秦毓鎏去世后,这处旧宅由其子女居住。1949年后归公家所有,先作苏南行署政府干部宿舍,后由政府房管部门经租。现存的建筑物有主房三间、辅房三间、杂屋两间和小园一个。整个园子虽格局尚存,但破败荒芜,亟待抢救修缮。

2003年6月,秦毓鎏旧宅及佚园被列为无锡市文物遗迹控制保护单位。

秦毓鎏旧宅佚园

附录:秦毓鎏撰《佚园记》

生老病死,佛家谓之四苦。庄子则云:"劳我以生,佚我以老。"诚哉,达观之言也。余生旬有二日而丧母,髫龄羸弱,夭折时虞。既冠以后,频岁奔驰,屡濒于厄。幽居三载,忧患饱尝。行年五十,疾病侵寻,两鬓已颁,齿牙摇落,此正天之所以佚我也。余虽不足言老,然欲不自佚而不可得矣。吾之以佚名园,职是之故。园在福田巷之南,处吾宅之西北隅,广不及二亩,中为土岗,曰石虎岗。岗之麓,石虎蹲焉,故名。岗高处为台,名曰隐贫。台最宜秋宵玩月。台下为洞，通东西之咽喉也。洞之南，拾级而上，为朱樱山。山半樱桃，先君所手植。花时绯英满枝，璨璨耀目。山腰石径，绕之蜿蜒，以达于巅，登其上，东望雉堞参差，风帆往来城外，历历可数。西望西神山，峰峦起伏如列翠屏，如陈笔架，烟云变幻，朝夕殊景。山色岚光，尽收眼底。山腹砌石为泉，曰枣泉，泉上枣树荫之，雨后水溢，循涧东流，抵石穴而下注，悬垂如匹练，曲折以通于池。池口石梁跨之，曰观瀑桥。立桥上听泉流，潺湲穆然，有深山太古之思，不觉身在城市也。遵池而北右折进月洞门，即澄观楼之前庭，庭中小具花木竹石之胜。楼凡三楹。上为卧室、为书斋，余夏日起居之所。楼下曰坐忘庐，时会宾客，宴游于此。入后轩，启西侧门出，通于竹净梅芬之榭。榭之北为菜圃，方广可二亩余，杂植桃、李、杏、梅、石榴、玉兰、樱花、木樨、海棠、杨柳、梧桐之属。寒菜一畦，青葱可爱，冬日用以佐餐，胜于肉食。榭南临池，一镜莹然，游鱼可数。下阶缘池右行，经石虎岗以至双峰亭，亭旁有古石鼎，可焚香，可煮茗，宋庆历年物也。亭面石，石之大者有二，曰畏垒峰，曰瑶芝峰，均获之邻邑，高皆逾丈，其势巉岏，耸峙林间，如鹤立鸡群，俯视侪辈，有昂首天外，傲视一切之概。旁罗诸石，若拱若揖，若后生小子趋侍于前，峰后有修篁丛桂，掩映其间。逾径而北，即朱樱山西麓，松柏成林，蔚然深秀，夏日暑气不到，而余之园，尽于此矣。余已忧患残生，无心问世，家居多暇，辄就先人遗地，规为兹园，日徜徉乎其中，以送余年。族侄清曾，工于六法，时相过从，为题十景，景绘一图，以志四时胜概，余复记其崖略如此。时戊辰季冬，适余解组归来，从此杜门养疴，读易穷年，此天之所佚我者，我亦自佚其佚焉，则庶几其寡过矣乎。

（选自《崇安名胜》，古吴轩出版社 2007 年版）

秦效鲁棺木现身记

华钰麟

　　20世纪70年代初,正值"文革"中期,一场台风袭击无锡市的秋天夜晚,地处小娄巷市公安局家属宿舍内园子中的一棵大树,经整夜狂风暴雨的吹打,突然轰然倒地。当人们打算将那棵吹倒的大树扶正时,突然发现大树根部底下有一块铁板。人们费力地将这块铁板撬开,铁板下面赫然出现一口棺木,棺木体积不大,保存得相当完好,并没有损坏。将这口棺木移至市公安局的灯光球场后,文物部门有关人员打开棺木,发现棺内尸体已腐烂,没有任何有价值的随葬品。从棺内发现的印章中,确认棺木中的尸体是秦毓鎏。

　　秦毓鎏,字效鲁,祖居无锡小娄巷。他在无锡的近代历史上是一个重要人物,但又是一个颇有争议的人物。他生于清光绪五年(1879)。1911年武昌起义后,当年11月6日,在他的倡导下,推翻了清廷在无锡的封建统治,无锡宣布光复,成立了锡金军政分府。

　　从民国建立到北伐成功的时期内,秦效鲁曾几度出任无锡县县长。由于历史的局限,他曾投入资产阶级革命,可一朝大权在手,也干了一些有悖于人民的事件,如侵占崇安寺庙产等。晚年双目失明后,一反年轻时反封建迷信的初衷,参禅佛学,参与重修当年亲手捣毁的大市桥塆的古观音堂,并在自己宅内养了7只猴子消磨时日。

　　1936年下半年,秦效鲁的次子因病早逝。老年丧子,秦效鲁所受打击非常之大。自此,秦效鲁郁郁寡欢,体力急剧下降。1937年初，秦效鲁患上伤寒，医治无效，于1937年4月5日（民国26年清明节）亡故，终年59岁。

秦效鲁故世后，家人为其操办后事，备棺成殓。秦的棺木是柏树做的。一般人认为，用柏树做棺木，容易滋生白蚁。秦效鲁棺木的柏木，并非一般柏树。1936年一个雷雨的夜晚，生长在惠山南茅篷忍草庵的一棵有几百年树龄的"黄肠膝柏"被击倒在地。黄肠膝柏是贵重木材，在古代只有封疆诸侯才可使用。秦效鲁最后一次担任无锡县县长的时候，曾发布公告，命令保护古建筑忍草庵。忍草庵曾将这一告示勒石于碑，据说现在这块旧碑还保存在忍草庵内。忍草庵当时的方丈有感于秦效鲁曾对忍草庵发文保护，便将这棵倒在地上的珍贵木材送给秦效鲁。这棵黄肠膝柏树干并不粗壮，加工成材后，勉强凑成棺盖、棺底、棺墙等，可体积不大。但秦效鲁生前见到这只在古代只有诸侯以上的王公贵族才能享用的寿材，已欣喜万分。

秦效鲁去世成殓后，并没有按常规开吊、祭奠、出殡、下葬，他的家族以秦曾在辛亥革命时有光复无锡功绩，打报告给当时的国民政府，呈请给予秦效鲁"国葬"的待遇。当时已临近1937年"七七"全面抗战的前夕，国民政府忙于备战，根本无暇考虑这种无关大局的琐事，当然对秦家的请求没有理会，秦效鲁的灵柩只得暂厝在小娄巷秦氏福寿堂内，待时出丧。

"八一三"淞沪抗战后，10月6日（农历九月初三），无锡闹市区遭到日寇飞机的第一次轰炸，秦氏后人急忙将秦效鲁的棺木迁到后面秦氏的侠园内，掘地暂埋。为保证棺木不受损坏，上面覆盖了一块铁板以作保护及后来的识别。秦效鲁家人这一措施，也真起了效果。原来秦效鲁生前有一宿敌，名叫杨重远。此人身材矮小，人称"杨矮子"，从事新闻工作，是一个道道地地的"报棍子"，善于利用名人的隐私进行敲诈勒索，由于杨对秦多次勒索未遂，因此对秦恨之入骨。当时杨重远已投靠日本侵略者，于是对日军谎报说："小娄巷内有重要目标。"1937年11月16日，日机第二次轰炸无锡时，对完全是居民区的小娄巷投下两颗小型炸弹。一颗落在福寿堂附近，没有造成财产损失，另一颗落在巷口陶家，炸坏了两间房屋。

抗战胜利后，秦效鲁的家族又赶到南京，恳请国民党元老吴稚晖和张继出面，希冀满足他们对秦效鲁实行"国葬"的请求。当时国民党全力投入内战，更不可能来理会这件事了。

20世纪70年代发掘出秦效鲁的棺木后，有关方面认为这口棺木对研究历史没有什么价值，便让秦效鲁的孙子秦民权领回处理。

秦民权当时经济条件不太好，所以将这口由珍贵木材做成的棺木卖给了钱桥一位普通农民，将卖棺所得支付火化秦效鲁遗骨的费用。叱咤风云的秦效鲁最终没有睡在黄肠腠柏的棺材中入土为安。

[选自《无锡佚闻录》（"无锡历史掌故"丛书），广陵书社2009年版]

第五编

激浪飞涛

锡金军政分府档案浅析（节选）

章振华　周惟芝

　　1984年，广西柳州市中心图书馆在清理古籍和地方文献的工作中发现了锡金军政分府的部分原始档案，包括锡金军政分府民政部示谕、锡金军政分府总理处告示、锡金军政分府总理处命令、锡金军政分府总理处日记、锡金军政分府总理差遣处间谍科禀申簿、锡金军政分府总机关各科职员总、散件七个方面的内容，总共约500则档案史料。这些档案材料刊载于《无锡文史资料》第17辑。研究这份档案，可对无锡辛亥革命时期的历史作补充和订正。今按档案所记，并参阅当时人的叙述，对辛亥革命时期无锡的历史及锡金军政分府的作为试作初步剖析和阐述。

锡金军政分府的机构嬗变

　　1911年11月6日（旧历辛亥年九月十六日），无锡光复，随即建立了锡金军政分府，初设民政、军政、财政、司法四部，互不统属。以"裘廷梁充民政长，华承德充军政长，孙鸣圻充财政长，薛翼运充司法长"。10日又"公议设立总理处，推举秦毓鎏为总理"。12日，总理处发上海军政府电文中，军政部长人选更换为王耀梓。不久军政部撤销。16日，法院成立，司法自此独立。22日，金匮、无锡两县合并为无锡县，裘廷梁任无锡县民政长。此后，民政亦独立。

　　1912年1月8日，秦毓鎏出任中华民国临时大总统孙中山的秘书。1月23日,因总理处三个部相继撤销独立,经江苏都督批准,"把总理处改名司令部,总理改称司令长,秦毓鎏任司令长"。

1912年4月1日,南京临时政府解散,秦毓鎏电呈北京临时大总统南京留守处和江苏都督批准,于5月1日撤销了锡金军政分府。此后,无锡县的最高行政机构称民政署,秦毓鎏为无锡县民政长。锡金军政分府前后存在仅178天,这是无锡历史上第一个具资产阶级民主革命性质的政府,其实质则是地主、资产阶级联合专政的政权。由此性质决定了锡金军政分府具有明显的两面性,在其存在期间的作为,既有进步的一面,又有倒行逆施的一面。

锡金军政分府的进步措施

1. 军事方面

无锡光复后,秦毓鎏改编了清无锡知县孙友萼的卫队和金匮县衙门的差役,又并入秦元钊招募的兵士及钱济香所部巡士,编成一营,共四个中队,称锡军第一营。由秦铎任管带(营长),顾杰、侯中柱、秦元钊、张国凯分别为中队队官(连长)。未几,秦毓鎏因感军事力量不足,乃拨款命顾乃铸募兵,召得568人,编成锡军第二营。该营后被调赴临淮关支援,因此无锡仅剩下一营兵力。1912年2月9日,秦毓鎏又出示募兵,召足了一营兵力,称锡军第三营,任张国凯为管带,升任秦铎为锡军步兵团团长,统辖三个营。实则锡军第二营顾乃铸部到南京后即被编入江苏陆军第二师,不再属锡军统辖。同年5月1日锡金分府撤销后,充实了一营常州兵,锡军步兵团改名为"常军步兵团",直属江苏都督统辖,不再受无锡支配。

军政分府时期,锡军的编制曾有三次变化。第一次为锡军成立之初,秦毓鎏命秦铎草定营制饷章,官兵薪饷皆按日计算,官佐称发薪,目兵夫役叫发饷。其编制14人为1棚,设正目、副目各1人;3棚为1排,设排长;3排为1中队,设队官;4中队为1营,设管带。第二次兵制改变时增设联队,此时兵额减而官薪增,其编制11人为1棚,设正目1

人;3 棚为 1 小队,设小队长 1 人;3 小队为 1 中队,设中队长 1 人;4 中队为 1 大队,设大队长、次大队长各 1 人;3 大队为 1 联队,设联队长、联队次长各 1 人。第三次是南京临时政府陆军部成立后颁布了陆军编制,锡军按此编制将联队改称团,大队改称营,中队称连,小队称排。3 棚为 1 排,3 排为 1 连,4 连为 1 营,3 营为 1 团。

锡军水师前身为清浙江驻锡盐捕右营管带徐诚檀统率的兵船。无锡光复后由秦毓鎏接管,有炮船 4 艘,大枪船 2 艘,小枪船 4 艘,配备炮 5 尊,毛瑟枪、来复枪 48 支,以徐诚檀为管带,张锦荣任队官。全营共有官佐 10 人,兵士 65 人。锡金军政分府撤销后,锡军步兵改为常军,水师由民政署管辖。秦毓鎏任民政长后,认为民政长统军不宜,因此把水师改为水上巡警。

2. 民政方面

无锡光复后,民政上第一项重大措施是撤销金匮县建置,把金匮县并入无锡县。第二项重大措施是选举产生了无锡县临时议事会和县议会,共选出议员 49 人,于 1912 年 1 月 19 日召开了第一次临时县议事会会议。秦毓鎏任无锡县民政署民政长后,又根据江苏省暂行县制选举章程规定,选出议员 43 人,在同年 9 月 11 日成立了无锡县议事会。第三项重大措施是健全了警察制度。无锡有警察始于清末,当时有中、南、西、北四区。无锡光复后,在民政部下设立了警察事务所,许嘉澍出任警务长,将原来四区扩大为五区(中、南、西、北、东)。全县共有警官 39 人,巡士 240 人。无锡县民政署成立后,警察事务所撤销,改称民政署警务课,由吴廷枚任课长。又设立巡警讲习所,培养巡士、巡警,此即后来巡警训练所的前身。

此外,军政分府还曾兴办了许多公益事业,如修筑道路,拆修桥梁,整修运河塘岸,开辟光复门,开拓火车站一带的商业区,筹建县图书馆,扩充城中公园,设立孤儿院,辟建城内小菜场等。

另外,锡金军政分府还曾命俞复、吴锦如勘定新北门路线,拟改建北门。

3. 财政方面

军政分府在财政上的革新有三方面。首先是裁撤厘卡。1911年 11 月 8 日,撤销了城内厘卡总局及黄埠墩、清名桥、五河浜、北栅口、南桥、大渲、堰桥、四河口、望亭、观音墩、马口、堰桥等 12 处(连总局 13 处)厘卡。

其次是设立货物税总公所征收货物税。1911 年 12 月 20 日,按照江苏都督的通令,在竹场巷成立了货物税总公所,对本省产品及外省运入我省的货物征收 2% 的货物税。所长由财政部长孙鸣圻兼任,全所共 16 人。在火车站、黄埠墩等 7 处设立查验处,有稽查 2 至 3 人。凡货物通过各口岸,由稽查验明货物种类、数量、价值后报告总公所征税。总公所在每月终了时须向财政部报告税收总额,然后再转锡金军政分府备案。

第三项革新是减轻田赋,革除田赋征收中的各项弊端,简化纳税手续。军政分府按照江苏都督的通知,将田赋普减二成,如果上忙银两已交讫,"其应减二成统于下忙核算冲抵"。另明文规定田赋征收时的折洋标准,忙银 1 两折洋 1.8 元,漕米 1 石折洋 5 元。还取消了田亩附加税,设立了无锡县征收银漕处。为革除以前漕总、银总的贪污舞弊,又分设了掌漕、掌银、掌册、掌串(票据)4 人,下设司漕、司银、司册、司串若干人,将银、漕与串、册分开,以杜绝弊端。更严禁地主代票,命农民自填都、图、户名及斗、石细数,向征收处自行投柜缴纳,并设串房,当农民纳税后立即裁给串票,从而简化了纳税手续。

4. 司法方面

无锡军政分府成立后,着手清狱。1911 年 11 月 8 日,发出"释放人犯牌示",采取"分别审讯,除案情重大暂行拘留外,其余情节较轻各犯俟讯明后酌量开释"。其次又整顿并制定了民事、刑事案件传讯程序,以及司法上各项费用的合理负担等制度。

5. 社会文化方面

锡金分府建立期间,在社会文化方面也有不少进步的作为。如下令禁烟、禁赌,拘捕了不少赌棍,将其绳之以法。又破除迷信,移风易俗。对文化教育事业予以一定的重视,出版发行 8 开的《民国军锡报》,作为锡金军政分府的机关报。

1911 年 12 月 15 日,新政权委督队官将太平天国荣王廖发寿所制铜炮运至锡金军政分府保存纪念,足见其对太平天国文物的重视。

锡金军政分府的倒行逆施

锡金军政分府在其存在期间亦实施了不少保护地主阶级利益的措施。首先,新政权建立之初就出示要"所有锡、金两邑各班差役一律照常供职役","所有锡、金两邑城乡各图地保一律照常供役"。由此可见,新的政权同旧势力仍保持着千丝万缕的联系。

其次,军政分府多次示谕和命令各乡镇兴办民团武装以镇压农民的反抗,并先后准许扬名乡抽收茶碗熬酒捐作为办团经费,准开原乡截留房捐补助办团经费,准扬名乡自治公所截留房捐办团,准泰伯乡自治公所截留房、膏两捐充办团经费,准天授乡长安桥镇截留房捐作为办团补助经费,等等。

再次,军政分府镇压各地农民的抗租斗争。新政权成立不久,正当秋熟上场,军政分府不断示谕催促佃农向地主迅速缴租。如 1911 年 12 月 2 日《催促农佃还租韵示》称:"现在时届十月,稻谷早已登场。各佃应还租米,亟宜赶紧清偿。况值用兵之际,饷源全出自粮。"军政分府不仅丝毫没有触动封建土地所有制,反而强迫佃农交租,对抗租运动进行残酷的镇压。如 1911 年 12 月 28 日,锡、澄、虞三县交界处曾爆发了"千人会起义"。三县农民进攻常熟王庄,组织了临时司令部,捣毁了须义庄。起义爆发后,常熟民政长急电向无锡报告,要求"派兵队前往弹压"。锡金军政分府即派锡军前往镇压,千人会起义遭到了失败,农民被捕的有 20 人。事后地主阶级还"以搜求抗租之人为名索诈银钱"。此外,锡金军政分府还先后镇压了新安、泰伯、富安、青城等乡和张舍、胡埭等地农民的抗租活动。

综上所述，锡金军政分府档案内容丰富，史料翔实，它为我们提供了不少有益的经验，也揭示了很多教训，足为前车之鉴，发人深省。

（选自《无锡文博》1991年第3期"纪念辛亥革命80周年"专栏）

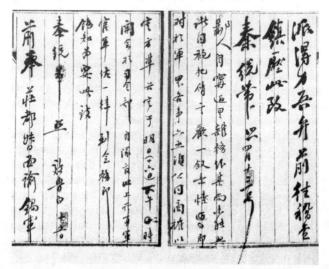

《锡金军政分府起义檄文》原件影印

《锡金军政分府总理处命令》原件影印

钱基博与《无锡光复志》

冯丽蓉

《无锡光复志》是著名古文学家钱基博撰写的一本介绍无锡光复历史的著作。该书在屈指可数的无锡辛亥革命时期地方资料中流传最广、影响最大，它对全面了解无锡光复起义及其成功后所成立的锡金军政分府的各种改良措施有很大帮助。虽然近年来新发现了部分无锡辛亥档案材料，但本书仍不失为研究这段历史的宝贵资料。

钱基博，字子泉，别号潜庐。江苏无锡人。1887 年出身于小地主家庭。他既无科举功名，又无"新学"文凭，全靠自己刻苦攻读自学成才，善古文，懂新学，16 岁时就能写一手好文章，得到梁启超等人称赞。他亲身经历并参与过无锡光复起义。从 1920 年起，他以毕生精力从事教育事业，历任上海圣约翰大学、光华大学、国立清华大学、第四中山大学、浙江大学的教授、系主任、文学院院长等，也在无锡国学专修学校担任过教务主任。抗战后在华中大学任文学院院长。他在学校里以爱国思想循循善诱学生，爱护学生，为国家培养了不少文科人才。传世著作有《经学通志》《版本通义》《古籍举要》《现代中国文学史》等近 20 种。1957 年逝世，终年 70 岁。蜚声中外的学者钱钟书为其子。

《无锡光复志》的诞生有着主客观缘由。主观上，诱发他写此书的直接原因是要为无锡光复起义的组织领导者秦毓鎏抱不平，评论

功过是非。该书写于1913年秋天。当时,秦毓鎏参加了孙中山领导
的二次革命,与黄兴起兵讨伐袁世凯,遭到失败而被捕入狱,并以
"附和乱党,从受伪命"的内乱罪判徒刑9年。为此,当年曾拥戴秦
一起光复无锡的某些人,都避而远之,"缩首藏颈全躯保妻子"去了,
作者对这些所谓"革命不革心"的人感到愤愤不平,要为秦"力持平
情之论",所以在本书叙目中开门见山就指出了"吾邑秦毓鎏者,盖
吾书之主人翁也"。他认为秦在"柄兵操邑政时,壹以安靖为务,初
无大过恶之可言",而且锡金军政分府在他领导下,采取了一系列军
政、财政、民政等措施,都是有益于地方治安和工商业生产发展的。
客观上,无锡光复起义前夕,24岁的钱基博正在竞志女学教书,他一
方面亲眼目睹有些教师忙着起义的准备工作,如赶制旗帜、令箭等;
另一方面在起义前夜,他自己也参加了秦毓鎏召集的筹划起义的秘
密会议,以后又为锡金军政分府写了许多重要文告和碑记,如锡金
军政分府起义檄文、无锡光复门碑记、无锡图书馆碑记等。攻克南
京后,他应淮北援军总司令顾忠琛(无锡人)之聘担任总司令参谋,
此军后改编为十六师,顾任师长,他任师参谋,并随军驻扎镇江。由
此可见,钱基博亲身经历并参加了辛亥革命,对这场革命是有感情
的,这为《无锡光复志》的写作创造了有利条件,并能较为全面、客观
地记叙当时的情况。

《无锡光复志》共6篇,2万余字,作者在20天中写成。除正文
外,前有叙目和解释,后附无锡光复门碑记和无锡图书馆碑记。卷
首载有16帧珍贵照片,其中竞志女学照片后还有一段耐人寻思的
"记"。

作者在第一篇《匡复篇》中记述了秦毓鎏领导无锡光复起义的
经过。秦毓鎏,字效鲁,系明清以来无锡望族秦氏的后代。1902年
留学日本,入早稻田大学政治科,与张继、苏曼殊等创立青年会,宣
传反清革命,又与叶澜、钮永建等组织拒俄义勇队,回国后赴湖南与
黄兴在长沙成立华兴会,被推举为副会长,长沙起义失败,东走皖,

南走粤,最后逃回故里闭门不出,暗中进行革命活动。1911年10月
10日武昌起义震撼神州大地,各地纷纷响应。秦见时机已到,奔走
于宁沪间多方活动。11月3日上海光复,他速去沪联系。5日回锡
连夜召集秘密会议,准备起义。6日下午在公园誓师举旗起义,由日
本士官学校毕业的华承德督率光复队进攻无锡、金匮两县署。由于
大势所趋,事前策应,故没发一枪一炮,没流一滴血,清兵便弃械投
降,无锡县知县孙友蓉和金匮县知县何绍闻均交出大印,起义宣告
成功。随即建立了锡金军政分府,设军政、民政、财政和司法四个
部,分别由华承德、裘廷梁、孙鸣圻和薛南溟任部长。不久秦毓鎏被
推为总理并兼任军政部长,传檄四方。关于檄文,该书与新发现的
部分锡金军政分府档案中均全文登录。过去,人们或传、或疑这些
檄文出于钱基博手笔,作者在该书中明确写道:"其文盖博草也。"檄
文排满复汉情绪激昂,把一切仇恨集中到满族统治者身上,把推翻
清朝作为革命的唯一目的,没有脱离地主阶级散布的反满种族革命
理论的窠臼,与孙中山倡导的民族主义解释有差距,没有把帝国主
义当做斗争锋芒,没有认清中国近代社会的主要矛盾。

作者在第二至第五篇中分别介绍锡金军政分府的概况及实行
的改良措施,并对当时存在的有些问题提出了自己的看法。

军政方面。无锡光复后成立了锡军,有陆军一团三营,水师一
队;规定军律11条,其中诛者6条,赏者5条;并由财政部长孙鸣圻
到上海购买枪弹等军械武装军队。军队在剿盗、镇反、维持地方治
安方面是作出成绩的,如增福寺匪僧霞明私铸18斤重大铁刀,藏有
前膛来复枪2支,聚徒谋反,被锡军枪决。关于陆军招募第三营兵一
事,当时锡邑人士怀疑秦"有意挟兵自重者",钱基博对此指出:"其
说枉也。"因为陆军实际上只有两个营,原来的第二营被顾忠琛调赴
临淮关,秦毓鎏为加强地方治安力量,违反陆军部禁募令,不顾本地
议会议员反对,又补招一个营,称为第三营。但补招的第三营"什九
市人,无赖不得业者,鸟兽集耳,其精力远非吴浩兵比,乃毓鎏挟以

自重，是不挟强而挟弱也"。1912年5月锡金军政分府撤销后，锡军并入常军，隶属江苏都督。

　　财政方面。锡金军政分府在财政方面采取了一些有益于人民的措施。其一，减轻田赋，规定凡成熟田每亩减征二成，并取消附加税。同时简化缴纳手续，令民直接投柜缴纳，当场给予串票收据，废除了过去的"代票"征收方式，堵塞了中间剥削的漏洞。其二，裁撤厘卡。无锡光复后第三天，秦就在交通要道贴出告示，谓："厘卡为病商苛政，本军政分府体恤民情，自后除盐、糖、酒、烟等物照旧认捐外，所有厘卡一律裁撤，用特告合邑绅父老知之。"共撤去黄埠墩、清明桥、南桥、望亭、五河浜、堰桥、观音墩、大渲、马口、北栅口、四河口及雪堰桥等厘卡12处。这为发展地方工商业起到了积极的推动作用，尤其使商人拍手称快。其三，在竹场巷设立货物税总公所，凡本省土产及外省运入之货均按百分之二规定税率征税。

　　民政方面。锡金军政分府成立后，首先，将金匮县并入无锡县为一；其二，建立了警察事务所和训练巡长、巡士的警察讲习所；其三，选举了县临时议事会。此外，秦毓鎏锐志于地方公用福利事业的改革，如新辟光复门，建造县图书馆，扩充锡金公园，设立孤儿院，筑小菜场，等等。

　　由于时代的局限和作者思想认识的偏见，《无锡光复志》也存在着明显的缺点和不足，最突出的是书中只字未提辛亥革命中孙中山和黄兴等人领导的同盟会的作用。事实上无锡光复起义并非秦毓鎏一人发起，而是一群革命党人发动的。作者在叙述革命准备和起义时，主要记述城厢的活动，郊外几乎没有提及，如南方泉流传过横山寺同盟会，以"兴汉灭清"的民族意识对光复无锡做过很多有意义的工作。另外，近几年在广西柳州市图书馆发现了一批锡金军政分府的档案资料，《无锡光复志》内容基本与之一致，可以相互补充，相得益彰。但有些革新内容《无锡光复志》中未提及，如提倡移风易俗，破除迷信，荡涤旧风俗，在城乡三令五申宣布过剪发令、禁赌令、禁烟令与禁朝皇会,对贩卖人口者实施站笼示众之罚等。

总之,钱基博撰写的《无锡光复志》是一本比较客观的地方史著作。

(选自《无锡文博》1991 年第 3 期"纪念辛亥革命 80 周年"专栏)

一张珍藏了七十余年的照片

胡子丹

　　孙中山与留日学生合影的照片已拍摄 70 多年了（指到 1986 年，如到 2011 年已有 98 年）。它是一张珍贵的照片。

　　1913 年（民国 2 年）2 月，孙中山先生为考察日本铁路运输事业，偕同戴传贤、马君武等前往访问，在途经名古屋时接受中国 41 位留日学生的邀请，在名古屋旅馆内合摄此影。陪同孙中山先生访问的几位日本朋友也都参加了。在 41 位留日学生中，有从无锡去日本留学的周复培、范绍洛、朱缙卿、林苏民 4 人。这帧照片系周复培（站在孙中山先生背后，左手扶椅背左角者）所珍藏。现将周复培等 4 人回国后的简况介绍如下。

　　周复培

　　时年 24 岁，在名古屋爱知医学院学习眼科。毕业回国后，一直在无锡开诊所行医，是一位颇负声誉的眼科医生。抗日战争爆发无锡沦陷期间，杜门不出，以免被日军利用。他对孙中山先生十分尊敬，因而把这张照片视为珍品。周复培医师现年（1986 年）97 岁，健康如恒。

　　范绍洛

　　乃父范衡伯，有文名。他当年 30 岁，在名古屋爱知医学院学习内科。回国后长期在苏州担任医学教育工作。

朱缙卿

时年36岁,亦在爱知医学院学习,专业是解剖。回国后,与同乡在苏州执教。以后又返回无锡,在东大街设诊所开业。解放后病故。

林苏民

当时在爱知医学院学习外科。回国后在苏州行医,亦曾任医校教师。抗日战争时期,苏州沦陷,不久即传来噩耗。据说,日驻军为鼓吹"大东亚共荣圈"而企图利用他,而他迟迟未首肯。日军恐他揭露内情,在一次宴会上将毒药投入他的酒杯中,因而丧生。是耶?非耶? 姑存其说,以待证实。

（选自《无锡文史资料》1986年7月第14辑）

孙中山与留日学生合影(1913年摄)

无锡市博物馆
藏赵声《歌保国》

肖梦龙

无锡市博物馆收藏的赵声撰写的革命宣传品《歌保国》，又称《保国歌》，是一份辛亥革命时期弥足珍贵的革命文物。

赵声（1881—1911），字伯先，江苏丹徒县大港镇人。早年追随孙中山先生，致力于推翻清廷封建专制统治的革命斗争，是我国资产阶级民主革命早期主要领导人之一。1901年，就读于江南水师学堂，毕业后赴日本考察军政。回国后，长期潜入清政府新军工作，曾任南京九镇新军三十三标标统和广东新军二标标统等职，在南北新军中培养了一大批革命军事精英人才。1906年，赵声加入同盟会，被推举为长江流域同盟会盟主，积极积蓄革命武装力量。1906年冬，赵声为保存南京新军革命力量，根据孙中山先生的指示，奔赴广州，任两广新军二标标统。经过两三年的艰苦努力，组织起一支雄厚的革命力量，发动著名了的庚戌广州新军起义。这次起义虽遭失败，但它为次年再次发起的广州黄花岗之役奠定了基础。

在震惊中外的黄花岗之役中，赵声为起义总指挥，黄兴为副指挥。赵声在孙中山召集的槟榔屿会议之后，首抵香港主持准备起义的各项军事组织工作。起义计划以来自全国各地的革命志士组成的800"先锋"敢死健儿作为发难先锋队，分十路出击，延引新军、巡防营和民军的联合总攻击,一举拿下广州。但是,黄兴先抵广州按计划作临阵部署时,因突然事故,推迟起义日期,疏散起义人员,后又决定立即起事,造成力量不足。同时敌人事先已经闻悉革命党要举行暴动起义后,一天之中即遭清军镇压。广州黄花岗之役,是我国辛亥革命中一次规模和影响巨大的起义。赵声作为这次起义的组织者和总指挥,其英名将和是役共光辉。黄花岗之役的失败,使赵声悲愤成疾,病逝于香港,时年31岁。

《歌保国》是赵声从日本归国后在南京两江师范(现南京大学前身)以教书为名,暗中进行革命活动时撰写的一份革命宣传品。一般报纸铅印,长32厘米,宽22.7厘米,为散发的传单形式。《歌保国》用人民大众喜闻乐见的七字唱词形式写成,全文共134句,近千字,激昂慷慨,读之悲壮感人。它猛烈地抨击了清王朝专制横暴、对内残酷压榨人民、对外卖国投敌的罪行,号召人们挺身起来进行革命斗争,推翻清政府的反动统治,创建一个独立富强的民主共和国。

歌词开头,赵声以满腔热情的语调,召唤全国四万万同胞,热爱自己伟大的国家。词曰:

> 莫打鼓来莫打锣,
> 听我唱个保国歌。
> 中国汉人之中国,
> 民族由来最众多。
> 堂堂始祖是黄帝,
> 四万万人皆苗裔。
> 嫡亲同胞好弟兄,
> 保此江山真壮丽。

接下来他沉痛控诉清朝统治者自入关以来残酷屠杀中国人民的罪行,激发人们对清王朝的极大仇恨:

> 可怜同种自摧残,
> 遂使满洲来入关。

凶悍更加元鞑子，

杀人如杀草一般。

痛哭扬州十日记，

嘉定屠城尤骇异。

奸淫焚掠习为常，

说来石人也堕泪。

……

食我之毛践我土，

忘恩负义太无情。

八旗驻防防家贼，

贪官个个良心黑。

追比乐输还劝捐，

忍气吞声说不得。

《歌保国》在揭露清王朝实行反动的民族歧视政策、敌视汉人、草菅民生、大兴文字狱、严酷地压制和迫害知识分子时写道：

视臣士芥民马牛，

科名笼络如俘囚。

诗狱史祸相接踵，

名节扫地衣冠羞。

鉴于清专制王朝的种种倒行逆施，对中国人民犯下的不可饶恕的罪行，赵声在《歌保国》中宣称：

失地当诛虐可杀，

我今奋兴发大愿。

民族主义大复仇，

要与普天雪仇怨。

不为奴隶为国民，

此是尚武真精神。

野蛮政府共推倒，

大陆有主归华人。

赵声的《歌保国》，言简意赅，寓意深远，体现了他的民主革命思想。《歌保国》中所指的革命对象是清封建专制王朝，同时反对帝国主义侵略，采取的手段和途径是暴力革命，依靠的革命力量是发动、团结广大民众；最终要达到的革命目标是实现民族独立，建立一个强大的资产阶级民主共和国。赵声所宣扬的这些革命主张，在当时是符合历史发展潮流和我国资产阶级民主革命历史使命的。它代表了辛亥革命时期革命党人追求的目标，反映了人民的愿望，是一篇杰出的资产阶级民主革命宣言诗。它和同年陈天华所写的《警世钟》《猛回头》，以及邹容的《革命军》一样，像把利剑刺向清统治者，使之心惊胆战，对革命党唤起民众进行革命斗争，起到了巨大的宣传作用。这篇声讨清王朝的战斗檄文，是我国资产阶级辛亥革命时期革命党人一份非常重要的宣传品，直到武昌起义夺取辛亥革命最后胜利的前几天，1911 年 10 月 5 日的《民立报》上，还在刊登此文。

当时革命派掀起的激烈鼓吹革命的宣传活动，使得清政府惊恐万状，立即下令各地严加查抄革命书刊，残暴地迫害革命者。1910年 6 月，上海《苏报》因登载章太炎《驳康有为论革命书》和《革命军序》的文章，遭到查封，邹容被捕，死于狱中，章太炎被判处 3 年徒刑。这就是轰动全国的上海《苏报》案。在当时极端恶劣的形势下，赵声的《歌保国》秘密写出后，只能以匿名印成传单形式散发。当时在上海的章士钊曾秘密印了数十万份。不少革命群众冒着被清吏捉获而坐牢杀头的危险，积极地到处散发《歌保国》。湖北有个失业工人曹工亚，穿起麻鞋，身背一个大口袋，里面装满《歌保国》传单，沿江走数千里传递。一时之间，长江流域各省广大群众和一些清军士兵中，几乎人手一纸，个个习唱。由于《歌保国》的文辞动人，充满爱国激情，所以很多人唱诵时都悲愤地流下了眼泪，在社会上产生了极大的影响。

（选自《无锡文博》1991 年第 3 期"纪念辛亥革命 80 周年"专栏）

《最近支那革命运动》与
田野桔次

袁志洪

不久前,无锡市博物馆清理出一册同盟会成立前资产阶级民主革命的宣传读物,书名《最近支那革命运动》,日人田野桔次著,上海新智社光绪二十九年(1903)九月出版。冯自由《开国前海内外革命书报一览》、张于英《辛亥革命书征》均作著录。全书计序言两篇,正文十章,约6.5万字。此外书前依次有唐才常、邱菽园、谭嗣同、孙中山、康有为五人之肖像,上配诗文题词;有插图一幅:上绘刀剑林立,居中一矛杆上飘扬义旗,旗上"革命军"三字,此图象征邹容所著《革命军》一书,寓意很明显。

光绪三十一年(1905),清政府畏惧革命思潮的蔓延,在全国通令查禁"悖逆"各书,开列的23种禁书中,《最近支那革命运动》首被网罗。可见此书当年曾产生不小的影响。考虑到此书出版已久,流传至今为数已极少,故颇有收藏价值。现拟就此书及其作者作一初步的介绍分析,并略加考述,以供读者参考。

一

19世纪末20世纪初,中国民族危机日益深重,瓜分惨祸迫在眉睫。《马关条约》《辛丑条约》的相继签订,使中国人民完全陷入半封建半殖民地的深渊。1898年,康有为领导了戊戌变法,仅满百日即被扼杀,谭嗣同等"六君子"遇难。1900年,唐才常在汉口"勤王"起义,尚未全面发动就遭破坏镇压,领导骨干两百余人被杀,株连而死者自男爵道员至诸生以千数,屠戮之惨、株连之广,远远超过戊戌流血。

本书作者田野桔次是报界人士,他有感于"近岁以来,支那之志士倡维新、践革命,投其袂、奋其臂,不顾其身命以为国牺牲者,踵相接肩相摩也",为了"自表同情以伸忻慕感慨之意","因草是书"。所以,此书的主旨是赞颂志士仁人为救亡图存而流血牺牲,揭露清王朝的凶残腐朽,鼓吹反清斗争。这些内容贯穿始终,十分突出。

如开首对唐才常的题词为:"是男儿自有男儿性,霹雳临头心魂静。由来成败非犹命,将精神留定,把头颅送定。——朱光书"

对邱菽园的题词为:"回首神州事可怜,茫茫禹甸陷腥羶。短衣浪迹南洋岛,北望中原肯息肩?——毅公题"

对谭嗣同的题词为:"性海归元由定入慧,以之出生、以之入死,以之立身、以之救众生。佛言众生一日在地狱,吾即一日不出地狱。斯人也犹斯志也。——汉灰燃题"

对孙中山的题词为:"戎有中国兮人类已非,怨愤填胸兮异国流连。击自由之钟兮翻独立之旗,誓扫除此腥羶兮以拯救遗黎。——大还子题,纪元四千三百九十四年秋"

这四首题词热烈褒扬唐、邱、谭、孙四人,题词者化名"朱光""汉灰燃""大还子",摒弃清室纪年而用当时特创的"黄帝纪年",用"腥羶""戎""地狱"等喻指清廷贵族及统治,这些都充满了强烈的反清色彩。

邱菽园,名炜萱,福建籍,新加坡著名富商,自号"星洲寓公",创办《天南新闻》,积极鼓吹维新变法。"戊戌政变"后,被推举为康有为保皇会南洋分会会长。曾捐巨款助唐才常起义,唐之失败与康、梁扣压侨胞捐款有关,邱得知此事遂与康、梁绝交。

对康有为的题词为："撂欧风美亚雨，惊咄咄其逼人，营兔裘于冰山，羞梦梦而视吾。——轩辕炎黄太郎署"这里的"欧风美亚雨"喻指欧美日本的强盛，"营兔裘于冰山"则是刺讥其坚持改良主义的不识时务和徒劳无用。末一句的意思是，请他睁眼看看革命志士的所作所为，不要做着"保全清室"的迷梦而不知羞耻。显然，这首题词含有贬义，这与书中田野桔次对康、梁的批判是一致的。

关于署名"朱光汉燃氏"作的序言，其主要内容是号召"四万万同胞……与天演争其优劣，与异族角其强弱，以复我国仇，以扬我国光，驱除丑类回正气于河山，扫尽腥膻复黄农之区域……"强烈宣传了反帝排外、反清排满的思想。

正文十章分别是：第一章"哥老会巨魁唐才常"，第二章"殉难志士湖南省南学会长谭嗣同"，第三章"兴中会长孙逸仙"，这三章简述了这三位风云人物的生平事迹、志向抱负，盛赞他们"倡维新""践革命"的高风亮节。第四章"广西两革命家"，提及"聋翁陈氏""快男儿超氏"两位反清会党人物，无重要内容。第五章"改革派之巢窟万木草堂"，记述作者在"戊戌政变"前夕访问广州万木草堂，并在政变发生后与宫崎寅藏一起协助草堂师生王镜如等六十余人潜逃香港之事。第六章"长发乱主洪秀全"，简述太平天国史事，目的是"溯革命起点"，"寻革命之初祖"，誉洪秀全为"吾东大陆革命独立之第一大豪杰"，排满意识十分强烈。第七章"南清之革命运动"，内容较复杂，一是介绍若干"革命"人物，其中既有革命志士（史坚如），又有保皇派（徐勤），又有会党头目（"刺客"梁某、陈某等），甚至还有在中国进行过特务活动的日本"支那梁山泊""东亚同文会"中人物，对此，我们下文评述作者时再作进一步分析，此从略；二是对保皇会、兴中会、哥老会这三大会党现状和前途的评议，作者对孙中山及海外留学生寄予希望，对保皇会及哥老会均持否定态度。第八章"支那革命经纶"，是关于中国革命的意见书，作者列举经济、地理方面的有利条件后，"聊采洪秀全之方略，参以己意"，提出"起事之地吾

取广西省、根据之地吾取湖南省"的建议,纯属"纸上谈兵"。第九章
"海外留学生之意气",收录两篇通信,即湖广总督张之洞给海外学
生及进步人士的《劝戒文》和东京留学生代表的《覆书》,《覆书》深
刻尖锐地批驳了张之洞污蔑民族救亡的种种谰言,揭露了他的伪善
面目,是一篇痛斥清廷鹰犬走卒的战斗檄文,发表后脍炙人口,风行
一时。第十章"学生界最近之运动",简要记述 1903 年以青年知识
分子为主体的"拒俄""拒法"爱国运动以及学生义勇队、军国民教育
会的缘起。

二

此书出版于 20 世纪初。我们今天之所以对其有浓厚兴趣,不仅
在于它强烈的反清宣传在当年曾产生过巨大影响,还在于它在以下
几方面具有突出意义。

1. 关于唐才常自立军运动的评述

由于作者与唐才常关系密切,且曾随其参与反清活动,所以,此
书有关叙述具有原始资料的性质,可资考证。

如唐才常最早曾计划在湖南起事及利用张之洞的介绍。

"湖南……固支那革命之一大市场也。爰拟于此设哥老会之中
央本部,以为革命之运动。惟哥老会名目不可公然发表,而为满清
官吏之所侧目,故使予开学校并设新闻社,暗中盛为运动,此则当年
之目的也。"

"予与……同志沈君(沈荩)、林君(林圭)偕向汉口进发。因欲
往湖南,必于汉口转船,且欲创立学校及新闻社之事业,不能不知会
于张之洞,以利用之也。"此一计划后来没有成功,作者有如下叙述:

"惜哉! 当时上海有日本愚物三人也,竟向予等之计划,直开反
对之运动,以阻挠之不使行。……倘当时微此三人,安知不能奏效,
推由此名誉之奴隶,遂败乃公事。噫! 参之肉其足食耶!"

作者在此披露的情况是很值得注意的,似乎在唐才常运动之

初,上海日本人中即有告密者,这就很可能使张之洞早有戒心,作者为此深切痛恨。下文叙及林圭改谋汉口另立据点时,再次对此三人痛加挞伐:

"林君年方十九……彼大慨湖南旅行之不成,殆断寝食。深恨在上海日本三愚物从中播弄,凡事不能如意也。盖此事之关键,因不能笼络张之洞,倘往湖南,则予辈之生命恰如风前之灯,其危险不可言喻……倘彼愚物而为德法人,则必赠以决斗书,而先流其血以浣恨矣。"从作者一再提及且言辞激烈,可知当时此事造成的后果是严重的。惜作者似尚有保留,语焉未详,此三人究竟为何人,又从何"阻挠""播弄",已难考实。

对于自立军运动的性质,学术界曾经有过不同看法,有的说它彻头彻尾是勤王;有的说它是一次改良主义政治运动,但又带有一些革命倾向;也有的说它是革命的起点。对于这一问题,我们认为此书的有关论述,可供参考。

如对于唐才常的主要助手、自立军重要领导之一林圭思想倾向的描述:

"湖南之行既不果,少年林君留汉口,谋为哥老会之所寄宿者,开一旅馆……阴以便其党徒……以计东西之联络也。林君以深处之一室,为自己之居房。当房之正面,悬钟士顿之世界地图,书棚装置卢梭之《民约论》、孟德斯鸠之《万法精理》、密勒之《自由之论》、斯宾塞之《社会平权论》等书。有同志来访,则相与纵谈'自由''平等''共和'之说,悲满清之暴政,说革命之急潮,其意气甚激昂也……"

据此,林圭的思想似已具有资产阶级民主革命的倾向,这对于判定唐才常的思想立场不无意义。

又如,关于自立军的策动机关"正气会"的叙述:

"正气会之宗旨,以纠合爱国正气之仁人君子为主,此虽为空空漠漠之主意,然欲集结全国之同胞、运动革新之大业,不得不宽其区域、广其界限、以期合群。"

这里明确提到唐才常有"以期合群"的策略思想,是颇为重要的。

2. 关于对孙中山的突出宣传

孙中山是中国革命的先行者。1894 年,组织兴中会,领导反清武装斗争。次年广州起义失败后,被迫长期移居海外,主要通过秘密会党的反清活动领导中国革命。当时国内民众知道孙中山的还不多,有关宣传其革命活动的著作,重要的仅有宫崎寅藏的《三十三年落花梦》一书。1903 年,黄中黄(章士钊)节录此书,名《孙逸仙》出版。章士钊后来回忆:"其时天下固瞢(茫)然不知孙氏为何人也。"对此,有人评说道:"行老回忆往事,有时不免过于强调自己的作用,但上述这些宣传介绍促使更多的爱国志士承认孙中山的革命领袖地位,则是肯定无疑的。"

《最近支那革命运动》与章士钊《孙逸仙》差不多同时刊行,此书有关孙中山的宣传,自然也具有相同的意义。作者说:

"予每观孙逸仙之为人,察孙逸仙之举动,往往兴遐想于波兰之英雄哥士托……其性格与赤心相对待而生流血的爱国心,并其思想是世界的即爱共和与自由,此皆其类似之点也。"作者在此将孙中山与"波兰英雄"哥士托相提并论,对其为实现"共和""自由"的理想、不惜流血牺牲的爱国热忱,给予充分肯定。

在作者的心目中,孙中山是"天成之革命家",是中国革命无与伦比的领袖人物和希望:

"以予观之,今日之保皇会与哥老会共不适于革命,何则?一无革命之志,一无革命之主义。今日新党界中,稍有革命家之体面者,仅孙文一人……彼徜能毅然自奋,虽千万人亦可得也。呜呼!孙文宜自重。"

因此,作者大声疾呼,革命志士应向孙中山旗帜下靠拢:

"孙中山……盖实文明流革命家之集合体,而为支那有志之士所当欹耳而倾听者也。"这些论述确实有助于扩大、提高孙中山的革命影响和威望。

3. 关于对康、梁保皇派的批判

戊戌政变后,康、梁出逃日本。1899 年 7 月,康有为在加拿大成立"保皇会",自任会长,梁启超与徐勤副之。其宗旨是保光绪,反慈禧,抵制革命,宣传君主立宪。当时,康、梁在思想界确实还有巨大影响。

但是,1900 年自立军"勤王"失败,特别是经历了 1903 年轰轰烈烈的"拒俄""拒法"爱国运动以后,越来越多的先进分子开始觉悟,革命思潮的发展,如脱缰野马,一日千里。这时候,全国许多进步报刊(包括东京留学生的《浙江潮》《江苏》等)反清排满言论日趋激烈。与生气蓬勃的革命宣传相比,改良主义论调黯然失色。所以,学术界对 1903 年政治思想领域出现的重要变化非常重视。有人指出:这一年是中国思想界一大转变的关键年头,是革命思想开始替代改良主义作为思想舞台主角的第一个年代。

而此书出版正是在 1903 年,因此,此书对康、梁的批判就带有鲜明的时代性和强烈的战斗性。它与以邹容《革命军》、章炳麟《驳康有为论革命书》为代表的许多革命论著一样,成为 1903 年国内革命知识分子与维新派的诀别以及对保皇派的批判的标志。

这里应该指出,作者在批判康、梁的同时,对他们领导维新变法的历史功绩仍然是肯定的:

"康等在北京政变以前为非常之精神家,至其亡命,而其人格同时堕落焉。夫保皇会者,依于以上所述人物之支配,其前途可不言而喻。"可见,作者的批判是以戊戌政变康、梁出逃为起点的。所谓"人格堕落",乃指与自立军失败有关之事:

"予与康有为深相关系,故不欲骂詈康有为,然康有为到底无革命家之资格,彼之进退情况,宛然一妇人也。彼既煽动唐才常等陷之于死,而己则隐于印度之奥以,耽于文章议论,此诚非今日时势所宜也。南洋之志士邱菽园尝言,文笔之徒不足与相语,竟与康、梁绝交,良有以哉……募集数十万圆之寄附金,于支那政治改革毫无所用……彼等之所作,几近乎诈伪。呜呼,康、梁及今不改,到底不能免为东亚之亡国虫。"

作者还指出:"康派所欲实行者悉迂远改革之举,时势危迫如此而犹欲施以和缓之手段,所谓俟河之清,人寿几何? 夫安足以自立哉。"表明了作者已认识到改良主义是"死胡同",没有前途。

上述批判,虽然是零星的、很不全面的,但在当时对于破除康、梁的迷信和改良主义的幻想,确实产生了积极作用。

三

关于作者田野桔次,我们根据此书自述及有关资料记载,可知他早在 1890 年就已到过中国,曾在湖南等地旅行。1896 年,在东京得识康有为所遣赴日弟子徐勤、罗孝高二人,私交颇深,可能即此关系,后得任澳门《知新报》记者(《知新报》1897 年初由康广仁、徐勤创刊,系维新派的重要刊物)。1898 年戊戌政变前后,曾与中国革命的热心支持者,孙中山、黄兴的亲密朋友宫崎寅藏同访万木草堂,并助康门弟子脱险。1898 年,康有为设保皇会总部于澳门,筹备东文学校,受聘任校长。此年冬,参与唐才常秘密反清活动。1900 年,上海英人《字林沪报》让售给日本东亚同文会,更名《同文沪报》,出任该报社社长,积极宣传维新变法,抨击清廷,唐才常恃为喉舌。同时,以东文译社社主名义掩护"正气会"活动。未及汉口起事,因"一夕吐血一升,五体举震",遂归日本长崎。1903 年 7 月,写成《最近支那革命运动》。以后事迹不详。

比较复杂的是田野桔次与"支那梁山泊""东亚同文会"的关系。

当时,在来华的日本人士中,有些是为牟取私利的冒险家,有些是为日本政府侵华政策服务的特务分子,当然也有真诚支持中国革命的正义之士,宫崎寅藏就是其中的典型代表。

"支那梁山泊"是日本间谍荒尾精汉口乐善堂药铺的诨号。自1886年起，他在此召集宗方小太郎等十余人，以贩卖药材、杂货为掩护，在长江沿岸各地收集各类情报，以后编成《清国通商要览》一书，成为日本侵华分子的重要参考资料。

　　"东亚同文会"成立于1898年，它是日本国内一股要求侵略中国，以此谋求与欧美、沙俄相对抗的舆论产物。其首脑人物主张："瓜分中国一事，已成早晚必至之形势。目前应坚持不出师之策，宜沉着自重、培养实力，以待时机成熟，然后鹏翼一搏，进占南方目的地可也。"但是，同文会中亦有人因不满这种侵略意图而遭排斥孤立，如宫崎寅藏。1899年，日本警视厅文件指出："当同文会派人去中国时……宫崎不得参与其事。此乃因东亚同文会内诸人如陆实……皆倾向保守之辈，而彼等视宫崎为准进步派……为此宫崎居常悒悒，图谋不依东亚同文会之力而独自赴中国。"1900年，宫崎协助孙中山发动惠州起义而辛劳奔走，受到日本警视厅监视。同文会中人告密说："彼等此行非同寻常，然彼等常怀不满于同文会，同文会亦不以彼等为有利用价值之辈视之，因未曾互开胸襟，共论东洋之策。"此可表明，同文会并非铁板一块。

　　田野也是东亚同文会成员，但他与宫崎关系亲密，思想立场较一致，我们认为他们同属同文会中的反对派。

　　田野认为，欧美列强的侵略，"咸以亚东本陆为集合点，日本稍能自振，然国小势孤独立不支，其能抗西力之东渐，遏欧美之狂澜者，惟支那耳"。所以，他希望中国通过革命"雄飞亚东"，他希望中国革命志士早日领导中国革命取得成功："他日者世界万国将折其牙、挫其齿、摧其爪、敛其翼，转相告戒曰，东大陆有克林威尔、旦顿出现其间，吾白人无立足地矣，其非革命诸君也邪！……我谨为四万万人祝之。"田野这里所表述的思想，与同文会瓜分中国的阴谋企图是不能等同齐观的。因此，他对于同文会的首脑人物表面支持孙中山背后却存心不良表示了强烈不满："彼等并欢迎康有为及孙文等,然至今则全无效力。呜呼,长袖之辈何得辨天下之大事!"我们甚至怀疑,作者前所指斥的上海日本"三愚物"即同文会中人物,正是因田野与同文会有所关联,所以才没有公开揭发。

至于田野在此书中将"支那梁山泊"中人物以及维新志士、会党头目一概归结为"革命"党人,这是由于不能严格分清资产阶级民主革命与一般反清暴力斗争之间的界限所致,属于认识上的局限,在当时较为普遍。书中存在的其他一些问题尚多,如作者唯心史观的表露、史事叙述的失实,等等,在此就不再一一指出了。

(选自《无锡文博》1991 年第 3 期"纪念辛亥革命 80 周年"专栏)

后　记

　　今年是辛亥革命一百周年。一百年前,武昌首义后 27 天,无锡革命党人响应起义,推翻了无锡的清政府统治,光复无锡。

　　回顾历史,可以清楚地看出,辛亥革命是 20 世纪中国发生的历史性变革,对其后中国的发展产生了决定性的深远影响。因此,辛亥革命的时代意义,并不仅仅在于其所启动的体制变革或社会改造,更重要的是,辛亥革命追求的大建设理想,至今仍然对我国的建设和发展具有深远的启迪意义。

　　为纪念这次伟大革命一百周年,我们特地编辑了这本《无锡,辛亥百年》。需要说明的是,收入本书的记叙和论说文章,出自不同的作者之手,各人的认识水平各不同,对于辛亥革命性质和意义的认识,特别是对有着多个侧面的历史人物的评价,难免存在判断上的一些差别。而且这些文章成稿于不同的年代,其中一些写作于 20 世纪 80 年代,少数为近期新作,时间跨度较大,因为辛亥革命研究话语系统的局限,较多使用"资产阶级革命""软弱""妥协""不彻底"等概念,文集编录时为保持文章原貌未作过多的删改。有些史事、史论虽有分歧、异义,但也一并收入,尽量做到兼容并包,兼收并蓄,诸说并存,相信读者在阅读时一定能作出自己的理解。另外,本书因为编辑时间仓促,同时也限于编者的学识水平,除文字上作了一些改动外,未能对收录文章、资料的差错和出入一一加以订正,恳请读者不吝批评指正。

　　感谢无锡市政协贡培兴主席拨冗为本书作序。市政协研究室汤可可主任的前言总述了全国及无锡辛亥革命的概况、特点,使读者能对全国和无锡的辛亥革命有一个总的整体的概念。

滨湖区政协对本书的编撰也十分关注,区政协主席朱建昌先生应邀担任本书顾问。

画家、学者严克勤先生,书法家刘川先生为本书题签书名。无锡市滨湖区教育局及相关学校的老师为本书的编辑做了大量具体工作。

对上述领导、学者及老师谨致谢忱! 由于编撰者学识有限,疏漏讹误在所难免,诚请读者专家批评指正!

钱　江　章振华　徐仲武

2011 年 8 月